DuMont's Kriminal-Bibliothek

dies ist Band VI,

Leslie Thomas wurde 1931 in Newport, Großbritannien, geboren. Neben zahlreichen Romanen veröffentlichte er mehrere Kriminalromane, in denen Dangerous Davies, ein Detective Constable der Londoner Polizei, Verbrechen aufklärt. Mit seinem skurrilen Helden Dangerous Davies stellt sich der Autor nicht nur in die beste Tradition des britischen Humors, er liefert darüber hinaus auch eine exzellente sozialkritische Studie des Lebens in einem der ärmeren Londoner Stadtviertel in den 80er Jahren des 20. Jahrhunderts. Von Leslie Thomas sind in der DuMont's Kriminal-Bibliothek bereits erschienen: »Dangerous Davies, der letzte Detektiv« (Band 1028) und »Dangerous Davies... Bis über beide Ohren« (Band 1045).

Herausgegeben von Volker Neuhaus

Leslie Thomas

Dangerous Davies...

Auf eigene Faust

DUMONT

Für Jeffrey und Sue Chamberlain

Die Deutsche Bibliothek – CIP-Einheitsaufnahme

Thomas, Leslie:
Auf eigene Faust/Leslie Thomas. [Aus dem Engl. von Irmgard Andrae. Hrsg.: Volker Neuhaus]. – Köln: DuMont, 1997
(DuMont's Kriminal-Bibliothek; 1065)
ISBN 3-7701-3361-7
NE: Dangerous by moonlight <dt.>; GT

Umschlagmotiv von Pellegrino Ritter
Aus dem Englischen von Irmgard Andrae

Die der Übersetzung zugrundeliegende englischsprachige Originalausgabe erschien 1993 unter dem Titel »Dangerous by Moonlight« im Verlag Methuen London Ltd., London
Satz, Druck und buchbinderische Verarbeitung:
Clausen & Bosse GmbH, Leck

Printed in Germany ISBN 3-7701-3361-7

The croquet matches in summer,
The handshake, the cough, the kiss,
There is always a wicked secret
A private reason for this.

Krockettspiel auf Sommerrasen,
Ein Händedruck, Räuspern, ein Kuß,
Und der Grund: stets die heimliche Sünde,
die verborgen, verdeckt bleiben muß.

W. H. AUDEN

Kapitel 1

Der Winter paßte gut zu Willesden. Dessen Bäume waren wie geschaffen zum Tropfen, der Kanal mummelte sich in Nebel ein, Straßenpflaster und Dächer spiegelten die Lichter der winterlichen Straßen und den umwölkten Wintermond wider; am Tage gab es kaum etwas, das den Himmel über Nordwest-London romantischer verzauberte als die Dampfwölkchen über den Kühltürmen des Kraftwerkes, die wie Gotteshaar im Wind wehten. Dieser sinnige Vergleich stammte nicht von Davies – er war von schlichterem Gemüt –, sondern war ein Einfall seines Freundes Mod, des Philosophen in der Schlange der Arbeitslosengeldempfänger.

»Willesden muß Winter tragen«, zitierte er flüsternd, während er vom Fenster der Stadtbibliothek aus auf beides herabschaute. »Wie das Drama *Trauer muß Elektra tragen*«. Er richtete seine Glupschaugen auf Davies. »Wenn du verstehst, was ich meine.«

»Natürlich«, erwiderte Davies. »Restlos.« Er sah zur Uhr des Lesesaals hin. »Ist es nicht Zeit, Schluß zu machen?«

»Du wärst nicht der Detektiv, der du bist, wenn du nicht über so viel Scharfsinn verfügtest«, nickte Mod versonnen.

»Der kleine Zeiger steht auf der Fünf und der große fast auf der Zwölf«, setzte Davies hinzu.

Tief in Gedanken begann Mod seine Bücher zuzuklappen. »Ausschankzeit«, bestätigte er weise. »Logische Schlußfolgerung!« Er rieb sich die Augen, denn er hatte einen langen Tag im Lesesaal hinter sich. Er machte ein feierliches Ritual aus dem Schließen der Bände, während Davies in seinem nassen Regenmantel dasaß und wartete, daß er fertig wurde.

»Was war heute das Thema?« fragte er und zeigte auf den Bücherstapel.

»Das magst du wohl fragen«, gab Mod zurück. Bei einem halben Dutzend Stellen legte er die Lesezeichen ein, die Davies' Hund

Kitty ihm zu Weihnachten geschenkt hatte. »Die haben sich als sehr nützlich erwiesen«, sagte er und schwenkte eines in der Luft.

»Die sollen für das ganze Jahr reichen«, mahnte Davies. Der Januar war gerade eine Woche alt.

»Das möchte ich bezweifeln«, sagte Mod und zuckte mit den breiten unförmigen Schultern. Er trug einen roten Wollpullover. Das Jackett darüber ließ sich seit Jahren nicht mehr zuknöpfen. »Sie nutzen sich ganz schön ab, die Lesezeichen. Bei meinem Arbeitstempo.« Er stapelte die dicken Wälzer aufeinander und maß mit dem Blick die Entfernung bis zum Rückgabeschalter, der den Rahmen für das wartende Gesicht der jungen Bibliothekarin bildete. Der Polizist verstand den Wink und ergriff drei der Bände; die anderen drei ließ er für den Philosophen liegen, der ein bißchen beleidigt schien, daß Davies nicht den ganzen Stapel genommen hatte.

»Die wiegen ja eine Tonne«, sagte Davies.

»Das Gewicht der Weisheit«, bemerkte Mod. Er räusperte sich vorwurfsvoll, doch Davies hatte keine Lust, noch mehr zu schleppen. »Manche Gedanken wiegen schwerer als andere, besonders die der Griechen«, meinte er. »Ich habe heute Homer gelesen. Natürlich schon zum hundertsten Mal, aber man findet immer noch eine neue Bedeutung, eine neue Nuance. Latein zu können ist eine Ehre, aber Griechisch ein Genuß, hat Churchill einmal gesagt.« Er kniff die Augen zu. »Wahrscheinlich mehr als einmal.«

Davies zog ein Gesicht. »Dann hast du mehr oder weniger deine Lebensaufgabe gefunden.« Sie waren bei der ›Rückgabe‹ angelangt. Davies lächelte dem Mädchen zu, das seine gekränkten Blicke erst ihm, dann Mod und schließlich der Uhr zuwarf. Der Philosoph schien es nicht zu bemerken, sondern strebte zu seinem Mantel an dem vielarmigen viktorianischen Garderobenständer, dem geschätztesten Einrichtungsgegenstand der Bibliothek. »So etwas wird heute gar nicht mehr hergestellt«, sagte Mod, während er sich in seine vielgeflickte wärmende Hülle zwängte.

»Der Kleiderständer?«

»Der Mantel«, verbesserte Mod und zeigte mit dem Finger drauf. »Du könntest ja heutzutage nicht mal einen kaufen, der zwanzig Jahre hält. Dabei war er keineswegs neu, als ich ihn mir zulegte.«

»Weil der vorherige Eigentümer verstorben war«, ergänzte Davies. Sie steuerten auf den Ausgang zu. Der Londoner Regen hing wie ein Schleier vor dem Portal.

»Und deshalb keine Verwendung mehr dafür hatte«, ergänzte Mod. Er grübelte vor sich hin. »Ich frage mich, ob die Leute im Jenseits Mäntel tragen.«

»In der Hölle benötigen sie jedenfalls keine«, versetzte Davies. »Ich glaube, heute bin ich wieder dran, das Bier zu bezahlen.«

»Ich fürchte ja, Dangerous. Aber morgen ist der glorreiche Zahltag für die Stütze. Morgen lasse ich was springen.«

Am Ausgang blieben sie stehen, wie Männer, die ihre Deckung nicht verlassen wollen; dann stapften sie, Kragen hochgeklappt und Köpfe gesenkt, auf die verregnete, schmutzige abendliche Straße hinaus. Busse mit gelbleuchtenden Fenstern, Autos mit angestrengt spähenden Fahrern zischten an ihnen vorbei, alle auf dem Weg zum häuslichen Kamin, zu Frau und Fernseher. Die Gehwege waren schlammbespritzt, man spürte den sandigen Schmutz unter den Füßen. Die Leute eilten wortlos dahin, viele Westinder, Afrikaner, Inder, die den Regen von Willesden so stoisch akzeptierten wie den Wohnort als solchen. Blassere Gesichter unter Hüten und Kapuzen drifteten vorbei. Drei lauthals streitende Iren näherten sich, blieben kurz stehen und winkten leutselig zu Davies herüber, um danach ihren Weg und ihren Wortwechsel fortzusetzen. Das beleuchtete Kneipen-Schild mit dem ›Wickelkind‹ tauchte aus dem Dunkel auf. Davies beschleunigte den Schritt, und Mod knurrte wie ein alter Hund, der sein Zuhause wittert.

Froh, es geschafft zu haben, stolperten sie die zwei Stufen hinunter, die sich unmittelbar hinter der Tür befanden. Die meisten Gäste fielen entweder in das Lokal hinein oder aus ihm hinaus. Der Mann hinter der Bar, ein Ire namens Pat Mulcahy, hob ohne Gemütsbewegung den Blick. Außer ihm war noch niemand da.

»Wir sind die ersten«, sagte Davies und rubbelte sich den Regen von den Händen.

»Ah ja. Du bist doch Polizist, Dangerous?« sagte der Barmann und schüttelte bewundernd den Kopf. »Du siehst Dinge, die uns anderen gar nicht auffallen würden.«

»Was ich jetzt sehen möchte, ist deine Hand am Zapfhahn«, meinte Davies. Mod in seinem triefenden Mantel hatte sich auf einen Stuhl fallen lassen. »Mod hat einen schweren Tag gehabt«, nickte Davies zu ihm hin. »Zweimal das Übliche.«

»Ist ja schon gut«, sagte der Ire beruhigend. Er beugte sich vor und rief zu Mod hinüber: »Ist nicht morgen Zahltag? Für mich jedenfalls.«

Während er das Bier zapfte, dachte Davies über die untergründige Bedeutung dieser Mitteilung nach. »Dann machst du das hier als Hobby, Pat?« fragte er.

Der Ire blieb gleichmütig. »Bloß zum Anlernen. Eine etwas verspätete Jugend-Ausbildungsförderung, Sir.«

»Bist du so alt, daß ich dir ein Bier ausgeben darf?«

»Gerade eben, Sir.« Davies spendierte ihm eins und trug dann die zwei Gläser Bitter zum Tisch. Mod mühte sich damit ab, den Mantel auszuziehen. Er fuchtelte herum, weil ein Arm steckengeblieben war. Davies mußte ihm helfen. Dann setzten sie sich hin und rochen bedächtig am Bier, ehe sie es gleichzeitig an die Lippen führten.

»Ich glaube«, sagte Mod leise, »daß der Dauerregen durchs Dach schlägt und ins Bier tropft. Du solltest mal nachforschen.«

»Schwerverbrechen sind nicht mein Ressort«, erwiderte Davies wahrheitsgemäß. »Da müßte ich die großen Jungs ranlassen.«

»Womit hast du dich denn heute beschäftigt?« fragte Mod mit mäßigem Interesse. Seine Augen waren so fasziniert von dem Dartboard an der Wand, als wäre es der berühmte Stein von Rosette.

»Diebstahl von Zeitungen bei Pemberthy, Papier- und Süßwaren, Ricketts Lane, London NW 10«, brummte Davies. »Offenbar sind in den letzten Wochen, auf jeden Fall seit Weihnachten, täglich bis zu einem Dutzend Zeitungen vor dem Laden verschwunden. Sie werden in den frühen Morgenstunden angeliefert und vor der Tür deponiert. Da hat sich jemand einfach bedient.«

»Was meinst du, ist da das organisierte Verbrechen am Werk?«

»Könnte sein«, sagte Davies. »Aber die Brüder kriege ich, keine Sorge.«

»Dangerous Davies schlägt wieder zu«, nickte Mod. »Übrigens spielt sich allerhand Kriminalität mitten in der Bücherei ab.«

»Wirklich?« Das interessierte Davies. »Hat jemand die beleidigte Leberwurst in den Po gezwickt?«

»Nichts dergleichen. Ein bißchen Beachtung wäre ihr vielleicht sogar willkommen. Nein, es werden Bücher gestohlen oder mutwillig beschädigt. Ist dir klar, daß irgend jemand hier bei uns Bücher verunstaltet, indem er Stellen über Sex mit der Schere rausschneidet? Also weißt du, Dangerous, ich habe wirklich nichts für Obszönitäten oder Pornographie übrig, aber das ist Zensur. Zensur verbunden mit Vandalismus. Wie bei den Nazis.«

»Könnte sich lohnen, der Sache nachzugehen«, schniefte Davies. »Wenn ich die Zeitungsdiebe gefaßt habe.«

Mod blickte sein fast geleertes Glas betrübt an, als frage er sich, wo das Bier geblieben sei. Davies bemerkte den Blick. »Eins noch, dann ist Schluß«, sagte er. »Ich gehe heute abend zur Europäischen Begegnung. Festessen und anschließend Tanz.«

»In Brüssel?« fragte Mod träge. Ein Lächeln kräuselte sein Gesicht, während er sein leeres Glas hinüberreichte. »Schau mal, was der Schaum für ein Muster gebildet hat«, schwärmte er. »Als ob ein Glasschleifer Wolken eingraviert hätte. Einfach schön.«

»In Cricklewood«, sagte Davies auf dem Weg zur Bar.

»Was ist in Cricklewood?«

»Die Europäische Begegnung mit Festessen und Tanz. Nicht in Brüssel. Freundschaft und Zusammenarbeit der Völker von Europa. Krauts, Franzosen, Spaghettis und so weiter.«

»Eine von Jemmas Aktionen?« vermutete Mod. »Die Frau hat selbst wahrhaftig ihren Teil zur Völkerverständigung beigetragen. Aber ich frage mich, wird das ausreichen?«

Davies setzte die zwei vollen Gläser auf den Tisch. »Dies muß jedenfalls reichen«, sagte er. »Wir müssen gleich gehen. Ich muß mich noch schön machen.«

Davies' liebste Besitztümer waren sein Hund und sein Auto. Beide waren in einer Garage in einem Hinterhof untergebracht, auf der Rückseite der Pension ›Bali Hi‹, wo er und Mod wohnten, ganz in der Nähe der Jubiläumsuhr von Willesden. Als die Uhr zu Ehren der sechzig Regierungsjahre der Queen aufgestellt wurde – das war 1897 –, hatte der Hof noch die Pferdeställe samt der Gäule der ortsansässigen Brauerei beherbergt. Ein Hauch, ja mehr, ein deutlicher Geruch nach Hopfen und Pferdeäpfeln war ihm davon geblieben.

In der Ecke ragte immer noch der nackte Pfosten der schon lange nicht mehr benutzten Gaslaterne auf; ein Mann hatte einmal versucht, sich daran aufzuhängen, und Davies, der wie gewöhnlich am frühen Abend kam, um seinen Hund zu füttern, hatte ihn gerettet. Der Mann hatte nicht lange gehangen und erholte sich, nachdem Davies ihn abgenommen und bis zur Bar im ›Wickelkind‹ gestützt hatte, wieder völlig. Später verkündete er, er sei Dangerous Davies sehr zu Dank verpflichtet, eine Meinung, die von so manchem in diesem rußigen Randbezirk von London geteilt wurde. Überall war Davies unter seinem Spitznamen bekannt – bei der Polizei, den Kriminellen, den Zwielichtigen, die in beiden Lagern einen Fuß drin hatten, und ebenso bei den Unauffälligen, die in den alten, schlichten Straßen oder in den öden neuen Wohnsiedlungen und Hochhäusern lebten. Man hatte ihm vor langer Zeit den Titel »Der letzte Detektiv« verliehen, weil er – wie jeder wußte, er selbst nicht ausgenommen – immer nur dann eingesetzt wurde, wenn gerade niemand anders verfügbar war oder wenn die Aktion so gefährlich zu werden versprach, daß alle anderen dazu keine Lust hatten.

In der nieselnden Abenddämmerung brachte Davies seinem Hund die reichliche Abendmahlzeit. Kitty war ein Tier von außergewöhnlicher Größe und reizbarem Temperament. Selbst ein mit Killerhunden erfahrener Polizeisergeant war einmal so sehr vor ihm erschrocken, daß er ihn als rasenden Yak bezeichnet hatte. Kitty war, wie immer, begierig auf sein Futter; seine Augen funkelten hinter der wilden Zottelmähne, und die Zunge hing ihm aus der Schnauze wie ein pinkfarbener Wimpel. Er fauchte warnend, als sein Eigentümer, begleitet von Mod, sich seinem komfortablen warmen und gut beleuchteten Wohnquartier neben dem betagten Auto näherte, was aber nur symbolisch gemeint war.

Der Wagen, ein Vauxhall Vanguard (früher hatte Davies einen alten Lagonda besessen), kam jetzt nur noch selten an die Luft; dagegen wurde Kitty regelmäßig von Davies oder von einem schwarzen Knaben namens Valentin ausgeführt. Der Junge war kaum größer als das Tier, aber Kitty hatte eine beschützende Zuneigung für ihn entwickelt und verhielt sich in seiner Gegenwart sanft und friedlich.

Davies gab zuerst dem Fahrzeug einen liebevollen Klaps, dann stellte er vorsichtig das Futter hin (leckere Essensreste aus der Kantine des Polizeireviers, deren Küche so berühmt war, daß schon manch ein Sünder sich hier freiwillig gestellt hatte, um an eine gute Mahlzeit zu kommen; es gab sogar Leute, die sich während eines Hafturlaubs oder einer Bewährungszeit melden mußten und diesem Revier den Vorzug gaben). Anschließend tätschelte er auch den Hund.

»Ich weiß gar nicht«, sagte Mod, der schon oft Zeuge dieses Rituals gewesen war, »warum du zuerst den Wagen streichelst.«

»Bringt Glück«, sagte Davies. Er sah zu, wie der große Köter sein Abendessen verschlang. »Würdest du es anders machen?«

»Sag ihm lieber wegen heute abend Bescheid, solange er guter Stimmung ist«, meinte Mod.

»Nicht beim Essen.«

Sie hielten sich in gebührendem Abstand, während das Tier mit der großen Zunge die Schüssel ausschleckte. »Kitty«, sagte Davies vorsichtig, »heute abend habe ich etwas vor, deshalb wird Mod mit dir spazierengehen.«

Der Hund starrte sie an, als dächte er über eine Erwiderung nach. »Wir gehen in die Kneipe, Kitty«, schmeichelte Mod, »da gefällt's dir doch immer.«

»Das wird bestimmt toll«, sagte Davies aufmunternd, während er den Hund fixierte und dieser den Blick ebenso stur erwiderte. Leise murrend legte Kitty sich hin. »Anscheinend ist es ihm recht«, flüsterte Davies. »Paß auf, daß er nicht wieder die Bar verwüstet.«

»Die Katze haben sie ja jetzt nicht mehr«, sagte Mod. »Die ist danach auf und davon.«

Beide winkten dem Hund, der sie nicht beachtete, und verließen die Garage.

»Es wundert mich trotzdem, daß Mulcahy ihn überhaupt noch reinläßt«, sagte Davies auf dem Weg zur Pension ›Bali Hi‹. »Er hat ziemlich viel Schaden angerichtet.«

Mod beruhigte ihn. »Es läuft alles besser, seit sie dort auch was zu essen anbieten«, sagte er, während sie dahinstapften. »Kitty bekommt dauernd was zugesteckt. Und die Gäste finden es praktisch, ihre Finger an ihm abzuwischen.«

»Laß dein Bier heut' abend auf meine Rechnung setzen«, sagte Davies. »Ich sagte ein Bier, Singular. Nicht wieder für alle und jeden spendieren!« Sie blieben vor der Haustür mit der bunten Glasscheibe stehen, jeder in der Erwartung, der andere werde seinen Schlüssel herausholen. Schließlich zog Davies seinen Dietrich aus der Tasche und öffnete die Tür zu dem schwach beleuchteten Flur.

»Das war letztes Mal, da habe ich mich hinreißen lassen«, bekannte Mod, »weil Fulham gewonnen hatte.«

Mrs. Fulljames, die Pensionsinhaberin, bestand darauf, daß die Bewohner sich nach Betreten des Hauses die Hände wuschen.

»Ich flitze rauf und mache mich für den Abend zurecht«, sagte Davies.

»Ich ziehe mich in mein Gemach zurück«, sagte Mod. »Ich kann das Cocktail-Geschwätz in diesem Hause nicht ertragen.«

Einige der Pensionsgäste von ›Bali Hi‹ lebten schon seit Jahren hier. Außer Davies und Mod waren das Minnie Banks, eine verhärmt aussehende Lehrerin, die man manchmal in ihrem Zimmer weinen hörte, und Davies' Ex-Gattin Doris. Obwohl sie in jeder Hinsicht getrennt lebten, weigerten sich beide hartnäckig, aus Mrs. Fulljames' Etablissement auszuziehen, wo jeder ein eigenes Zimmer bewohnte. Sie begegneten sich ausschließlich abends bei Tisch.

An diesem Abend erregte Davies einiges Aufsehen, weil er in seinem altmodischen Smoking erschien. Man hörte Stuhlbeine schurren, als diejenigen, die schon am Tisch saßen, sich nach ihm umdrehten. Mrs. Fulljames tauchte aus der dampfigen Küche auf, um zu sehen, was es gab. »Aha«, sagte sie.

Davies rückte seine heruntergerutschte Fliege zurecht und zog an den ausgefransten Manschetten, während er sich setzte. Er wünschte allen in der Runde höflich »Guten Abend«, besonders zwei Neuankömmlingen, einem Ehepaar Phelan aus Irland, die so lange bleiben wollten, bis Mr. Phelans Mutter im Central Middlesex Hospital das eine oder das andere tat.

Mrs. Fulljames servierte die Suppe, und während Davies darauf wartete, daß die Wellen im Teller sich legten, gönnte er seiner Verflossenen ein verkniffenes Lächeln. Doris, die gleichermaßen darauf wartete, daß die Suppe abkühlte, schniefte verächtlich. »Trittst du heute abend als Zauberkünstler auf?«

»Nein, nein. Falsch geraten«, sagte Davies kopfschüttelnd, wie bei einem naheliegenden Mißverständnis. »Nein, heute abend dirigiere ich die Berliner Philharmoniker. Wagner und Beethoven.« Er machte eine Pause. »Im Pavillon im Gladstone Park.«

»Köstlicher Humor, findest du nicht?« meinte Mrs. Phelan, zu ihrem Mann gewandt.

»Köstlicher Humor«, stimmte er zu. »In Irland ist der Humor so schal geworden.«

»Ja, wahrhaftig«, pflichtete sie bei. Sie richtete ihre Aufmerksamkeit auf Mod, als ob er Bescheid wüßte. »Die Tage von Oliver St. John Gogarty sind vorüber.«

»Das sind sie«, erwiderte Mod, indem er einen schnellen Blick in die Runde warf. »Lange vorüber.«

»Du hast einen Klecks von irgendwas auf dem Jackett«, bemerkte Doris, indem sie zu Davies hin nickte. »Festgetrocknet, was immer es ist.«

Davies senkte die Augen, um den Fleck zu sehen. Er kratzte mit dem Fingernagel daran und leckte. Doris war sichtbar angeekelt. »Lauchsuppe«, befand ihr Ehegemahl. Er sah Mod fragend an. »Vielleicht vom Dinner zur Feier vom St.-David's-Tag im Gwalia Club?«

»Genau, da gab's Lauchsuppe«, sagte Mod voll Bewunderung. Er nickte Mr. und Mrs. Phelan zu. »Kein Wunder, daß er Detektiv geworden ist.«

»St.-David's-Tag ist im März«, sagte Doris.

»Erster März«, bestätigte Mod.

»Voriges Jahr«, sagte Minnie Banks, stets dankbar für eine Chance, zum Gespräch beizutragen, »voriges Jahr hat ein Kind aus der Vorschulklasse versucht, einen Strauß Narzissen zu verspeisen.«

Alle warteten, aber es kam keine Fortsetzung. »Das ist jetzt fast ein Jahr lang da drauf«, sagte Doris schaudernd. »Die Lauchsuppe.«

»Zehn Monate«, nickte Davies. Mrs. Fulljames kam aus der Küche und sammelte die Teller ein, wobei sie jeden einzelnen musterte, als ob sie kontrollieren wollte, ob auch nur eine Spur übriggelassen worden war. »Und was haben Sie uns heute Gutes gezaubert?« fragte Davies.

Die Gesichter der Tischrunde richteten sich erwartungsvoll empor. Mods Wangen glänzten in der spärlichen Beleuchtung. Mrs. Fulljames, die gewohnheitsmäßig eine Falle witterte, prüfte jedes einzelne Gesicht und wandte sich dann wieder Davies zu. »Lammragout«, verkündete sie. »Ein Genuß.«

»Das wird ein Gedicht sein«, informierte Mod Mr. und Mrs. Phelan.

Mrs. Fulljames brachte zwei Schüsseln Gemüse und einen großen Keramiktopf mit brodelndem Ragout herein. Sie nahm jetzt, nachdem sie auf die Suppe verzichtet hatte, ihren Platz am Kopfende des Tisches ein und teilte erst Fleisch und Soße, danach das Gemüse auf die Teller aus. Alle fingen schweigend an zu essen. Minnie Banks fischte schüchtern einen Papierfetzen aus ihrem Teller. Er hing von ihrer Gabel herab. Mod untersuchte ihn. »Das Haltbarkeitsdatum«, meinte er.

Mrs. Fulljames sah plötzlich beunruhigt aus und machte eine hastige Handbewegung quer über den Tisch. »Nein, gelogen«, verbesserte sich Mod. »Es ist das Preisschild.« Er nahm Minnie die

Gabel ab und reichte sie Davies hin. »Was glaubst du, Dangerous?«

»Das Mindesthaltbarkeitsdatum kann es nicht sein«, sagte Davies nachdenklich. Mrs. Fulljames lief rot an, während er das Stückchen Papier auf dem Tellerrand glattstrich. »Herabgesetzt«, las er langsam vor. Er sah auf. »Da haben wir's.«

»Es ist tadellos in Ordnung«, ereiferte sich Mrs. Fulljames. »Wenn Ihnen mein Essen nicht schmeckt, dann wissen Sie ja, was Sie zu tun haben. Man kriegt, wofür man bezahlt.«

»Absolut«, sagte Davies.

»Absolut«, sagte Mod.

»Wie wahr«, flüsterte Minnie Banks. »Wirklich sehr wahr.«

»Natürlich«, sangen die Phelans unisono.

Gehorsam machten sich alle wieder ans Essen.

Am folgenden Morgen, am Tag nach dem Europäischen Freundschaftsdinner mit Tanz, lag Davies zerschlagen in seinem Krankenhausbett und dachte darüber nach, warum es sein Schicksal war, immer wieder dort zu landen. Jemma, die natürlich im Rettungswagen mitgekommen war, hatte ihn voll Mitleid und Ratlosigkeit angesehen. Mod kam am anderen Morgen und nickte den Krankenschwestern zu, die er von Davies' früheren Aufenthalten kannte. Er rieb sich das Kinn, das so stoppelig war, daß man es hören konnte. »Du verbringst mehr Zeit hier als die meisten Mitarbeiter«, bemerkte er.

»Es ist verdammt noch mal nicht die Zeit für solche Weisheiten«, protestierte Davies, dessen Unterkiefer schmerzte.«

»Du mußt damit aufhören«, sagte Mod streng. »Eines Tages läßt du dich umbringen. Und dann landet noch jemand dafür im Gefängnis.«

Er öffnete seinen abgetragenen Mantel, unter dem die zerschlissene, von drei Knöpfen notdürftig zusammengehaltene, rund gewölbte Weste zu sehen war, und setzte sich ans Bett. Seine Augen wanderten kurz zum Nachtschränkchen hin.

»Weintrauben gibt's heute nicht«, brummte Davies. »Ich bin noch nicht lange genug hier.«

»Mein suchender Blick galt nicht den Trauben«, entgegnete Mod gutmütig. »Ich wollte auf deiner Uhr nachsehen, wie spät es ist.«

»Noch eine Stunde, bis die Bar aufmacht.«

»Du wirst etwas zu lesen brauchen.«

Davies schielte ihn an. »Danke. Wenn ich meine Augen wieder auf etwas konzentrieren kann. Etwas Klassisches.«

»Verfall und Untergang des Dangerous Davies«, sagte Mod nachdenklich. »Jemma hat mir erzählt, wie es passiert ist. So was schaffst nur du, bei einem Freundschaftsfest zusammengeschlagen zu werden. Einem *Europäischen* Freundschaftsfest. Welche Perspektive für unseren Premierminister!«

»So ein Kraut hat Jemma ›Schwarze‹ genannt.«

»Deutsch war noch nie eine liebenswürdige Sprache. Und daraufhin hast du ihn verprügelt.«

»Er hat auf mich losgeschlagen«, berichtigte Davies.

»Und ziemlich fest, wie man sieht«, sagte Mod, indem er das beschädigte Gesicht und die aufgequollene Lippe inspizierte. »Du solltest mal Urlaub machen, Dangerous. An der See.«

Davies zog eine Grimasse. »Wir haben Januar.«

Mod richtete seine Froschaugen auf die trübe Fensterscheibe. »Ins Schwarze getroffen, wie üblich«, meinte er. »Warum dann nicht was weit Entferntes, Exotisches? Orient, Karibik, Mosambik?« Zweifel umwölkte seine Miene, als er die Verletzungen seines Freundes wieder ins Auge faßte. »Immer vorausgesetzt, die medizinischen Einrichtungen sind angemessen. Andererseits glaube ich, Bournemouth kann auch sehr schön sein. Robert Louis Stevenson war da zur Erholung.«

»Ging's ihm danach besser?«

»Nein. Er ist zu den Südseeinseln gereist und dort gestorben. Du kennst wohl sein berühmtes Gedicht *Requiem*.«

»Ich müßte den Hund mitnehmen«, wandte Davies ein.

»Aha«, rief Mod. »Du überlegst es dir. Bournemouth.«

»Hat Kitty sich gestern abend anständig benommen?« fragte Davies unruhig. »Er hat nicht die Kneipe verwüstet, oder?«

Mod versuchte auszuweichen. »Nein, die Kneipe nicht. Die ist mehr oder weniger heil geblieben. Aber es gab schon einen kleinen Vorfall, als nämlich diese törichte alte Frau, die sie Mad Maggy nennen, du weißt schon, die mit den dünnen roten Haaren ...«

»Die kenne ich.« Davies runzelte die Stirn mit wachsendem Unbehagen. »Und was war der ...«

»Kleine Vorfall«, ergänzte Mod. »Na ja, sie hatte eine große pelzartige Handtasche, die Kitty wohl für eine Katze gehalten hat. Sah ja auch aus wie eine Katze ...«

»Ja, Mod«, sagte Davies gefaßt. »Sprich weiter.«

»Also, du weißt ja, was dein Hund von Katzen hält. Es gab ein Durcheinander, einen richtigen Tumult. Kitty stürzte sich auf die Handtasche, und Maggy versuchte ihn abzuwehren. Maggy sagt, der Hund hätte ihr eine Schnauze voll Haare ausgerissen, wo sie doch nur so wenige hat. Auf jeden Fall mußte Kitty sich übergeben. Maggy sagte, du wirst durch ihren Anwalt davon hören.«

»Ihr Oller hat Antrag auf Armenrecht gestellt, und sie nimmt sich einen Anwalt!« Davies war empört.

»Behauptet sie. Vielleicht hörst du nichts mehr von der Sache. Aber dann wird sie davon ausgehen, daß du ihr einen Freundschaftsdienst schuldest. Vielleicht, wenn ihr Mann das nächste Mal was anstellt...«

»Eine Hand wäscht die andere«, nickte Davies. »Sie wird darauf aus sein, daß ihr Alter ein bißchen länger aus dem Verkehr gezogen wird.«

»Das klingt schon besser«, freute sich Mod und faltete sein Doppelkinn zu einem Grinsen. »Du machst wieder Witze. Fühlst dich besser.« Er beugte sich vertraulich über das Bett. »Ich habe mit dem Arzt gesprochen«, flüsterte er und nickte. »Es ist derselbe wie immer. Er sagt, die Verletzungen sind nicht schwer, gemessen an dem, was er sonst bei dir gewohnt ist. In ein paar Tagen kannst du raus.«

»Danke.« Davies seufzte. »Dann hab' ich ja was, worauf ich mich freuen kann... Bournemouth.«

»Das ist die richtige Einstellung«, frohlockte Mod.

Während Davies in dumpfem Staunen zusah, drehte sein Freund sich um, weckte den schlummernden Bettnachbar auf und fragte, ob er seine *Daily Mail* mal borgen dürfe. Der Mann stöhnte und deutete mit der Hand auf die Zeitung. Mod wollte sich bedanken, aber das müde Haupt war schon wieder unter der Bettdecke verschwunden. Mod nahm das Blatt und öffnete es. »Schau'n wir mal«, sagte er und kniff die Augen zusammen. Er suchte und fand seine eingestaubte Brille, setzte sie umständlich auf, als sei er nicht sicher, wo sich seine Nase befand. »So ist es besser... hier geht's schon los... das Wetter in den Badeorten... Bournemouth... Schneeregen... zwei Grad Minus...« Er blickte aufmunternd hoch. »Gar nicht so übel«, trumpfte er auf. »Wenig unter dem Gefrierpunkt.«

»Ich kann's kaum erwarten«, brummte Davies grimmig.

Davies sah Jemma hereinkommen und sich im Saal nach ihm umsehen. Wie schön sie war, braun und anmutig, eine hochgewachsene Gestalt mit feingezeichnetem Profil, dunklen Augen und einer auffallenden Zahnlücke. Aber es war ihre Art zu gehen, die Aufmerksamkeit erregte, ein unbefangener, aufrechter und zugleich lässiger Gang. Sie sah sich nach beiden Seiten um. Kranke und daniederliegende Männer begannen sich aufzusetzen.

Sie blieb am Fußende von Davies' Bett stehen und sah ihn streng an. »Alles meinetwegen«, sagte sie kopfschüttelnd und lächelte ihn an. »Wie fühlst du dich, Dangerous?«

»Besser«, sagte er schmerzerfüllt. »Ein bißchen besser.«

Sie setzte sich auf den Bettrand, suchte sich eine heile Stelle auf seiner Wange und drückte einen Kuß darauf. Ihre Lippen waren weich und sanft. Vollkommene Stille hatte sich auf den Saal herabgesenkt, und alle Augen waren gespannt auf sie gerichtet. Ein Patient fiel mit einem plötzlichen Schrei aus dem Bett, und eine Bettpfanne klirrte.

»Sie sagen, es ist diesmal nicht so schlimm.« Sie strich tröstend über seine Hand.

»Ja, es fühlt sich besser an als sonst«, gab er zu. »Zwei, drei Tage, dann bin ich wieder auf den Beinen. Und trotze meinem Schicksal.«

Sie sah ihn vorwurfsvoll an. »Du mußt einfach eine Weile Genesungsurlaub nehmen«, sagte sie.

»Bournemouth«, nickte er. »Mod sagt, ich soll nach Bournemouth gehen. Es soll im Januar dort ganz hübsch sein. Ich nehme an, diesen Floh hast du ihm ins Ohr gesetzt.«

»Wir haben davon gesprochen«, räumte Jemma ein. »Ich würde mitkommen.«

Er versuchte zu lächeln. »Das macht es gleich wärmer.«

Sie lachte leise und gab ihm einen kleinen Klaps, daß er zusammenzuckte. »Ich könnte auch eine kleine Pause gebrauchen.«

»Der Sozialdienst hat wohl viel zu tun?« fragte er. »Nach Weihnachten pflegt sich die Mühsal dieser Welt zu vermehren.«

»Gleich dem Ende eines Waffenstillstands.« Sie hob die Schultern. »Du kennst doch den kleinen Valentin. Seine Eltern sind beide abgehauen, jeder für sich. Haben sich gegenseitig nicht mehr ertragen, und daraufhin haben sie ihn im Stich gelassen. Zehn Jahre alt. Vielleicht nehme ich ihn mit nach Bournemouth. Er hat das Meer noch nie gesehen.« Sie sah Davies traurig an. »Dangerous, es tut mir so leid wegen gestern abend. Du hättest meine Ehre nicht zu verteidigen brauchen. Ich habe schon Schlimmeres zu hören bekommen als das Wort ›Schwarze‹.«

»Aber nicht, wenn ich dabei war.«

Jemma seufzte. »Es war jammerschade. Ein Europäisches Freundschaftsfest, mit Essen und Tanz, und dann endet es mit einer Schlägerei.«

»Es passierte erst, als alle schon reichlich getrunken hatten und zu singen anfingen«, erinnerte er sich. »Nichts bringt das häßliche Antlitz des Nationalismus so leicht zum Vorschein wie Gesang.«

Sie nickte betrübt. »Angefangen hat der Australier.«

»Australier? Was hat Australien mit Europäischer Freundschaft zu tun?«

»Er ist irgendwie reingeschneit. Wahrscheinlich angelockt von den Getränken. Alle dachten, er hätte ›Austria‹ gesagt und wäre Österreicher. Erst als er anfing, Streit zu machen...«

»Ich habe ihn gesehen. Er hat den armen kleinen Kerl aus Luxemburg angerempelt. ›Klippklapp geht die Schafschur‹, hat er dazu gesungen. Da hätte ich es wissen müssen.«

Jemma sah bedrückt auf ihre Hand nieder. Der Ehering, den sie noch immer trug, glänzte auf ihrem langen schlanken Finger. »Alle waren außer Rand und Band«, bestätigte sie. »Und es war so gut organisiert. Alles für die Freundschaft.«

»Freundschaft läßt sich nicht so leicht organisieren«, bemerkte Davies nachdenklich. »Ist denn der Schaden groß?«

»Nur an den Menschen. Zwei Franzosen sind im Krankenhaus von Willesden. Einen haben sie mit seinem eigenen Schlips, so einem Ding mit Gummiband, am Adamsapfel verletzt. Und ein Holländer liegt hier auf demselben Flur.«

»Und was ist mit dem Deutschen, den ich zusammengeschlagen habe?«

»Hast du ja nicht. Du hattest selbst auch schon einen sitzen, Dangerous, und da hast du danebengezielt und den Holländer getroffen.«

Er machte ein reuiges Gesicht. »So was kann man nicht planen.«

»Ich glaube, er wird dich nicht wiedererkennen. Es waren ja alle beteiligt. Ich staune immer wieder, wie Männer bei der ersten sich bietenden Gelegenheit übereinander herfallen. Frauen sind bloß gehässig und meist nur hinter dem Rücken. Zum Glück war der Sachschaden nicht groß. Der Saal gehört dem jüdischen Makkabäer-Club und ist schon vom Bau her für Krawall gerüstet. Die rechnen ja immer mit einem Angriff von der ›Nationalen Front‹.«

»Es gibt keinen Frieden«, seufzte Davies. Er sah sie düster an. »Kitty hat sich gestern abend auf die verrückte alte Maggy gestürzt. Im Pub. Hat ihr ein Büschel Haare ausgerissen.«

Jemma machte einen Schmollmund. »Diese Neuigkeit hatte ich dir vorenthalten wollen«, beichtete sie. »Bis du dich besser fühlst. Das hat bestimmt Mod ausgeplaudert.«

»Das war doch klar«, sagte Davies.

»Na ja, denken wir lieber an was Schöneres. Stell dir vor, wir fahren nach Bournemouth.«

Als Begleitmusik trommelte ein kräftiger Regenguß gegen die Fensterscheibe.

Kapitel 2

Zwischen Basingstoke und Winchester zeigte sich ein bißchen regenfeuchter, aber optimistisch stimmender Sonnenschein. Der Zug rollte zwischen leuchtendgrünen Weiden und den schokoladenbraunen Flächen frisch gepflügter Äcker dahin. Über den niedrigen Hügeln von Hampshire und den drahtigen Bäumen war der Himmel blau, klar und kalt.

Davies blickte hoffnungsvoll um sich und meinte, vielleicht würde es doch noch schön. Jemma kraulte seinem Hund die Stirn, worauf das Tier wohlig aufseufzte. Valentin schaute von seinem Fensterplatz her und fragte: »Warum bauen sie den ganzen leeren Platz hier nicht mit Häusern voll?«

»Werden sie wohl«, beruhigte Davies ihn. »Sowie England sich mal wieder aufgerappelt hat.«

»Wann ist das?«

Davies zuckte die Achseln. »Weiß ich nicht. Ich bin bloß Polizist. Ich hab' keine Ahnung.«

Jemma setzte ihr einzigartiges Lächeln auf. Die Zähne hell in dem braunen Gesicht und die Zahnlücke genau in der Mitte, so daß der Blick jedesmal gefesselt wurde, egal wie lange man sie schon kannte. Er spürte ihre Freude, daß sie Valentin hatten mitnehmen können. Sie hatte befürchtet, sein Vater oder, noch schlimmer, die Mutter würde ihn sich schnappen und ihn zurückhalten. Und das alles nur, um sich gegenseitig eins auszuwischen.

»Er wird bei mir im Zimmer schlafen müssen, Dangerous«, hatte sie entschuldigend gesagt. »Ich möchte ihn nicht aus den Augen lassen. Das Ganze ist ja ein bißchen inoffiziell.«

»Hab' ich mir schon gedacht«, sagte Davies, der sich manches Mal fragte, warum sich eine Sozialarbeiterin noch Arbeit mit nach Hause nehmen mußte.

»Du wirst Kitty zur Gesellschaft haben.«

»Ich weiß, ich weiß«, hatte er grimmig geantwortet. »Wenigstens etwas.« Der große Hund hatte dazu übellaunig geknurrt. »Ein Urlaub an der See bringt vielleicht seine und meine Beziehung wieder in die Reihe. Lange Spaziergänge am Strand, und ich werfe Steinchen.«

Die Reise mit dem Auto zu machen war nicht in Frage gekommen. Davies hatte Zweifel gehabt, ob der Wagen die mehr als hundert Meilen überhaupt schaffen würde, außerdem war er besorgt um die Schäden, die Salzluft und rauhe Seewinde der Limousine zufügen würden, die in der letzten Zeit nur noch selten aus der Hinterhofgarage ins Freie gekommen war.

Kitty saß in ungewöhnlich aufrechter Haltung da. Er genoß offensichtlich das Schaukeln des Zuges und das zarte Parfüm von Jemma; nur einmal knurrte er drohend, als der Schaffner kam, um die Fahrkarten zu kontrollieren.

Mod hatte zu seinem Bedauern zu Hause bleiben müssen. Er glaubte zwar irgendwo im Hinterkopf zu wissen, daß es eine Regelung gebe, nach der chronisch Arbeitslose zu einem Kurzurlaub auf Kosten der öffentlichen Hand berechtigt waren, aber soviel er auch in den Satzungen stöberte, hatte er doch die entsprechenden Paragraphen nicht gefunden.

»Mir würde eine Abwechslung auch guttun«, hatte er mißmutig verkündet. »Manchmal hängt mir die Stadtbibliothek zum Halse heraus. Das Niveau der Leser ist nicht gerade berückend. Gestern war eine Frau da, die wollte sich nach dem Buch *Die sieben Säulen von Willesden* erkundigen.«

Ob Willesden oder Weisheit, Davies brauchte von beidem eine Pause. Er fand es insgeheim gar nicht schlecht, daß Mod nicht mitkam. Dieser hatte ihm bereits einen ausgedehnten Vortrag über Robert Louis Stevenson und Bournemouth gehalten. »Dort hat er *Entführt* und *Dr. Jekyll und Mr. Hyde* geschrieben«, verkündete er, nachdem er es gerade nachgeschlagen hatte. »Das letztere Buch begründete seinen Ruhm. Es wurde in ganz England von den Kanzeln herab zitiert, wie du weißt.«

Davies sagte nein, wüßte er nicht. Das war an der Bar im ›Wikkelkind‹ gewesen, und Mod hatte lauter Tatsachen aus Stevensons Leben aneinandergereiht. Davies wußte immer, wann Mod gerade gebüffelt hatte, weil er dann die Sätze aus seinem Spickzettel wörtlich wiederzugeben pflegte. Er hatte in die tiefsten Tiefen seines Wintermantels gelangt und ein schäbiges Büchlein zum Vorschein gebracht. »Eine Leihgabe«, flüsterte er. »Die Bibliothek weiß nichts davon. Das Leben von R. L. S. im Überblick.« Es hörte sich an, als hätte er den Dichter persönlich gekannt.

Jetzt in der Eisenbahn dachte Davies über Mod und Robert Louis Stevenson nach. Als der Zug in Winchester hielt, brachte Jemma ihr Gesicht dicht an Valentins Ohr und sang ihm das Lied vom Dom zu Winchester vor. In Southampton schaute der Junge aus dem Fenster und berichtete: »Hier steigen lauter feine Leute aus. Und für die Koffer haben sie Männer mit Schubkarren.«

Jemma und Davies stellten sich neben ihn ans Fenster, das ihre drei Gesichter einrahmte. Aus den Erste-Klasse-Abteilen stiegen elegant behütete und bemäntelte Gestalten aus. Bunt bemützte Gepäckträger transportierten Stapel von eleganten Gepäckstükken über den Bahnsteig. Der schwarze Junge steckte den Kopf heraus und fragte: »Wo wollt ihr denn alle hin?«

Ein Mann, dessen Kopf aus einem dicken Schal hervorlugte, drehte sich um. Sein grauer Schnurrbart wippte beim Sprechen. »Kreuzfahrt, mein Junge«, antwortete er. »Nach Westindien.«

»Da bin ich schon mal gewesen«, sagte Valentin wahrheitsgemäß. »Mein Papa sagt, da bin ich geboren.«

»Glaube ich gern«, sagte der Mann, der stehengeblieben war, während der Rest der Gruppe weiterging. »Wo fährst du jetzt hin?«

»Nach Bournemuff.«

»Da wird's dir gefallen«, meinte der Mann. »Ich wünschte, ich führe auch dahin. Manche Orte kommen einem so fernliegend vor, wenn man älter wird.«

Der Zug fuhr wieder an und rollte bald neben einer aufgewühlten Wasserfläche her; ein abgetakeltes Schiff lag in Southampton auf einer Werft. Die Sonne war verschwunden, der Himmel hing tief herab und verschmolz mit dem Meer. Sie fuhren durch das Graugrün vom New Forest, wo sie Wildpferde sahen, und weiter nach Christchurch; dann donnerte der Zug mit dröhnendem Widerhall in den überdachten Bahnhof von Bournemouth.

Jemma half Valentin hinunter auf den Bahnsteig. Kitty hatte sich widerspruchslos anleinen lassen, aber jetzt wedelte er wie wild mit dem ganzen Körper hin und her. Als Davies auf der Plattform landete, sprang eins der beiden Schlösser an seinem altersschwachen Koffer auf. Er hielt ihn verzweifelt in den Armen wie einer, der einen Selbstmörder zurückzuhalten versucht.

»Du mußt dich um etwas Neues kümmern, hier hast du ja Zeit dafür«, sagte Jemma und meinte den Koffer.

Später dachte sie manchmal daran, wie doppeldeutig ihre Worte gewesen waren.

In Bournemouth war die Wintersonne wieder herausgekommen. Als das Taxi die Strandpromenade entlangfuhr, sahen sie die Wellen glitzern und wie weiße Federn auf dem leeren Strand durcheinanderwirbeln. Valentin fragte, ob sie echt seien.

»In dieser Jahreszeit haben wir morgens oft solches Wetter«, verkündete der Taxifahrer. Seltsam, nur wenig entfernt von London taten die Leute so, als ob sie in einem anderen Land lebten. Der Fahrer hatte sich erst nach einem langen, mißtrauischen Blick bereit erklärt, auch den Hund mitzunehmen. Kitty wurde der Situation gerecht, indem er einschmeichelnd grinste. »Leider entscheidet sich das Wetter gegen zwei Uhr mittags meistens anders.« Der Fahrer nickte voraus durch die Windschutzscheibe. »Man sieht, wie es von Westen heraufzieht. Von den Teufelsklippen.«

»Wo sind die Schiffe?« fragte Valentin. Auf dem Wasser war nichts zu sehen. Ihre Augen suchten die Bucht ab. Dem Fahrer schien es ein wenig peinlich. »Es gibt jetzt nicht so viele«, räumte er ein. »Im Sommer fährt der Ausflugsdampfer rüber zur Insel Wight, aber momentan tut sich schiffahrtsmäßig nicht allzuviel.«

Sie hielten vor dem Hotel ›Seebrise‹, und Jemma und der Junge musterten die Erkerfenster, während Davies das Taxi bezahlte. »Schlau, daß ihm das aufgefallen ist!« sagte der Fahrer und nickte in Valentins Richtung. Davies freute sich. Dann setzte der Mann hinzu: »Wahrscheinlich sind manche von denen ganz intelligent.«

»Manche Kinder, meinen Sie«, sagte Davies. Der Mann wurde verlegen und sagte: »Ja, Kinder.« Davies grinste freundlich und gab ihm ein kleines Trinkgeld. Dann wandte er sich um, um das Hotel ›Seebrise‹ zu betrachten.

Die Fenster und die Glasscheiben der Drehtür spiegelten die Januarsonne wieder. »Da paßt er nicht durch«, sagte Davies und nickte erst zum Hund und dann zur Tür hin. Ein Gesicht wurde hinter der Scheibe sichtbar. Valentin war schon durchgegangen und inzwischen bei der zweiten Runde; sein Gesicht sah komisch verzerrt aus. »Ich geh' fragen«, sagte Jemma. Sie ging durch die Tür und hielt den Jungen zurück, als er gerade zur dritten Runde ansetzte. Davies wartete draußen mit dem Hund. Ein Mann und eine Frau, beide mit den gleichen grauen Strickjacken und Mienen angetan, kamen nacheinander heraus. Sie stellten sich hin und inspizierten Davies und Kitty.

»Ein kleines Hündchen, dachte ich«, sagte die Frau spitz. Sie rückte die Brille zurecht. »Ziemlich groß für ein Hündchen«, meinte der Mann.

Kitty zog seine Flehentliche-Blicke-Nummer ab. Die Strickjacke des Mannes hing wie ein Sack um seine Leibesmitte, und Davies bekam es mit der Angst, der Hund nehme bereits Maß für einen Sprung.

»Ich zahle den vollen Satz für große Hunde«, versicherte er.

Die Frau hob schnüffelnd die Nase in der einen und dann in der anderen Richtung der Straße, als hoffe sie, daß ein besseres Geschäft in Sicht käme. Es kam keins, und Davies konnte sehen, daß sie sich zu einem Entschluß durchrang. »Mach auf«, befahl sie dem Mann. Der bückte sich und hantierte an mehreren Riegeln, um eine Hälfte der Drehtür aufzuklappen. »Macht das Hotel ein bißchen vornehmer, die Tür«, meinte er. Kitty näherte seine Nase dem gesenkten Kopf des Mannes. Davies hielt ihn fest. Jemma und Valentin standen drinnen, und der Junge schaute dem Umbau der Türe zu.

»Natürlich diskriminieren wir die Gäste nicht im geringsten, solange sie sich benehmen«, schnaubte die Frau. »Aber Hunde, das ist natürlich etwas anderes.« Sie musterte Kitty von neuem. »Er ist doch hoffentlich stubenrein.«

»Der pißt überall hin«, teilte Davies ihr mit. Sein Entschluß stand jetzt fest. Er warf noch einen Blick auf das Hotel und auf die schokkierten Mienen der Besitzer. »Ich glaube nicht, daß dieses Etablissement gut genug für ihn ist.«

Jemma verstand sofort und zog Valentin an der Hand nach draußen, während Davies die Koffer aufhob. Sie machten sich auf den Weg; das Ehepaar blieb sprachlos in der Tür stehen. Als Davies sich noch einmal umdrehte, ballte die Frau gerade die Faust in seine Richtung, aber ihre Worte wurden vom Wind weggeweht. »Alte Kuh«, sagte er.

»Wo gehen wir jetzt hin?« fragte Valentin. »Ich hab' gar nichts getan.«

Jemma tätschelte seine Hand, und Davies sagte: »Nein, du nicht, mein Sohn.«

»So was hasse ich«, murmelte Jemma. Davies konnte sehen, wie wütend sie war.

Er lächelte listig und sagte: »In der nächsten Nummer von *Dogs Weekly* wird eine Annonce stehen, mit der sich das Hotel ›Seebrise‹ in Bournemouth allen Hundehaltern empfiehlt. Je größer, je stinkiger, je inkontinenter, desto besser. Und der zweite Hund wird umsonst aufgenommen.«

Jemma mußte lachen. Er stellte die Koffer auf die Erde. »Was machen wir jetzt?« fragte sie. Er war sich bewußt, daß Jemma, der Junge und der Hund ihn alle voll Vertrauen ansahen.

»Wir gehen nach ... da drüben«, erklärte er und zeigte zur anderen Straßenseite hinüber, wo ein großes altes Hotel den niedrigen Sonnenstrahlen im Weg stand. »Das sieht mir so aus, als ob sie dort nichts gegen Hunde hätten.«

Jemma lächelte ihn an und drückte seinen Arm. »Es wird aber teurer sein«, warnte sie.

»Für meinen Hund ist das Beste gerade gut genug«, murmelte Davies. Er kraulte Kittys Haupt, worauf das Tier drohend knurrte. »Und er weiß es«, sagte er.

Sie überquerten die Straße. Zwischen den Gebäuden auf der Strandseite lag ein breiter Streifen Sonnenschein, und alle drei blinzelten und spürten das bißchen freundliche Wärme.

Das Hotel ›Promenade‹ hatte keine Drehtür. Sie betraten die Eingangshalle, in der es ein paar angenehm abgewetzte Sessel, eine schäbige Zimmerpalme und einen blankgeputzten Empfangstresen gab. Eine alte Dame, die gerade den *Daily Telegraph* las, blickte auf und lächelte. Eine mollige junge Frau in etwas schlampigem Aufzug, aber mit freundlichem Gesicht, saß hinter der Theke und lächelte ebenfalls.

»Haben Sie noch Zimmer?« fragte Davies.

»Zimmer?« wiederholte sie. Sie blinzelte verwirrt. »Zimmer? Wir haben so viele Zimmer, daß wir damit hausieren gehen können.«

»Was für ein schöner Hund, Mr. Davies«, sagte die alte Dame mit dem *Telegraph*.

»Vielen Dank«, sagte Davies an Kittys Stelle. Die Dame ließ die Zeitung sinken und lächelte die ganze Gesellschaft wohlwollend an.

»Mrs. Dulciman mag Hunde«, sagte die Empfangsdame. »Sie hatten doch auch mal einen, nicht wahr, Mrs. Dulciman?«

»Vor einer Weile, ja«, bestätigte die Dame. »Broadbent, ein Basset. Bevor mein Mann gegangen ist.«

Davies war angesichts dieser fragmentarischen Information in Versuchung nachzufragen, wohin Mr. Dulciman gegangen sei. Er unterließ es und trug sich ins Anmeldebuch ein.

»Zwei Zimmer brauchen Sie?« fragte die junge Frau, indem sie ihrerseits die Gruppe musterte und versuchte, herauszufinden, wer zu wem gehörte.

»Zwei, genau«, bestätigte Davies. »Ich muß den Hund hüten.«

»Es ist der Nebensaison-Preis«, sagte sie und schob sich die widerspenstigen Haare aus dem runden Gesicht. »Wir haben Januar.« Sie kam ein bißchen näher heran. »Dreißig Pfund pro Tag für jedes Zimmer«, verriet sie. »Inklusive Hund. Für wie lange soll's denn sein?«

Jemma sagte: »Ich muß am Montag mit dem jungen Mann hier nach London zurück. Mr. Davies bleibt eine Woche. Er muß sich erholen.«

»Dann weiß ich, wie Ihnen zumute ist«, sagte das Mädchen zu Davies. »Ich zeige Ihnen die Zimmer.« Sie nahm zwei Schlüssel vom Brett, kam um die Theke herum und ging dann noch einmal zurück, um die richtigen Schlüssel zu holen. »Nun bin ich schon so lange hier«, schüttelte sie den Kopf. »Man sollte wirklich annehmen, ich wüßte Bescheid.« Sie zeigte den Weg zu einer Wendeltreppe. Valentin ließ vergnügt die Hand über das gewachste Geländer gleiten, während sie hinaufstiegen.

»Schön sind sie, die Zimmer«, sagte das Empfangsfräulein. »Blick aufs Meer. Allzuviel hat man ja nicht davon zu dieser Jahreszeit.«

Als sie das erste Zimmer betraten, lachte Jemma und rief: »Wie schön. So hell!« Ihre Hände öffneten sich den großen Erkerfenstern entgegen, die der Himmel und das von der Sonne mit metallischen Streifen überzogene Meer ganz ausfüllten. Der Junge ging zum Fensterbrett, starrte hinaus und sagte: »Mannomann!«

»Der andere Raum ist mehr oder weniger gleich«, sagte das Mädchen. »Beide mit Bad. Den ganzen Sommer über ausgebucht.«

Sie zeigte ihnen, wie der elektrische Teekessel funktionierte, und erkundigte sich nach ihren Wünschen bezüglich der Morgenzeitung. »Ich bin Mildred«, setzte sie hinzu. »Leider.«

»Nettes Mädchen«, sagte Jemma, nachdem sie die Tür zugemacht hatte. »Aber unglücklich.«

»Die andere Frau kannte deinen Namen«, sagte Valentin zu Davies.

»Ja, die alte Dame in der Halle«, bestätigte Jemma. »Sie hat dich Mr. Davies genannt.«

Davies sagte: »Sie hat ihn von der Empfangsfrau gehört, nachdem ich die Anmeldung ausgefüllt hatte.«

»Nein, es war vorher«, sagte Jemma. »Als wir hereinkamen und sie über den Hund sprach. ›Was für ein schöner Hund, Mr. Davies‹, hat sie gesagt.«

Valentin ging zu dem aufgeplatzten Koffer, den Davies hereingebracht hatte. Er hielt den Anhänger hoch und sagte: »Hier steht's. Mit großen Buchstaben. Hier, da steht ›Davies‹.«

»Das stammt noch von unserem Polizeiausflug nach Boulogne«, sagte Davies. »Wir mußten alles mit Namen versehen, für den Fall, das was geklaut würde. Nicht von der Polizei geklaut, sondern ganz allgemein.«

Jemma legte dem Jungen die Hand auf den Kopf. »Gut beobachtet, Valentin«, lobte sie. »Du solltest Polizist werden, wie Dangerous.«

Der Junge schaute auf Davies' noch immer grün und blau schillerndes Gesicht und sagte: »Nein danke.«

Obwohl das Licht im Winter am Nachmittag früh verschwand (gegen vier Uhr war der Himmel im Westen rotgestreift wie eine Fahne), blieb doch gerade noch ein wenig Zeit für einen Spaziergang am Strand.

Da Valentin eine Schaufel und ein Eimerchen brauchte, gingen sie mit Kitty an der Leine die Ladenreihe entlang und versuchten, die Dinge zu kaufen, ernteten aber nur befremdete Blicke. Schließlich holte ein Ladenbesitzer eine in Plastik eingeschweißte Packung aus seinem Lager; er blinzelte so krampfhaft, als sei er persönlich seit Ende September im Dunkeln eingeschlossen gewesen.

»Ich kaufe immer zu dieser Jahreszeit«, sagte Davies mit der Miene eines Mannes, der sich auskennt. »Man weiß ja nie, wegen der Inflation, oder? Im Juli kosten Eimer und Schaufel vielleicht schon das Doppelte.« Er sah sich schnuppernd um. »Ich könnte mir auch ein Gummiboot zulegen.«

Die Augen des Ladenbesitzers kamen aus ihren Falten heraus und er lachte dröhnend, als sei dies der beste Witz, den er im ganzen Januar gehört hatte. Seine Frau, die hinter einem mit Süßigkeiten vollgestellten Ladentisch verborgen gewesen war, kam mit der schuldbewußten Miene des Lauschers hervor und bot ihnen Pralinen aus einer schwärzlichen, halbleeren Packung an. »Das ist das einzige, was man hier im Winter tun kann«, sagte sie, »Schoko in sich reinstopfen. Die hier sind gut. ›Black Magic‹.«

Sie schaute Jemma direkt ins Gesicht, dann auch dem Jungen, und wurde plötzlich verlegen. »Die sind gut«, wiederholte sie. Jemma lächelte und nahm eine Praline. Valentin nahm sich, dazu aufgefordert, zwei. Davies sagte, er wolle sich den Appetit für den Nachmittagstee nicht verderben. Kitty stupste mit der Nase an die Schachtel, worauf die Frau ihm ebenfalls eine gab.

Als sie das Geschäft verließen, schlenkerte Valentin seinen bunten Eimer an dem quietschenden Griff und klopfte mit dem Spaten darauf. Gegen die Kälte waren sie warm eingepackt. »Hab' schon in schlimmerem Wetter Cricket gespielt«, prahlte Davies und sog die Salzluft ein. Der Strand war flach, gelb und bis auf einen schattenhaften Mann, der mit einem schattenhaften Hund unterwegs war, leer; die Wellen waren flach, und der Himmel brach auf, zeigte Fetzen von Blau und schickte ein wenig blassen Sonnenschein hinunter.

»Seit wann spielst du Cricket?« fragte Jemma und nahm die freie Hand des Jungen in die ihre.

»Ich? Cricket?« Davis warf sich in die Brust. »Ich war einmal der David Gower der Einheit. Zielsicher und graziös.«

Sie lachte und umarmte seine bauchige Mitte. »Ich wette, das ist wirklich eine gute Weile her.« Kitty stand da und bestaunte den Strand. Dann bellte er und zerrte an der Leine.

Sie gingen nebeneinander her, liefen dann über den Sand und über knirschende Kiesel, spürten das sanfte Prickeln des Windes im Gesicht. Der Junge schwenkte den Eimer und winkte mit dem Spaten. »Uiii!« schrie er und rannte los. »Uiii!«

Davies war außer Atem, als er ihn einholte. »So viel frische Luft«, beklagte er sich. Die anderen beiden rannten weiter. Er schickte den Hund hinterher und rief: »Das ist gesundheitsschädlich, wirklich!«

Er schaute den beiden nach, ihrer Lust am Laufen, und ihre Freudenrufe kamen durch die Salzluft zu ihm zurück. Er stand still und beobachtete das kabbelige Meerwasser. Er konnte sich nicht erinnern, wann er zuletzt an einem Sandstrand gewesen war.

Eine einsame Möwe in der Nähe des Ufers kreischte, als habe sie etwas Beunruhigendes erspäht. Kein Schiff war in Sicht vom einen Ende des Horizonts bis zum anderen. Im Westen ragten die bizarren Konturen der Teufelsklippen auf wie Kulissen an der Seite einer Bühne. Von fern hörte er das Rufen, als Jemma und der Junge umkehrten. Er hätte sie gern geheiratet, wenn er nicht schon eine Ehefrau im ›Bali Hi‹, Willesden, gehabt hätte. Natürlich konnte er sich scheiden lassen, aber das gesetzliche Erfordernis des Getrenntlebens würde schwer zu beweisen sein, da weder er noch Doris je aus Mrs. Fulljames' Pension ausgezogen waren; jeder von ihnen hatte das trotzig vom anderen verlangt. Er zahlte ihr die Miete und die laufenden Ausgaben. Was für eine Art, für beide, ihr Leben zu verbringen! So oder so hatte er seine Zweifel, ob Jemma bereit sein würde, ihn zu heiraten. Sie hatte ja auch einen Mann, irgendwo in der französischen Karibik. Er fragte sich, was der Junge, Valentin, von der Zukunft zu erwarten hatte. Wahrscheinlich nicht viel. Was für eine Schande, wenn der heutige Tag schon einer der Höhepunkte in Valentins Leben sein sollte!

Als die beiden Gestalten auf dem Strand näherkamen, waren ihre dunklen Gesichter im schwindenden Licht kaum noch zu erkennen. Der Hund tollte im Kreis um sie herum. Valentin hatte etwas in seinem Eimer.

»Dangerous, er hat einen Seestern gefunden!« rief Jemma atemlos. »Sieh mal, wie vollkommen.«

»Hat noch alle seine Beine«, stellte der Junge fest. »Da fehlt nichts.«

»Das gibt's nicht oft im Leben – daß nichts fehlt«, bemerkte Davies. Er drehte sich lachend nach dem Jungen um. »Wollen wir noch ein paar Sandkuchen backen, ehe es dunkel wird?«

Valentin wischte sich die Nase am Ärmel seines Anoraks ab. »Warum keine Sandburg?«

»Er ist halt benachteiligt.« Jemma lächelte Davies an. »Er hat noch nie eine Sandburg gehabt.«

»Na gut«, sagte Davies. »Kuchen sind einfacher, das ist der ganze Unterschied.« Er kniete sich auf den trockenen, kalten Sand. »Aber nur eine kleine.«

»Nur so groß«, sagte der Junge und breitete die Arme aus. »Morgen machen wir eine ganz geile.«

»Eine große Sandburg«, korrigierte Jemma, höflich aber nachdrücklich.

»Sag' ich doch«, erwiderte der Junge. Er kniete sich neben Davies auf den Sand, und Jemma tat desgleichen, nicht ohne seltsamerweise mit der Hand ihre Hosenbeine abzubürsten. Kitty schnupperte, stieß alle in die Seite und begann, sein eigenes Loch zu buddeln. Davies hatte seinen Hund noch nie so glücklich gesehen. Sie arbeiteten fleißig. Davies nahm Valentin den bunten Plastikeimer aus der Hand und schaufelte ihn dicht am Wasser voll Sand. »Er muß feucht sein, sonst hält er nicht«, erklärte er. Er drehte den Eimer um, und da war der Sandkuchen, perfekt geformt, als Portal für die Burg. Davies sagte fröhlich: »Mensch, ich kann's noch!«

Valentin sah bewundernd zu. »Laß mich mal«, rief er. Er trug den Eimer zum Wasserrand und füllte ihn voll Sand, nicht ohne furchtsame Blicke auf die auflaufenden kleinen Wellen zu werfen. Er kam lachend zurück, und dann zeigte Davies ihm, wie man den Eimer umstülpt, mit der Schaufel auf die Seiten klopft und ihn vorsichtig abhebt, um den wohlgeformten Kuchen zu enthüllen.

»Mann«, sagte Valentin und richtete sich mit entzückter Miene auf. »Voll geil ist das.«

»Sehr schön ist es«, korrigierte Jemma noch einmal nachsichtig. Sie lachte zu dem hockenden Davies herunter. »Du hast ein Händchen dafür, Dangerous«, meinte sie.

»Ich übe immer unten beim Baustofflager von O'Gorman in Neasden, da spiele ich im Sandhaufen.« Valentin rannte wieder zum Wasser hinunter.

»Ich mußte mal den Hinterhof von O'Gorman bewachen, weil dort ständig Altmetall gestohlen wurde«, sagte Davies, »da hab' ich mich wirklich mit dem Versuch amüsiert, eine Sandburg zu bauen.«

Er sah zu dem Jungen hin, der immer noch seinen Eimer füllte, und sagte: »Heute abend wird es wohl nichts, oder?«

»Es wird schwierig«, flüsterte sie. »Ich habe Valentin und du deinen Hund.« Sie blickte Kitty an, der sich erschöpft auf dem Kies ausgestreckt hatte. Sie spitzte die Lippen zu einem stummen Kuß. »Aber man weiß ja nie.«

Der Himmel wurde dunkel, und es wurde ihnen kalt. Die kleine Sandburg war fertig. »Eine Tasse Tee wäre jetzt schön«, meinte Davies händereibend.

Valentin blickte auf. »Und Schokoladenkekse?« schlug er vor.

Jemma nickte. »Ich möchte Kuchen«, sagte sie.

»Wir können ja morgen wieder herkommen«, sagte der Junge und betrachtete die Sandburg. »Dann machen wir weiter.«

»Morgen ist nichts mehr davon da«, belehrte Davies ihn.

Der Junge war entgeistert. »Wieso nicht? Wer klaut sie denn?«

»Das Meer«, sagte Davies und nickte zu dem metallgrauen Wasser hin. »Die Flut kommt und wäscht alles weg.« Er richtete sich auf und schaute Jemma an. »Wir müssen wieder von vorne anfangen.«

Ein purpurroter Streifen Sonnenuntergang lag auf dem Wasser, das nun fast schwarz war. Die Möwe rief immer noch. »Wozu macht die so ein Geschrei?« fragte Valentin. Sie nahmen ihn zwischen sich, jeder eine Hand, und gingen den Strand entlang auf das Ende des Tageslichts zu. »Kann sie den Weg nicht finden? Hat sie sich verirrt?«

»Sie möchte Tee und Schokoladenplätzchen, denke ich mir«, sagte Davies.

»Und Kuchen«, sagte Jemma.

Zu Abend aßen sie in einem Fish-and-Chips-Laden, der nach hinten heraus einen großen Raum mit Tischen hatte, und anschließend kehrten sie zum Hotel zurück und setzten sich vors Fernsehen. Sie hatten den Fernsehraum für sich allein, ausgenommen einem alten Mann, der mit offenem Mund vor sich hin döste. Bevor Valentin ins Bett mußte, gab er Davies einen freundschaftlichen Klaps aufs Bein und sagte: »Danke für die Sandburg.«

»Hat mir Spaß gemacht«, sagte Davies wahrheitsgemäß. Er folgte den beiden nach oben und ging auf sein eigenes Zimmer. Kitty wachte mit dem üblichen Geknurr auf, ließ sich dann aber willig von Davies hinaus auf die Promenade führen. Der Wind blies Hund und Herrchen ins Gesicht. Der Mond kam hin und wieder zwischen jagenden Wolken hervor, und das Meer rauschte mächtig. Der Hund schnupperte die ungewohnte Nachtluft, als befürchte er eine Falle, aber dann kam er brav mit. Ein zweiter Spaziergänger mit Hund kam ihnen entgegen. Es war die Empfangsdame, die zum Hotel zurückwollte. »Der Wachdienst macht die Runde«, sagte sie. Ihr Gesicht war rund und blaß. Der Hund beschnüffelte Kitty flüchtig, und Kitty schnüffelte ebenfalls, aber beide entdeckten nichts von besonderem Reiz. Kitty begann an der Leine zu zerren. »Ich werde mal weiter gehen«, sagte die junge Frau. »Die haben verschiedene Sternzeichen.«

Davies lachte und ging mit Kitty noch etwa dreihundert Meter weiter, ehe er umkehrte. Er sah die Frau ins Hotel hineingehen. Er fragte sich, was für ein Leben das hier für sie sein mochte.

Aus der Hotelbar hörte man Gelächter, so daß Kitty die Ohren spitzte. »Komm rauf«, sagte Davies und hielt die Leine fest, »da kannst du nicht mitmachen. Ich hab' noch Hundekuchen für dich oben im Zimmer.«

Kitty ließ sich die Treppe hinauflocken, und Davies machte es ihm in seinem Korb gemütlich. Dann versuchte er, den Korb so hinzurücken, daß er nicht die Badezimmertür versperrte, wogegen der Hund jedoch zähnefletschend protestierte. Davies beschloß, vor dem Zubettgehen die Etagentoilette zu benutzen. Das Tier rollte sich zu einem dicken Fellknäuel zusammen, während Davies ihm beim Hinausgehen »Gute Nacht« sagte; die Nachttischlampe ließ er brennen.

Als Jemma in die Bar hinunterkam, setzten sie sich an einen Tisch am Fenster. Mildred, die Empfangsdame, bediente jetzt an der Bar. Die lachenden Männer waren weg und der Raum fast so verlassen wie die Straße draußen. »Mußtest du für deinen Hund das Licht anlassen?« fragte Jemma.

»Für den Fall, daß er aufwacht und nicht weiß, wo er ist«, erläuterte Davies ein wenig verlegen. »Weißt du, Hunde können plötzlich die Orientierung verlieren. Ich möchte ja nicht, daß er dann losheult wie der Hund von Baskerville.«

Er sah sie an. »Wie machen wir's?« fragte er. »Wenn überhaupt.«

Jemma berührte seine Hand. »Sowie Valentin eingeschlafen ist, schleiche ich mich zu dir«, kündigte sie mit Verschwörerlächeln an. »Richtig romantisch. Eine Hintertreppenaffäre.«

Sie trank ihr Glas aus. »Ich gehe jetzt«, sagte sie. »Bleib wach, hörst du.«

»Die ganze Nacht«, versicherte er.

Bevor sie ging, gab sie ihm einen Kuß auf die Wange. Davies trank sein Bier aus und ging zur Bar, um sich noch eins zu genehmigen. »Man hält Sie tüchtig auf Trab«, sagte er zu Mildred.

»Wem sagen Sie das. In so einem Hotel muß man alles machen. Die Bardame geht nämlich um zehn nach Hause.« Sie schaute zur Tür. »Sieht gut aus, Ihre Lady«, sagte sie fast wehmütig und reichte ihm sein Bier. »Ich wünschte, ich wäre so hübsch wie die. Wo kommt sie her?«

»Sie ist aus Französisch-Westindien«, sagte Davies.

»Ich wünschte mir, ich auch.«

Ein kleiner silberhaariger Kopf guckte durch den Türspalt. Eine feste Stimme rief: »Gute Nacht, Mildred.«

»Gute Nacht, Mrs. Dulciman«, antwortete das Mädchen, »angenehme Ruhe.«

»Gute Nacht, Mr. Davies«, setzte die alte Dame hinzu. Überrascht antwortete Davies: »Oh ... ebenfalls, gute Nacht.«

»Mrs. Dulciman«, sagte Mildred flüsternd, obwohl diese schon gegangen war. »Nette alte Dame. Wohnt seit Jahren hier im Hotel.« Sie lehnte sich noch weiter über den Tresen und ließ ihren rundlichen Busen darauf ruhen. »Hat vor fünf Jahren ihren Mann verloren.«

Sie fuhr leise fort: »Wenn ich sage ›verloren‹, dann meine ich verloren. Einfach verschwunden. Es wurde zwar eine Leiche im Meer gefunden, aber man war sich nicht sicher.«

»Sie bleibt lange auf«, bemerkte Davies mit einem Blick auf die Wanduhr über der Bar.

»Spielt Bridge«, sagte Mildred. »Es gibt Massen von Witwen hier herum. Komisch, wie die ihre Männer überleben. Sie haben sogar einen Stammtisch. ›Witwen-Lunch-Club zu Bournemouth und Boscombe‹. Einmal im Monat. Die amüsieren sich prächtig.«

»Aber sie weiß doch nicht mit Sicherheit, ob sie Witwe ist«, wandte Davies ein.

Mildred machte ein Gesicht, als hätte sie darüber noch nie nachgedacht. »Na ja, so gut wie«, sagte sie. »Keiner wird Mr. Dulciman jetzt noch finden.«

Kapitel 3

Er lag schon seit einer Stunde im Bett, aber er war immer noch wach und allein, bis auf den Hund, der in seinem Korb schnarchte und die Badezimmertür blockierte. Davies drehte sich unruhig zum Fenster um und sah, daß sich ein fast ätherisches Licht auf den Vorhängen ausbreitete; draußen schien der Mond. Er erhob sich leise. Das Zimmer war kalt, die Hotelheizung wurde um Mitternacht abgeschaltet. Er raffte den Kragen seines Schlafanzugs fest um seinen Hals und ging zum Fenster. Mit einer theatralischen Geste zog er den Vorhang zurück und riß vor dem wunderbaren Mond die Augen auf. Er stand dreiviertel voll an einem wolkenlosen Himmel und überflutete das Meer mit Silberglanz. Es war so hell, daß er die flachen Gipfel der Wellen erkennen konnte und den weißlichen Schimmer, wenn sie auf den Strand aufliefen. Er konnte das Mondlicht auf seinem Gesicht förmlich spüren. Er drehte sich halb um und blickte auf die bildschirmähnlich erhellte Wand, hinter der er sich Jemma ruhig schlafend und atmend vorstellte.

Da er nun einmal auf war, konnte er ebensogut gleich zur Toilette gehen, doch gerade als er sich umdrehen wollte, bemerkte er, daß sich auf dem Strand etwas bewegte. Zuerst war er sich nicht sicher, es konnte ja eine Täuschung durch den Wechsel des Lichts und das Spiel der Wellen sein. Aber als er die Nase fest an die kalte Fensterscheibe drückte, sah er, daß er sich nicht getäuscht hatte. Jemand ging am Wasser entlang, langsam und allein. Er sah auf die Uhr. Es war eins. Er hoffte, daß der Mensch, wer immer es war und was auch der Grund für diesen ungewöhnlichen Nachtspaziergang im Januar sein mochte, sich warm angezogen hatte.

Die Schattengestalt verschmolz mit der Dunkelheit, und Davies, nachdem er sie noch eine Weile mit den Augen verfolgt hatte, trat den beabsichtigten Gang zur Toilette an. Obwohl nackte Füße kein

Geräusch machen, schlich er sich auf Zehenspitzen an die von seinem Hund bewachte Tür. Das Tier hatte sich nicht von der Stelle gerührt, seit Davies zu Bett gegangen war und ihm vor dem Lichtausschalten freundlich zugelächelt hatte. Jetzt aber öffnete es ein boshaftes Auge mit dem düsteren, gelben Blick eines aufgestörten Tigers.

Den nackten Fuß in der Luft schon halb über Hund und Korb erhoben, hielt Davies inne. »Schon gut, Kitty, altes Haus«, schmeichelte er. »Ich bins. Dein Herrchen. Du erkennst doch dein Herrchen.« Der Hund gab durch nichts zu verstehen, daß dem so war. Er hob die Schnauze, die so groß war wie die eines Esels, und knurrte, dann steigerte das Knurren sich zum Grollen. »Na, komm schon«, sagte Davies und hoffte auf ein bißchen Fairness, »ich muß mal dahin, das muß sein.«

Kitty fand nicht, daß es sein mußte. Der Rest seines struppigen Gesichts kam aus der warmen Zudecke, die sein eigener Körper bildete, heraus; er hatte jetzt beide Augen auf und stieß eine unmißverständliche Warnung aus. Davies ließ den erhobenen, gefährdeten Fuß sinken und zog sich zum Bett zurück. Zufrieden grummelnd schickte Kitty sich an, sich wieder selbst zu umarmen und regelmäßig und vernehmlich zu atmen. Davies wartete eine Weile, dann versuchte er es von neuem. Er schob sich seitwärts an dem Hund vorbei und hob versuchsweise einen Fuß in die Höhe. Aus den Tiefen der haarigen Masse ertönte erneutes Geknurr. Davies schwang seinen Fuß zur Seite und vollführte mit einer fließenden tänzerischen Bewegung eine Pirouette in Richtung auf die Flurtür. Dabei brummte er den Hund an, aber nicht so laut, daß der wieder aufwachte. Draußen im Flur war es wärmer, und das gedämpfte Licht einer Lampe auf einem Tischchen wies ihm den Weg zur Treppe.

Er wußte, wo die Toilette war, weil er sie auf dem Weg ins Bett aufgesucht hatte, und er schlug zunächst diese Richtung ein, blieb dann aber stehen und klopfte an Jemmas Tür. Es war mehr ein Streicheln mit den Fingerspitzen, so leicht, daß er es selbst kaum hörte, aber die Tür öffnete sich schnell und leise und ihr dunkles Gesicht erschien mit einem blassen Finger auf den Lippen. »Kann ich dein Bad benutzen?« flüsterte Davies. »Ich kann an meins nicht ran.«

Den Finger an die Lippen haltend, aber mit einem halben Lächeln zu beiden Seiten des Fingers, schlüpfte Jemma hinaus auf den Korridor. Sie trug einen dünnen Seidenmantel. Ohne ein Wort ging sie voraus zu seinem Zimmer, und Davies in seinem gewöhnlichen, lila-weiß gestreiften Schlafanzug folgte ihr erwartungsvoll.

In seinem Zimmer angekommen, fing sie an zu lachen. »Du Ärmster«, sagte sie, »kannst nicht mal zu deinem eigenen Lokus.«

Kitty blickte, sowie er ihre Stimme hörte, mit beinahe freudigem Gesichtsausdruck auf. Er wälzte sich aus seinem Korb heraus und schwenkte seinen langen struppigen Schwanz wie eine Fahne hin und her. »Brav, Kitty«, murmelte Jemma, während Davies beide, Tier und Frau, voll Bewunderung und Neid ansah. »Jetzt aber marsch ins Bett«, sagte sie und kraulte Kittys Stirn. Er gehorchte bereitwillig. Sie drehte sich zu Davies um. »Du auch.«

Folgsam stieg er in sein Bett. Die Vorhänge waren immer noch offen und ließen das Mondlicht ungehindert ein. »Romantisch«, lachte Jemma, »aber fast ein wenig schreiend, findest du nicht?«

»Nichts ist schlimmer als schreiend«, stimmte er zu. So, wie er sie dort in ihrer Schönheit stehen sah, hätte er alles und jedem zugestimmt. Er hielt die Bettdecke für sie hoch, doch sie ging zum Fenster und zog, nachdem sie dem Mond einen Kuß zugehaucht hatte, den Vorhang zu und verwandelte sich so in eine dunkle Silhouette.

»Kannst du was sehen?« erkundigte Davies sich besorgt vom Bett her. »Ich bin hier drüben.«

»Ich weiß, wo du bist, Dangerous. Ich komme schon.«

Sie schlüpfte aus der Robe, die geräuschlos zu ihren Füßen niedersank. Sie trug ein leichtes Nachthemd aus demselben Seidenstoff; die schmalen Träger schimmerten auf ihren braunen Schultern. Sie stieg behende ins Bett und setzte sich auf seinen Bauch. Dann beugte sie sich vor und küßte sein verwittertes Gesicht. »Ich muß wieder zurück«, sagte sie. »Nachher.«

»Wenn's nur nicht vorher ist«, sagte er. »Und Valentin schläft fest?«

»Wie ein Murmeltier«, sagte sie. »Frische Luft und Sandburgen.«

»Morgen früh muß ich noch eine bauen«, sagte er. »Ich habe mir schon ausgedacht, wie. Sie wird...« Sie beachtete ihn nicht, sondern zog die Bettdecke hoch und legte sie sich wie einen Umhang um die Schultern.

»Hoffentlich ziehst du diesen Schlafanzug aus«, meinte sie. »Ich wußte gar nicht, daß man Nachtzeug aus Karton kaufen kann.«

»Ausziehen?« nörgelte er. »Das wird mir zu kalt.«

»Mit mir doch nicht.« Sie sah ihn maliziös an. »Also gut, meinetwegen. Laß ihn an. Es ist gemütlich.«

»Machst du das Band von meiner Hose auf?« frage er. »Du sitzt nämlich drauf.«

Sie lachte leise, aber ihr Gesicht nahm einen konzentrierten Ausdruck an, wie stets in solchen Momenten. Sie hockte über ihm wie eine ägyptische Katze. »Das nehme ich in die Hand«, flüsterte sie. Sie zog die Schleife und den Knoten auf, schob die brettharten Hosen an seinen Hüften herunter und sagte: »Da ist er.«

»Habe ich mir gedacht«, antwortete er im selben Flüsterton.

Sie blieb über ihm, während sie sich liebten; mal saß sie aufrecht auf ihm, mal beugte sie sich zu ihm herab wie ein schneller schlanker Reiter auf seinem Pferd. Als sie zum Ziel kamen, klammerte sie sich so fest es ging an ihn, richtete sich mit einem leisen Schrei auf und sank wieder über ihm zusammen. Sie lagen in Freundschaft und Stille eng beieinander, bis Jemma sagte: »Es ist wohl Zeit für ein bißchen Mond.« Sie machte sich sanft von ihm los und war mit zwei Schritten am Fenster. Der Hund hob kurz den Kopf, sah, wer da war, und überließ sich beruhigt wieder dem Schlaf. Jemma zog die Vorhänge auf. »Herein kommt *la lune*«, sagte sie lächelnd. Das silberne Licht überflutete gehorsam das Zimmer. Jetzt konnte er ihr Lächeln und die schönen Augen in dem dunklen Gesicht deutlich erkennen.

»Geh noch nicht weg«, sagte er vom Bett her.

»Ich hatte nicht die Absicht«, sagte sie. Sie legte sich neben ihn. Seine kräftigen Arme und ihre schlanken Arme schlangen sich umeinander. Sie küßten sich zärtlich. Dann richtete sie sich halb auf und betrachtete forschend das Gesicht auf dem Kissen. »Dangerous im Mondenschein«, flüsterte sie. »Wunderbar.«

Morgens um halb fünf begann es, zu regnen und zu stürmen. Davies und der Hund wälzten sich gleichzeitig im Schlaf herum und ließen ihr behagliches, zufriedenes Grunzen hören.

Der Wind hämmerte immer noch an die Scheiben, als die Fensteröffnungen sich endlich mit bleigrauem Licht füllten. Beim Frühstück sahen sie zu, wie der Regen an den Scheiben herunterrann und die Wellen am Strand schäumten.

»Heut' braucht man den Sand nicht naßzumachen«, meinte Valentin.

Jemma und Davies wechselten einen Blick. »Erklär du's ihm«, sagte Davies.

Jemma zog ein Gesicht, aber dann eröffnete sie dem Jungen ohne Umschweife: »Ich glaube, heute ist nicht das richtige Wetter für eine Sandburg.«

Valentin hielt mitten in seiner Bratwurst inne: »Dann eben Schwimmen?« Seine Augen richteten sich hoffnungsvoll auf die beiden Erwachsenen. »Wir könnten doch schwimmen gehen.«

Davies schickte einen zweifelnden Blick zum Fenster. Der Regen peitschte die Wellen so heftig, daß die Brecher nur noch als schmutzig-weiße Flecken zu erkennen waren. Eine Möwe versuchte, im Wind das Gleichgewicht zu halten. »Man muß doch auf dem Boden der Vernunft bleiben«, sagte er.

Aber Jemma sagte zu seiner Verblüffung: »Warum eigentlich nicht?«

»Ich habe keinen Badeanzug dabei«, sagte Davies schnell.

»Ich aber«, rief Valentin.

»Ich auch«, sagte Jemma. »Ich habe dir gesagt, Dangerous, du sollst es einpacken.«

»Aber ... wir haben Januar ...«

»Es gibt doch ein Hallenbad«, entgegnete sie, »Olympia-Maß.«

Davies schaute sie düster an. »Meinetwegen«, sagte er. »Schön, daß es das Olympia-Maß hat. Ich komme nämlich erst nach zwanzig Längen so richtig in Schwung. Aber davon habe ich immer noch keine Badehose.«

Die Kellnerin kam gerade mit der zweiten Kanne Tee. »Da kann Bertie behilflich sein«, sagte sie zu Davies. »Das ist der Portier. Wenn Sie eine Badehose brauchen, sucht er Ihnen eine raus. Im Sommer werden immer welche hier vergessen.«

Sie fanden ihn in dem achteckigen Glaskasten in der Hotelhalle, der bei ihrer Ankunft unbesetzt gewesen war. Bertie war ein schmächtiges Männchen mit Falten rings um die Augen. Er schaute durch die Glasscheibe wie ein häßlicher, unverkäuflicher junger Hund im Schaufenster einer Tierhandlung.

»Badesachen«, sagte er langsam. »Haben wir, stimmt.« Er schaute mit einem Fünkchen Hoffnung auf Jemma, aber als Hotelportier und Realist, der er war, verlagerte er seine Aufmerksamkeit auf Davies. »Für Sie, Sir?«

»Ja. Nichts Ausgefallenes«, sagte Davies. »Keinen von diesen Speedo-Fummeln. Irgendwas Einfaches.«

Bertie rümpfte die Nase. Auf seinem ansonsten spärlich bedeckten Schädel hatte er ein kleines Büschel heller Haare, das im schräg einfallenden Licht der Halle aufleuchtete wie eine Glühbirne. »Etwas Einfaches ist ohnehin alles, was ich Ihnen bieten kann, Sir. Das Zeug, das die Leute hier zurücklassen, wird meist nicht vergessen, sondern aufgegeben. Sie finden wohl, es lohnt nicht, es wieder mit nach Hause zu nehmen.« Er maß Davies Körpergröße mit den Augen. »Kommen Sie doch mit nach unten, Sir.«

Er führte ihn zu einer lackierten Holztür am anderen Ende der Halle. Davies hörte noch, wie Valentin Jemma fragte, ob ihm da unten auch nichts zustoßen werde. Er folgte Bertie ein paar ausgetretene Stufen hinunter. »Es ist nicht besonders schön hier unten«, rief der Portier ihm über die Schulter zu. »Glanz und Gloria haben wir, wenn überhaupt, nur oben.«

Sie kamen in einen langen, finsteren Korridor mit durchlaufenden, ummantelten Heizungsröhren. Über einem Rohr waren Kleidungsstücke ausgebreitet wie trocknende Stockfische. Bertie nahm eins herunter und schüttelte es. Man hörte das Material reißen und sah eine Staubwolke aufsteigen. »Hierher kommen die alten Badehosen zum Sterben«, flüsterte er. Er hielt den grauen Lappen hoch. »Wie wär's hiermit?«

Davies streckte die Hand aus und steckte den Finger durch ein Loch im Stoff. Bertie nickte ungerührt und hängte das Ding wieder über das Rohr. »Manche sind ein bißchen brüchig«, sagte er. Dann hellte seine Miene sich ein wenig auf, als er nach einer anderen Badehose griff. »Was hübsch Gestreiftes?« fragte er.

Er reichte die Hose hinüber. Die Streifen waren rot, weiß und blau, ziemlich breit. »Sehr patriotisch«, bemerkte Davies. »Die sind's.« Er hielt sie sich vor den Bauch. »Paßt.«

Bertie sah ehrlich erfreut aus. Sie stiegen wieder die Treppe hinauf. »Die Dame und der Junge haben wohl alles, was sie brauchen?«

»Haben sie. Sie wußten von dem Hallenbad. Ich nicht. Wie ist es denn so, Bertie?«

»Das Schwimmbad? Bin noch nie dagewesen, Sir. Ich bin nicht so fürs Schwimmen. Ich stehe mehr auf Pferde.«

»Aha, Sie reiten.«

»Nein, Sir. Ich wette.«

Die städtische Schwimmhalle war wie ein großes grünes Treibhaus, außer daß sie nichts von der Treibhausstille hatte. Sie war von lärmendem Geschrei erfüllt, das in der dampfenden Atmosphäre widerhallte. Das Wasser war grün und warm. Draußen hörte es nicht auf zu regnen.

Im Umkleideraum zog Davies schüchtern die Blau-weiß-rot gestreifte Badehose an und schaute beklommen an sich herab. Er sah darin aus wie ein altmodischer Zirkusclown. Er konnte sich nicht erinnern, wann er sich zuletzt ohne Kleider den Augen der Öffentlichkeit ausgesetzt hatte; es war mindestens ein paar Jahre her, er erinnerte sich dunkel an den Lido von Ruislip, wo es einen Fall von sittenwidriger Entblößung aufzuklären gab. Auf jeden Fall war seit langer Zeit kein Sonnenstrahl mehr auf seinen Körper gefallen; er war bis zum Halse blaß und farblos wie Kitt. Er schielte auf seinen Nabel herab, als erwartete er, daß er ihm zublinzelte.

Jemand mit einer Neigung zu sadistischem Humor hatte den Umkleideraum mit einem mannshohen Spiegel ausgestattet. Davies musterte seine unbekleidete Erscheinung eher mit dem Unbehagen als dem Gelächter desjenigen, der sich auf dem Vergnügungspier plötzlich unverhofft vor einem Zerrspiegel sieht. Er war froh, daß wenigstens seine blauen Flecke am Verblassen waren.

»Also los«, murmelte er und zog mit einem mutigen Ruck die Hose hoch. Er schlenderte schüchtern in die Nähe des Schwimmbeckens. Zu seiner Erleichterung wurde er von keiner hohnlachenden Volksmenge erwartet; die Leute waren vollauf mit dem Trubel und Gewühl in dem langgestreckten Bassin beschäftigt. Valentin war schon im Wasser. Sein schwarzer Schädel tanzte fast vor Davies' Füßen wie ein Korken auf dem Wasser auf und nieder. »Du siehst aber weiß aus, Davies«, schrie er.

»Ich ziehe niemals mein Unterhemd aus, wenn ich nicht muß«, erwiderte Davies bedächtig. Dann sah er Jemma, die elegant herangeschwommen kam. Sie hielt sich am Beckenrand fest und lächelte zu ihm hoch. »Komm doch rein«, sagte sie.

»Ich weiß, ich weiß«, brummte er, »das Wasser ist herrlich.« Er starrte hinein wie jemand, der hofft, die Herrlichkeit zu entdecken. »Alles zu seiner Zeit. So was gehe ich nicht gern in Eile an. Auch Kanalschwimmer müssen sich erst vorbereiten.«

Jemma glitt mit einer kraftvollen Bewegung des schlanken schwarzen Körpers, der in einem dunkelblauen, einteiligen Badeanzug steckte, aus dem Wasser, drehte sich wie ein Turner um die eigene Achse, indem sie sich mit den Händen abstützte, und setzte sich auf den Beckenrand. Er schaute auf das Gewimmel. Schwimmer jeden Alters pflügten auf und ab, Kinder kreischten, und in der Mitte von dem ganzen schob ein großer, dicker Mann sich ruhig durchs Wasser wie ein Hafenschlepper.

Valentin rief: »Es ist warm wie sonst was, Dangerous.«

Jemma blinzelte ihm aufmunternd zu. »Los doch, rein mit dir.«

»O Gott«, murmelte Davies. Er ließ sich auf den Beckenrand nieder und rutschte, mit einem kleinen Schubs von Jemma, ins Wasser. Spuckend und mit den Armen fuchtelnd kam er wieder hoch.

»Du kannst doch schwimmen, oder?« fragte Jemma plötzlich besorgt.

Valentin rief: »Ich rette dich, Dangerous!«

Mit soviel Würde wie möglich griff Davies nach dem Geländer. »Schwimmen? Natürlich kann ich schwimmen. Bei der Polizei kann das jeder. Wir müssen Menschen retten, aus Kanälen und was weiß ich. Ich bin nur nicht ans Wasser gewöhnt. Ich mag's einfach nicht... ich mag's nicht, wenn das Wasser einen so von allen Seiten umgibt. Laßt mir ein bißchen Zeit.«

Schwerfällig spritzend und prustend begann er, mit unbeholfenen Armbewegungen an der Seite des Beckens entlang zu kraulen. Dann wechselte er zum Brustschwimmen, einmal rauf und runter, um dann am Rand anzulegen wie ein Schiff, das dankbar eine Mole ansteuert.

»Du hast doch gesagt, du schaffst zwanzig Längen«, hielt Valentin, wassertretend, ihm vor. Jemma hielt sich mühelos neben ihm. Der große Mann, der sich in der mittleren Bahn abgestrampelt hatte, kam ebenfalls an den Beckenrand.

»Zwanzig Längen, stimmt, habe ich gesagt«, antwortete Davies. »Aber ich habe nicht gesagt alle an einem Stück.«

»Die sind alle gleich«, mischte der Mann sich ein, der jetzt am Rand festgemacht hatte. »Sie glauben, wir können alles, was sie können.« Er musterte Davies ausgiebig. »Und Sie sind sogar noch ein bißchen jünger als ich.«

Er war wirklich nicht mehr jung, aber kräftig gebaut. Sogar sein kahler Schädel sah mächtig aus. Seine breiten weißen Schultern, die aus dem Wasser ragten, waren muskelbepackt wie die eines Ringkämpfers. Er zwinkerte sich das Wasser aus den Augenwinkeln und stemmte sich mit einem einzigen Ruck zum Sitzen hoch. Davies sah, daß sein linkes Bein am Knie amputiert war.

Der Mann hatte bemerkt, daß er hinsah. »Kriegsverwundung?« fragte Davies ein wenig verlegen.

»Pferd und Wagen«, war die Antwort, der man anmerkte, daß der Mann sie schon oft gegeben hatte. »Als Kind überfahren. Mit fünf.«

Er ließ den Stumpf ins Wasser hängen, so daß der fehlende Teil nicht mehr auffiel. »Pech«, sagte Davies.

»War es wohl«, sagte der Mann. »Genaugenommen kann ich mich kaum daran erinnern. Nur, wie das Pferd sich aufgeregt hat. Meine Mutter sagte, es hätte sich schlimmer erschrocken als ich.« Er starrte auf das Bein im Wasser. »Schade. Ich wollte Polizist werden.«

»Ich bin Polizist«, bekannte Davies. »In London.«

»Da bin ich noch nie gewesen«, sagte der Mann. »In London. Zu weit weg.«

Mit einer erstaunlich leichten Bewegung ließ er sich wieder ins Wasser hinab. Davies sah ihm nach, wie er mit kraftvollen Stößen, aber dennoch irgendwie zögerlich, davonschwamm, sich dann plötzlich umdrehte und mit grün aufschäumender Bugwelle zurückkehrte. »Ich weiß alles, was man über diese Stadt wissen muß«, sagte er. Er zwinkerte sich wieder das Wasser aus den Augen. »Das heißt, wenn Sie irgendwas wissen müssen.«

Davies schüttelte den Kopf. »Nein, nein. Bin nicht im Dienst. In Urlaub. Um meine Kräfte und meine Gesundheit wieder herzustellen.«

Als hätte ihn das beruhigt, hievte der Mann sich wieder hoch und blieb auf dem Beckenrand sitzen, während das Wasser von seinen Boxerschultern herabrann. Jemma und Valentin winkten von der gegenüberliegenden Seite des Bassins herüber. Zwei ältere Frauen ließen sich urplötzlich mit synchronem Gejuchze ins Wasser fallen.

»Das dürfen die gar nicht« murmelte der Mann. »Springen ist hier verboten.«

»In dem Alter, denke ich, ist es auch ein bißchen riskant«, meinte Davies.

»Wenn man alt ist, macht man schon mal was Riskantes.« Er zuckte die Achseln. »Es kommt nicht mehr so drauf an.«

Den Sonntagslunch nahmen sie im Hotel ein, an einem Tisch am Fenster, wo sie den winterlich einsamen Strand vor Augen hatten. Valentin schaute von seinen Röstkartoffeln immer wieder hinaus, aber sogar er konnte erkennen, daß die Chancen für den Bau einer Sandburg am Nachmittag schlecht standen. Jemma sollte am Abend mit ihm nach London zurückkehren. »Bist du sicher, daß du zurechtkommst, Dangerous?« fragte sie. Die Besorgnis war echt, ihre Augen sahen ihn ernsthaft an.

»Ich sehe mich vor, bei den Frauen und im Straßenverkehr«, versprach er.

Sie lachte. »Du wirst dich langweilen«, prophezeite sie. »Spätestens Mittwoch bist du zurück, vielleicht schon am Dienstag. Mod wird dir fehlen, und das ›Wickelkind‹ auch.«

»Ich hab' ein festes Trainingsprogramm«, erwiderte er zuversichtlich. »Damit ich wieder fit werde. Und Schwimmen gehört nicht dazu.«

»Schwimmen ist toll«, sagte der Junge und machte Kraulbewegungen in der Luft.

»Ja, für manche Leute«, räumte Davies ein. »Aber mein Programm sieht lange, stärkende Strandspaziergänge mit Kitty vor. Zum Mittag ein paar Glas Bier im Moonlighters Club, dann Siesta, bißchen Zeitunglesen in der Hotelhalle, Bad, Dinner und Bett.«

Jemma sah ihn ein wenig spöttisch an. »Klingt ganz gut für den ersten Tag. Was ist der Moonlighters Club?«

»Da trifft sich die Elite von Bournemouth, das Bier ist angeblich trinkbar und die Preise erträglich. Mein Freund Phineas – der Beinamputierte – hat's mir gesagt. Der weiß alles über diese Gegend.« Mit einem Bissen Gemüse auf der Gabel drehte er sich zur Glastür des Speisesaals um. Mrs. Dulciman führte gerade ein Trüppchen gutgekleideter, lebhaft schnatternder Frauen mittleren bis fortgeschrittenen Alters herein. Eine Wolke von Parfüm schwebte durch den Saal. »Hier stinkt's«, beschwerte sich Valentin.

»Der Lunch-Club der Witwen aus Bournemouth und Boscombe«, verkündete Davies. »Sie treffen sich einmal im Monat.«

Jemma warf ihm einen ihrer Blicke zu. »Meine Güte, was du alles herausfindest, Dangerous.«

»Detektivischer Instinkt«, sagte er und hob sein Rotweinglas.

»Ein Witwen-Lunch-Club«, sagte Jemma. »Was machen die denn? Außer sich darüber zu unterhalten, daß sie verwitwet sind.«

»Vielleicht leben sie in der Vergangenheit«, vermutete er. »Reden von alten Zeiten, den teuren Verstorbenen und dergleichen.«

Die Damen von unterschiedlicher Größe, Figur und Haarfarbe lachten miteinander, fingerten an ihren Perlenketten und Frisuren herum und nahmen an dem großen ovalen Tisch Platz. Mrs. Dulciman stellte sich oben an die Schmalseite, in der Nähe der Tür, und blieb stehen, während die anderen ihre Stühle heranrückten. Zwanzig Frauen waren um den Tisch versammelt, Davies hatte sie gezählt. Er schätzte, daß die jüngste etwa fünfzig war. Mrs. Dulciman klopfte mit der Gabel aufs Tischtuch und sagte ruhig: »Meine Damen, gedenken wir der abwesenden Freunde.«

Die Witwen senkten einen Augenblick lang die Köpfe, ohne sich um die Gäste an den anderen Tischen zu scheren. Als sie sich wieder aufrichteten, wurde das eine oder andere Augenpaar heimlich mit dem Spitzentaschentuch abgetupft, bis der Weinkellner seines Amtes zu walten begann und die weitere Trauer fürs erste verschoben wurde.

»Man muß gar nicht weit reisen, um in der Fremde anzukommen«, bemerkte Davies, als er mit Jemma die Promenade entlangspazierte. Die Nachmittagssonne hatte gerade einen kurzen, vorübergehenden Auftritt. Valentin hatte es vorgezogen, mit Kitty im Hotel zu bleiben und das Fußballspiel im Fernsehen anzuschauen.

Jemma schob ihren schlanken Arm unter seinen Ellbogen und meinte: »Was für eine tiefsinnige Feststellung, Dangerous.«

»Welche?«

»Über die Fremde.«

»Wenn die Gelegenheit sich bietet, kann ich richtig literarisch sein«, entgegnete er herablassend. »Und wir sind hier in einer sehr literarischen Stadt, mußt du wissen. Shelley, Robert Louis Stevenson, die ganze Clique. Wahrscheinlich lauter Mitglieder vom Moonlighters Club.«

Jemmas Absätze klapperten auf dem Pflaster der Promenade. Sie kamen an einem mit Brettern verrammelten Wahrsagerstand vorbei und an einer geschlossenen Bude, wo im Sommer Eis verkauft wurde. Von den Vorübergehenden, die den voraussichtlich kurzen Sonnenschein zum Spaziergang mit oder ohne Hund nutzten, sahen manche sich nach der schlanken jungen Schwarzen und ihrem voluminösen weißen Begleiter um. »Du hast den Reiseführer gelesen«, sagte Jemma.

»Nein, sondern Robert Louis Stevenson«, stellte er richtig. »Hat Mod aus der Bibliothek mitgehen lassen.«

»War das nicht komisch – all die Witwen, die miteinander essen gehen?« fuhr sie fort. »Wie sie darauf brannten, ihre Fotos herumzuzeigen. Enkelkinder, denke ich mir, und Neffen und Nichten. Das lieben sie alle.«

»Auch die verstorbenen Ehegatten«, setzte Davies hinzu.

»Glaubst du?«

»O ja. Da haben ein paar tote Seelen mit am Tisch gesessen. ›Das ist mein Harry, und das ist Marmaduke, ehe er heimging. Und wißt ihr noch, der Tag unten im Yachtclub.‹«

»Eigentlich traurig«, sagte sie. »Das ist das Schlimme an einer glücklichen Ehe, einer muß gehen und einer bleibt am Ende allein übrig. Man macht eine Sache gut, und dann wird man dafür bestraft.«

Die Sonne verschwand, als wollte sie sich an einen besseren Ort zurückziehen. Die beiden kehrten dem Wind den Rücken zu und schlugen die Richtung zum Hotel ein. »Die meisten Witwen waren nicht allzu traurig«, wandte er ein. »All das Kichern und Hand-vor-den-Mund-halten; eine oder zwei sind sogar schuldbewußt errötet.«

»Typisch Detektiv«, lächelte sie. »Du gräbst am liebsten in der Vergangenheit herum, stimmt's? Stocherst in der Asche. Du bist immer am besten in Form, wenn du das tust.« Sie musterte die bejahrten Spaziergänger, die jetzt in der Gegenrichtung marschierten. »Und es gibt eine Menge Vergangenheit hier.«

»Der Ort ist voll davon«, stimmte er zu. »Es gibt ganze Schichten von Vergangenheit in einer Stadt wie dieser. Ich wette, uns sind in der letzten Viertelstunde ein paar Geheimnisse über den Weg gelaufen, ein oder zwei dunkle Affären. Wer kann denn ein langes Leben hinter sich bringen und mit der Hand auf dem Herzen schwören, daß er sich nie gewünscht hat, einen Mord zu begehen, es niemals versucht, oder nicht gar in Wirklichkeit einen begangen hat.«

Jemma musterte die Vorübergehenden mit plötzlichem Interesse. »Und trotzdem sehen alle so ruhig und wohlerzogen aus«, sagte sie.

Davies schnupperte, als ob er die Luft und die Atmosphäre zur gleichen Zeit prüfen wolle. »Eins der Bücher, die Robert Louis Stevenson in Bournemouth geschrieben hat, war *Doktor Jekyll und Mr. Hyde*.«

Während sie auf den Intercity aus Poole warteten, erzählte Davies Valentin von den Lokomotiven, die es früher gab. Der Junge wollte nicht glauben, daß sie mit Kohlen befeuert wurden. Plötzlich sagte er: »Ich wüßte zu gerne, warum diese Oma einen weißen Stock hatte.«

»Was für eine Oma meinst du denn?« fragte Davies unsicher.

»Die in dem 'otel. Die hatte einen Stock, als sie sich im Eßsaal hingesetzt hat, aber als wir zuerst in dem 'otel angekommen sind, da hat sie die Zeitung gelesen.«

»Das stimmt«, bestätigte Jemma. »Sie hat gelesen. Aber ich habe sie nie mit einem Blindenstock gesehen.« Sie wendete sich belustigt Davies zu. »Du etwa?« Davies schüttelte den Kopf.

»Sie hat ihn neben ihrem Stuhl stehen gehabt. Und als sie vom Tisch aufgestanden ist, hat sie ihn mit raus genommen.«

Der einlaufende Zug schob seine gelbe Nase hochmütig an den Bahnsteig heran und übertönte mit seinem Lärm die Lautsprecherdurchsage, die eigentlich seine Ankunft ankündigen sollte. »Du solltest Polizist werden«, lobte Davies den Jungen wieder einmal. Valentin antwortete wie zuvor: »Lieber nicht.«

Sie schüttelten sich förmlich die Hand und der Junge sagte: »Danke für die Sandburg und alles.«

Davies sagte: »Jetzt muß ich mir allein eine bauen.« Bei den Worten wurde ihm klar, daß es so war. Er würde wieder allein sein. Er küßte Jemma, und sie flüsterte: »Versuch, daß du länger als bis Mittwoch durchhältst.«

»Ich werde tapfer sein«, versprach er.

Der Zug fuhr an und verschwand ratternd in der Dämmerung des Spätnachmittags. Davies machte sich mit schleppenden Schritten auf den Weg. Es war nicht weit, so daß er beschloß, zu Fuß zu gehen. Er schlug den Mantelkragen hoch und senkte den Kopf zum Schutz vor dem Nieselregen. Verwaschene Lichter wurden in den verschiedenen Hotels sichtbar, einmal sah man Schatten von Menschen an einer Fensterscheibe, hinter der sich, wie er annahm, eine Cocktailbar befand. Er stapfte weiter.

In der letzten Zeit war er nicht oft einsam gewesen. Aber jetzt hatte er plötzlich weder Jemma noch Valentin noch Mod, lediglich seinen Hund. Einsamkeit war das Los des Polizisten. Sie waren in mancher Hinsicht den Matrosen gleich, häufig allein, im Dunkeln, ohne zu wissen, wohin die Reise ging.

Es war ihm immer klar gewesen, daß sein Einzelgängertum auch seine Frau Doris einsam gemacht hatte. Schon als sie noch zusammen gelebt hatten, in einem anderen Sinn zusammen als das jetzige

Wohnen unter einem Dach, war eine Getrenntheit entstanden, eine Kluft, eine Barriere auf beiden Seiten. Arme Doris, dachte er. Sie war einmal jung gewesen. Er selbst auch.

Er versuchte sich mit dem Gedanken zu trösten, daß er immer noch den Hund hatte, so launisch der auch war. Im Hotel ging er aufs Zimmer, um Kitty zum Abendspaziergang abzuholen. Der Regen war noch dichter geworden, so daß er froh war, als er einen Pub fand, in dem sich kein anderer Hund aufhielt. Er bestellte ein Bier und fragte sich, wie lange er den Urlaub aushalten würde.

Am nächsten Morgen jedoch fühlte er sich viel besser. Ein zartfarbener, wolkenloser Himmel, das Meer nahezu blau mit sauberen, schmucken Wellen, die am Strand spielten, und eine Sonne, die Bournemouth, wie er fand, fast etwas vom grandiosen Panorama von Nizza verlieh, wo er allerdings noch nie gewesen war. Er nahm sein erfreulich üppiges Frühstück ein, las die *Daily Mail* und den *Daily Express*, klemmte sich beide Zeitungen zusammengefaltet unter den Arm und ging mit Kitty zum Strand hinunter.

Sogar der Hund schien den schönen Morgen zu genießen. Er trottete vor sich hin, beschnüffelte die feuchten Spuren, die die Flut hinterlassen hatte, steckte die Schnauze tief in den Plastikhals einer angespülten Putzmittelflasche und versuchte voll Optimismus, nach den im Sturzflug herabstoßenden Möwen zu springen.

Davies atmete beim Gehen tief durch, seine Augen tränten, und es wurde ihm warm in seinem Wintermantel. Eine ältere Frau in einem Jogginganzug, die aussah wie ein rosa Bündel, näherte sich von der Promenade her, einen Tennisschläger in der Hand. Er beobachtete, während der Hund sich setzte und ebenfalls zuschaute, wie sie etwas aus einer Papiertüte nahm, das sie mit dem aufschlagbereiten Tennisschläger in die Luft schickte. Die Möwen kreischten und rauften sich um das Projektil. Davies sah Kitty an, und der Hund gab ihm den ratlosen Blick zurück.

»Die neue Art, Vögel zu füttern«, erklärte Davies ihm.

Die Frau hatte gesehen, daß er ihr zuschaute. Sie nahm noch ein Stück Brot aus ihrer Tüte und beförderte es in die Luft zwischen die kreisenden Möwen. »So verbindet man Sport und Menschlichkeit!« rief sie ihm zu. Sie schmetterte eine dritte Brotkruste in die Höhe, nahm dann den Tennisschläger unter den Arm und ging, von dem gierigen Schwarm begleitet, weiter am Strand entlang.

Davies führte seinen Hund auf die Promenade hinauf. Die Bänke waren bevölkert von meist älteren Leuten, die den blassen

Sonnenschein und den Sauerstoff genossen. Einige von ihnen grüßte er mit »Guten Morgen« und bestätigte, daß es schönes Wetter sei, so recht ein Tag, um sich noch am Leben zu freuen. »Das gilt für jeden Tag«, rief ein älterer Herr ihm nach. Er führte den Hund zurück zum Hotel. Kitty war anscheinend von den Freiluft-Aktivitäten ermüdet und ließ sich dankbar ohne einen Mucks in seinen Korb fallen. Davies ging zu einem indischen Zeitungshändler und kaufte eine Nummer von *Sporting Life* in der Hoffnung, sich mit dem Ausknobeln der Favoriten eine Weile die Zeit zu vertreiben. Außerdem kaufte er drei Ansichtskarten, die er an Jemma, Valentin und Mod schrieb, während er in einer Imbißstube eine Tasse Kaffee zu sich nahm.

Im Postamt fiel ihm drei Plätze vor ihm in der Schlange die kurze, stämmige Gestalt von Mrs. Dulciman auf. Sie trug eine Pelzstola um den Hals und einen feschen kleinen Federhut auf dem Kopf. Ein junger Mann verließ gerade den Schalter, und die Postangestellte rief ihm nach: »Ihr Wechselgeld! Sie haben das Wechselgeld vergessen!«

Der Jugendliche hörte nicht, aber Mrs. Dulciman war im Nu hinter ihm her, erwischte ihn draußen vor der Tür und brachte ihn zurück, damit er bekam, was ihm gebührte. Er dankte ihr schüchtern. Nicht übel, dachte Davies, ziemlich schnell reagiert, besonders für eine alte Dame, die sich auf einen Blindenstock stützt.

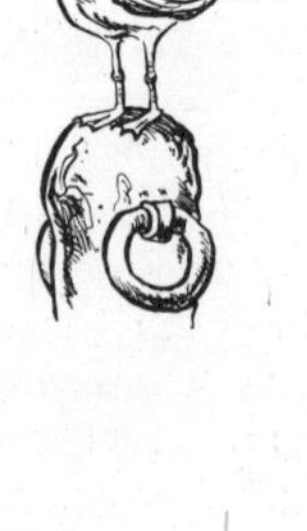

Kapitel 4

An diesem Tag war ein Pferd namens Wintersaison im Rennen. Als Davies zum Hotel zurückkam, saß Bertie, der Portier, in seinem Glaskasten vor der aufgeschlagenen Zeitung mit den Ankündigungen vom Rennsport. Er hatte sein Gesicht in grüblerische Falten gelegt.

»Was halten Sie von Wintersaison?« fragte Davies. »Der Name ist gut.«

»Vielleicht, Sir. Vielleicht auch nicht«, erwiderte Bertie. Er öffnete das seltsame kleine Fenster seiner Zelle und schob den Kopf hindurch wie jemand, der ein Geheimnis mitteilt. »Ich persönlich gehe nie nach dem Namen. Man spielt denen nur in die Hände, sage ich mir.«

»Wonach gehen Sie denn sonst?« fragte Davies. Er schielte durch die Scheibe auf die Zeitung, die Bertie auf der blanken Tischfläche ausgebreitet hatte. Der Portier zog die Nase kraus. »Wintersaison ist nicht schlechter als andere«, meinte er. »Der Boden ist aufgeweicht, und hier steht...«, er deutete mit einem Nikken auf die Zeitung, »hier steht, das mag er gern. Fünf zu eins ist gar nicht schlecht.« Er blickte auf, seine Stirn glättete sich wohlwollend. »Möchten Sie, daß ich für Sie setze, Sir? Ich habe Beziehungen.«

Davies fühlte in seine hintere Hosentasche. »Ja, danke, einverstanden. Je einen Fünfer auf Sieg und auf Platz.« Er blickte auf, um zu sehen, welchen Eindruck der Betrag auf Bertie machte. Dieser reagierte mit einem gemessenen Nicken. »Das ist es ungefähr wert«, sagte er. »Kommen Sie und schaun Sie zu, wenn Sie wollen. Im Fernsehen. Ich werd's mir angucken.«

Davies sagte, ja gern. Es war erst elf Uhr morgens, deshalb ging er auf sein Zimmer und brachte Kitty an der Leine herunter. Der Hund hatte sich an das Hotel gewöhnt. Er stieg gewandt die

Treppe hinab, indem er mit dem großen Schwanz wedelte und an der Tür des Speisesaals schnüffelte, aus dem noch ein Hauch der Frühstücksdüfte herauswehte.

»Der sieht aus, als ob er beim Zwei-Uhr-dreißig-Start mitrennen könnte«, meinte Bertie, indem er das Tier mit den Augen maß.

»Groß genug ist er«, räumte Davies ein. »Aber faul.« Kitty schaute sich um, als würde er schmunzeln.

»Wieso heißt er Kitty?« fragte Bertie, indem er sich aus seiner Luke herauslehnte. »Wenn's ein ER ist.«

»Ein Irrtum«, zuckte Davies die Schultern. »Ich konnte niemals nah genug an ihn ran, um es festzustellen.«

Er lockte den Hund von der Speisesaaltür weg und führte ihn durch den Hinterausgang des Hotels hinunter zum Strand. Es war ein verhangener Tag, Himmel und Meer taubengrau. Der Sandstrand dehnte sich feucht und nahezu leer aus, lediglich die Frau, die er beim Möwenfüttern beobachtet hatte, war wieder mit dem Tennisschläger zugange. Kitty sprang voller Hoffnung in die Höhe nach den herumwirbelnden Möwen. Statt des rosafarbenen Jogginganzugs trug die Frau heute einen in Türkis. Davies grüßte sie freundlich und lobte ihre Treffsicherheit: »Jeder Aufschlag ein As.«

»Das war einmal«, entgegnete sie heiter. Sie hielt mitten im Aufschlagen inne, um der Erinnerung nachzuhängen. »Lang, lang ist's her.« Dann schlug sie das nächste Stück Brotkruste in den Himmel voll schreiender Möwen. »Wie die meisten Dinge.«

Die Möwen kreischten gierig. »Man sieht keine einzige, die glücklich ist«, philosophierte sie.

Sie ließ den Schläger sinken. »Sie sollten mal beim Moonlighters Club hereinschauen«, sagte sie, als hätte sie sich eben dazu durchgerungen. »Dort trifft sich nämlich alles.«

»Das hat man mir schon erzählt«, bestätigte er. »Ich werd's bestimmt tun.«

Kitty zerrte an der Leine, so daß er gezwungen war, ihm zu folgen. »Lassen Sie den Hund doch laufen!« rief die türkisgrüne Frau ihm nach. »Es ist zwar verboten, aber man kann doch nicht durchs Leben gehen und nur tun, was erlaubt ist!«

»Nein«, stimmte er halbherzig zu. »Nein, vielleicht nicht.«

Er sah, wie Mildred, die Empfangsdame, vom Hotel herunterkam und mit gewollt jugendlichen Schritten über den Sand hüpfte. »Lassen Sie ihn laufen« meinte sie ebenfalls. »Dafür kommt man nicht gleich an den Galgen.«

Sie schritt an seiner Stelle zur Tat, indem sie sich bückte und die Leine aushakte. Kitty schenkte ihr einen kurzen dankbaren Blick und sauste laut kläffend los. Er jagte wie toll mit großen Sprüngen, die Nase am Boden, am Wasser entlang, bis nichts mehr von ihm zu sehen war als ein weit entfernter brauner Punkt.

»Mist«, schimpfte Mildred. »Typisch, wie immer.«

Es war sinnlos, dem Hund nachzurennen. Davies spähte zur Promenade hin, ob sich das Auge des Gesetzes irgendwo sehen ließ, dann zog er den Kopf ein und machte sich auf, dem Tier zu folgen. Mildred blieb neben ihm.

»Ich bin immer gern hier unten«, sagte sie.

»In Bournemouth?«

»Am Strand, meine ich. Einfach so.«

»Kommen Sie auch in der Nacht her?«

Mildred sah verblüfft aus. »Woher wissen Sie das?«

»Ich habe Sie gesehen. Denke ich jedenfalls. Neulich Nacht. Eigentlich eher am frühen Morgen. Bei Mondlicht.«

»Ach so. Ich kann oft nicht schlafen, und ich habe nur eine winzige Kammer. Dann ist mir so, als würden die Wände immer enger und wollten mich erdrücken. Dann muß ich raus, egal wohin.« Fast im gleichen Atemzug fügte sie hinzu: »Mrs. Dulciman möchte Sie irgendwann sprechen. Heute abend geht sie nicht aus. Sie sagt, sie möchte Sie etwas fragen.«

Phineas, der einbeinige Riese, den Davies im Schwimmbad kennengelernt hatte, stützte sich an der Bar des Clubs ab.

»Der Club heißt Moonlighters, weil man Anno dazumal die hiesigen Schmuggler so nannte«, erklärte er. Er deutete mit der Hand eine Linie über die gesamte Breite des Fensters an, unterhalb derer die stahlgraue Wasserfläche sich ausbreitete wie ein Vorhang. »Die ganze Küste hier wimmelte nur so von ihnen. Vor allem die Hohlwege, die man hier Chines nennt, die von den Klippen zum Strand hinunterführen.«

Er hob seinen Humpen und Davies ebenso, beide im Takt wie zwei große Marionetten an ein und derselben Strippe. »Die Chines waren samt und sonders Schleichwege«, fuhr Phineas listig zwinkernd fort. »Ein richtiges Bournemouth gab es damals eigentlich gar nicht. Bournemouth ist nur erbaut worden, weil die Leute glaubten, man könnte Todkranke wieder gesund machen. Das glauben sie heute noch.«

Er nahm einen tiefen Zug. Davies sah, daß er höchst eindrucksvoll fast einen halben Humpen auf einmal runterschütten konnte. »Moonlighters« wiederholte er tiefsinnig.

Davies sah sich in dem großen, seit langem nicht renovierten Raum um. Es gab Tische und runde, mit den Jahren blankgewetzte Stühle, ein paar verwelkte Blumen auf einem Tischchen in einer Ecke, einen Fernseher, der in seiner Nische blind vor sich hinstarrte, und ein paar Schwarzweißfotografien an den Wänden in der Nähe der Tür. Ein schweigsamer Mann und eine wachsam um sich blickende Frau saßen in einer Ecke, jeder vor einem noch nicht angerührten, winzigen Glas Sherry. Davies schaute durch das regennasse Fenster auf den grauen Hintergrund des Ärmelkanals. Die Unterhaltung war versiegt. Von jenseits des Fensters hörte man den Wind stöhnen. »Bournemouth hat letzten Samstag schon wieder verloren«, bemerkte der Barmann.

»Ich hätte besser gespielt. Und zwar mit einem Bein«, behauptete Phineas.

»Wer ist das auf den Fotos?« versuchte Davies etwas zum Gespräch beizutragen.

»Mitglieder«, krächzte der männliche Sherrytrinker.

»Tot, die meisten«, fügte die Frau hinzu.

Phineas folgte Davies zur Tür und zeigte, während er seinen Stumpf auf einem Stuhl von passender Höhe ruhen ließ, mit seinem Stock auf einzelne der Bilder. »Von Farbfotos halten sie hier nicht besonders viel«, sagte er. »Hier nicht.«

»Schwarzweiß zeigt den Charakter der Leute besser«, meinte Davies, immer noch bemüht, etwas beizutragen.

Der Sherrytrinker sagte: »Ha!«

»Das Leben ist schwarzweiß«, philosophierte seine Gefährtin mit lauter Stimme.

Davies inspizierte die Fotos, als ob ihn die Einzelheiten interessierten. Man sah Gruppen von meist älteren Leuten mit verkrampftem Lächeln, händeschüttelnde Männer und küssende Frauen, einige in künstlich aufrechter Haltung, andere eher lokker; eine Ausflugsgesellschaft mit Bus im Hintergrund, ein Krokket-Turnier, bei dem der Wind die Spieler umzublasen drohte, und verschiedene Bankette und Tanzveranstaltungen. »Wer ist denn das?« fragte er und zeigte auf einen Herrn in kerzengerader Haltung beim Tanzen mit einer Dame in einem wehenden Abendkleid, die sich so weit zurücklehnte, als wolle sie gleich umsinken.

»Vernon Dulciman«, sagte Phineas.

Davies fühlte, wie sein Herz einen Sprung machte. Er hatte das unbehagliche Gefühl, daß ein Geheimnis ihn verfolgte, ihn zu finden suchte. Das war ihm schon öfter so gegangen. Wie ein Medium, das wider seinen Willen einen ruhelosen Geist anzieht. »Guter Tänzer, der Vernon«, erzählte Phineas. »Kein Wunder, war ja im Krieg auf einem U-Boot.«

»Oh«, stutzte Davies.

»Daher konnte er alles. War clever. Hat erzählt, im U-Boot hätten sie tanzen geübt.«

»Alles, was der machte, war clever. War halt ein cleverer Mensch«, sagte die Sherrytrinkerin.

»Das cleverste, was er je gemacht hat, war zu verschwinden«, sagte ihr Begleiter.

Bertie hatte eben das Pferderennen eingeschaltet, als Davies an seine Zimmertür klopfte. Der Raum war so etwas wie eine Rumpelkammer; an den Wänden sowie hinter dem durchgesessenen Sofa und Sessel stapelten sich Kisten und Behälter, und eine Reihe von Koffern stand aufgereiht da wie in einem Fundbüro.

»Die meisten gehören mir«, entschuldigte sich der Portier. »Ich bin oft umgezogen. Hab' nie etwas wegwerfen mögen, und so habe ich die Sachen immer mitgeschleppt, wenn ich irgendwo Arbeit bekam. Einige habe ich seit Jahren nicht mehr geöffnet. Jetzt denke ich, ich bleibe hier für immer, es sind ja schon zehn Jahre, also braucht der Kram wohl nicht noch mal umzuziehen.«

Er drehte sich zum Fernseher um und runzelte die Stirn. »Nehmen Sie Platz, Sir«, sagte er einladend. Er selbst saß im Sessel, deshalb ließ Davies sich auf dem Sofa nieder, das unter seinem Gewicht ächzte und fühlbar einsackte. Bertie öffnete eine Streichholzschachtel, nahm ein angekokeltes Zündholz heraus und steckte es in eines der kleinen Löcher am Gerät, wo der Knopf fehlte. Das Bild flackerte und wechselte die Konturen, ehe es den Schirm ausfüllte, wie es sich gehörte. Die Pferde wurden gerade an den Startplatz geführt. »Ein Notbehelf«, entschuldigte sich Bertie mit einem nachdenklichen Blick auf das Hölzchen. »Funktioniert aber.« Plötzlich schaute er aufmerksam zum Bildschirm. »Welches ist nun Wintersaison?« Ohne sich umzusehen, bemerkte er: »Ich hab' Ihre Fünfer auf Sieg und auf Platz gesetzt. Für mich dasselbe. Vielleicht haben wir ja Glück.«

»Ich meistens nicht«, bekannte Davies.

»Dann vielleicht heute«, meinte Bertie. »Wollen Sie was trinken? Bier, Wodka, Crème de menthe, was Sie wollen. Alles da.«

Davies sagte, er nehme einen Whisky, wenn vorhanden. Bertie stand auf und ging zu einer Truhe, in der ein knalliges Licht ansprang, als er den Deckel über den bunten Flaschenreihen anhob.

»Welche Marke?« fragte er.

»Egal.«

»Vielleicht einen schönen Malt. Davon hab' ich mehrere Sorten.« Er blickte über die Schulter zurück. »Mein Job hat seine kleinen Vorteile«, erklärte er.

Davies bekam seinen Whisky, dann machten sie es sich gemütlich. »Sieht nicht schlecht aus, Wintersaison«, äußerte Bertie. »Vier Beine, alles dran.«

Sie verfolgten die Sendung in gemütlichem Schweigen. Davies nahm gelegentlich durch das kleine, halb unter der Erde liegende Souterrain-Fenster etwas vom Straßenverkehr wahr. Er bemerkte, daß es draußen dunkel wurde. Der Raum war warm und behaglich. Portier zu sein war kein schlechtes Leben.

»In dem Job geht's auf und ab«, sagte Bertie, als könne er Gedanken lesen. »Jetzt ist die angenehme Jahreszeit. Der Sommer ist Mord. Krakeelende Kinder im ganzen Haus. Aber wenn nur so wenig Leute da sind, nur Dauergäste...«

»Zum Beispiel Mrs. Dulciman.«

»Nette alte Dame. Bleibt vermutlich bei uns, bis sie stirbt. Er hat sich ja schon weggemacht.«

»Wohin?« fragte Davies unverblümt.

Bertie löste den Blick vom Bildschirm, obwohl die Pferde gerade zum Start aufliefen. »Wer weiß«, antwortete er. »Irgendwohin. Vor fünf Jahren.« Seine Aufmerksamkeit konzentrierte sich wieder auf das Rennen. »Es geht los«, sagte er ohne besondere Aufregung. Sie schauten zu. Am dritten Hindernis stürzte Wintersaison. »Aus. Erledigt«, sagte Bertie gelassen. »Wie Mr. Dulciman.«

Abgesehen von den Folgen der tätlichen Angriffe, die seit langem zu Davies' Berufsalltag gehörten, erfreute er sich bester Gesundheit. Die ersten Anzeichen einer Erkrankung, wie Zahnweh, Erkältung nach einem unfreiwilligen Bad im Kanal, den Willesden-Koller oder auch einen Kater am Morgen, pflegte er an der Bar vom ›Wickelkind‹ mit ein paar doppelten Scotch zu bekämpfen, wobei der zweite dem ersten auf dem Fuße folgte und zur Sicherheit ein dritter hinterhergeschickt wurde. Sein Körper hatte sich an diese einfache Heilmethode gewöhnt und pflegte wie vorgesehen darauf zu reagieren.

Als er aber spätabends vor dem Zubettgehen mit Kitty auf der regennassen Promenade Gassi ging, verspürte er etwas Neues, Unbekanntes. Kitty war schlechter Laune und hatte keine Lust, in den Pfützen herumzulaufen. Während die beiden beim Donnern der mitternächtlichen Brandung durch den kalten, dünnen Regen zokkelten, spürte Davies, daß ihn etwas in der Kehle würgte. Sein Gesicht glühte, trotz der Feuchtigkeit auf der Haut, und er spürte den Schweiß unter dem Unterhemd. Er rollte verzweifelt die Augen, als wolle er an dem menschenleeren Ufer um Hilfe rufen. Gelbe Straßenlaternen verwandelten sich in Omelettes. Er war krank.

Nachdem Davies den Hund nach oben gebracht und zugeschaut hatte, wie Kitty sich mißlaunig, aber dankbar in seinen inzwischen von der Badezimmertür abgerückten Korb verfügte, wankte er hinunter zur Bar.

»Sie sind krank«, sagte die Frau, die heute hinter dem Tresen stand. »Man sieht ja, daß Sie krank sind.«

»Ich fühle mich nicht gut«, gab Davies kleinlaut zu. Er bestellte einen doppelten Scotch.

»Man sieht es Ihren Augen an«, sagte sie.

Er ließ sich schmerzerfüllt auf einem Barhocker nieder. Sie war einverstanden mit dem Whisky. »Obwohl, Brandy wäre noch besser. Je schärfer, desto besser. Der brennt Ihr Inneres aus und schwemmt alles Schlechte weg. Bazillen, Schleim, alles.«

Es war sonst niemand mehr da. Der Regen lief an den Fensterscheiben herab wie Tränen. »Und ich dachte, das Klima von Bournemouth ist so gesund«, hielt er ihr vor.

»Ist es ja auch«, entgegnete sie eilig. »Angeblich jedenfalls. Die Nadelbäume, die Kiefern, die sorgen für gute Luft. Aber wenn ich Sie so sehe, würde ich sagen, dafür ist es jetzt zu spät.«

Davies stöhnte auf. »Dann nützt es also nichts, wenn ich rausgehe und die Nase an eine Kiefer halte.«

»Gehen Sie lieber ins Bett und kriechen Sie unter die Decke«, meinte sie. »Ich mache ohnehin Schluß. Außer, Sie wollen noch einen.«

Davies sagte, er wolle. Er trank in einem Zug aus und ging zu Bett. Sein ganzer Körper ächzte. Er hatte nicht gewußt, daß

Kranksein so schrecklich war. »O Gott«, flüsterte er vor sich hin, »ist mir elend.«

Die ganze Nacht hindurch schienen sich große Türen und Fenster vor ihm zu öffnen und zu schließen. Hitzewellen, denen gleich darauf ein Frostschauer folgte, durchströmten seine Adern und schüttelten seine Glieder. Seine Kehle fühlte sich an wie ein Reibeisen. Die Bettlaken waren klatschnaß. »Kitty, Kitty«, krächzte er, »Kitty, hör doch.«

Der Hund schnarchte weiter. Er wäre auch keine Hilfe gewesen, er war ja kein Bernhardiner. Davies zitterte so heftig, daß das Bett vibrierte. Dann fiel er in einen dumpfen Schlaf, aus dem er erst erwachte, als ein düsterer Streifen grauen Lichtes oberhalb der Vorhangstange sichtbar wurde. Sein Mund war ausgetrocknet, die Kehle wund. Eine Zeitlang dachte er, er hätte das Bett eingenäßt. Er fühlte sich so ermattet und einsam. Wo war Jemma? Wo war Mod? War denn keiner da?

Mildred kam um neun Uhr herein, nachdem sie kurz geklopft hatte, und schob eine Tasse Tee durch den Türspalt. »Ich höre, Ihnen geht's nicht...«, begann sie. Dann sah sie seinen Zustand und sagte mit ganz anderer Stimme: »Oh, Sie sind doch nicht etwa...« Er streckte seine blasse, feuchte Hand nach dem Tee aus. Sie half ihm, die Tasse an die ausgedörrten Lippen zu führen. »Ich hole den Doktor«, sagte sie. Sie ging zur Tür, drehte sich noch einmal um und sah ihn prüfend an. »Ja, ich hole ihn gleich«, wiederholte sie und verschwand eilig.

Davies fiel in einen unruhigen Schlaf, und als er das nächste Mal erwachte, öffnete Mildred gerade die Tür und ließ den Arzt, einen rothaarigen Menschen, herein.

»Malaria haben Sie nicht gehabt, oder?« fragte er beiläufig, während er seine Tasche aufschnappen ließ. Er schüttelte ein Fieberthermometer und schob es Davies in den Mund. Davies grunzte und bewegte den Kopf, um mitzuteilen, daß er keine Malaria gehabt habe. Der Doktor nahm das Thermometer heraus und las es ab. Seine rötlichen Augenbrauen gingen in die Höhe. Mildred drückte sich noch immer an der Tür herum.

Als nächstes schaute ihm der Arzt in den Rachen. »O je«, sagte er. »Aladins Räuberhöhle. Ihre Mandeln sind in einem erbärmlichen Zustand.«

»Mein ganzer Körper ist in einem erbärmlichen Zustand«, meinte Davies.

Der Arzt lachte. »In ein paar Tagen sind Sie wieder auf dem Damm, längstens in einer Woche. Ich gebe Ihnen ein Antibiotikum, dann müssen Sie es halt ausschwitzen. Schade, daß man Ihnen nicht als Kind die Mandeln rausgenommen hat.«

»Meine Mutter hatte nie Zeit dafür«, krächzte Davies.

Jemma kam am folgenden Tag und brachte ihm ein Foto mit, das die Stammgäste im ›Wickelkind‹ zeigte, wie sie ihre Gläser erhoben und auf seine baldige Genesung anstießen. Sie sah ihn besorgt an, versuchte aber zu lächeln. »Mein Gott, Dangerous«, sagte sie, »dich kann man nicht allein lassen.« Sie küßte ihn auf die Wange, da, wo er mit dem Finger hinzeigte, als wäre er von neuem verletzt worden.

Sie prüfte die Flaschen und Arzneigläser auf seinem Nachttisch und blieb eine Stunde lang, um ihn zu trösten und ihm das Neueste aus Willesden zu erzählen. Es war hauptsächlich ein Monolog, zu dem Davies hin und wieder nickte oder sich räusperte. Sie holte von unten ein Tablett mit Tee herauf, aber danach mußte sie sich verabschieden. Sie hatte eine Besprechung abgesagt, um ihn zu besuchen; er wußte ja im Prinzip, daß ihre Arbeit darin bestand, Leuten zu helfen, die noch schlechter dran waren als er. Obwohl er letzteres in diesem Moment wohl bestritten hätte.

»Was ist mit Kitty?« fragte sie.

»Nimm ihn bitte mit nach Hause«, quäkte er, indem er nach jedem Wort eine Pause machte. Der Hund richtete sich erwartungsvoll auf. »Der Doktor fürchtet, daß er sich ansteckt.« Jemma lachte und gab ihm einen liebevollen Klaps. Aber dann füllten ihre Augen sich wieder mit Besorgnis. »Ich weiß nicht, was wir mit dir machen sollen, Dangerous«, sagte sie düster. Sein kläglicher Zustand forderte die Sozialarbeiterin in ihr heraus. »Ich würde dich heiraten, wenn ich könnte.«

»Vielleicht wirst du mich begraben müssen«, sagte er unglücklich. Er lehnte sich in die Kissen zurück und sah sie düster an.

Sie bückte sich und küßte ihn noch einmal, diesmal auf die feuchte Stirn. »Immerhin«, versuchte sie ihn aufzumuntern, »es ist das erste Mal, seit ich dich kenne, daß du krank bist.« Sie machte eine Pause. »Im Gegensatz zu verletzt.«

Kitty drängte zum Aufbruch. Davies sah ihnen nach, bis sich die Türe schloß. Er legte sich kummervoll zurück und schaute zu, wie die Helligkeit rasch abnahm. Zu dieser Zeit des Jahres konnte das

Tageslicht es kaum erwarten, sich zu verabschieden. Durch das Fenster konnte er die dunkle Linie des Meeres erkennen, die von Minute zu Minute schwächer wurde. Es war nichts darauf zu sehen, kein Schiff, kein einziges Licht.

Mildred brachte ihm zwei verlorene Eier auf Toast. »Die Eier sehen aus wie Ihre Augen«, sagte sie, indem sie ihm aufmerksam ins Gesicht sah. Er schaffte nur ein Ei, und der Toast kratzte wie Sägespäne in seiner Kehle. Mildred aß das andere Ei, wofür sie in weiser Voraussicht eine Gabel mitgebracht hatte.

»Ich war schon immer ein Pechvogel«, sagte sie, als habe sie nur darauf gewartet, ihm ihr Leben zu erzählen, und nun sei dazu die beste Gelegenheit. Ihre vom Rock eingezwängten Hüften überragten beidseitig den Stuhl, auf dem sie saß. »Sehen Sie, das fängt schon bei meinem Namen an. Es gibt nicht viele Fünfundzwanzigjährige namens Mildred.«

Davies versuchte, sich überrascht zu geben. Er zog die Augenbrauen hoch und schüttelte den Kopf.

»Stimmt wirklich«, beteuerte sie. »Mildred, das klingt wie Milldread – wie wenn jemandem davor graust, in einer Textilfabrik zu arbeiten. Meine Mutter hat mich so genannt, nach einer Tante von meinem Papa. Sie hat immer versucht, ihm alles recht zu machen – bis sie ihn die Treppe runtergeworfen hat. Den beiden war nicht klar, was sie mir angetan haben. Diese bescheuerte Tante Mildred. Ich hab versucht, mir andere Namen zuzulegen ... Tammy, Nicky... irgendwer kommt immer dahinter und ich lande wieder bei der verdammten Mildred.«

Trotz der Einseitigkeit der Unterhaltung war er froh, daß sie gekommen war. Er drückte ihr dankbar die Hand. Sie ging fort, kam aber gleich darauf mit der Abendzeitung zurück. »Vielleicht muntert das *Echo* Sie ein bißchen auf«, sagte sie. »Die neue Arbeitslosenstatistik. Und ein schwerer Verkehrsunfall ... Und Bournemouth hat verloren.« Er brachte mit Mühe hervor: »Hab ich schon gehört.« Unter der Tür drehte sie sich noch einmal um und flüsterte: »Mrs. Dulciman möchte Sie immer noch sprechen. Sobald es Ihnen ein bißchen besser geht.«

Es dauerte noch zwei Tage, bis sein Zustand sich zu bessern begann. Seine Kehle lockerte sich, seine Temperatur sank und die Augen hörten auf zu tränen. Er verbrachte den größten Teil der Zeit damit, aufgerichtet in den Kissen zu sitzen und mit sich selbst

Wetten abzuschließen, ob auf dem Meer ein Schiff in Sicht kommen werde. Schließlich, am zweiten Nachmittag, erschien eines, und er begrüßte den Anblick wie ein ausgemergelter Schiffbrüchiger.

Bertie machte ihm einen Besuch und brachte die Zeitung mit den Rennveranstaltungen, um zu fragen, ob Davies setzen wolle. Er entschied sich für eine Sieben-zu-eins-Quote in Kempton Park, für ein Pferd namens Dry Throat, aber es verlor um eine Kopflänge. Mildred brachte ihm ein bißchen gedünsteten Schellfisch und aß das meiste davon selbst, während sie ihm erzählte, was alles in ihrem Leben schiefgegangen war, von dem Tag ihrer Geburt in Newcastle an, als der Krankenwagen, der ihre Mutter in die Klinik bringen sollte, wegen eines Verkehrsunfalls eine Stunde lang mitten auf der Tyne-Brücke im Stau steckte. »Da bin ich geboren, oben auf der Brücke, weder auf der einen Seite noch auf der anderen. Praktisch im Niemandsland«, erzählte sie. »Deshalb esse ich so viel.« Sie sah ihn an, als erwartete sie nicht, daß er ihr glaubte. »Kompensation nennt man das.«

Am dritten Morgen kam Mildred ins Zimmer und fragte, ob Mrs. Dulciman ihn jetzt gleich besuchen dürfe. Davies las gerade eine Analyse der örtlichen Arbeitslosenzahlen, und da er bereits eine noch tiefschürfendere Analyse der Stürmer-Probleme von Bournemouth in sich aufgenommen hatte, stimmte er gerne zu. Die alte Dame trat auf leisen Sohlen, mit entspanntem Lächeln und lebhaften Augen ein. Sie trug ein dunkelblaues Kleid mit Spitzenkrägelchen und -manschetten. Den Blindenstock hatte sie nicht dabei.

»Wie schön, daß es Ihnen besser geht, Dangerous«, sagte sie. Sie blickte ihn unsicher an, während sie sich den Stuhl heranzog. »Es macht Ihnen doch nichts aus, daß ich Sie so nenne?«

»Nein, nein. Nehmen Sie doch bitte Platz.«

»Alle nennen Sie so, scheint mir, jedenfalls alle, die Sie kennen. Ich habe gehört, daß der kleine Junge Sie so anredete.«

»Die meisten Leute nennen mich so«, räumte er ein.

»Und wieso?« Ihre Augen fixierten ihn, als wolle sie es genau wissen. »Sie sehen nicht besonders gefährlich aus.«

Sein Lachen war immer noch heiser. »Ich fühle mich auch nicht so, Mrs. Dulciman, das können Sie mir glauben«, erwiderte er. »Ich werde bloß so genannt. Angefangen hat das vor langer Zeit.«

»Sie sind Polizist, nehme ich an.«

»Ja. In London. Kriminalpolizei.« Ihr Gesicht war rosa gepudert und an der Stirn von ein paar grauen Strähnen eingerahmt. »Da habe ich den Spitznamen verpaßt bekommen. Alle wußten, daß ich nicht gefährlich bin, die Kollegen ebenso wie die Kriminellen, daher der Spitzname. Ich wurde immer dort hingeschickt, wo sonst keiner hinwollte. Das ist auch heute noch so.«

Die alte Dame machte ein nachdenkliches Gesicht. Sie formulierte ihre Frage mit Bedacht. »Warum, glauben Sie, begehen Menschen ein Verbrechen?«

Davies schluckte und faßte an seine wunde Kehle. »Warum?« Er sah ihr ins Gesicht. »Manche, weil sie keinen anderen Ausweg sehen, manche, weil es so leicht zu sein scheint, manche können einfach nicht anders.« Er machte eine Pause. »Und dann gibt es welche, die tun es, weil sie ... von Grund auf böse sind.«

»Ja. Das ist wohl eine ziemlich vollständige Liste. Glauben Sie, Sie könnten für mich ein Verbrechen aufklären?«

»Ich?« Er faßte sich wieder an die Kehle, es kam so plötzlich. Es tat weh. »Aber ...«

»Ich würde ein Honorar zahlen. Fünftausend Pfund«, sagte sie fest. »Die Hälfte jetzt und die andere Hälfte, wenn es aufgeklärt ist.«

»Aber, Mrs. Dulciman, ich bin hauptberuflich beschäftigter Polizeibeamter, ich darf so etwas nicht übernehmen. Und ich bin hier nicht in meinem Dienstbezirk ... die Ortspolizei würde ...«

Darüber mußte sie lachen. »Die hat es ja versucht. Jedenfalls hat man mir erzählt, sie hätten alles versucht. Es geht um meinen Mann. Er ist vor fünf Jahren spurlos verschwunden.«

Davies nickte. »Ja, das habe ich gehört«, sagte er. »Bitte, verstehen Sie mich nicht falsch, Mrs. Dulciman. Ich fühle mich geschmeichelt, und es ist ja auch ein großzügiges Angebot, aber ich bin nicht in der Lage, so etwas zu übernehmen. Ich darf es nicht. Sie sollten einen Privatdetektiv anheuern, wenn es Ihnen ernsthaft darum zu tun ist.«

»Ernsthaft?« wiederholte sie. »Mir ist es ernst genug damit. Das Problem sind die geeigneten Leute. Ich hatte schon mal einen Privatdetektiv. So ein hagerer Typ, strich sich immer über die Glatze und hatte ständig Husten, wahrscheinlich vom Liegen im nassen Gras, um jemanden zu beobachten, oder was weiß ich. Überhaupt nicht zu gebrauchen. Sicher gut genug, um einen Ehebruch oder dergleichen auszuspionieren, aber sonst absolut nutzlos.«

Sie betrachtete ihn nachdenklich durch ihre Brillengläser.

»Rache«, sagte sie sanft. »Rache, die haben Sie ausgelassen.«

Davies kniff die Augen zusammen, dann verstand er. »Ach so. Warum Verbrechen begangen werden. Sie haben recht, die Rache habe ich einfach übersehen. Natürlich ist das ein Motiv, wenn auch im allgemeinen nur für Angriffe auf Menschen. Er lächelte. »Es stiehlt kaum einer ein Fahrrad, um Rache für etwas zu nehmen.«

»Sondern um darauf zu fahren oder es zu verkaufen«, nickte sie ernsthaft.

»Aber warum wollen Sie so genau wissen, was mit Mr. Dulciman geschehen ist?« fragte er. »Es ist fünf Jahre her.«

»Ich muß es.« Sie fragte ihn nicht, wieso er das wußte. Statt dessen sagte sie in energischem Ton: »Unmittelbar nach seinem Verschwinden hat die Polizei nachgeforscht. Sie haben Schuhe gefunden und ein paar andere Überreste, die das Meer angespült hat, aber diese Funde waren nicht beweiskräftig. Möglicherweise waren es Vernons Sachen, oder auch nicht. Ich jedenfalls konnte sie nicht identifizieren. Ich habe dann diesen Pengelly als Privatdetektiv beauftragt.« Sie schnaubte verächtlich. »Er sagte, er komme aus Cornwall. Können Sie sich einen Mann aus Cornwall als Detektiv vorstellen?«

»Hab noch nie darüber nachgedacht«, mußte Davies zugeben.

»Die haben ein Talent zum Verstecken, die Leute in Cornwall, deswegen waren sie immer gute Schmuggler, aber wie es mit dem Finden steht, weiß ich nicht. Jedenfalls war dieser Mensch zu nichts nütze. Ich habe ihn ausgezahlt, und er hat sich wieder dem Ausspionieren von Eheaffären gewidmet.«

»Und warum dann jetzt? Nachdem fünf Jahre vergangen sind?«

Sie ließ einen kleinen Seufzer hören. »Ach, es hat mir ständig auf der Seele gelegen. Dann sind Sie hergekommen. In dem Moment, als ich hörte, daß Sie Polizist sind, hatte ich das Gefühl, Sie sind der Richtige. Zu Ihnen habe ich Vertrauen.«

Er blinzelte bei dem Kompliment, dann sagte er: »Fehlt Ihr Mann Ihnen sehr, Mrs. Dulciman?«

»Fehlen? Du liebe Güte, nein! Ich konnte ihn nicht ausstehen. Er war ein gräßlicher Mensch. Grauenhaft.«

»Aber Sie wollen wissen, wo er geblieben ist. Was mit ihm passiert ist. Ob er am Leben ist oder tot.«

»Das würde ich wirklich gern herausfinden. Er hat eine erhebliche Menge Schulden hinterlassen, aber auch, wie ich nachträglich entdeckt habe, eine erhebliche Menge Geld. Die Schulden mußte ich natürlich bezahlen. Aber über das Geld kann ich nicht verfügen, über das meiste jedenfalls nicht, ich muß sieben Jahre warten, bis ein Richter ihn für tot erklärt.« Nach einer Pause fügte sie hinzu: »Vielleicht lebe ich selbst nicht mehr so lange.«

»Ich verstehe.«

»Außerdem würde ich wirklich gerne wissen, wer ihn umgebracht hat, wenn es so war. Ich bin kein Freund von ungelösten Rätseln, auch wenn sie im Fernsehen und in Romanen so beliebt sind, und ich habe keine Lust, mir noch auf dem Sterbebett den Kopf darüber zu zerbrechen.«

Er lachte und strich ihr über die Hand. Hellblaue Adern traten aus der Haut hervor. Es klopfte, und Mildred kam mit dem Tee herein. »Ich dachte, das sei erwünscht«, murmelte sie. »Es ist jetzt ganz milde draußen, Mrs. Dulciman.«

»Ja, Mildred«, erwiderte die alte Dame freundlich lächelnd. »Für diesen Monat jedenfalls.«

Mrs. Dulciman bat sie, das Tablett abzustellen und schenkte selbst elegant den Tee ein. Sie tranken ihn voller Ruhe und sagten eine Weile nichts. Draußen vor dem Fenster wurde es langsam dunkel. Es war ganz still. »Ich werde darüber nachdenken müssen, Mrs. Dulciman«, sagte Davies und sah sie über den Rand seiner Tasse an. Ein Teetropfen lief an der Seite herunter, und er fing ihn mit der Untertasse auf, die er darunter hielt. Die alte Dame reichte ihm den Teller mit Plätzchen, und er stellte die Untertasse auf der Bettdecke ab, um sich eins zu nehmen.

»Die Hälfte des Honorars würde bei Übereinkunft fällig, die andere nach Abschluß der Ermittlungen. Wann werden Sie mich Ihre Entscheidung wissen lassen?«

»Ich reise Ende der Woche ab«, antwortete er. »Kann ich sie Ihnen dann mitteilen? Die Schwierigkeiten habe ich Ihnen ja geschildert – ich verstoße gegen meine Vorschriften. Ein Polizist im Dienst kann nicht einfach alleine losziehen und einen privaten Fall verfolgen. Außerdem bin ich dann wieder in London und müßte ziemlich oft hierher nach Bournemouth kommen.« Er grinste sie an. »Es muß vielleicht bis zu meinem Sommerurlaub warten.«

Sie lächelte beinahe zärtlich, ehe sie mit einem Knacks einen Keks in zwei Teile brach. »Es gibt doch Wochenenden«, meinte sie. »Oder freie Tage. Ich nehme doch an, Polizisten haben, trotz der in diesem Lande herrschenden Gesetzlosigkeit, ein gewisses

Maß an Freizeit. Es wäre einfach eine Freizeitbeschäftigung. Wie nennt man das doch gleich, Mr. Davies?«

»Nebenarbeit, Mrs. Dulciman, Schwarzarbeit. Man nennt es auch Mondscheinarbeit.«

Kapitel 5

Jemma steuerte ihr Auto über die vierspurige Straßc, die den New Forest, das alte Jagdrevier von Wilhelm dem Eroberer, in der Mitte zerschneidet. Es war ein strahlend schöner Tag gewesen, aber jetzt stand die Sonne niedrig und schien schräg durch die kahlen Äste. Ein Rudel Rehe graste friedlich. Die Autobahnauffahrt lag vor ihnen.

»Du hast dich also geweigert. Du hast ihr gesagt, es geht nicht.«

»Mußte ich«, sagte Davies aus den Tiefen seines warmen Mantels heraus. »Wie kann ich so was machen, ohne daß es jemand merkt? Es würde bestimmt rauskommen. Und ich könnte gar nicht die Zeit dafür aufbringen, nicht soviel, wie es der Bezahlung entspricht. Es hieße die alte Dame übers Ohr hauen.«

»Fünftausend ist eine Menge Geld, Dangerous«, meinte sie, »wenn du dir überlegst, was du alles damit anfangen könntest.«

Davies stöhnte auf. Er war noch sehr mitgenommen. Sein Gesicht war blaß und voll tiefer, dunkler Linien. »Ich könnte mir einen neuen Hund kaufen«, sagte er. »Ich bin übrigens froh, daß Kitty sich anständig aufgeführt hat.«

»Hat er, bei mir jedenfalls«, sagte Jemma vorsichtig. »Ich habe ihn zweimal auf dem Friedhof spazierengeführt, da war er brav wie ein Musterschüler.«

»Wenn er dich mag, dann mag er dich eben«, nickte Davies; sein Gesicht steckte so tief im hochgestellten Mantelkragen, daß die Stimme gedämpft wurde. Ein beunruhigender Verdacht stieg in ihm auf. »Hat Mod Ärger mit ihm gehabt?«

Die schnurgerade, breite, kaum befahrene Straße erforderte scheinbar Jemmas volle Konzentration. »Wir kommen gleich zur Autobahn«, murmelte sie.

»Pack aus«, sagte Davies streng. Er sah sie mit müden Augen von der Seite an.

»Was auspacken?« fragte sie unschuldig. Sie lächelte zu einer Herde zotteliger New-Forest-Ponys hin. »Schau mal. Hübsch, nicht?«

»Was Kitty sich bei Mod geleistet hat«, beharrte er leise. »Sag bloß, das Mistvieh hat wieder die ganze Kneipe in Trümmer gelegt. Ich habe Mod gewarnt...«

»Aber nein«, sagte Jemma und senkte den Kopf wie jemand, der sich bemüht, etwas Gutes zu berichten. »Nein, im Pub ist alles heil geblieben. Es haben sogar alle gesagt, was für ein braver Hund Kitty ist. Sie fanden, der Aufenthalt in Bournemouth habe ihm gutgetan.«

»Also wo?«

»Es war beim Hot-dog-Verkäufer«, sagte sie mit einem Anflug von Verzweiflung. »Der Stand bei der Jubiläumsuhr.«

»O Gott. Ich wußte ja, es war nur eine Frage der Zeit. Der Hund hatte ihn schon lange auf dem Kieker. Was war denn los?«

»Der Mann hat vor, dich zu verklagen«, entrüstete sich Jemma. Sie hielt die Augen auf die Fahrbahn gerichtet. »Ich habe schon immer gefunden, der ist ein Gauner. Dieser Zwiebelgestank, und die Umweltbehörde...«

»Wieviel? Wie hoch ist der Schaden?«

Sie seufzte. »Die Bude ist ramponiert und der Mann auch«, sagte sie, um es endlich loszuwerden.

»Jesses. Kitty hat ihn doch nicht gebissen?«

»Nein. Kitty hatte das Maul voller Würstchen. Aber der Stand ist völlig zusammengekracht. Der Mann ist total durchgedreht. Er verlangt Verdienstausfall, Schmerzensgeld für den ausgestandenen Schrecken, die ganze Latte.«

Davies stöhnte. »Seelenqualen des Hot-dog-Verkäufers«, deklamierte er. »Ich sehe die Schlagzeilen schon vor mir. Was mache ich bloß?«

»Die fünftausend kämen gerade zur rechten Zeit. Du mußt ihm wohl Geld geben oder dich außergerichtlich mit ihm einigen.«

Davies seufzte. »Fünftausend«, wiederholte er. »Vielleicht ist es nur eine Laune von einer konfusen alten Frau.«

»Mir kommt Mrs. Dulciman nicht vor wie eine konfuse Schwätzerin«, stellte Jemma fest. »Hast du sie nach dem Blindenstock gefragt?«

»Nein, keine Lust. Sie hatte ihn im Postamt dabei, als ich die Karten abschicken wollte...«

»Ach ja, die Ansichtskarten. Vielen Dank. Auf meiner war ein Bild der Westminster Abbey.«

»O je. Die muß aus Versehen dazwischengelangt sein. Tut mir leid. Also Mrs. Dulciman stand vor mir in der Schlange, und dann ließ ein Mann sein Wechselgeld liegen, da war sie hinter ihm her wie der Blitz.«

»Mit dem weißen Stock?«

»Ja.«

»Glaubt sie wirklich, er ist umgebracht worden?«

»Das sind ihre eigenen Worte. Sie möchte Aufklärung haben, weil es dabei um Geld geht, das sie dringend braucht. Dazu muß er offiziell für tot erklärt werden.«

Sie kamen zur Autobahn und nahmen die Auffahrt in Richtung London. »Wofür, denkst du, braucht sie das Geld? Wenn sie dir fünf Riesen zahlen will, die Hälfte im voraus, dann kann sie nicht so schlecht dran sein.«

»Sie ist eine Frau, die ihre Gründe hat.«

Die Strecke nach London schwenkte jetzt in die nördliche Richtung. Sie fuhren in dunkle Winterwolken hinein. Die ländliche Umgebung blieb zurück und machte der Industriebebauung Platz.

»Auf welche Weise ist eigentlich Mr. Dulciman abhanden gekommen?«

»Vernon Dulciman«, sagte Davies. Sein Kopf war wieder tief im Mantel versunken. »Ich wollte nicht zu sehr in die Einzelheiten gehen, zumal ich es nicht übernehmen kann.«

»Ich meine immer noch, du solltest es tun. Was für ein Mensch war er?«

»Hat auf einem U-Boot tanzen gelernt«, antwortete Davies.

Ihr Beruf hatte sie gelehrt, sich über nichts zu wundern. »Demnach ein Lebenskünstler. War er beliebt?«

»Bei einigen Damen ganz sicher, jedoch nicht bei Mrs. Dulciman.«

»Aha. Wie hast du das alles erfahren?«

»Das meiste durch Zufall. Und zwar noch bevor sie mich bat, in der Sache Nachforschungen für sie anzustellen. Im Moonlighters Club.«

»Aha, und wie ist der?«

»Ziemlich still«, sagte er. »Du hörst, wie die Leute ihren Sherry schlürfen. Aber unter der Oberfläche brodelt es.«

»Und Mr. Dulciman war dort Mitglied.«

»Die Wände sind praktisch tapeziert mit Fotos von ihm. Mr. Dulciman beim Tanz, Mr. Dulciman als Sieger im Krocket-Turnier, Mr. Dulciman beim Ausflug der Clubmitglieder.«

»Mit Mrs. Dulciman?«

»Manchmal. Aber dann im Hintergrund, kaum zu sehen.«

»Warum liegt ihr soviel daran?«

Er zuckte die Achseln. »Ich glaube, Jemma, ich sollte aufhören zu reden«, sagte er. »Meine Kehle. Sing mir was vor, wenn du möchtest.« Sein Kopf war fast völlig im Kragen verschwunden. Er murmelte: »Sie denkt, sie wird bald sterben. Sie möchte Gewißheit haben.«

Einige Jahre lang hatten Davies und Doris zwei Handbreit entfernt voneinander geschlafen und um die Wette geschnarcht, während sie einander innerlich schon so fremd geworden waren, wie zwei Menschen nur sein können. Jetzt trennte sie eine Zimmerwand, zu deren beider Seiten ihre Betten standen. Wer von ihnen in der Nacht aufwachte, konnte den anderen hören, wenn er sich herumdrehte und hustete.

Davies war nicht frei von Schuldgefühlen gegenüber seiner Frau, und als er jetzt zum ›Bali Hi‹, Willesden, zurückkehrte, stellten sich auch die Selbstvorwürfe wieder ein. Er hatte keine Erklärung dafür, warum weder er noch Doris ausziehen wollten: ein Polizist ohne Alibi. Beide betrachteten das hohe, glanzlose viktorianische Backsteingebäude als ihr Zuhause. Obwohl keiner von ihnen es zugegeben hätte, empfanden sie die Tatsache, daß sie beide dort lebten, als eine gewisse Sicherheit. Zwar gehörten sie nicht mehr zusammen, aber sie gehörten zum ›Bali Hi‹.

»Wir dachten, Sie kommen braungebrannt und erholt wieder«, sagte Mrs. Fulljames am Abend, als sie den Hackfleisch-Kartoffel-Auflauf auf den Tisch setzte. »Leckere Schäferpastete«, verkündete sie.

»Im Januar«, entgegnete Davies, »sind die Möglichkeiten zum Sonnenbaden in Bournemouth begrenzt. Übrigens habe ich die meiste Zeit im Bett verbracht, und zwar mit...«, er warf Doris am anderen Ende der Tafel einen verschlagenen Blick zu, »...mit Mandelentzündung.«

Doris schnaubte so heftig, daß der von der Kartoffeldecke der Schäferpastete aufsteigende Dampf davonwehte. »Du hättest sie dir schon vor Jahren herausnehmen lassen sollen.«

»Ja, wahrscheinlich, Mrs. Davies«, gab er gelassen zurück. »Aber woher nimmt man, bei einem arbeitsreichen Leben, die Zeit...«

»Sie waren oft genug im Krankenhaus«, warf Mrs. Fulljames ein, während sie ihren Platz am Kopf der Tafel einnahm.

Doris nickte energisch. »Du hättest dich operieren lassen sollen, während du dort warst.«

Mod hustete, und Minnie sah ihn dankbar an. Als unverheiratete Dame war sie familiären Streitereien abgeneigt. »Den heutigen Kindern«, sagte sie mit ihrer schüchternen Stimme, »nimmt man anscheinend die Mandeln nicht mehr heraus. Mit dieser Entschuldigung fehlt nur selten ein Kind in der Schule.« Sie machte eine Pause. »Es ist eine der selten gewordenen Entschuldigungen.«

»Hast du noch deine Mandeln, Mod?« fragte Davies im Plauderton.

»Weiß ich nicht«, erwiderte Mod, »ich erinnere mich nicht... Hier«, forderte er Minnie auf, indem er den Mund aufriß, »schaun Sie doch mal nach...«

»Mr. Lewis! Also wirklich!« tadelte Mrs. Fulljames. »Doch nicht mit vollem Mund!«

»Verzeihung«, murmelte Mod. Er machte im Sitzen eine kleine Verbeugung zu Minnie hin. »Ich vergaß.«

»Wir haben jetzt einen Gärtner«, eröffnete Mrs. Fulljames der Runde. »Stundenweise, weil ja von den Herren in diesem Hause keiner bereit ist, mal ein bißchen Unkraut zu jäten. Ich denke, er wird ein Gewinn sein.«

»Muß ein Supermann sein«, warf Mod ein und wurde wieder verlegen. »Ich meine... der Garten, der ist doch ziemlich groß.«

»Fast ein halber Morgen«, sagte Mrs. Fulljames streng. »Obwohl ich kaum glaube, daß Sie sich je bis zum jenseitigen Ende getraut haben, Mr. Lewis.«

Mod nickte auf seinen Teller hinab. »Das Wetter ist dafür immer zu unbeständig.«

Davies sagte: »Der Gärtner hat ein Feuer angezündet. Ich konnte den Rauch sehen, als ich zum Hof rüberwollte.«

»Der junge Kerl macht gern ein Feuerchen«, setzte Mrs. Fulljames hinzu. »Das ist für ihn die Attraktion an der Gartenarbeit.« Sie lachte gönnerhaft. »Er arbeitet bei mehreren Hausbesitzern in der Nachbarschaft, zum Beispiel bei Mrs. Firkin im ›Valdemosa‹. Anscheinend ist er dort ins Haus reingegangen und hat sich im Flur die Zeitungen genommen, um sein Feuer in Gang zu bringen.« Sie kicherte. »Sie waren noch ungelesen.«

»Wie heißt er, dieser Gärtner?« fragte Davies mißtrauisch. »Weiß er, daß solche Gartenfeuer von den Behörden ungern gesehen werden?«

»Ach, es ist nur so ein Junge. Nennt sich Elvis.«

»Elvis Smurfitt.« Davies wußte Bescheid. »Der Hauptverdächtige im Fall des großen Zeitungsdiebstahls bei Pemberthy. Hat das Zeug als Brennmaterial benutzt. Aber der Diebstahl war ihm nicht zu beweisen.«

»Ach, er ist der Polizei bekannt?«

»Der Feuerwehr noch besser. Behalten Sie ihn im Auge. Vor allem achten Sie darauf, daß er mit seiner Kokelei vom Haus weg bleibt.«

»Dem Rasen fehlt's nicht am Gärtner«, sagte Mod, als sie zum ›Wickelkind‹ schlenderten. »Eher an einer Ziege.«

»Elvis wird ihn wohl abfackeln«, prophezeite Davies, während er den Kopf dem Nieselregen entgegensenkte. »Um eine Redensart abzuwandeln, dem brennen die Streichhölzer auf den Nägeln. Wo der in der Nähe ist, entzünden sich die Dinge ganz von selbst. Er war auch der Hauptverdächtige beim Brand des Klohäuschens im Gladstone Park.«

»Gar nicht so leicht, in einer öffentlichen Bedürfnisanstalt Feuer zu legen.«

»Das macht den Reiz aus, vermute ich.«

Am oberen Ende der Straße bogen sie um die Ecke. Das illuminierte Schild vom ›Wickelkind‹, das eine Waise im Armenhaus zeigte, erhellte ihren Weg wie ein Leuchtturm. »Ich fand die Schäferpastete nicht so besonders«, sagte Mod.

»Ein sehr mickriger Schäfer«, stimmte Davies zu.

Bei der Kneipe angelangt, öffneten sie die Buntglastüre, die, wie die Leute behaupteten, noch nie zu Bruch gegangen war. Sie stiegen die Stufen hinunter in die Bar. Dort unten war es hell und warm, ein Beweis, falls es dessen bedurft hätte, daß der Londoner Pub seine Funktion erfüllt: Zuflucht der Stammgäste vor Nebel und Kälte und vor der Familie, eine sichere Stätte, wo ein Mann sich seine Gesellschaft noch aussuchen konnte.

»Ich hab gehört, Sie wär'n tot, Dangerous«, sagte Barmann Mulcahy. »Wir wollten schon sammeln.«

»Könnt ihr ja immer noch«, meinte Davies. Er bestellte zwei Bier und noch eins für den Barmann, als Dank für die freundliche Teilnahme. Dann zog er sich mit Mod an den gewohnten Ecktisch zurück.

»Was mache ich nur mit diesem Hund?« seufzte Davies.

»Die Würstchen sind nur so durch die Gegend geflogen«, erinnerte Mod sich wehmütig. »Der Mann fordert fünfhundert Pfund.«

Ein Schotte, der von sich behauptete, früher Sanitäter gewesen zu sein, kam an ihren Tisch und faßte, ohne zu fragen, Davies' Handgelenk. Seine eigene Hand zitterte. »Unregelmäßig, Dangerous«, sagte er.

»Kein Wunder, wenn er mir den Puls fühlt«, sagte Davies, nachdem der Mann an das andere Ende der Bar gewankt war.

»Eigentlich eine Schande, ausgerechnet an der See krank zu werden«, meinte Mod nach einem langen Schluck aus dem Humpen.

»Circa dreiundvierzig Grad Fieber«, sagte Davies stolz. »Ich war der wärmste Ort an der ganzen Südküste, das kannst du mir glauben.« Er sah Mod ins Gesicht. »Und ich bin auf ein Geheimnis gestoßen.«

Mod war nicht erfreut. »O nein, komm mir nicht wieder mit deinem Hobby«, seufzte er. »Gott bewahre uns, du gehst in Genesungsurlaub, im Genesungsurlaub wirst du krank, und dann stöberst du noch einen neuen Kriminalfall auf.«

»Der lag da offen herum, hat nur auf mich gewartet.«

»Aber in Bournemouth! Schlimm genug, wenn du hier auf dem Heimatboden eine alte, unaufgeklärte Sache ausgräbst, für die sich keiner mehr interessiert, aber Bournemouth ist meilenweit weg...«

»Ich kriege dafür fünftausend Pfund.«

»Wann fangen wir an?«

Davies sagte: »Wir? – Gar nicht.«

»Für fünf Riesen? Was ist das für ein Fall?«

»Ein Mann ist verschwunden, seit fünf Jahren. Vielleicht ist er längst tot.«

Mod maß mit den Augen ab, wieviel Bier noch da war, indem er den Rest auf dem Boden des Glases schwenkte. »Ich könnte dir helfen«, sagte er. »Du weißt, ich kann gut recherchieren.«

Davies überlegte. »Trotzdem, ich glaube nein. Es sieht nach einer langwierigen Sache aus, und es ist so weit weg.«

Mod kippte wehmütig sein Glas und sagte: »Die gehen jetzt auf mich«, indem er Davies' Humpen am Griff packte.

»Ich hab' gewußt, daß ich es richtig abpassen muß«, nickte Davies. »Ankunft am Freitag.«

Die Tür öffnete sich und ein Mann in einem triefnassen Anorak und tropfender Kapuze kam herein. »Ah, Dangerous«, sagte er erleichtert. »Da bist du ja.« Er nickte zum Gruß in die Runde. »Hab mir gedacht, daß du wieder daheim bist.«

»Hallo, Bunny. Du mit Vermummung?« Es gab eine Dusche, weil der Mann seinen Anorak auszog. »Was trinkst du?«

»Bin im Dienst, Kumpel. Nur einen kleinen Scotch.«

»Mod«, rief Davies zur Bar hinüber, »einfachen Scotch für Bunny.«

»Nein, den hole ich selbst«, sagte Bunny. »Dein Freund ist doch arbeitslos, oder?«

»Das ist seine Lebensstellung«, nickte Davies.

Bunny ging zum Tresen, und Mods gefurchte Stirn glättete sich lächelnd, als Bunny sagte, er wolle eine Runde zahlen. Mod kam an den Tisch zurück. »Was für ein zivilisierter Polizist«, strahlte er, »und was für ein perfektes Timing!«

Bunny kam mit den Gläsern. Davies machte die beiden förmlich miteinander bekannt. Bunny lächelte. »Kenne Sie vom Sehen«, sagte er. »Haben Sie nicht mal in Cricklewood gearbeitet?«

»Ist lange her.« Mod versuchte, bei dem Eingeständnis ein betrübtes Gesicht zu machen. »Als es noch Jobs gab.«

Davies wendete sich an den Kollegen. »Wolltest du was von mir, Bunny?«

»Na ja, ich weiß, du kommst erst Montag wieder zum Dienst, aber ich habe mir gedacht, ich versuche mal, dich zu erwischen.« Er machte ein teilnahmsvolles Gesicht. »Geht's dir übrigens besser?« Er legte den Kopf zurück und sah Davies forschend an. »Du siehst nicht schlecht aus.«

»Seeklima«, erklärte Davies. »Also, was ist los?«

Burrows schien zufrieden. »Ich gehe zu einem Fortbildungslehrgang, Dangerous. Am Montag. Der Chef sagt, ich soll meinen Fall an dich übergeben. Einbruchdiebstahl. Die Akte liegt auf deinem Schreibtisch.«

»Wo?«

»Power Station Lane.«

»Viel geklaut?«

Burrows verzog das Gesicht. »Alles Bewegliche. Sogar die Lebensmittel aus dem Kühlschrank. Ein halbes Pfund Käse...«

»Vielleicht Mäuse?«

Sie lachten, und Davies holte eine weitere Runde. Ein übelgelaunter Fettsack kam herein und lehnte seinen Bauch an den Tresen. Mod flüsterte Davies zu: »Der Hot-dog-Macker.«

Der Mann kam schwerfällig an ihren Tisch. »Ihr Hund hat mein Leben ruiniert«, sagte er. »Er ist bösartig.«

»Nur tolpatschig«, verbesserte Davies. »Ihr Leben ruiniert? Ist wohl ein bißchen übertrieben.«

»Na gut, aber meinen Gastronomie-Betrieb.«

»Ihre Hot-dog-Bude.«

»Ja.«

»Wieviel?«

»Fünfhundert.«

Davies langte nach der Gesäßtasche: »Fünfzig auf die Hand?«

»Meinetwegen«, sagte der Mann und griff zu. Auf ein Bier dableiben wollte er nicht.

Davies meinte: »Wenn du Lust hast, Bunny, können wir jetzt gleich zum Revier gehen.« Zu Mod sagte er: »Würdest du Jemma unterhalten, falls sie eintrudelt?«

»Mit Erfrischungen und gelehrter Rede«, bekundete Mod seine Bereitschaft.

Davies und Burrows gingen in den Nieselregen hinaus. »Komische Sache«, tönte Burrows unter seiner Kapuze hervor. »Alles weg. Ausgenommen die Möbel. Sogar die verdammten Zeitungen, *Sun* und *The Times*. Alles geklaut.«

»Es könnte dieser Elvis gewesen sein«, meinte Davies.

»Wieso der?«

»Er hat schon mal Zeitungen mitgehen lassen, um zu zündeln.« Davies hielt die Nase schnuppernd in den Regen. »Aber ich kann mir nicht vorstellen, daß er sich an Käse vergreift. Ist nicht seine Art von Kriminalität, Bunny.«

Bis auf einen schwankenden Betrunkenen mit einem Liedchen auf den Lippen, der sich selbst und eine brummelnde alte Frau umarmt hielt, war die Eingangshalle der Revierwache menschenleer. Der Sergeant am Tresen winkte ihnen zu.

Davies wünschte der alten Dame »Guten Abend«. Sie hörte auf zu schimpfen. »Hallo, Mr. Dangerous«, sagte sie erfreut. »Helfen Sie mir meinen Kater suchen?«

»Schon wieder verloren?« fragte er.

»Sagen Sie lieber gestohlen. Die Leute entführen ihn zum Dekken, weil er reinrassig ist. Wenn er zurückkommt, ist er jedesmal ganz erschöpft.«

»Das muß ein Ende haben«, nickte Davies.

»Der Sergeant hat gesagt, er telefoniert herum«, erwiderte sie geheimnisvoll. »Aber ich gehe jetzt nach Hause und sehe nach, ob er wieder zurück ist. 'Nacht, Mr. Dangerous.«

Die halbe Welt war plemplem, dachte Davies nicht zum ersten Mal. Er ging in sein Büro, nahm einen verirrten Handfeger samt Schaufel von seinem Stuhl und setzte sich. Burrows zog sich einen Stuhl heran, und sie gingen zusammen die Akte durch.

»Auf dem Fußboden ist Blut«, bemerkte Davies mit einem Blick nach unten. »Entweder ist jemand erstochen worden oder PC Westermann hat mal wieder Nasenbluten gehabt.«

»Hat sich wahrscheinlich wieder die Zellenschlüssel in den Nakken gehalten«, meinte Burrows.

Zwei Männer in Zivil kamen durch die hintere Tür herein. »Harvey und Johnson machen Überstunden«, flüsterte Davies.

»Ein Mordfall. Eine Frau namens Willis. Sie haben sie gefunden.«

»Hallo, Davies. Fertig mit Krankfeiern?« rief Detective Superintendent Harvey. Er war kein angenehmer Mensch.

»Offiziell nächsten Montag, Sir.«

Harvey brummte etwas, und die beiden verzogen sich in das verglaste Abteil am hinteren Ende des Raums. »Gefunden?« fragte Davies.

»Was von ihr übrig war. Verscharrt, in der Nähe von Wormwood Scrubs.«

»Also jemand, der sich da auskennt.«

Burrows runzelte die Stirn, als wünschte er, der Gedanke wäre ihm zuerst gekommen.

»Viertelmeile vom Gefängnis entfernt«, sagte er.

»Wo die Häftlinge ihr Lauftraining haben«, sagte Davies. »Solche Örtlichkeiten prägen sich einem Knacki ein.«

»Das solltest du Harvey sagen.«

»Keine Lust.« Davies zuckte die Achseln. »Er antwortet mir jedesmal, daran habe er auch schon gedacht.«

Er nahm die Akte an sich, und sie gingen zusammen hinaus in die Samstagnacht. Die Lampen der drei Pubs in der Hauptstraße leuchteten verführerisch. Sonst hatte die Straße nichts zu bieten als nasse Gehwege, geschlossene Läden, ein paar streunende Autos und vereinzelte Passanten, die unter den gelben Straßenlaternen einherschlurften. Burrows wollte nach Hause. »Muß Koffer pakken. Montag in aller Frühe geht's los.«

»Viel Glück, Bunny«, sagte Davies. Er sah dem im Regen schnell entschwindenden Anorak nach, dann wandte er sich der nassen Straße zu. Sogar die Bingohalle war geschlossen. Der Rezession wegen, besagte das Schild. Er schüttelte den Kopf. Ein Land war wahrlich tief gesunken, wenn seine Bingohallen zugemacht wurden.

Gegen Mitternacht fühlte er sich zufriedener; er lag in Jemmas Bett und Armen, und sie sang ihm im Licht der Nachttischlampe etwas vor. Er schlug die Augen auf. »Was war das?«

»Ein Wiegenlied.«

»Woher hast du das?«

»Mendelssohn.«

Er drehte sich auf den Rücken und murmelte: »War gut, die Singerei im Pub heute abend, oder? So was gibt's heutzutage nicht mehr oft.« Er nahm ihren Anblick in sich auf. »Bisher habe ich dich nie mit *I've got a lovely bunch of coconuts* in Verbindung gebracht.«

Sie lachte und gab ihm einen Kuß. »Das hätte ich fast verpaßt.«

»Wo warst du?«

»Ich habe eine Unterkunft für den kleinen Valentin gesucht. Und gefunden, hoffe ich. Bei seiner Tante. Ich flehe nur zum Himmel, daß seine verrückte Mutter und sein noch verrückterer Vater sich nicht wieder einmischen.«

Ihre Stirnrunzeln lösten sich im Lampenlicht. »Der Chor veranstaltet ein Abendkonzert. Nicht die übliche ernste Musik, nicht Elias oder so etwas, sondern alles mögliche. Du solltest mitkommen, Dangerous. Valentin und ich treten zusammen auf. Wir singen *I can feel it all over*.«

»Man hat die Leiche einer Frau gefunden, Julie Willis. Erinnerst du dich?« fragte Davies.

»Hab ich gehört. Armes Mädchen. Eine vom Strich. Edgeware Road, glaube ich.«

»Sie war im Gelände von Wormwood Scrubs verscharrt. Was man ein flaches Grab nennt.«

Sie sagte streng: »Du könntest deinen eigenen Mordfall haben, Dangerous.«

»Du hast mit Mod geredet«, seufzte er. »Was der will, ist ein paar Tage Urlaub an der See. Andere Tapeten und mal eine andere Biersorte.«

»Ich finde, da hat er recht.«

Davies stöhnte. »Ich kann nicht, Liebste. Ich kann nicht nach Bournemouth und zurück pendeln wie ein Jojo. Und wenn die Met davon Wind kriegt, schmeißen die mich raus, und ich stehe auf der Straße. Nach all den anstrengenden Jahren.«

»Dann mußt du halt nachforschen, wer den Käse gestohlen hat«, schmollte sie. Er stützte sich auf und küßte sie intensiv. Ihre Brüste schimmerten vor seinem Gesicht, und er berührte sie mit der Nasenspitze.

»Ach, Dangerous«, seufzte sie. »Was mache ich bloß mit dir?«

Er lachte leise. »Möchtest du einen Wunschzettel?«

In der Power Station Lane ragten die Kühltürme hinter den niedrigen Reihenhäusern auf wie gigantische Schachfiguren. Diese mächtigen Türme hatten Davies von jeher fasziniert. Sie reckten sich in den flachen Industriehimmel und ließen ihren weißen Rauch flattern, der sich im Wegdriften mit dem jeweiligen Wetter von Willesden vermischte. Davies begrüßte sie voll Wiedersehensfreude.

Mr. und Mrs. Horace Perryman, die all ihrer beweglichen Habe beraubt worden waren, wohnten in einem Mittelhaus, das den Namen Villa Safari trug. Ein graugelbes Backsteinhaus, dessen spitzes, eckiges Kinn in Gestalt eines Erkerfensters den größten Teil des Vorgartens an der Straße einnahm.

»Kommen Sie rein«, sagte sein Besitzer. »Nicht, daß Sie von Nutzen sein könnten.«

Er war bleich und hatte einen Watschelgang, abgetretene Hausschuhe, einen Bauch, über dem sich die Hosenträger wie Zwillingsbogen spannten, ein unrasiertes Kinn und wäßrigen Schleim im Auge. »Sehen Sie sich die Scheiße an«, sagte er, als sie den leeren Wohnraum betraten.

Mrs. Perryman, eine Frau mit Kittelschürze, saß in einem Sessel und starrte auf die kahle Wand. Im Teppich sah man noch die Abdrücke von den Füßen des fehlenden Fernsehapparats. »Sie kann's nicht glauben, daß er weg ist«, sagte der Mann.

»Kann's nicht glauben«, bestätigte die Frau. Sie musterte Davies mit einem kurzen, scharfen Blick, als ob er der Täter wäre. »Ich würde Ihnen ein Täßchen zu trinken anbieten«, murmelte sie, »aber wir haben keine Tassen. Wir müssen aus Marmeladengläsern trinken, bis der Versicherungsmann hiergewesen ist.«

»Gute Arbeit«, entschlüpfte es Davies nicht sehr passend, während er sich umschaute.

»Wie die Heuschrecken«, sagte der Mann mit einem unterdrückten Schluchzer. »Sie haben nichts hiergelassen, nur was sie nicht mitschleppen konnten. Das Bett haben sie uns gelassen, aber das Bettzeug ist weg.«

»Wir mußten in unseren Mänteln kampieren«, jammerte die Frau. »Wo ist der andere Bulle? Wir haben ihm das Ganze doch schon mal erzählt.«

»Detective Constable Burrows«, sagte Davies. »Auf einem Fortbildungskurs.«

»Wie schön«, giftete die Frau, »schön für ihn.«

»Ich vertrete ihn, hoffentlich, adäquat«, murmelte Davies.

»Sie«, warf der Mann dazwischen und streckte den Zeigefinger aus, »Sie habe ich schon mal gesehen. Sie lungern immer auf der Straße herum. Mir war nur nicht klar, daß Sie ein Bulle sind.«

»Inkognito, sozusagen«, entgegnete Davies. »Jetzt schaun wir mal. Ich habe eine Liste der Gegenstände, die entwendet wurden.« Er breitete das Blatt Papier aus, das Burrows ihm hinterlassen hatte, und räusperte sich. »Gibt es etwas, das Sie mit Sicherheit wiedererkennen würden? Es ist ja vielleicht nicht so einfach, ein Stück Cheddarkäse zu identifizieren. Wer klaut schon Käse!«

»Ein Verzweifelter«, sagte Mr. Perryman.

»Dein Pokal«, erinnerte die Frau.

»Ein Pokal?« fragte Davies mit hochgezogenen Augenbrauen.

Der Mann sah ihn düster an. »Ein Silberpokal«, sagte er dumpf. »Eine Trophäe. Hab' ich im Butlins-Urlaub gewonnen...«

Davies zückte sein Notizbuch. »Dann steht also Ihr Name drauf?«

»Nein, aber der Name Butlins. Dem die vielen Feriendörfer gehören. In Clacton war ich vor ein paar Jahren Sieger.«

»Wobei?«

Der Mann machte ein Gesicht, als würde er lieber nicht davon sprechen. Doch seine Frau sagte: »Beim Steppen.«

»Steptanz«, bekannte der Mann. Sein Stoppelgesicht lief rot an. »War früher mein Hobby. Und Witze erzählen.«

Davies sah verstohlen auf die sich wölbenden Hosenträger. »Steptanz und Witze.«

»Nicht gleichzeitig«, stellte die Frau richtig. Ihr Ton änderte sich. »Erst steppte er ein bißchen, und dann war ein Witz fällig. Er machte das sehr gut.«

»Sehr gut«, bestätigte Mr. Perryman. »Aber der Pokal war relativ klein.«

»Dritter Preis«, sagte die Frau. Ihr Mann spreizte den schwärzlichen Daumen vom Zeigefinger ab. »So groß ungefähr.«

»Aha, das ist schon mal was«, stellte Davies fest. »Es kann nicht allzu viele Exemplare davon geben.« Er sah die beiden durchdringend an. »Und Sie haben keine Ahnung, wer das alles abgeräumt hat?«

»Wenn ich dabeigewesen wäre, wüßte ich's«, sagte der Mann.

»Ich will meinen Fernseher wieder«, sagte die Frau.

»Den Kühlschrank leergemacht«, sagte Davies kopfschüttelnd.

»Hungrig«, sagte die Frau.

»Die Hintertür wurde also aufgebrochen«, sagte Davies.

»Rein und raus auf demselben Weg«, sagte Mr. Perryman. »Da ist doch der Fußweg an der Rückseite der Gärten, was man hier so Gärten nennt, sind ja eher Müllkippen, die meisten, seit die Ausländer hier wohnen.«

»Wir sind die einzigen Nicht-Ausländer in der Straße«, sagte seine Frau.

»Und die Nachbarn?«

»Auf der einen Seite Inder, auf der anderen Iren«, sagte der Mann. »Iren sind für uns auch Ausländer. Sie heißen O'Callaghan.«

»Die Inder heißen Fetti«, sagte die Frau und starrte auf den Bauch ihres Ehegemahls.

Den Rest der Woche über regnete es; klirrend kalter Januarregen, mal als kräftiger Schauer, mal nur nieselnd, und dann alles wieder von vorn. Die ganze Nacht und den ganzen Tag. Die Rinnsteine gurgelten, der Himmel war wie ein Schwamm, die Erde aufgeweicht.

Detective Constable Davies klapperte in dieser Zeit die Straßen ab, von Tür zu Tür, zeigte Fotos und leierte die Beschreibung von

Julie Willis, sechzehn Jahre, herunter, und stellte immer wieder dieselben Fragen: Kannte sie jemand, oder hatte sie gekannt, hatte jemand sie gesehen und wenn ja, wann. Er wurde bis auf die Haut naß.

Eine alte Dame war des Glaubens, er komme zu ihr als Antwort auf ihre Gebete. Sie bat ihn ins Haus zu einer Tasse Tee, den er selber machen mußte, weil sie Arthritis hatte, und sie begann zu weinen, als er sich verabschiedete, denn sie hatte tage- und nächtelang mit keinem Menschen gesprochen. Daraufhin ging er los und kaufte ein paar Lebensmittel für sie ein und rief Jemma an. Die Sozialdienste mußten sich nicht lange um die alte Dame bemühen, da sie kurz darauf starb.

Niemand hatte Julie Willis gesehen, und niemand wollte Näheres von ihr wissen. Eins weniger von den Straßenmädchen, was machte das schon?

Am Sonntag hatte Davies das Gefühl, seine Mandelentzündung käme wieder. Trotzdem ging er zum Trödelmarkt. Es hatte sich ausgeregnet, der Himmel war erschöpft, die Sonne glitzerte auf die triefende Erde herab. Der Flohmarkt fand aus den Autos heraus bei der Welsh Harp statt, auf dem grünen Rasenstreifen rings um das Staubecken, sozusagen im landschaftlich schönen Teil von Willesden – Besseres hatte es nicht zu bieten. Der See spiegelte den blassen, verwaschenen Himmel wider.

Davies wußte, wonach er suchte, und hatte es nach kurzer Zeit gefunden. »Hübscher kleiner Silberbecher«, sagte er zu dem Mann, der neben einem offenen Kofferraum stand.

»Silber? Ja, da haben Sie recht«, sagte der Verkäufer, ein munterer Ire mit einem 1970er Ford. »Sie haben ein gutes Auge.«

»Für manches ja«, bestätigte Davies und nahm den Becher in die Hand. Auf der einen Seite war etwas eingraviert: »Butlins, Clacton, 1974.«

»1974. Guter Jahrgang«, sagte er.

Der Ire wurde nervös. »Für Silber oder was?« sagte er und sah Davies verstört an.

»Für Butlins«, sagte Davies. »Wie heißen Sie?«

»Erst sagen Sie mir den Grund.«

»Der Grund ist, ich bin Polizeibeamter.«

»O'Callaghan.«

»Adresse?«

»Power Station Lane. Sie wissen wahrscheinlich, wo das ist.«

»Ich weiß, welches Haus ausgeraubt worden ist.« Er hob den Becher hoch. »Und woher Sie das hier haben.« Der Ire sah zur Seite. »Ich weiß von nichts«, sagte er.

»Was haben Sie mit dem Käse gemacht?«

O'Callaghan sah ihn ratlos an. »Den Käse? Aufgegessen«, sagte er.

Kapitel 6

Als Davies am Montag abend zum ›Bali Hi‹ heimkehrte, war ein Brief für ihn angekommen.

»Ich dachte, es ist besser, wenn ich ihn aufbewahre«, sagte Mod.

»Was meinst du damit?« fragte Davies. Er nahm den Umschlag entgegen. Sie standen in der Eingangsdiele neben den Regenmänteln.

»Der Junge, der den Garten in Ordnung bringen soll, der mit den Triefaugen ... dieser Elvis.«

»Was ist mit dem?«

»Er hat den Postboten gefragt, ob er ihm beim Austragen helfen soll. Danach wollte er wissen, ob irgendwelche alten Briefe dabei wären, die nicht mehr gebraucht würden.«

Davies war entsetzt. »Weil er sie ...?«

»... anzünden wollte«, ergänzte Mod betrübt.

Davies nahm den Brief mit in sein Zimmer. Er setzte sich aufs Bett. Abgestempelt war der Umschlag in Bournemouth. Er öffnete ihn bedächtig.

»Lieber Mr. Dangerous Davies«, war die Anrede. Davies lächelte und sah nach der Unterschrift: Louisa Dulciman. Dann las er:

Ich bedaure sehr, Sie in dieser Form zu belästigen, nachdem Sie meine Anfrage wegen einer inoffiziellen Ermittlung ebenso freundlich wie eindeutig abgelehnt hatten; aber die Angelegenheit hat sich auf eine höchst seltsame und ein wenig makabre Weise weiterentwickelt – das Gebiß meines Mannes ist zum Vorschein gekommen!

Ich habe heute mit der Morgenpost ein Päckchen erhalten, in dem sich seine Zahnprothese befand – ohne Begleitbrief, ohne jede Erklärung. Während ich dieses schreibe, liegt sie auf dem Nachttisch neben meinem Bett. Ich würde dieses bissige Lächeln überall erken-

nen. Auch künstliche Zähne sind sozusagen lebendig, sie stehen sich irgendwie in einem bestimmten Winkel gegenüber, und ganz zweifellos hat dieses Gebiß einmal Vernon Dulciman gehört. Ich brauche es nur anzusehen und schon habe ich das ganze Gesicht drumherum vor Augen. Es ist mir regelrecht unheimlich.

Mr. Davies, was soll ich nur tun?

Er ließ den Brief auf den Schoß sinken und starrte auf das eine einzige, düstere Fenster seines Zimmers. Es lag auf der Rückseite des Hauses, zum Garten hin; in der abendlichen Dämmerung glomm ein rötlicher Feuerschein.

»Gruselig, das Gebiß«, sagte Jemma später am Abend im ›Wickelkind‹. Sie sah Davies bedeutungsvoll an. »Die arme alte Dame. Sie muß sich zu Tode erschreckt haben.«

»Und zwar so sehr«, stichelte Davies und trommelte auf dem Brief herum, »daß sie die Beißerchen neben ihr Bett gestellt hat.«

Mod blies die Backen auf und holte dann tief Luft, bei ihm stets ein Zeichen gründlichen Nachdenkens. »Um so faszinierender ist es doch, nicht wahr, Dangerous?« meinte er. »Vollkommen rätselhaft.«

Davies ließ die Augen zwischen beiden hin und her gehen. Ihre Mienen waren voller Erwartung. »Ihr beiden«, brummte er, »ihr denkt an endlos viele Wochenenden im sonnigen Bournemouth, das ist es.«

»Das Honorar würde gewisse Probleme verringern«, säuselte Mod.

»Wessen Probleme?«

Jemma machte die Augen zu, wie um einen Gedanken zu verscheuchen. Ihre Augen dominierten ihr Gesicht so sehr, daß sie mit geschlossenen Lidern wie ein anderer Mensch aussah. »Eine arme alte Dame, die mit der Post ein künstliches Gebiß zugeschickt bekommt«, seufzte sie.

»Hör doch bitte auf!« flehte Davies. Alle drei wurden momentan abgelenkt durch die Ankunft eines schwarzen Mädchens, das aus dem Regen hereingekommen war, ein mageres Wesen, von dem nur Augen und Stirn aus dem Mantel herausguckten, den es sich über den Kopf gehängt hatte. Unter dem behelfsmäßigen Umhang sah man einen Schulblazer. »Miss«, rief sie Jemma zu, »Miss, meine Mum schickt mich.« Sie holte tief Atem und sagte ihre Botschaft auf: »Mr. Cooldridge versucht schon wieder, Mrs. Cooldridge umzubringen. Können Sie nicht kommen?«

»Paradise Walk«, sagte Jemma und sprang auf. »Wie doll versucht er's denn?«

»Weiß nich', Miss«, sagte das Mädchen in seinem Nord-Londoner Tonfall. »Aber er geht richtig ran. Weil Mrs. Cooldridge was nebenbei laufen hatte.«

»Öfter mal was andres«, murmelte Davies. Er stand auf. »Ich komme mit.«

Jemma hob in schwachem Protest die Hand. »Nicht nötig. Ich nehme das in die Hand.«

»Ich komme mit«, wiederholte er. »Ich habe noch nie zugesehen, wie ein Mord begangen wurde.« Sie blickte ihn dankbar an. »Paß auf unsere Getränke auf, sei so gut«, sagte er zu Mod.

Sie gingen in das Nieselwetter hinaus. Das Mädchen klapperte auf spindeldürren Beinen vor ihnen her. »Wenn er sie umlegt, darf ich dann zugucken?« rief sie über die Schulter zurück.

»Du darfst die erste sein«, versprach Davies.

Paradise Walk war zwar nicht das Paradies, aber dafür zu Fuß zu erreichen. Sie stiegen ein paar Steinstufen hinunter. Durch die dünne Vordertür tönte lautes Kampfgeschrei. In der Mietskaserne gegenüber zeichneten sich die Köpfe der Zuschauer als schwarze Schatten in den Fenstern ab.

»Bleib hier«, sagte Davies zu Jemma.

»Hör zu, mich kennen sie...«

»Das nützt auch nichts.«

Von gegenüber rief eine Stimme aus dem Fenster: »Das ist Dangerous! Der olle Dangerous!«

Während alle gespannt zusahen, klopfte er mit offiziellem Nachdruck an die Tür. Drinnen wurde es still. Dann hörte man eine Frau aufheulen. Die Tür flog auf, und der stattliche Mr. Cooldridge erschien in der Öffnung. »Du«, brüllte er. Ohne Zögern boxte er wie rasend auf Davies ein, der die meisten Hiebe mit dem Arm abwehren konnte. Aber durch die Wucht des Angriffs kam er ins Stolpern, schwankte und kugelte dann wie ein Ball weiter die Steintreppe hinab. Ganz unten angekommen, stöhnte er laut auf.

Jemma stürzte auf die Tür zu. »Cooldridge, Sie Idiot«, brüllte sie. »Die Polizei angreifen! Dafür geht man in den Knast!«

»Polizei?« fragte Cooldridge, ehrlich erstaunt. »Was für eine Polizei?«

Jemma drosch sinnlos auf die Brust des Riesen ein. Sie zeigte die Steinstufen hinunter. »Was, zum Teufel, meinen Sie, ist das da?« Davies versuchte gerade, sich aufzurappeln.

»Oh, Entschuldigung«, sagte Cooldridge voll ehrlichem Bedauern. »Hab' gar nicht hingeguckt. Ich hab' gedacht, es ist der Scheißkerl Rufus Ruggley. Der wo sich an meine Frau rangemacht hat.«

Diesmal genügte die ambulante Behandlung. Untersuchung, Röntgen, eine Salbe für die Schürfwunden, das war alles. Doch Davies fühlte sich ernsthaft verletzt. »Ich bin krank gewesen«, jammerte er Jemma vor, während sie auf den Arzt warteten. »Dann jeden Tag naß bis auf die Haut, die ganze Woche über, und das direkt nach meiner Mandelentzündung, ganz zu schweigen von der Tracht Prügel beim Europäischen Freundschaftsfest...«

»Wann nimmt das mal ein Ende?« fragte sie.

»Das frage ich mich auch«, sagte er und blinzelte sie aus traurigen Augen an. »Wieso hat er geglaubt, ich wäre der Liebhaber seiner Frau? Herrgott noch mal, Rufus ist schwarz!« Er hielt inne und fügte kummervoll hinzu: »Ich bin bloß braun und blau geschlagen.«

Sie verbiß sich das Lachen und klopfte ihm auf die Schulter. »Es war so dunkel, das war der Grund«, murmelte sie beschwichtigend. »Und er war so außer sich, daß er nicht richtig sehen konnte. Er wußte, daß Rufus vorbeikommen wollte, um die Sache auszubügeln. Statt dessen hat er dir eins übergebügelt. Anständig von dir, Dangerous, daß du ihn nicht angezeigt hast.«

»Und er geht ungeschoren nach Hause, geht zu seiner weinenden, verzeihenden, bußfertigen Frau«, stöhnte Davies. »Anscheinend bin ich immer der Dumme, der die Schläge kassiert.« Er sah sie betrübt an. »Ich fühle mich elend. Schrecklich elend.«

»Hast du noch einen Urlaubsanspruch?«

»Noch zehn Tage vom vorigen Jahr.«

»Die nimmst du jetzt«, sagte sie fest. »Wir gehen irgendwohin, wo du dich ausruhen kannst.«

Er versuchte mühsam, ihr genau in die Augen zu sehen. »Bornmuff?« krächzte er.

»Ist da Mrs. Dulciman?«

»Mr. Davies, Sie sind's! Ihre Stimme erkenne ich gleich.«

»Ja, hm. Ich...«

»Was haben Sie beschlossen, Mr. Davies?«

Er schwieg. Jetzt hatte sie ihn drangekriegt. »Ich habe noch ein paar Urlaubstage ausstehen, da dachte ich, ich könnte...«

»Meinen Fall übernehmen!« Sie war begeistert. »Wunderbar! Sein Gebiß grinst mich gerade in diesem Moment an. Vielleicht können wir herausfinden, was mit dem Rest von ihm passiert ist.«

»Ähem... ja. Das heißt, wir können es versuchen. Da wäre noch etwas...«

»Was denn?«

»Sie haben freundlicherweise einen Vorschuß angeboten...«

»Die Hälfte. Genügt Ihnen das? Zweitausendfünfhundert Pfund.«

»Eigentlich lieber nicht, Mrs. Dulciman. Ich habe keine Ahnung, ob es mir gelingt, die Ursache für das Verschwinden Ihres Mannes aufzudecken. Es scheint ein ziemlich komplizierter Fall zu sein... es wäre mir lieber, wenn das Honorar hinterher gezahlt würde.«

»Aber...«

»Ich denke, so ist es richtiger«, beharrte er. »Ich weiß nicht mal, wieviel Zeit ich dafür opfern kann.«

»Aber Sie nehmen ein Risiko auf sich«, wandte sie ein. »Sie können Ärger bekommen. Es kann Ihre Karriere zerstören.«

Er lachte. »Da sehe ich keine Gefahr, Mrs. Dulciman. Aber ich übernehme den Fall nur auf dieser Basis. Bezahlung, wenn die Sache aufgeklärt ist – falls sie aufzuklären ist.«

Im letzten Moment konnte Jemma doch nicht mitkommen. Eine ihrer Problemfamilien hatte randaliert. Ihr Auto brauchte sie selbst, darum schob Davies in einer Anwandlung von Entschlossenheit den alten Vauxhall Vanguard aus der Garage und bestellte einen ölverschmierten jungen Mann namens Derry auf den Hof, um den Wagen zu starten. Derry hatte ein schlechtes Gewissen. »Jederzeit, Mr. Davies«, sagte er.

»Die Kiste muß es bis Bournemouth schaffen«, sagte Davies.

Er hätte genausogut sagen können Valparaiso. »Ein weiter Weg, Mr. Davies, mit dem Ding.« Derry rümpfte die Nase.

Er werkelte leise murrend unter der Haube herum. »Wieviel Personen?« klang es dumpf aus der Höhle heraus.

»Zwei Mann und ein Hund«, sagte Davies. Kitty ließ von seinem Bett in der Garage her ein leises Winseln hören. Davies rief beschwichtigend: »Ja, ja, du darfst mit. Keine Angst.«

Derry kam schließlich wieder zum Vorschein und setzte sich auf den durchgesessenen Fahrersitz. Zu seiner und Davies' Überraschung sprang der Motor an.

»Hervorragend«, seufzte Derry stolz, »daß in dem Schrotthaufen noch Leben steckt!« Er sah nach dem Tachostand. »Mit achtzigtausend Meilen auf dem Buckel.«

»Das ist schon die zweite Runde«, gestand Davies ein.

Er gab Derry einen Fünfer. Gerade als der Junge wegging, kam Mod. »Wir werden also unser Schicksal herausfordern?« Er hob die Augenbrauen.

»Es wird Zeit, daß sie mal wieder an die Luft kommt«, sagte Davies achselzuckend. »Wir starten, sowie du deine Seidenpyjamas und die Maßanzüge und Hemden in deinen Designerkoffer gepackt hast.«

»Das dauert nicht lang«, versicherte Mod. »Wir können zur Mittagszeit die Stadt hinter uns haben, Richtung Südwesten. Ich bin der Co-Pilot.«

»Bournemouth«, las Mod umständlich vor. »In Hampshire. Schöne Strände, alle Annehmlichkeiten, Wintergarten. Nur vier Stunden von Waterloo, Buslinien in die Umgebung. Hotelpreise ab drei Guineen pro Woche.«

»Wann war das denn?« fragte Davies. Kitty schnarchte auf dem Rücksitz.

»1932«, räumte Mod nach einem Blick auf das Titelblatt ein. »Das war der einzige Reiseführer, der noch da war. Die neueren sind alle geklaut. Um diese Jahreszeit machen alle Leute ihre Ferienpläne.

Er klappte nachdenklich das Buch zu. »Weißt du, Dangerous, was der Stadtbibliothek ebenfalls abhanden gekommen ist? Der Garderobenständer. Dieses schöne viktorianische Stück. Der Dieb ist einfach hereinspaziert und hat ihn rausgetragen. Niemand hat es gesehen.«

»Das wundert mich nicht«, meinte Davies. »Die Leser machen doch alle ihr Nickerchen.«

»Sie lesen«, stellte Mod richtig. Er hob die Nase an die Windschutzscheibe und kniff die Augen zusammen. »Bournemouth geradeaus«, kommandierte er.

»Das hoffe ich«, erwiderte Davies. »Wir sind nämlich auf der Autobahn.«

Mod war unbehaglich zumute. »Alles ist so verändert«, brummte er. »Man kennt sich gar nicht mehr aus in der großen Welt.«

»Ja, wenn man seit fünf Jahren nicht mehr aus Willesden herausgekommen ist.« Davies freute sich, daß sein Auto vor sich hin sang, als sei es glücklich, wieder auf der Straße unterwegs zu sein. Wie sein Fahrer scherte es sich keinen Deut um die Lastwagen und Busse, die es laut hupend überholten.

Basingstoke und Winchester lagen hinter ihnen. Nach der Ausfahrt Southampton Docks wurde die Autobahn zur vierspurigen Schnellstraße quer durch die offene Heidelandschaft und das winterliche Braun und Smaragdgrün des New Forest. Bei dem Gedenkstein an der Stelle, wo König Rufus von dem verirrten Pfeil eines Jagdgefährten tödlich getroffen wurde, hielten sie an. Mod wiegte den Kopf.

»Ich kann es immer noch nicht akzeptieren, Dangerous«, sagte er. Es war ein strahlender, fast frühlingshafter Tag; Sonnenlicht stahl sich durch die Eichenwipfel.

»Was bitte?« fragte Davies, der mit Kitty unter den Bäumen auf und ab ging.

»Ein Unfall«, seufzte Mod. »Warum, frage ich mich, wurde der Schuldige so schnell nach Frankreich in Sicherheit gebracht?« Er hob den Zeigefinger. »Der Tod des Königs war gewissen kirchlichen Kreisen schon einen Tag zuvor bekannt.«

»Du tippst auf Mord«, sagte Davies, als sie wieder ins Auto stiegen. Der Hund warf noch einen Blick zurück nach den Bäumen.

»Etwas ist faul daran«, nickte Mod.

Sie fuhren wieder los. »Ich hoffe, ich werde mich im Fall Dulciman nützlich machen können«, sagte Mod auf einmal. »Was für ein seltsamer Name, das mal vorweg. Heißt wörtlich ›ein süßer Typ‹.« Er warf Davies einen schlauen Blick zu. »Was machen wir mit dem Geld, mit dem Vorschuß?«

»Es gibt kein Geld«, entgegnete Davies. »Nicht eher, als bis die Sache aufgeklärt ist.«

»Kein Geld?« wiederholte Mod entgeistert.

»Ich habe Mrs. Dulciman am Telefon gesagt, daß ich nur auf dieser Basis den Fall übernehmen würde.«

»Aber die Auslagen...?«

»Die Auslagen, ja. Darauf hat sie bestanden. Im übrigen: kein Erfolg, kein Honorar.«

Vernon Dulcimans Gebiß stand, wie sie es geschildert hatte, auf dem Nachttischchen. Davies merkte, daß er das Grinsen unwillkürlich erwiderte.

»Ich habe es nur für Sie dort hingestellt, Mr. Davies«, sagte Mrs. Dulciman sanft. »Ich könnte dieses ständige Grinsen nicht ertragen, vor allem, wenn ich nachts aufwache und es direkt vor meinem Gesicht sehe. Das war schlimm genug, als er noch komplett da war.«

»Sie haben ihn nicht sehr gemocht, Mrs. Dulciman.«

»Er war ein schrecklicher Mensch«, sagte sie unumwunden. Eine zarte Röte überzog ihr Gesicht. »Ich bin so unglaublich froh, daß Sie Ihre Meinung geändert haben, Mr. Davies. Obwohl ich noch glücklicher wäre, wenn Sie einen Vorschuß akzeptieren würden.«

Davies schüttelte den Kopf. Sie führte ihn in ihr Wohnzimmer. Sie hatte ein kleines Apartment in dem Hotel, drei Zimmer und Küche, der Wohnraum mit Blick aufs Meer.

Sie forderte ihn durch eine Handbewegung auf, in einem rosengemusterten Sessel Platz zu nehmen. »Damit würde ich Ihnen nur etwas vorspiegeln«, wandte Davies ein. »Ich kann Ihnen nichts garantieren. Ich kann es nur versuchen.«

»Wer ist der etwas beleibte Herr, den Sie mitgebracht haben? Ich habe bei Ihrer Ankunft Sie beide und den Hund gesehen.« Sie zögerte, dann beugte sie den silberhaarigen Kopf nach vorn. »Ihrem Hund geht's gut, hoffe ich?«

»Viel zu gut, manchmal«, seufzte Davies. »Er hat gerade erst einen florierenden Hot-dog-Stand in Trümmer gelegt.«

»Und der Herr? Ist das Ihr Leibwächter? So nennt man das doch, oder?«

»In diesem Fall wohl nicht«, lächelte Davies höflich. »Wenn überhaupt, bin ich es, der ihn bewacht. Es ist Mod. Mr. Mod Lewis. Er versucht mir zu helfen.«

»Aha, Ihr Dr. Watson.«

Davies stimmte zu, ja, so ähnlich. »Kann ich die Verpackung sehen, in der Ihnen das Gebiß zugeschickt wurde? Sie haben sie doch aufgehoben?« fragte er.

»Aber ja. Das ist doch ein Indiz.«

Sie ging zu dem Schreibsekretär neben der Tür und nahm ein zusammengefaltetes Packpapier und ein aufgewickeltes Stück Schnur heraus. »Hier«, sagte sie, »Beweisstück Nummer 1.«

»Siegellack«, konstatierte Davies nach einem Blick auf die Paketschnur stirnrunzelnd. »Den bekommt man heute kaum mehr zu sehen.«

»Hier in Bournemouth schon«, erwiderte sie. »Hier leben viele in der Vergangenheit.«

Er breitete das Packpapier auf der Tischplatte aus und warf ihr dann einen besorgten Blick zu. »Darf man den Tisch benutzen?«

»Natürlich. Tische sind zum Benutzen da. Der hier wird sich noch in tadellosem Zustand befinden, wenn ich schon lange unter der Erde bin.«

Er beschäftigte sich wieder mit der Verpackung. »Der Bogen ist vorher schon mal verwendet worden«, sagte er. »Das sieht man. Ganz zerknittert. Komische Zusammenstellung, schöner roter Siegellack und schäbiges altes Papier.« Er studierte die Adresse.

»Ich habe mich gefragt, ob mir die Handschrift bekannt ist«, warf sie dazwischen. »Sie könnte natürlich verstellt sein.«

Er schmunzelte und zeigte mit dem Finger. »Sehen Sie hier. Da sollte der Name des Absenders stehen. Da hat jemand ›Abs.‹ hingeschrieben und sich dann klargemacht, daß es keine gute Idee wäre. Macht der Gewohnheit, nehme ich an.«

»Oder ein Ablenkungsmanöver«, meinte sie.

Er nickte. »Könnte sein.« Die Schnur war nichts Besonderes, soviel er sehen konnte. Der Name und die Adresse waren mit Tinte geschrieben, nicht mit Kugelschreiber oder Filzstift. Die Schrift war ebenmäßig und schön gerundet. »Kann ich dies behalten?« fragte er.

»Natürlich. Möchten Sie auch das Gebiß?«

Davies blickte durch die offene Tür ins Nebenzimmer, wo er die zusammengebissenen, blendend weißen Zahnreihen sehen konnte. »Eh... nein danke.« Er musterte sie von weitem. »Woher sind Sie so sicher, daß es Mr. Dulciman gehört?« fragte er. »Ein künstliches Gebiß sieht doch mehr oder weniger aus wie jedes andere.«

Sie führte ihn nochmals ins Schlafzimmer. »Ich bin mir absolut sicher«, behauptete sie. Sie trat näher heran und nahm das Gebiß unbefangen in die Hand. Davies überlief es kalt. Sie legte das Relikt wieder auf den Nachttisch, richtete den Strahl des Lämpchens darauf und wiederholte: »Ich weiß, daß es seins ist.«

Sie nahm das Ding wieder hoch und hielt es in die Höhe ihrer Nasenspitze. Davies sah fasziniert zu. »So«, sagte sie. »Er war ungefähr sieben Zentimeter größer als ich. In dieser Höhe ist es noch deutlicher. Ich kann mir das Gesicht drumherum genau vorstellen, und dann auch den Rest des Körpers.«

»Stand er Ihnen oft so nahe?«

»Manchmal standen wir uns gegenüber«, sagte sie ein wenig traurig. »Eine intime Situation war schon seit ein paar Jahren nicht mehr gegeben.«

»Also gut, Mrs. Dulciman«, sagte Davies, »ich denke, als erstes benötigen wir eine vollständige Aussage von Ihnen, Beschreibung der Umstände, Hintergrund, alles. Die werde ich haben müssen.«

»Und wann? Heute ist mein Bridge-Abend.«

»Sie sind eine passionierte Spielerin?«

»Ja. Bei Bridge gibt es keine halben Sachen. Kein vielleicht, vielleicht auch nicht. Wenn Sie morgen nach dem Frühstück herkommen wollen, berichte ich Ihnen alles über Vernon Dulciman und sein Verschwinden. Wenn Sie möchten, bringen Sie Mr. Lewis mit.«

»Gut«, sagte Davies. »Er kann mitschreiben. Er hat eine Art Kurzschrift, die er sich selbst ausgedacht hat.«

»Ich werde mich freuen, Sie beide zu sehen«, sagte sie. »Sagen wir zehn Uhr?«

Er war im Begriff, sich zu verabschieden, als er sich zu der Frage entschloß: »Mrs. Dulciman, habe ich Sie nicht mit einem weißen Stock gesehen? Vorige Woche im Postamt?«

Wieder erröteten ihre Wangen ein wenig. »Aber gewiß. Sie sind wahrhaftig ein guter Polizist, Mr. Davies.«

»Danke. Brauchen Sie den Blindenstock? Ich meine ...«

Ihr Lachen war silberhell. Es vermittelte eine Ahnung davon, wie sie in ihrer Jugend gewesen sein mußte. »Meine Güte, nein. Meine Freundin Sybil Hargreaves. Er gehört ihr, sie stand direkt vor mir in der Schlange am Schalter. Und Sie waren auch da? Ich habe Sie nicht gesehen. Sybil ist sehbehindert, offiziell als Blinde anerkannt. Ich habe nur den Stock festgehalten, weil sie in ihrer Handtasche kramte.«

»Es wirkte schon irgendwie seltsam«, sagte er lächelnd, »wie Sie hinter dem Mann, der sein Wechselgeld vergessen hatte, hergerannt sind. Mit dem Stock in der Hand.«

Mrs. Dulciman brach in Gelächter aus. Aber nicht sehr laut. »Stimmt! Jetzt erinnere ich mich wieder. Was für ein komischer Anblick das gewesen sein muß!« Sie wurde wieder ernst. »Und wie scharf Sie beobachtet haben. Ich muß immer Sybils Stock aufheben. Ich glaube, ich trage das Ding mehr in der Gegend herum als sie selbst. Sie läßt es irgendwo stehen, und wenn sie es braucht, kann sie es nicht finden.«

Er lachte ebenfalls und ging zur Tür. Er reichte ihr die Hand und sie legte ihre schmale, blau geäderte, weiche Hand in seine große kräftige. »Ich bin ja so froh, daß Sie meinen kleinen Fall übernommen haben, Mr. Davies«, sagte sie offen. »Ich wußte, es war richtig, Sie darum zu bitten, und jetzt bin ich um so überzeugter, daß es richtig war.« Sie lächelte. »Was für ein gescheiter Mensch Sie sind.«

Am nächsten Morgen wurden sie schon erwartet; der Kaffee stand in einer hübschen Kanne bereit, ein Dampfwölkchen stieg aus der Tülle und schwebte wie Spinnengewebe in den Sonnenstrahlen, die aus der Richtung des Meeres durch das Fenster einfielen. Die Gastgeberin trug ein hellbraunes Seidenkleid und eine goldene Halskette. Die Augen hinter der Brille, von der eine feine glitzernde Schnur herabhing, waren klar und wach. Davies war froh, daß Mod einen Schlips anhatte, wenn auch sein Hemd zerknittert war. Mrs. Dulciman begrüßte sie herzlich.

»Phantastische Aussicht«, schwärmte Mod, indem er ans Fenster trat. Er breitete die Arme aus. »Die endlose Weite des Meeres.«

»Es ist wunderbar, es so nahe zu haben«, stimmte Mrs. Dulciman zu. »Manchmal, bei stürmischem Wetter und bei Flut, sieht es aus, als käme das Wasser bis dicht unters Fenster. Wie auf einem Ozeandampfer, nur ohne Geschaukel.«

Sie interessierte sich für Mods Namen. »Der Vorname von Mussorgsky war Modest«, sagte sie. »Hat man Sie nach ihm benannt?«

»Nein, Madam«, sagte Mod. »Nach dem Bruder von Tschaikowsky.«

Sie setzten sich. »Wie war's beim Bridge?« erkundigte Davies sich höflich. »Haben Sie gewonnen?«

»Leider nein. Meine Partnerin, Mrs. Cloudsley-Clive, war anscheinend mit ihren Gedanken woanders. Sie haben Sie vielleicht unten am Strand gesehen, sie spielt den Möwen mit einem Tennisschläger Brotbröckchen zu.«

Mods Augenbrauen gingen leicht in die Höhe. »Ja, ich weiß«, sagte Davies. »Ich habe mich mit ihr unterhalten. Originelle Idee.«

»Sie hat oft solche Einfälle, die Nola«, sagte Mrs. Dulciman. »Wenn man alt wird, finden die Leute nichts dabei, wenn man ein bißchen spinnt. Im Gegenteil, sie erwarten es eigentlich. Wenigstens ein kleiner Ausgleich für solche Dinge wie Leberflecke.« Sie wechselte schnell das Thema. »Was macht Kitty?«

»Früh auf den Beinen«, berichtete Davies. »Jetzt liegt er flach.«

»In meinem Zimmer, und da schnarcht er wie ein Nilpferd«, ergänzte Mod.

Mrs. Dulciman setzte ihre Tasse auf der Glasplatte des Couchtisches ab und sagte: »Und nun zur Sache. Die ganze Geschichte.«

Mod zog ein zusammengerolltes Schulheft aus der Tasche, danach einen Tintenstift, dessen Spitze er zweifelnd prüfte. Er spuckte auf seinen Handrücken und probierte den Stift aus. »Unauslöschbar«, lächelte er.

»Wie so manches«, bemerkte Mrs. Dulciman. »Also, womit fangen wir an?«

Davies sagte: »Wir brauchen zunächst die Fakten, Mrs. Dulciman. Der volle Name Ihres Mannes war ...?«

»Vernon Algernon Dulciman«, sagte sie mechanisch.

»Alter?«

»Zweiundsechzig, als er ... als er verschwand. Das war vor fünf Jahren.« Sie blickte auf. »Soll ich einfach weitersprechen?« fragte sie. »Es erspart es Ihnen, Fragen zu stellen.«

»Ich bitte darum.«

»Wir haben vor 24 Jahren geheiratet, unser Hochzeitstag war der 14. Juni. Die Trauung war in London in der Caxton Hall, die war damals der letzte Schrei.« Sie hatte ihre Handrücken angestarrt, aber jetzt hob sie den Blick wieder. »Es gab keine kirchliche Trauung, weil Vernon zuvor schon einmal verheiratet war«, lächelte sie. »Er hatte eine Vergangenheit.«

»Was war er von Beruf?«

»Er hatte sich zur Ruhe gesetzt, hatte sich mit sechzig zum Aufhören entschlossen. Danach sind wir hierhergezogen. Bis dahin waren wir eigentlich ganz glücklich. Dieser Ort hier, der hat ihn verändert. Irgend etwas hier.« Sie sagte das leise und in bitterem Ton.

»Und was ... was war sein Beruf?«

»Ach ja, Verzeihung. Er war Fotograf. Seinerzeit in London ganz bekannt. Prominentenhochzeiten und dergleichen, Gesellschaftsereignisse, Debuts, Ascot. In der Saison bekam er viele Aufträge. Vernon Dulciman, Mayfair. Klingelt da nichts bei Ihnen?«

Davies schüttelte den Kopf, und Mod starrte intensiv sein Schulheft an. Langsam hob er den Kopf und schüttelte ihn ebenfalls.

»Er war recht bekannt«, wiederholte sie. »Aber keine Berühmtheit, so wie heute die Fotografen. Er war stets der Meinung, sein Platz sei hinter der Kamera.«

»Und Sie waren damals glücklich miteinander.«

Sie sann wehmütig nach. »Ja, wie ich schon sagte, das änderte sich erst, als wir hierherzogen. In London hatten wir eins von den hübschen ausgebauten Kutscherhäuschen in Kensington. Wir hatten ein sorgenfreies Leben.«

»Was hat Mr. Dulciman veranlaßt, die Arbeit aufzugeben? Sechzig ist für einen Fotografen doch kein Alter, oder?«

»Ach, es gab mehrere Gründe. Es gab Schwierigkeiten mit dem Vermieter des Ateliers, außerdem hatte sich die berufliche Situation verändert; die Jüngeren drängten überall nach vorn – Wichtigtuer nannte er sie –, und er hatte manchmal Herzbeschwerden. Er fand einfach, es reichte.«

»Aber hier haben Sie sich kein Haus gekauft und auch keine Wohnung gemietet? Sie haben nur in diesem Hotel gewohnt?«

»Es sollte eigentlich nur vorübergehend sein. Wir wollten uns nach etwas anderem umsehen, aber plötzlich stiegen die Immobilienpreise himmelhoch. Die Preise waren einfach indiskutabel. Und hier im Haus waren die Bedingungen sehr günstig, sie sind es für mich heute noch. Und als er sich so sehr veränderte, sah ich plötzlich nicht mehr so recht, wie es weitergehen sollte. Es ist ein seltsames Gefühl, wenn man sich fragen muß, ob man mit dem Menschen, mit dem man jahrzehntelang verheiratet gewesen war, eine gemeinsame Zukunft haben wird. Sehr, sehr seltsam. Im Hinterkopf hatte ich immer noch die Absicht, mich nach etwas anderem umzusehen, aber dabei blieb es. Und auf einmal... aus heiterem Himmel... war er verschwunden.«

»Könnten Sie schildern, wie das vor sich ging... soweit es Ihnen bekannt ist. Erinnern Sie sich noch, was an dem Tag geschah, an dem er zuletzt gesehen wurde?«

Sie verzog das Gesicht ein wenig. »Ich erinnere mich sehr wohl«, sagte sie. »Es war ein ganz normaler Tag, Frühherbst, September, schönes Wetter. Am Nachmittag war ich mit einer Freundin im

Kino, mit Mrs. Freda Gordon. Sie ist eine der Damen unseres Clubs, der sich einmal im Monat zum Essen trifft.«

»Lunch-Club der Witwen aus Bournemouth und Boscombe«, sagte Davies.

Sie sah ihn anerkennend an. »Genau«, lächelte sie. »Ja, das Kino. Vernon war wie sooft den ganzen Tag nicht zu Hause. Am Abend kam er heim, wir aßen ein Sandwich und tranken etwas dazu, das war schon alles. Wir waren beide daran interessiert, diesen Teil so schnell wie möglich hinter uns zu bringen. Er pflegte das Mittagessen im Moonlighters Club oder sonstwo einzunehmen und aß am Abend nur eine Kleinigkeit. Ich selbst habe schon seit Jahren keinen großen Appetit, daher war mir das nur recht. Wir haben also gegessen und uns die Nachrichten angesehen. Dann ist er ausgegangen ... durch diese Tür dort, Mr. Davies ... und seit diesem Augenblick habe ich ihn bis heute nicht wiedergesehen. In Luft aufgelöst, wie man so sagt.«

Davies erhob sich und ging ans Fenster. Die Luft hatte schon etwas Frühlingshaftes, aber er konnte sehen, daß ein scharfer Wind das Meer und den losen Sand riffelte. »Später wurden seine Schuhe unten am Strand gefunden«, sagte sie hinter ihm. »Es stand außer Zweifel, daß es die seinigen waren. Teure braune Schuhe, in London handgearbeitet. Er hatte sie seit Jahren getragen und ließ sie reparieren, wenn es nötig war. Sie waren immer blitzblank. Er war sehr penibel.«

»Und was man im Meer gefunden hat?«

»Da konnte niemand etwas Genaues sagen«, seufzte sie. »Es hätte mein Leben sehr erleichtert, wenn man es hätte identifizieren können. Dann hinge ich jetzt nicht so in der Schwebe. Ich kann ja nicht beweisen, daß ich Witwe bin.«

Er schwieg, dann fragte er: »Haben Sie ein Foto von Ihrem Mann?«

In diesem Augenblick klopfte es an der Tür, und ohne die Antwort abzuwarten, ließ Mildred ihr weißes, rundes, beunruhigtes Gesicht sehen. »Verzeihung, Mrs. Dulciman.« Dann wendete sie sich an Davies: »Dangerous ... Mr. Davies, Ihr Hund bellt ganz laut.« Ihr Ausdruck wurde noch ängstlicher. »Er hat das Zimmermädchen drinnen.«

Davies rannte zur Tür. Mod, der noch mit dem Schreibheft herumfummelte, war ihm dicht auf den Fersen. Mrs. Dulciman sagte: »Herrje!«

Sie stürmten durch das Hotel und die zwei Treppen hoch zu Mods Zimmertür. »Es hat aufgehört«, sagte Mildred voll düsterer Vorahnung. »Hoffentlich hat er sie nicht schon...«

Mod suchte fieberhaft nach seinem Schlüssel. Davies rief, er solle schnell machen. Mod fand ihn, drehte ihn im Schloß und riß die Tür auf. Kitty saß auf dem Bett und schleckte das Gesicht des Zimmermädchens, einer bäuerlich aussehenden Blondine, ab. Sie errötete. »Ich glaube, der mag mich«, sagte sie.

Davies überließ es Mod, mit Kitty einen Spaziergang zu machen. Er kehrte zu Mrs. Dulcimans Apartment zurück. Sie rief, er solle hereinkommen. Als er eintrat, stand sie am Fenster; sie blickte weit hinaus aufs Meer, als ob sie ein Schiff erwarte. »So starrten früher die Witwen der Fischer hinaus«, sie drehte sich um und lächelte wehmütig. »Sie warteten auf die Männer, die nie mehr heimkehrten.«

Sie setzte sich leise lächelnd hin. »Mein Schiff kommt auch nicht mehr zurück, Mr. Davies.«

Er nahm den Sessel ihr gegenüber. »Warum ist es so wichtig?« fragte er ohne Umschweife. Er war froh, daß Mod nicht mehr dabei war. »Warum möchten Sie es unbedingt wissen?«

»Ich habe Ihnen doch gesagt, ich muß es wissen, meiner Seelenruhe wegen. Es ist seltsam, wirklich sehr seltsam, nicht zu wissen, ob man eine verheiratete Frau ist oder nicht. Ich möchte Gewißheit haben, was meinem Mann zugestoßen ist. Wenn er weggegangen ist und sich irgendwo versteckt hält, dann möchte ich wissen wo; und, vielleicht noch wichtiger, warum er es getan hat.« Sie blickte schüchtern, beinahe verlegen. »Sie werden ja wohl schon festgestellt haben, daß es noch einen weiteren Grund gibt.«

»Ich habe mir so etwas gedacht.«

»Geld«, sagte sie freimütig. »Eine Menge Geld. Gott allein weiß, woher er es hatte, Mr. Davies, aber es hat sich herausgestellt, daß er ein Vermögen besaß, ohne mein Wissen. Es ist in Wertpapieren angelegt, und man verweigert mir den Zugriff, bis ich nachweisen kann, daß er tot ist. Oder bis die gesetzlichen sieben Jahre vergangen sind und das Gericht ihn für tot erklären darf.«

»Wenn er nicht tot ist, und falls er, aus welchem Grund auch immer, vorsätzlich verschwunden ist«, sagte Davies, »dann ist es merkwürdig, daß er so viel Geld zurückgelassen hat.«

Sie nickte. »Das habe ich mir auch überlegt«, sagte sie. »Aber wie soll ich wissen, ob er nicht dieses Kapital von seinem Aufenthaltsort aus, wo immer das sein mag, anzapft. Seine Geldgeschichten waren immer derart kompliziert, ein richtiges Spinnennetz, überall verteilt, in London und an anderen Orten. Und ich weiß nichts darüber und habe keine Möglichkeit, es in Erfahrung zu bringen. Solange er nicht amtlich für tot erklärt ist, heißt es für mich ›Zutritt verboten‹. Ich würde es nie herausfinden. Noch einmal zwei Jahre, das ist in meinem Alter eine lange Zeit.« Sie lächelte schwermütig. »Eine lange Zeit, aber glauben Sie mir, auch eine kurze Zeit. Ich muß diese Sache regeln. Wenn das Geld bleibt, wo es ist, und ich inzwischen sterbe... lassen Sie es mich geradeheraus sagen, Mr. Davies. Ich bin nicht nur alt, ich bin auch krank. Wenn es denn ein Wettlauf ist zwischen meinem Alter und meiner Krankheit, dann wird die Krankheit wohl Sieger werden.«

Davies sagte, mit der üblichen Hilflosigkeit in solcher Situation: »Es tut mir leid, das zu hören, Mrs. Dulciman. Aufrichtig leid.«

Sie beugte sich vor und berührte seinen Handrücken mit ihren zerbrechlichen Fingern. »Das weiß ich. Sie sind ein mitfühlender Mensch. Ich habe das von vornherein gespürt.«

Plötzlich gab sie die Grübelei auf und sah ihn heiter an. »Wie wär's mit einem Sherry? Es ist fast Mittagszeit, und er wird uns aufmuntern.«

»Ja, bitte«, sagte er. »Ein kleiner Sherry wäre jetzt ein Labsal.«

Sie stand auf und ging zu einer Vitrine, um zwei zierliche, geschliffene Gläser zu holen. »Mögen Sie ihn trocken?«

»Eh... o ja. Trocken bitte.«

»Fonseca einundsiebzig«, sagte sie. »Ich hoffe, er mundet Ihnen.«

Er nahm das schlanke Stielglas in die Hand, die eher an den dicken Griff eines Bierhumpens gewöhnt war, und versicherte ihr ja, ganz bestimmt.

Sie setzte sich wieder ihm gegenüber, schlug die dünnen Beine übereinander und zupfte an ihrem mit Spitzen verzierten Kleid. Dann hob sie ihr Glas. »Sehen Sie«, sagte sie beinahe heiter, »so ist es besser.« Sie lächelten und prosteten sich zu.

»Hier am Ort wird viel Sherry getrunken«, plauderte Davies, der an die Gäste im Moonlighters Club dachte.

»Mr. Davies, er wärmt und ist schön süß. Sogar der trockene Sherry ist süß, wenn Sie verstehen, was ich meine. Ein älterer

Mensch fühlt sich dabei... eben warm und süß.« Sie sah ihn entschuldigend an. »Aber genug davon. Sie wollten wissen, wozu ich das Geld brauche.«

Er wollte den Kopf schütteln und sagen, das sei ihre Privatangelegenheit, aber sie fuhr fort: »Nicht für mich. Ich brauche es nicht. Aber mein Mann hatte einen Sohn aus erster Ehe, Gervais Dulciman. Er ist jetzt im mittleren Alter, und schlimmer als sein Vater in seinen letzten Jahren. Er ist ein Betrüger, ein Egoist, ein durch und durch unsympathischer Mensch. Er hat seine liebe, treue Frau und zwei Kinder mittellos zurückgelassen und sich ins Ausland an eine Badeküste begeben, wo er unauffindbar war. Jetzt ist er wieder da, kommt aber immer noch nicht für die Familie auf. Sie hat sich hart durchkämpfen müssen, das können Sie mir glauben, und sie hat es sehr tapfer getan.

Mr. Davies, ich möchte, daß sie, Anna, das Geld bekommt. Ich möchte sicherstellen, daß sie erhält, was ihr zusteht. Wenn ich nicht beweisen kann, daß mein Mann tot ist, und ich sterbe darüber, was leicht sein kann, dann fällt es Gervais Dulciman einfach in den Schoß.« Sie hielt inne, dann setzte sie hinzu: »Dieser Ratte.«

Davies spürte, wie seine Augenbrauen sich hoben. Er konzentrierte sich auf den Sherry. »Als ich zu meinem Hund gerufen wurde, hatte ich Sie gerade gefragt, ob ich ein Foto von Ihrem Mann haben könnte.«

»Ich wollte es gerade holen.«

»Tut mir leid wegen der Unterbrechung.«

»Keine Ursache. Diesem Hotel tut ein bißchen Wirbel hin und wieder ganz gut.« Sie erhob sich, ging zu einem eleganten Bücherschrank und schloß eine der unteren Schubladen auf. »Hier verwahre ich alle meine Geheimnisse«, lächelte sie, indem sie sich nach ihm umdrehte.

Sie kramte in der Schublade, kam aber fast augenblicklich mit einer Mappe aus Karton zurück. »Es ist ein Selbstporträt«, sagte sie. »Es entstand vor einigen Jahren.«

Mit einer schwungvollen, fast zeremoniellen Gebärde klappte sie die Mappe auf und enthüllte die Schwarz-weiß-Aufnahme. »Vernon Dulciman«, verkündete sie. Es glich einem altmodischen Starfoto: gutaussehende, ebenmäßige Gesichtszüge, gerade Nase, sorgfältig gescheiteltes Haar, nachdenkliche Stirn und helle, leicht amüsiert dreinschauende Augen.

»Arroganter Künstlertyp, hat jemand von seinen Freunden gemeint«, sagte sie.

»Wer war es?« fragte Davies.

Die Frage kam offenbar überraschend. »Warten Sie.« Sie dachte nach. »Ich kann mich im Moment nicht erinnern. Eine Frau wahrscheinlich.«

»Er war mit vielen Frauen befreundet?« Er starrte das Bild an, um ihr nicht ins Gesicht sehen zu müssen. Doch sie erwiderte leichthin: »Da liegen Sie richtig. In den Jahren in London ganz bestimmt. Ich neige nicht zur Eifersucht und hatte auch keine Lust, den ganzen Tag hinter ihm her zu spionieren. Bei mir selbst gab es auch ein paar Seitensprünge. Komisch, sich das jetzt noch vorzustellen. Aber wir gingen doch beide abends zusammen nach Hause. Ich war diejenige, die er mit nach Ascot nahm, und ich habe das Diamantarmband getragen, das er bei Asprey gekauft hat.«

»Haben Sie es noch?«

Sie wurde rot. »Nein, ich habe es verkauft. Mußte es verkaufen. Warum fragen Sie danach?«

Davies sagte ehrlich und ein bißchen beschämt: »Ich weiß nicht. Ich stelle oft Fragen, ohne zu wissen, warum.«

»Ja. Ich nehme an, das ist menschlich. Wie auch immer, ich habe das Armband verkauft. Hier in Bournemouth.«

Er vertiefte sich wieder in das Foto. In der einen Ecke war es signiert, in einer schnörkeligen Handschrift: »Vernon Dulciman. Mayfair.«

»Das war sein normales Logo«, sagte sie.

»Auch für ein Selbstporträt?«

»Strenggenommen war es keins, ich meine, ich kann ihn mir nicht vorstellen, wie er den Selbstauslöser einstellt und dann auf die andere Seite des Ateliers rennt und sich in Positur wirft. Das war nicht seine Art. Einer seiner Gehilfen wird es gemacht haben.«

Davies gab ihr das Bild zurück. Sie sah es flüchtig und mit ausdrucksloser Miene an, dann klappte sie die Hülle zu mit der Endgültigkeit, mit der man ein Buch zuschlägt.

»Ich fürchte, ich muß noch ein bißchen bohren«, sagte Davies.

»Natürlich. Ich werde alles sagen, was ich weiß.«

»Nicht in dieser Weise. Aber ich würde gern alle Papiere sehen, die er etwa hinterlassen hat.«

Sie zuckte die Achseln. »Er hat keine hinterlassen, das ist es ja.« Sie ging wieder zu dem Bücherschrank, schloß die Schublade auf und legte das Foto zurück an seinen Platz. »Ich habe hier dies und jenes, aber es ist sehr wenig. Sie können es sich ansehen, wenn Sie möchten.« Sie nahm ein kleines Bündel Papiere aus der Schublade. »Es ist aber nichts von Bedeutung dabei.«

»Eigentlich erstaunlich, nicht wahr?«

»Ja, ich war natürlich überrascht. Als wir hierher zogen, hatte er ein ganzes Archiv bei sich. Nach einem langen Berufsleben hat sich schließlich so einiges angesammelt. Aber es war nichts da. Als ob er es irgendwo anders hingebracht hätte.«

»Das Verhalten eines Menschen, der sich absetzen will.«

»Der die Flucht ergreifen will«, stimmte sie beinahe träumerisch zu. »Aber ich frage mich wohin? Wo könnte er hingewollt haben, Mr. Davies? Wohin?«

Kapitel 7

Während sie zur Lunchzeit durch die regennassen Straßen auf ein Bier dem Moonlighters Club zustrebten, bemerkte Mod: »Es gibt komische Käuze hier, Dangerous. Sehr seltsame.« Die feuchte Seeluft schien seinen Mantel noch schwerer zu machen. Er lugte unter dem tröpfelnden Rand eines schwarzen Südwesters hervor.

»Du siehst aus wie der Steuermann von einem Rettungsboot«, sagte Davies. »Ich habe dich noch nie mit Hut gesehen. In Willesden trägst du keinen, nicht mal im Winter.«

»Salz«, brummte Mod, die Augen noch immer auf seine Stiefel gerichtet. Ein Schnürsenkel war aufgegangen, aber er hatte keine Lust, stehenzubleiben. »Dieser salzige Regen von Bournemouth, oder Niesel oder Dunst, ganz wie du willst, ist sehr unzuträglich für einen immer kahler werdenden Schädel.«

»Du wirst nicht kahler«, verbesserte Davies gutmütig, »du bist kahl.«

»Sehr witzig. Das ändert nichts an der Tatsache, daß das Salz die Platte zerfrißt. Schau dir doch mal ein paar von den haarlosen Häuptern der Eingeborenen an, dann siehst du die Witterungsschäden. Ich will mir mein Aussehen nicht verderben.«

Sie stapften weiter. Es ging bergauf, so daß Mod zu keuchen begann. »Komische Käuze gibt's hier«, fing er wieder an, als sie oben anlangten. Er blieb stehen, um Atem zu holen. »So viel Sport bekommt mir nicht.«

»Was für Käuze?«

»Am Strand habe ich die Frau gesehen, die mit dem Tennisschläger das Brot für die Möwen in die Luft schickt«, antwortete Mod. »Die, von der Mrs. Dulciman gesprochen hat.« Er ging weiter. »Sie hat mich gekrallt, ich mußte die Brotkrusten hochwerfen, damit sie aufschlagen konnte.«

»Mrs. Nola Cloudsley-Clive«, nickte Davies. »Mit der Dame möchte ich gern mal ein Wörtchen reden.«

Sie blieben am Fuß der letzten Treppe stehen, die zum Eingang des Clubs führte. Die Pause ließ sie wieder Atem schöpfen und gab Mod Gelegenheit, die borstigen Augenbrauen hochzuziehen. »Hast du sie in Verdacht?«

»Ich habe eine Reihe von Personen in Verdacht«, bestätigte Davies. Er zuckte die Schultern. »Muß ich doch, oder? Ich muß zunächst mal ein paar Namen zusammenkriegen. Beliebige Namen. Irgendwo muß man anfangen.«

Das sah Mod ein. »Sie könnte ihm mit ihrem Schläger eins übergebraten haben, vermute ich«, nickte er gedankenvoll. »Hat sie ihn denn gekannt?«

»Alle Leute haben ihn gekannt, den sauberen Mr. Dulciman«, sagte Davies. Sie standen vor der Tür des Clubs. »Jedenfalls alle, die hier drin sind; das wäre schon mal ein Anfang.«

Sie gingen hinein. Mod, der selten weiter in die Welt hinauskam als bis in seine Stammkneipe, schaute sich kritisch in dem großen, verwohnten, beinahe leeren Clubraum um. Ein Mann und eine Frau, dieselben, die Davies beim vorigen Mal hier gesehen hatte, saßen in einer Ecke und hatten ihre Amontillados vor sich, als nippten sie immer noch an denselben Gläsern. Der Barmixer, ein Mann namens Orville, war dabei, seinen Tresen zu wienern, und begrüßte sie.

»Das ist Mr. Lewis«, stellte Davies vor. »Ist es... wäre es möglich?«

»Selbstverständlich«, erwiderte Orville großmütig. »Ich schreibe ihn ein. Und Sie sind ja ohnehin ein temporäres Mitglied. Aber ich dachte, Sie wären nach Hause gefahren?«

»Bin wieder hergekommen«, sagte Davies. »Das hier hat mir gefehlt.«

Sie bekamen ihr Bier und zogen sich damit an einen Tisch in der Nähe des verschmierten Fensters zurück. Nach dem ersten Schluck frage Mod leise: »Was war mit der alten Dame?«

Davies nickte gerade mit übertriebener Freundlichkeit dem Amontilladopärchen zu. Sie erkannten ihn wieder, hoben die kleinen Gläser und nahmen jeder ein Schlückchen.

»Was soll mit ihr sein?«

»Wie ging es weiter, als ich den Hundebändiger spielen mußte? Nettes junges Zimmermädchen übrigens.«

»Mrs. Dulciman hat mir ein Foto von Mr. Dulciman gezeigt. Fast hätte ich gesagt ›des verstorbenen Mr. Dulciman‹, aber vielleicht handelt sich's nur um den ›vermißten Mr. Dulciman‹.«

»Du glaubst, er hat sich einfach davongemacht? Die Schuhe ins Meer geworfen und das Weite gesucht? Na ja, er wäre nicht der erste. Wie hat er ausgesehen?«

»Typ zweitklassiger Schauspieler«, sagte Davies. »Ein paar Fotos von ihm hängen dort drüben an der Wand. Wenn wir nachher rausgehen, werfen wir unauffällig einen Blick drauf.«

Er trank das Bier zur Hälfte aus. »Er hat keine Papiere hinterlassen, beziehungsweise fast keine. Keinen Reisepaß, nichts. Was alles zu jemandem paßt, der abhauen will.«

»Weswegen abhauen?« fragte Mod.

Davies sagte: »Er war ein Frauenheld, unser Vernon. Vielleicht hat er eine Mieze aufgegabelt und ist mit ihr nach Honolulu oder Ilfracombe oder sonstwohin. Andererseits hat er eine Menge Geld hinterlassen. Es liegt an verschiedenen Stellen fest, so daß sie nicht dran kann. Das ist der Grund, weshalb sie wissen möchte, ob er am Leben ist oder nicht.«

»Sie braucht die Moneten«, sagte Mod abfällig.

»Aber anscheinend nicht für sich. Sie will nur verhindern, daß der Sohn aus der ersten Ehe, das heißt aus Mr. Dulcimans erster Ehe, die Hand drauflegt. Der Kerl ist bei Mrs. D. nicht besonders gut angeschrieben. Sie möchte, daß das Geld seiner mittellosen Frau und den Kindern zugute kommt.«

»Aha. Und du glaubst, daß Dulciman fremdgegangen ist. Ich hoffe, daß er nicht mit der Vogeltante gevögelt hat.«

»Es gibt mehr Gründe fremdzugehen, wie du es nennst, als diesen einen, üblichen«, bemerkte Davies. »Unser Mr. Dulciman war ein flexibler Gentleman.« Mod ging zur Bar, verlangte mit großer Geste zwei Bier und lud auch den Barkellner zu einem ein, was dieser zu seiner Erleichterung ablehnte.

»Ich habe nie verstanden, warum du dich nicht stärker für Frauen interessierst«, grübelte Davies, indem er in die Schaumkrone starrte. »Du hast das Zimmermädchen hübsch gefunden. Also rührt sich da doch was.«

Mod atmete laut aus. »Von welcher Frau könnte ich erwarten, daß sie mein der Gelehrsamkeit und der Kontemplation geweihtes Leben teilt?«

»Eine jede würde sich nicht drauf einlassen«, stimmte Davies zu.

»Ehelosigkeit«, fuhr Mod fort, »trägt ihren Lohn in sich selbst. Nicht, als ob dieser große Körper nicht zuweilen das Rumoren der Begierde spürte.«

»Ich habe sie hin und wieder rumoren gehört«, räumte Davies ein. Er griente den Freund an. »Schön, heute nachmittag hast du die Gelegenheit, dein Sexualleben zu beginnen, oder meinetwegen fortzusetzen. Wir gehen nämlich zum Tanztee.«

Josef und seine ›Sechs aus Ninive‹ waren bereits mitten in einer Serie von Foxtrotts. Der Saal war geräumig, und es waren nicht viele Tanzlustige da, aber als die Kellnerinnen anfingen, den Tee zu servieren, wurden es allmählich mehr.

»Soll ich einschenken?« fragte Mod fürsorglich.

»Du hast schon beide Rosinenkuchen gegessen«, stellte Davies vorwurfsvoll fest. »Ja, los, gieß ein.«

Die beiden korpulenten Männer saßen an einem zierlichen Tischchen neben einem Gummibaum und fast ebenso dicht bei der Kapelle. Die ›Sechs aus Ninive‹ schienen im Begriff, sich auf fünf zu vermindern, weil der Schlagzeuger sich bei einem Hustenanfall so gekrümmt hatte, daß er sich den Trommelschlegel ins Auge gehauen hatte. Josef funkelte ihn wütend an, seufzte dann tief auf und tappte den Rhythmus mit der lackledernen Schuhspitze.

Sie spielten *I'll see you again (Whenever spring breaks through again)*. Zwei gutgekleidete Damen in prallen Korsetts kreuzten vor ihnen auf. Obwohl sie einander untergehakt hatten, brachten sie es fertig, ihre beiden Gesichter gleichzeitig Davies und Mod zuzuwenden.

»Sie beide sollten auch das Tanzbein schwingen«, tadelte die eine.

»Ja, los doch. Es sind ja nie genug Herren da«, rief die andere.

Davies sah sie verzeihungsheischend an. »Wir trinken gerade unseren Tee«, sagte er.

»Wir sind beim ersten Schluck«, kam Mod, die Augen niederschlagend, ihm zu Hilfe.

»Der Tee kann abkühlen, während wir tanzen«, sagte die erste. »Hopp, auf mit Ihnen, alle beide.«

Die Frauen teilten sich wie ein dicker Baum, dessen Stamm sich in der Mitte spaltet. Es gab keine Chance, sie abzuwehren. Sie hatten ihre Beute, jede die ihrige, aufs Korn genommen, und Mod und Davies sahen sich rettungslos den gewaltig ausladenden Busen mit den funkelnden Augen darüber ausgeliefert. Ihr verzweifelter Protest wurde vom Tisch gefegt und beide Männer ins Schlepptau genommen. Die Tanzflächc war jetzt etwas belebter. Die meisten Leute waren mittleren Alters oder älter, doch war auch ein junges Paar in bonbonfarbigen, nylonglänzenden Stretchanzügen zu sehen, das sich drehte und duckte, quirlte und wirbelte und schließlich mit weitausholenden, komplizierten Schritten den Tanzboden durchmaß.

»Das sind Bobby und Mandy Brennan, die Champions für das Südengland-Turnier«, erklärte Davies' Partnerin in ein bißchen neidischem Ton. »Aufgezogene Tanzpuppen.« Ihr Kleid fühlte sich dick und verschwitzt an.

Mods Tänzerin drückte ihn fest an sich, wie um Schutz zu suchen oder zu gewähren. Er konnte ihre Herzschläge unterhalb der Rippen spüren. »Kommen Sie öfter hierher?« Sie lächelte nekkisch.

»Nein, nein. Es ist das erste Mal«, gab er zu. »Ich mache mir nichts aus Tanzen.«

»Das merke ich«, gab sie zurück. Sie war dabei, ihre Meinung von ihm zu revidieren. »Warum sind Sie nicht rasiert? Sie haben ein Kinn wie ein Igel.«

»Ich will mir einen Bart stehenlassen.«

»Warum?«

»Damit man mich nicht erkennt.«

Das schien ihr einzuleuchten. Als der Tanz zu Ende war, führte er sie ritterlich zu ihrem Platz, gerade als Davies dasselbe mit seiner Partnerin tat. Beide machten eine altmodische Verbeugung und kehrten quer durch den Saal zu ihrem Tisch zurück. »Deine gefällt mir nicht«, murmelte Mod.

»Mir auch nicht«, nickte Davies. »Ein Sack nasser Wäsche, den man vor sich herschiebt.«

Mod schenkte Tee nach. Seine Hand zitterte. »Ich frage mich, wohin das führen soll, Dangerous.« Er sah sich um. »Nichts zu trinken, und kein einziges anständiges weibliches Wesen im ganzen Saal.«

Davies blickte über die Teetasse hinweg zur Türe. »Hier siehst du, wo es hinführt. Schau mal, wer da kommt.«

Mildred stand da in einem sackartigen Jeanskleid und blickte sich um. Mod musterte sie. »Na ja, jünger ist sie schon, aber viel schlanker ist sie auch nicht«, sagte er mißmutig.

»Es ist die aus unserem Hotel, vom Empfang«, sagte Davies. »Erkennst du sie nicht?«

»Ja, richtig. Ich habe bei unserer Ankunft nur die obere Hälfte gesehen. Ich frage mich, wozu sie herkommt.«

»Nicht der Musik wegen«, sagte Davies.

Er erhob sich und klopfte sich die Kuchenkrümel vom Jackett. Die ›Sechs aus Ninive‹ intonierten gerade einen schmissigen Walzer, offensichtlich ein Hit, denn es gab erfreutes Getuschel und die Tanzfläche begann sich zu füllen. Davies ging außen herum und tippte Mildred leicht auf die mollige Schulter. Sie sah erst in die andere Richtung, drehte sich dann plötzlich um und errötete, als sie sah, wer es war.

»Walzer?« fragte Davies mit einer einladenden Verbeugung.

»Gern.«

Sie schoben sich zwischen die anderen Tänzer. »Was machen Sie denn hier?« erkundigte sie sich.

»Sonne mich in all dem Glanz hier«, sagte Davies. »Und Sie?«

»Ich suche jemand«, war die Antwort. Sie wandte ihm die gerunzelte Stirn zu. »Das heißt, einfach irgend jemanden.«

»Ah ja, ich verstehe. Für einen jungen Menschen ist es hier nachmittags wohl ein bißchen einsam.«

Sie tanzten unbeholfen, sie konnte es nicht viel besser als er. »Nicht nur am Nachmittag«, belehrte sie ihn. »Es gibt schon junge Leute hier, Studenten und Arbeitslose, die von der Stütze leben. Sie kommen aus dem Norden, besonders aus Liverpool; sie denken wohl, hier wär's warm.«

»Der warme Süden«, nickte Davies. Er hatte bemerkt, daß manche der Tänzer sie anstarrten. »Das ist, weil wir sie anrempeln«, flüsterte Mildred. »Die machen alle solche verrückten Schritte. Idiotisch.«

Er zog ein Gesicht. »Besser kann ich's nicht«, gestand er. »Wollen Sie sich lieber setzen?«

»Nein, nein«, sagte sie beinahe hitzig. »Das ist schon okay.« Sie ließ den Blick über die Tanzenden schweifen. »Lauter Grufties.«

»Treffen Sie sich nie mit jüngeren Leuten?«

»Es gibt eine Kneipe, wo ich manchmal hingehe. Aber eigentlich passe ich nicht recht dahin. Ich bin keine Studentin, und ich habe einen festen Job, also gehöre ich nicht dazu.«

Sie setzte eine trotzige Miene auf. »Außerdem bin ich zu dick«, sagte sie.

»Und sehr attraktiv«, sagte er freundlich. Sie lächelte dankbar und sagte: »Ich hatte mal einen Freund. Eigentlich waren wir verlobt. Er war Soldat. Er ist tot.«

Davies war betroffen. Er hörte auf zu tanzen und sah sie teilnahmsvoll an. »Was für ein Pech«, sagte er.

»Verdammtes Pech«, sagte sie.

»War das... bei einer militärischen Aktion...?«

»Sozusagen. In der Nähe von Salisbury. Hat an einem Survivaltraining teilgenommen, und das hat er nicht überlebt. Er hatte ein Bein gebrochen und hat Gott weiß wie lange draußen gelegen, Unterkühlung, Lungenentzündung, wie es dann so kommt. Dran gestorben, mit fünfundzwanzig.« Sie sah ihn an. »Wir können uns auch setzen, wenn Sie möchten.«

Davies faßte sie an dem molligen Ellbogen. »Kommen Sie und lernen Sie Mod kennen«, sagte er. »Trinken Sie mit uns Tee. Wir holen noch eine Tasse.«

Sie ging langsam an seiner Seite. »Mod«, wiederholte sie nachdenklich. »M.O.D – Ministry of Defence, Verteidigungsministerium.«

Sie kamen zum Tisch, wo Mod, der sich ängstlich umgeblickt hatte wie jemand, der einen Hinterhalt erwartet, bei ihrem Anblick ganz erleichtert war. »Ich habe Sie gesehen, als Sie ankamen«, sagte Mildred, als sie sich die Hände schüttelten.

»Ich konnte nur Ihre obere Hälfte sehen«, meinte Mod heiter.

»Ist die untere besser?« fragte sie.

»Sie sehen sehr gut aus«, warf Davies dazwischen. »Oben wie unten.«

»Dangerous«, flüsterte Mod ihm zu, »da ist die Frau, die das Brot mit dem Tennisschläger in die Luft jagt. Ich glaube, sie hat mich gesehen.« Seine Stimme wurde dumpf. »Mein Gott, sie kommt mich holen.«

Die knochige Gestalt der Mrs. Cloudsley-Clive näherte sich mit einem rauhen Lächeln. »Damenwahl, Mr. Lewis. – Hallo, Mildred.« Sie sah Davies an. »Ach, Sie sind auch da. Nett, Sie wiederzusehen. Kommen Sie, Mr. Lewis, ran an den Feind.«

Mod wollte protestieren, aber sie hatte ihn fest im Griff. Sie zerrte ihn vom Stuhl hoch, stellte ihn vor sich hin, plazierte seine Hände in die richtige Position und bugsierte ihn auf die Tanzfläche. Sie hörten noch seinen flehenden Protest: »Ich kann's doch nicht. Ich weiß nicht, wie's geht.«

»Sie weiß, was sie will«, bemerkte Davies.

»Das wissen hier alle«, antwortete Mildred mit einer Schärfe, die ihn überraschte. Ihre Miene war plötzlich hart. »Wenn die Leute älter werden, kommen sie auf Dinge, die Sie sich nicht mal im Traum vorstellen können. Denen ist alles egal. Sie kämpfen mit Zähnen und Klauen. Gegen die Zeit. Und sie nehmen dabei keine Rücksicht, Dangerous.«

Sie wollte keinen Tee, aber sie nahm den übriggebliebenen Kuchen an, einen Windbeutel, und verschlang ihn im Nu. Dann wischte sie sich die Krümel von den Lippen und sagte: »Sie versuchen herauszufinden, was mit Mr. Dulciman passiert ist, nicht?«

Er nickte. »Wer hat Ihnen das gesagt?«

Sie schüttelte den Kopf. »Das braucht mir keiner zu sagen. Hier spricht sich so etwas herum wie ein Lauffeuer. Ich wette, jeder hier im Saal weiß es.«

Er seufzte und sagte dann: »Vielleicht ist das gar nicht so übel. Vielleicht fangen die Leute an, auszupacken.«

»Die brennen schon darauf«, prophezeite sie. »Da hat doch jeder seine Ansichten und Theorien parat.«

»Manche wissen vielleicht sogar etwas«, sagte er. Er schaute in ihr rundliches Gesicht. »Was haben Sie denn von ihm gehalten? Ich kann ja mit einer unvoreingenommenen Meinung den Anfang machen.«

Ihre Miene wurde lebhaft. »Ach, Dangerous, er war ein gräßlicher Mensch. Ein richtiger Scheißkerl, wenn der Ausdruck erlaubt ist.«

Am fünften Tag verkündete Mod beschämt, er habe Heimweh. Davies spielte den Überraschten. Es war ein sonniger Morgen, das Fenster voller Himmel und der Himmel voller Wind; kleine Wellen mit spitzen weißen Kämmen rollten übermütig auf den Strand hinauf. »Heimweh?« flüsterte Davies. »Heimweh nach Willesden?«

»Ich kann's nicht erklären«, gab Mod zu. Er machte ein langes Gesicht, drehte sich um und wies mit der Hand in einer großen Bewegung auf das Panorama vor dem Fenster. »Die frische Luft wird mir zuviel. Mir fehlt das ›Wickelkind‹, Dangerous, mir fehlt die Bibliothek, meine Studien...« Er sah seinen Freund an, weil ihm plötzlich aufging, daß sein nächstes Argument kaum zu glauben sein würde. »Mir fehlt sogar unsere Pension und ... alle dort...« Er hob schuldbewußt den verschleierten Blick. »... Sogar Mrs. Fulljames.«

Davies tätschelte ihm den Arm wie einem Angehörigen, der einem soeben eine schreckliche Krankheit mitgeteilt hat. »Na ja... du bist eben an all das gewöhnt. Bournemouth war für dich eine Art Kulturschock.«

Mod nahm die nächste Frage vorweg. »Wenn du willst, nehme ich Kitty mit nach Hause. Ich komme schon mit ihm zurecht.«

»Auch in der Eisenbahn?«

»Kein Problem. Er wird ganz artig sein«, versicherte Mod ohne echte Überzeugung.

Davies setzte die beiden in ein Taxi und ging ein wenig melancholisch gestimmt wieder ins Hotel zurück. »Die sind also weg«, sagte Bertie, der Portier. »Aber Sie bleiben ja noch.«

Jedermann wußte, warum er blieb. Bertie sagte: »Ich habe alle Zeitungsausschnitte aufbewahrt, falls Sie sie sehen möchten. Alles über Mr. Dulciman.«

Davies hatte das Gefühl, als habe eine kleine, verschlossene Türe sich plötzlich einen Spaltbreit geöffnet. »Das haben Sie? Das würde ich schon gerne mal sehen.«

»Ich zeige sie Ihnen jetzt gleich«, schlug Bertie vor. »Zeit für mein zweites Frühstück. Ich mache Ihnen eine Tasse Kaffee und lasse Sie mit dem Zeug allein. Vielleicht können Sie es verwenden.«

Seltsamerweise schloß der Portier die Tür seiner Glaskabine zu, obwohl diese leer war. »Ich habe das alles aus Interesse aufgehoben«, erklärte er. »So etwas war in unserem Hotel noch nie vorgekommen.« Er sah sich in der muffigen Hotelhalle um und schnaufte verächtlich. »Sie reden immer davon, das Hotel bräuchte ein bißchen Publicity. Die hatten sie damals reichlich.«

Er ging ohne Eile voran und die Treppen zu seinem Souterrain hinunter. »Zuerst stand es nur in den Lokalblättern, dann kamen die großen Zeitungen auf das Thema, auch das Fernsehen, einfach alle. Als die Schuhe auftauchten, wurden sie sogar in *Crimewatch* gezeigt.«

»Komisch, die Sache mit den Schuhen«, bemerkte Davies.

»Und ob. Ich habe sie zur Polizei gebracht.«

Davies blieb mitten auf der Treppe stehen. »*Sie* haben sie gefunden, Bertie?«

Bertie stieg gemächlich den Rest der Stufen runter, ehe er sich umdrehte. »Gewissermaßen. Ein Junge kam hier herauf und sagte, er hätte sie unten am Wasser gefunden. Ein Jugendlicher, aber nicht auf den Kopf gefallen; er fand, er müßte es irgendwo melden, obwohl er noch nie etwas über Mr. Dulciman gehört hatte.«

»Ein Paar Schuhe im Wasser, das ist verdächtig«, nickte Davies. »Ein einzelner Schuh wäre ihm nicht weiter aufgefallen. Und Sie haben sie also bei der Polizei abgegeben.«

Der Portier schloß seine Türe auf und ließ Davies in den vollgestopften Raum eintreten. Anscheinend schloß er gern sämtliche Türen zu und wieder auf. »Ich habe sie zuerst Mrs. Dulciman gezeigt«, sagte er, »obwohl ich sie gleich erkannt hatte. Gute Schuhe aus London. Braun, handgenäht. Die hätte ich überall wiedererkannt. Als ich Sie Mrs. Dulciman zeigte, hat sie gesagt, ich soll sie zur Polizei bringen.«

»Sie war sicher sehr aufgeregt, stelle ich mir vor.«

Diese Feststellung schien Bertie in Zweifel zu stürzen. »Nein, eigentlich nicht. Sie starrte sie einfach an und sagte, ja, die wären von ihm.«

Er bot Davies einen der schweren alten Clubsessel an und machte sich in seiner Kochnische ans Kaffeekochen. Davies hörte den Kessel pfeifen, gleichzeitig steckte Bertie den Kopf wieder um die Ecke. »Aber etwas an ihrer Reaktion war komisch«, sagte er, »das fällt mir jetzt erst auf.«

»Und was war das?«

Der Portier kam ins Zimmer zurück und rieb sich das Kinn. »Ich habe die Schuhe hochgehalten, und sie hat einfach hingelangt und die Schnürsenkel zusammengebunden. Die hingen lose herunter, klatschnaß, und sie hat sie zu Schleifen gebunden. Und dann sagte sie zu mir: ›Bitte, Bertie, Sie müssen sie zur Polizei bringen‹.«

»Die Menschen tun seltsame Dinge, wenn sie unter Schock stehen«, rief Davies Bertie hinterher, der den Kaffee einschenken ging. »Da kommen einem alle möglichen Nebensächlichkeiten in den Sinn.«

»Eine Bekannte von mir«, sagte Bertie, »hat gewußt, daß ihr Mann im Sterben lag, als er ihr sagte, sie dürfe sich einen Wäschetrockner kaufen.«

Sie schlürften ihren Kaffee. Davies sagte: »Ganz unter uns, Bertie, was haben Sie von Mr. Dulciman gehalten?«

Der Portier schürzte nachdenklich die Lippen, offenbar bemüht, fair zu sein. »Mein Typ war er nicht, Mr. Davies, soviel ist sicher. Ziemlich arrogant, stolzierte immer so herum. Der ging nicht, der stolzierte. Hochnäsig ist das richtige Wort.«

Davies fragte: »Was hat er beruflich gemacht? Womit hat er sich beschäftigt? Er war meistens nicht daheim, habe ich gehört.«

Bertie versank wieder in Nachdenken. »Na ja, angeblich war er ja im Ruhestand. Aber Sie haben recht, Sir, er war nicht viel zu Hause. Er ging fast regelmäßig jeden Tag aus.«

»Haben Sie eine Ahnung, irgendeine Vermutung, was ihm zugestoßen sein könnte?«

Der Portier schien überrascht und geschmeichelt, daß seine Meinung gefragt war. »Natürlich habe ich mir so meine Gedanken gemacht. Die Schuhe, Mr. Davies. Ich frage mich, warum lediglich die Schuhe? Wenn einer ins Wasser will, um Schluß zu machen, wieso zieht er dann die Schuhe aus? Man ertrinkt schneller, wenn man sie anläßt.«

»Sie nehmen also an, er hat die Schuhe absichtlich liegengelassen, um vorzutäuschen, er sei ins Wasser gegangen?«

»Genau das denke ich mir«, bestätigte Bertie. »Die Wasserleiche, die man in der Bucht aufgefischt hat, das war nicht er. Das habe ich keinen Moment geglaubt.« Er hielt inne, unschlüssig, ob er fortfahren solle.

»Reden Sie weiter«, drängte Davies.

Bertie schien beklommen. »Da gibt's etwas, das habe ich noch nie jemandem erzählt«, fuhr er zögernd fort, »weil es scheinbar mit dem Fall nichts zu tun hatte. Man sah keinen direkten Zusammenhang. Und ich wollte Mrs. Dulciman nicht beunruhigen.«

»Aber ...«

»Aber ungefähr ein halbes Jahr, bevor er verschwand, da habe ich ihn gesehen. Mit einer Frau, einer jungen Frau, im Auto. Droben auf dem östlichen Steinufer.«

»Aha, eine Liebesaffäre.«

»Da bin ich mir nicht so sicher. Der Frau liefen die dicken Tränen übers Gesicht.«

Am Freitag abend rief Jemma an, in vergnügtem Ton. »Dangerous, morgen komme ich dich besuchen. Wir können das ganze Wochenende zusammensein.«

»Wer ist wir?« fragte er vorsichtshalber.

»Ich allein«, beteuerte sie. »Wir können Strandspaziergänge mit Kitty machen. Mod kann, wenn er will, heimfahren nach Willesden. Ich wette, er hat schon Heimweh.«

Schweigen. Dann stammelte Davies mühsam: »Mod müßte längst zu Hause sein. Mit Kitty. Sie sind vor zwei Tagen abgereist, Jemma.«

Es blieb wieder still. »Das gefällt mir nicht«, sagte sie schließlich leise. »Hier sind sie nicht angekommen. Ich war heute gegen Mittag im ›Wickelkind‹, weil ich zum Gericht mußte. Niemand hat erwähnt, daß er Mod gesehen habe. Wir haben noch gelacht über ihn und den Hund und den Hot-dog-Stand, da hätte bestimmt einer was gesagt, wenn er wieder dagewesen wäre.«

»Vielleicht sind sie im Haus«, sagte Davies. »Womöglich ist Mod krank. Vielleicht war es eine schwierige Reise mit dem Hund.«

»Er kann auch unter Schock stehen.«

»Ja, natürlich, Kitty tanzt ihm ja oft auf der Nase herum. Bei ihrer Abreise war alles in Ordnung. Ich habe sie in ein Taxi zum Bahnhof gesetzt. Vielleicht sollte ich im ›Bali Hi‹ anrufen.«

»Ich würde es von hier aus machen«, sagte Jemma zögernd, »aber man weiß nie, wer das Telefon abnimmt. Vielleicht gerade Doris.«

»Ich habe auch keine große Lust, anzurufen und nach Mod zu fragen, wenn er noch nicht da ist. Und ich möchte unter keinen Umständen mit Doris sprechen müssen.«

Jemma sagte: »Hör zu, ich muß noch nach Kensal Rise wegen eines Kindes, das immer wieder von zu Hause wegläuft. Ich gehe beim ›Wickelkind‹ vorbei und erkundige mich. Ich rufe in etwa einer Stunde zurück. Bleib du im Hotel.«

»Ich rühre mich nicht von der Stelle«, versprach er. »Ich mache mir Sorgen um meinen Hund.« Er ging nachdenklich in die Bar. Da er schon gegessen hatte, nahm er die Abendausgabe der Lokalzeitung, aber weder der Protest gegen die überhöhten Bußgelder für Falschparker noch die Tatsache, daß ein Tor in letzter Minute die Niederlage der Cherries entschieden hatte, vermochten ihn abzulenken. Es dauerte fast eine Stunde, bis Jemma anrief. Mildred kam in die Bar und hielt pantomimisch die Hand ans Ohr. Er folgte ihr in die Halle und betrat die Telefonzelle.

»Er ist da«, sagte Jemma atemlos. »Zum Glück. Anscheinend ist er gerade vor kurzem angekommen.«

»Und was ist mit Kitty?«

»Soviel ich gehört habe, geht es ihm gut. Aber Mod ist am Rande des Nervenzusammenbruchs. Ich habe ihn nicht selbst gesprochen, deshalb weiß ich nicht, was eigentlich los war. Ich habe im ›Wickelkind‹ eine Nachricht für ihn hinterlassen, er soll dich anrufen, sowie er kommt.« Ihre Stimme wurde weich. »Mach dir keine Sorgen, Dangerous. Es ist sicher nichts Schlimmes.«

»Sie haben immerhin zwei Tage gebraucht für eine Reise von vier Stunden«, machte Davies geltend.

»Aber sie sind okay. Ich komme morgen um die Mittagszeit. Wie steht es inzwischen um Mr. Dulciman?«

»Immer noch verschollen, vermutlich ertrunken«, sagte Davies. »Aber ein paar Puzzlestücke sind aufgetaucht. Ich berichte dir, wenn du hier bist. Jetzt warte ich darauf, daß Mod anruft.«

Es dauerte noch einmal eine Stunde. Er saß vor dem Fernseher und schaute lustlos zu, wie ein von hübschen Blondinen umschwärmter Detektiv in Los Angeles zwischen Liebesspielen und Werbespots flugs einen mehrfachen Mord aufklärte.

Er hatte die Tür halb offen gelassen. Mildreds blasses rundes Gesicht erschien wieder. »Telefon, Dangerous«, rief sie. Sie blieb stehen und sah ihn an. »Sie sitzen hier so einsam und allein.«

Er lächelte ihr zu. »Diese Cops im Fernsehen«, sagte er, »denen fliegen die Spuren nur so zu, und die Frauen ebenso.«

»Die Realität ist anders, oder?« fragte sie.

»Bei mir jedenfalls«, lachte er. Auf dem Weg zum Telefon tätschelte er ihren molligen Arm. »Kommt Jemma her?«, fragte sie unvermittelt. Offenbar hatte sie gelauscht.

»Ja. Morgen.«

»Oh. Schön.«

Er nahm den Hörer ab. »O Gott, Dangerous, was ich durchgemacht habe«, jammerte Mod.

»Wo bist du mit meinem Hund gewesen?« fragte Davies sachlich.

»Wo bin ich *nicht* gewesen! Dangerous, bitte mich nie wieder darum, den Köter irgendwohin zu bringen. Irgendwo ist Schluß.«

»Wird notiert. Wie geht's ihm, alles in Ordnung?«

»Bestens. Schlummert selig wie ein Säugling. Aber ich, ich bin total geschafft.«

»Das tut mir leid«, sagte Davies, beruhigt, daß Kitty in Sicherheit war. »Was war denn los?« Er spürte, daß Mod zögerte. »Ich bezahle die Gebühren.«

»Besten Dank. Das Telefon ist noch das geringste von all den Kosten.«

»Wo wart ihr denn?«

»In Hinton Admiral, in Southampton, in Southampton Airport«, zählte Mod auf, »Winchester, Lower Dever, Basingstoke, Frensham Ponds...«

»Ihr solltet doch auf dem kürzesten Weg nach Hause fahren. Über Waterloo nach Willesden.«

»Das hättest du deinem Hund erzählen sollen«, schimpfte Mod. »Wir sind in den Zug gestiegen, und eine Weile ging alles gut, bis er versuchte, einem Mann seinen Schokoladenriegel wegzuschnappen. Herrgott, er saß dem Mann buchstäblich auf dem Schoß. Es gab eine schreckliche Szene. Dieser Mensch rief den Schaffner, aber Kitty warf den Schaffner einfach um, und daraufhin wurden wir an der nächsten Station rausgesetzt. Das Kaff hieß Hinton Admiral...«

»Kitty war bloß ein bißchen aufgeregt«, sagte Davies beschwichtigend. »Wegen der Bahnfahrt.«

»Die Aufregung wurde aber immer schlimmer«, erwiderte Mod vorwurfsvoll. »Wir mußten eine Stunde warten, und um ihn zu beschäftigen, bin ich mit ihm ein bißchen spazierengegangen. Da hat er dann eine Frau vom Fahrrad gerissen.«

»Das war wohl nicht so gut«, räumte Davies ein.

»Zum Glück war sie eine Hundefreundin, und nachdem wir sie und das Fahrrad wieder auf die Beine gestellt hatten, fuhr sie ohne großes Theater weg.«

»Und weiter?«

»Dann stiegen wir in den Nahverkehrszug nach Southampton, da ging alles gut. Kitty war wohl müde von all dem Trubel und schlief. In Southampton hätten wir umsteigen müssen, aber kurz bevor der Zug in Southampton Airport hielt, pißte er den Fußboden voll. Ich bin einfach ausgestiegen und habe so getan, als hätte ich nichts bemerkt. Aber es schwappte den Leuten buchstäblich um die Füße, und der Gestank...«

»Er ist eben ein Hund«, meinte Davies. »Hundepipi riecht nun mal.«

»Inzwischen mußte ich eigentlich auch mal, aber ich konnte nicht zum WC, weil ich den Hund hätte mitnehmen müssen. Das nächste Mal leg dir gefälligst etwas Kleineres zu, vielleicht einen Afghanen.«

»Ich werde es in Erwägung ziehen«, versprach Davies. »Wie ging's weiter?«

»Schlecht«, lamentierte Mod, »noch schlechter. Er riß sich nämlich los, lief mir weg und auf den verdammten Flugplatz zu, der liegt direkt neben dem Bahnhof. Ein Sprung über den Zaun, und dann im Galopp über den Rasen und auf die Rollbahn...«

»Oh, Scheiße«, flüsterte Davies.

»Scheiße, aber wirklich«, echote Mod. »Polizei, die Wachleute, Bodenpersonal, Frauen, alles jagte hinter ihm her. Sie wollten ihn erschießen, Dangerous!«

»Nein!«

»Doch. Und mittlerweile war ich auch dafür, glaub mir.«

»Und dir habe ich das hilflose Tier anvertraut«, sagte Davies anklagend.

»Ich habe ja schließlich verhindert, daß er erschossen wurde. Irgendwie schaffte ich es, ihn in einen Bus reinzukriegen. Wohin, war mir egal, ich wollte nichts als weg. Kitty fühlte sich anscheinend im Bus wohl, leider fuhr der nur bis zu diesem Kuhdorf, Lower Dever, da war Endstation. Inzwischen war es dunkel geworden. Wir waren schon den ganzen Tag unterwegs, ich hatte nichts zu essen gehabt...«

Davies fauchte ins Telefon: »Kitty doch auch nicht.«

»Er hatte ja immerhin den Schokoladenriegel von dem Mann verspeist.«

»Gut, aber das ist nicht viel. Was hast du dann gemacht?«

»Ein Bed-and-Breakfast gesucht. Ich war inzwischen total erledigt. In dem Haus gab's Kinder, die waren begeistert von dem Hund. Er hat sich von ihnen überall rumschleppen lassen. Am liebsten hätte ich ihn dagelassen.«

»Dein Glück, daß du's nicht getan hast«, sagte Davies düster.

»Aber ich habe im Ernst daran gedacht«, bekannte Mod. »Sie hätten auf ihn aufpassen können, während ich wegging, um Verstärkung zu holen. Das Zimmer mit Frühstück hat übrigens zehn Pfund fünfzig gekostet. Plus zwei Pfund für Kitty.«

»Hat er dafür auch Frühstück bekommen?«

»Hat er.«

»Und dann?«

Man hörte Mod seufzen. »Dann entschloß ich mich, den Bus nach Basingstoke zu nehmen. Mir schien, Kitty fühlte sich in einem Bus mehr zu Hause.«

»Und, war es so?«

»Er fand es super. So sehr, daß er den Fahrer angesprungen hat. Es hätte fast einen Unfall gegeben, Dangerous. Der Mann versuchte, die Gewalt über das Steuer zu behalten, aber der Hund war an ihm dran und auf ihm drauf. Es war grauenhaft.«

»Dann seid ihr ausgestiegen.«

»Sie haben uns rausgeworfen. Ich machte mich zu Fuß auf den Weg nach Basingstoke, das waren viele Meilen. Meine Beine wollten nicht mehr, aber Kitty zog mich immer weiter. Dann hielt ein Auto an, wohl ein Bauer, und wir durften einsteigen. Kitty saß auf dem Rücksitz neben mir, und plötzlich beugt er sich vor und beißt von dem Hut des Fahrers ein Stück ab. Und das war's dann.«

Davies sagte: »Sprich nicht weiter, ich weiß genug. Jedenfalls seid ihr glücklich wieder zu Hause.«

»Ja, sind wir«, entgegnete Mod, keineswegs glücklich. »Noch eine Übernachtung, noch mal Zimmer mit Frühstück. Danach dachte ich, ich sollte es wieder mit dem Zug versuchen. Aber er hat gejault... Herrgott, hast du deinen Hund je so richtig heulen gehört?«

»Natürlich habe ich ihn schon heulen hören«, murrte Davies ärgerlich. »Das macht er nun mal, wenn er aufgeregt ist.«

»Aufgeregt? Er hat den ganzen Zug in Aufregung versetzt. Hat gejault wie sonstwas und war durch nichts zu beruhigen. Der Zug war proppenvoll. Es war schrecklich. Sie haben uns in den Gepäckwagen verbannt. Aber ich, ich mußte das Geheul aushalten.«

Am Ende des Gesprächs hängte Davies den Hörer ein und ging niedergeschlagen in die Lounge zurück, wo die Los-Angeles-Cops inzwischen von einer Komödie abgelöst worden waren. Er schaute gleichgültig hin. Mildred bemerkte er erst, als sie sich auf die Armlehne seines Sessels niederließ.

»Lustig?« fragte sie, indem sie in Richtung Bildschirm nickte.

»Nicht besonders«, antwortete er.

»Was ist los?«

»Ach, dieser Mod... er hat zwei Tage und Nächte gebraucht, um Kitty und sich selbst heimzuschaffen...«

»Wie hat er das denn gemacht, zu Fuß?«

»Scheint so... streckenweise jedenfalls.«

»Erzählen Sie mal, Dangerous... nein, warten Sie. Wollen Sie was trinken?« flüsterte sie. »Ich habe den Schlüssel.«

»Na gut, Mädchen.« Er blickte auf. »Einen Scotch.«

»Gute Idee. Ich auch.«

Sie ging zur verriegelten Bar und schloß auf. Gleich darauf war sie mit einer Flasche Whisky und zwei Gläsern wieder da.

»Sie trinken Scotch?« fragte er, als sie zu seinem Sessel zurückkam. Sie setzte sich wieder auf die Armlehne, und er nahm ihr die Flasche ab und öffnete sie. »Setzen Sie's auf meine Rechnung«, sagte er.

»Das werde ich nicht tun«, entgegnete sie entschieden.

»Lassen Sie die das bezahlen. Ich mache genug unbezahlte Überstunden.« Sie schwenkte den Whisky in ihrem Glas. Flüsternd und lächelnd prosteten sie einander zu. Beim ersten Schluck pur verzog sie das Gesicht und schüttelte ihre Mähne, als wollte sie sie abwerfen. »Ist mir in die falsche Kehle gekommen«, entschuldigte sie sich. Sie lehnte ihre Schulter an ihn. Er beugte sich vor und schaltete den Fernseher aus. »Erzählen Sie mir von Mod und Kitty«, sagte sie.

Schmunzelnd und kopfschüttelnd berichtete er von der Reise, wie Mod sie geschildert hatte. Mildred kicherte, nahm ihm die Flasche aus der Hand und goß beide Gläser randvoll. Als die Geschichte zu Ende war, sagte sie traurig: »Das war lustig, Dangerous. Lustiger als die Glotze. Wie wenn man einem Märchen zuhört. Mein Daddy hat mir immer Märchen erzählt.«

»Und jetzt?« fragte Davies.

»Bei uns zu Haus? Das wurde später alles anders. Äußerlich denkst du zuerst, es ist alles in Ordnung, aber mitten in der Nacht hörst du, wie sie sich streiten. Ich habe gedacht, die bringen sich um. Bin fast gestorben vor Angst. Früher hatte er nicht getrunken, aber als es damit losging, hat er die verlorene Zeit aufgeholt. Schließlich hat sie ihn die Treppe runtergestoßen. Eine Betontreppe.«

»Und?« fragte Davies wieder.

»Es war sein Tod.«

»Herr im Himmel.«

»Genau. Herr im Himmel. Ich war erst zwölf, und ich mußte bei der Polizei bezeugen, ich hätte gesehen, wie er im Suff gestolpert sei. Um meine Mutter zu decken. Und was hat mir das gebracht? Zwei Monate später ist sie mit einem anderen Mann abgehauen, und seitdem habe ich sie nicht mehr gesehen.«

»Sie haben nicht viel Glück im Leben gehabt, oder?« sagte er. »Die Sache mit Ihrem Freund...«

»Nein, hatte ich wohl nicht. Wenn ich manchmal sage ›Pech wie üblich‹, dann stimmt das bei mir sogar.«

Gleich würde es Tränen geben. »Wir müssen die Flasche wegstellen«, sagte er. Sie reichte sie ihm und er schraubte den Deckel zu, brachte die Flasche zur Bar, ließ sich von ihr den Schlüssel geben und schloß ab. Dann stützte er sie auf dem Weg zur Treppe.

Die plumpe junge Frau und der schwerfällig tappende Mann kletterten zusammen die Treppe hoch. Auf dem oberen Flur drehte sie sich um und preßte sich an ihn. Ihre Augen standen voll Tränen. »Alles in Ordnung?«, fragte er.

»Bring mich zu meinem Zimmer, Dangerous. Bloß bis vor die Tür.«

Sie wankten den Gang hinunter bis zu einer niedrigen weißen Türe ganz am Ende. »Hier«, sagte sie. »Trautes Heim und so weiter. Muß mich bücken, wenn ich reinwill.«

Sie spitzte die Lippen, und er küßte sie kurz und leicht.

»Gute Nacht, Mildred«, sagte er.

»Gleichfalls, Dangerous. Gute Nacht. Hoffentlich findest du Mr. Dulciman. Oder was mit ihm geschehen ist.«

Kapitel 8

Bournemouth wirkte an diesem Abend fast wie Rio: Die Luft war milde, trotz der Jahreszeit, das Wasser glatt und schimmernd, die Küste von Lampen erhellt. Sie saßen am Fenster im Hotel Ritz, oben auf dem Steilufer.

»So elegant habe ich dich noch nie erlebt, Dangerous«, flüsterte sie.

»Oh, ich kann, wenn ich will. Ich bin ein Chamäleon. Was ich normalerweise trage, ist mein Mimikry. Ich kann ja in Willesden nicht so aufgeputzt herumlaufen.«

Sie waren bei Mokka und Brandy angelangt. »Warum, glaubst du, hat sie's dir erzählt?« fragte Jemma.

»Mildred? Den Treppensturz? Weiß ich auch nicht. Vielleicht hat sie seit Jahren darauf gewartet, jemandem zu beichten. Daß sie damals die Polizei belogen hat, ist womöglich das einzige in ihrem Leben, worauf sie ein bißchen stolz ist.«

Jemma sah ihn forschend an. »Inoffiziell hat sie's jetzt der Polizei mitgeteilt, nämlich dir. Hat sich selber angezeigt.«

Er brummte: »Das könnte sein. Aber bei mir ist ihr Geheimnis gut aufgehoben. Ich habe genug Sachen am Hals, auch ohne daß ich versuche, herauszufinden, ob vor vielen Jahren eine Frau in Newcastle ihren besoffenen Alten ein paar Stufen runtergeschubst und sich anschließend für immer und ewig verdrückt hat.«

»Wenigstens kennst du dich in Bournemouth allmählich aus«, sagte sie. »Schon irgendwelche Vermutungen?«

»Keine stichhaltigen. Ich hatte gehofft, ich könnte in den Zeitungsausschnitten fündig werden.«

»Komisch, daß der Portier sie aufbewahrt hat.«

»Es war eben die größte Sensation seines Lebens.«

»Das Hotel scheint voll von Leuten, die niemals etwas Wichtiges erlebt haben.«

»Nun ja, der Dulciman hat etwas erlebt, das steht fest. Mildred hat ihn übrigens gehaßt, und zwar aus tiefster Seele. Er war kein angenehmer Gast. Arrogant, überheblich, alles, was man von Herzen haßt.«

»Und was ist mit Mrs. Dulciman? Hat sie ihn auch gehaßt?«

»Sie sind miteinander ausgekommen, sagt sie, solange sie in London wohnten, aber als sie hierher nach Bournemouth zogen, hat er von der ersten Stunde an sein Verhalten geändert. Am Ende haben sie sich gegenseitig verabscheut.«

»Da ist irgend etwas passiert.«

»Anscheinend ja. Vielleicht hat es ihn verstört, daß er älter wurde, daß er den Beruf aufgeben mußte. Manche Menschen reagieren so.«

»Ja, als ob sie jemandem die Schuld geben müßten, daß sie älter werden«, nickte sie.

»Es könnte auch ein anderer Grund dahinterstecken. Er scheint eine Geliebte gehabt zu haben, vielleicht sogar mehr als eine. Es gab da wohl Frauengeschichten. Etwa ein halbes Jahr vor seinem Verschwinden hat Bertie ihn mit einer jungen Frau im Auto gesehen, oben auf dem Kliff. Sie hat geweint.«

Er nahm die Speisekarte und begann darauf wie geistesabwesend eine Liste anzulegen, indem er zwischen die Zeilen schrieb. »Vernon Dulciman, 62. Zuletzt gesehen am Abend des 14. September 1988. Das war im Moonlighters Club, wo er regelmäßig verkehrte. Das Hotel hatte er gegen acht Uhr verlassen. Der Einbeinige aus dem Schwimmbad, Phineas, hat mir erzählt, Dulciman habe den Club gegen elf Uhr verlassen, um nach Hause zu gehen. Er hatte Scotch getrunken. Mrs. Dulciman hatte nicht auf ihn gewartet. Sie lag schon zu Bett und vermißte ihn erst am nächsten Morgen. Seitdem hat sie ihn nicht mehr gesehen.«

»Und seine Schuhe hat jemand am Strand gefunden.«

»Ein Junge war das. Er hat sie zu Bertie gebracht.«

»Ein Junge?«

»Genau. Wer der Junge war? Gott allein weiß. Sein Name wird in den Zeitungsartikeln nicht genannt, auch nicht im Bericht über die gerichtliche Untersuchung. Bertie sagt, er kennt ihn nicht. Einzig in den Polizeiakten wird er zu finden sein.«

»Und das ist das Problem.«

»Ja. Ich kann ja nicht bei der Polizeiwache von Bournemouth aufkreuzen und sagen, ich bin ein Bulle aus London, der ein bißchen auf eigene Faust ermittelt. Ich könnte es leicht in Willesden über den Computer in Erfahrung bringen, wenn ich behaupte, daß ich eine offizielle Auskunft benötige. Aber wenn jemand fragt, wozu, sitze ich in der Tinte.«

»Und die Schuhe waren wirklich die von Mr. Dulciman?«

»Da gibt es keinen Zweifel. Aber ein großes Fragezeichen, was die im Meer aufgefischte Leiche betrifft. Es war ein Mann, etwa von derselben Körpergröße, aber sonst könnte es jeder x-beliebige sein. Und er hatte keine Zähne mehr. Die sind aber das einzig sichere Mittel, Menschen zu identifizieren, die in Einzelteile zerlegt zum Vorschein kommen.«

Er schaute die Liste an, die er auf die Speisekarte geschrieben hatte, sah schuldbewußt zum Oberkellner hin und steckte sie schnell in die Innentasche seiner Jacke.

»Aber wer hat die Zahnprothese an Mrs. Dulciman geschickt?«

»Vielleicht Mrs. Dulciman selbst?« erwiderte er.

»Das ist nicht dein Ernst!«

»Warum ist sie gerade jetzt zum Vorschein gekommen? Er ist seit fünf Jahren fort, und plötzlich erscheinen die Beißerchen auf der Bildfläche.«

»Nachdem du kurz zuvor über den Fall informiert worden bist.«

»Und mich entschieden habe, ihn nicht zu übernehmen. Entweder wußte jemand, daß sie mich gebeten hatte, mich darum zu kümmern, und er oder sie wollte uns herausfordern... in Anwendung der alten Weisheit, daß der Mörder immer zum Tatort zurückkehrt... Oder die alte Dame hat sie sich selbst zugeschickt, als Anstoß für mich, damit ich die Sache doch noch übernehme. Das Päckchen war mit Siegellack verschlossen.«

»Sie benutzt so was vielleicht noch.«

»Oder jemand anders hier in der Stadt. Siegellack – das paßt zu diesem Ort.«

»Und in welche Richtung gehen wir von hier aus?«

»Ins Bett, hoffentlich«, lächelte er.

Sie berührte ihn leicht am Handgelenk. »Davon abgesehen. Mit der Untersuchung.«

»Ich würde mich gern mal mit Nola Cloudsley-Clive unterhalten, dieser Bekloppten, die mit dem Tennisschläger die Möwen füttert. Aber zuerst sollte ich wohl sehen, ob ich aus einem Mann namens Pengelly etwas herausholen kann; das ist der Privatdetektiv, den Mrs. Dulciman engagiert hatte.«

»Du wirst ihm nicht verraten dürfen, daß du Polizist bist«, sagte sie. »Du kannst dich höchstens als jemand vorstellen, der ebenfalls mit Nachforschungen beauftragt ist.«

»Oder als ein spleeniger Verwandter«, setzte Davies hinzu. »Man wird ja sehen, welche Version er schluckt.«

Das Telefonbuch nannte für die Firma Pengelly & Co. Privatdetektive eine Adresse in Boscombe. Am Montag nachmittag, als Jemma fort war, nahm Davies den Bus dorthin und stieg an der Shore Road aus. Auf der einen Straßenseite erstreckten sich die alten Häuser und Läden bis hinunter zum Strand. Gegenüber zweigten verschiedene ziegelgepflasterte Sträßchen ab. Der Eingang, den er suchte, befand sich neben einem Gemüseladen. Er stieg durch ein schmutziges Treppenhaus hoch bis zum kahlen ersten Stock mit einer einzigen Tür mit Milchglasscheiben. Das Fenster war vergittert, auf der Fensterbank lag eine staubbedeckte tote Maus. Auf dem Türschild stand »Pengelly & Co.«, darunter war ein Zettel angeheftet: »Eine Treppe höher«.

Davies ging langsam über den Flur zurück und stieg die nächste Treppe hoch. Dort war die gleiche Art von Tür, aber dahinter brannte Licht. Auf der mittleren Scheibe aufgemalt waren zwei Herzen und die Worte »Agentur für Freizeitbegleitung«.

Er war noch damit beschäftigt, die neue Situation in sich aufzunehmen, als die Tür aufging und ein verschlagen aussehender Mann in den Dreißigern herauskam. Er war fast kahl, ein paar Haarsträhnen waren quer über der Glatze verteilt. Seine Augen waren gerötet. »Wollen Sie was von mir?«

»Eh ... ja ... eine Begleitung.«

»Das bestellt man telefonisch.« Der Ton war jetzt etwas weniger agressiv. »Der Kunde kommt nicht persönlich her.«

»Das wußte ich nicht. Ich mache das zum ersten Mal.«

»Dann kommen Sie mal mit rein«, sagte der Mann reserviert. Anscheinend war er noch immer verärgert, wollte aber wohl kein Geschäft verpassen. »Mein Name ist Pengelly«, sagte er und führte Davies in einen engen, unordentlichen Büroraum mit Stuhl und Schreibtisch und einem Besucherstuhl, auf dem sich vergilbte Zeitungen stapelten. Er musterte Davies, wie um abzuschätzen, ob es sich lohne, ihm einen Stuhl anzubieten, packte aber dann die Zeitungen auf den Fußboden. »Nehmen Sie Platz«, sagte er und setzte sich hinter seinen Schreibtisch. Hinter ihm bildete ein schmutziggraues Fenster den Rahmen für ein schmutziggraues Stück Himmel. Als Beleuchtung diente eine einsame Hängelampe. An der Wand ein Kalender, der den Februar anzeigte, mit dem Bild einer nackten Frau auf einem Esel. »Sie brauchen eine Begleiterin«, sagte der Mann.

»Ich möchte eine«, antwortete Davies.

Der Mann übersah die Pointe. »Üblicherweise rufen uns die Kunden an«, wiederholte er. »Man kommt nicht persönlich her.«

»Nun, ich wußte nicht, ob das geht«, meinte Davies. »Ob ich akzeptiert werde.«

Der Mann schüttelte geringschätzig den Kopf. »So wählerisch sind meine Mädchen nicht. Solange die Kohle stimmt.«

»Was würde es kosten?« fragte Davies. »Ich habe keine Ahnung.«

Der Mann musterte ihn von neuem. »Hundert Pfund«, sagte er sehr bestimmt. »Dafür können Sie außerdem mit dem Mädchen nach Hause gehen.«

»Außer was?«

»Na, die Begleitung. Sie müssen sie ausführen. Dann kann das andere drankommen. Dafür müssen Sie dem Mädchen noch was extra geben.«

»Ganz schön teuer.«

»Hängt davon ab, was Sie wollen«, entgegnete der Mann ungeduldig. Anscheinend befürchtete er, Davies könne es sich anders überlegen; er zog schnell ein in Plastik gebundenes Fotoalbum unterm Tisch hervor, schlug es auf und drehte es so, daß Davies die Fotos sehen konnte. Auf der ersten Seite waren zwei junge Mädchen, nicht älter als achtzehn, dachte Davies; gewöhnlich, nicht besonders hübsch, mit offenem Mund und kokett gezeigter Zungenspitze, was ihnen ein lüsternes Aussehen geben sollte. »Die machen ein Doppel«, sagte der Mann.

»Doppelter Preis?« fragte Davies.

»Verhandlungssache«, sagte Pengelly. »Ich könnte Ihnen vielleicht etwas entgegenkommen. Ich bin kein Halsabschneider.«

»Aber ich müßte alle beide einladen?« wollte Davies wissen.

»Natürlich. Und sich mit ihnen unterhalten.«

Er blätterte weiter. Eine ältere Frau in einem üppig schwellenden Pullover lächelte geziert. »Vielleicht mehr Ihr Typ«, meinte der Mann. »Sie ist schon eine Weile im Geschäft, aber sie ist gut. Und blitzsauber, sehr vorzeigbar.«

Davies räusperte sich. »Und sonst?«

»Ich kann nicht den ganzen Tag hier zubringen«, murrte der Mann. »Ich habe zu tun.«

Davies sagte bescheiden: »Ja, natürlich. Also schön. Die letzte, die, die sauber aussieht. Die wird schon recht sein.«

Der Mann zögerte: »Es ist doch nur für Sie?«

»Ja, nur für mich.«

»Gut, ich klingle mal durch.« Er blickte auf. »Würden Sie bitte einen Augenblick rausgehen.«

»Ich mache einen kleinen Spaziergang«, sagte Davies. »Ich komme in zehn Minuten wieder vorbei.«

»Ich hätte gern eine Anzahlung.«

»Ich bin gleich wieder da.«

»Eine Anzahlung ist üblich. *Bevor* ich anrufe. Fünfzig Pfund reicht aus, die restlichen fünfzig geben Sie ihr. Plus was immer Sie verabreden... für Sonderwünsche.«

Davies zählte die fünf Zehn-Pfund-Noten auf den Tisch. Der Mann prüfte sie sorgfältig, murmelte »In zehn Minuten« und griff nach dem Telefon.

»Bekomme ich keine Quittung?« fragte Davies.

Pengelly schmetterte den Hörer auf die Gabel und kritzelte ungeduldig eine Empfangsbestätigung auf einen einfachen Notizblock. Er reichte Davies den Zettel mit unverhohlenem Ärger. »Ich führe mein Geschäft auf der Basis gegenseitigen Vertrauens«, sagte er.

»Ohne Zweifel«, sagte Davies. »Das müssen Sie wohl auch. Ich komme gleich zurück.«

Er ging durchs Treppenhaus bis dahin, wo das Detektivbüro war, schlich schnell hinüber zur Tür und versuchte sie zu öffnen, aber es war verschlossen. Als sein Blick auf die tote Maus auf der Fensterbank fiel, faßte er sie am Schwanz und steckte sie in die Tasche. Dann stieg er die nächste Treppe hinunter und hinaus in den feuchtkalten Nachmittag. »Es ist doch nur für Sie?« äffte er leise nach. »Was denkt er sich denn, ein ganzes Regimentstreffen?«

Der Weg zum Strand dauerte fünf Minuten, es blieben ihm weitere fünf Minuten, um auf einer Bank zu sitzen und auf das freudlose Meer hinauszustarren, das in der zunehmenden Dämmerung kaum mehr zu erkennen war. Die Unterschrift auf der Quittung lautete F. Pengelly. Er stand auf und kehrte zu Treppen und Büro zurück.

Der Mann beantwortete sein Klopfen mit der Aufforderung einzutreten. Er legte gerade den Hörer wieder auf. »Sie ist sehr beschäftigt«, sagte er.

»Verständlich«, sagte Davies. »Da sie so gut aussieht.«

»Pengelly lachte, ein bitteres, kurzes Lachen. »Sie wird sich mit Ihnen um acht vor dem Ritz treffen.«

»Vor dem Hotel Ritz?« fragte Davies erschrocken.

»Dem Kino.«

»Aha, sie möchte einen Film sehen.«

Pengelly starrte ihn halb erstaunt, halb geringschätzig an. Er brachte einen rosa Kamm zum Vorschein und begann nervös, die wenigen Haare auf seinem kahlen Schädel zu bearbeiten. »Nein, sie trifft sich dort mit Ihnen«, sagte er. »So leicht kommen Sie nicht davon, Freundchen, mit einer bloßen Kinokarte. Sie wird zu einem gepflegten Lokal wollen, Michelle ist ziemlich anspruchsvoll.«

»Aha, Michelle heißt sie. Gut. Freut mich, daß sie anspruchsvoll ist. Ich bin es auch.«

Im Ritz wurde *Postcards from the Edge* gezeigt. Davies lächelte Michelle an und meinte schüchtern: »Passender Film für Bournemouth«.

Sie sah ihn verwirrt an, schürzte die dicken Lippen und schielte unsicher erst auf den Filmtitel über dem Eingang und dann in sein Gesicht. »Sie sind doch kein Intellektueller, oder?«

»Ich? Himmel, nein. Ich denke einfach nur, es paßt irgendwie. Badestrand, Postkarten, der Klippenrand... irgendwie.«

»Ach ja, jetzt verstehe ich, was Sie meinen«, nickte sie mit einem zweiten Blick auf die Anzeigetafel. »Ich bin nur nicht draufgekommen.«

Pengelly hatte nicht übertrieben, als er sagte, sie habe viel Erfahrung. Sie versuchte, sich zu entspannen, indem sie mit ihren üppig beringten rosa Fingern den zerknitterten Mantel aus Kunstpelz streichelte und dabei die geschminkten Augen zusammenkniff. »Ich hatte eine anstrengende Nacht«, erklärte sie und setzte freimütig hinzu: »Ich kann das nicht mehr so wegstecken, in meinem Alter. Nicht so leicht wie früher. Ich wollte heute überhaupt nicht kommen, aber Pengelly hat gesagt, sie wären ganz verzweifelt.«

Sie hatten sich auf dem regennassen, von Schaufenstern erhellten Bürgersteig zum Taxistand bewegt. Bei ihrer Mitteilung zuckte

Davies zusammen, versagte sich aber jeden Kommentar. »Was würden Sie gern unternehmen?«

Die gerunzelte Stirn machte sie nicht hübscher. »Dinner«, sagte sie nachdrücklich. »Ich laß mich immer zum Dinner einladen. Fast immer.«

»Und wo speziell?«

»Pengelly hat gesagt, Sie wollten mich ins Ritz ausführen. Nur deshalb bin ich gekommen.«

Davies nickte düster. Es war vorauszusehen gewesen. Sie nahmen ein Taxi, das erst eine Runde durch ein Gewirr von Einbahnstraßen drehte und dann die Richtung nach Osten einschlug. Sie saßen nebeneinander auf dem Rücksitz, sie schmiegte sich an ihn, und er lächelte ihr in dem gnädigen Halbdunkel zu.

Es war nicht weit. Davies half ihr aus dem Wagen und zahlte. Sie hatte rote Strümpfe an den dicken, aber wohlgeformten Beinen. Vor zehn Jahren hatte sie wahrscheinlich ganz passabel ausgesehen.

Der Türsteher musterte Davies auf eine seltsame Weise, die Davies' schlimmste Befürchtungen bestätigte. Zwei Abende zuvor war er mit Jemma dagewesen; Jemma, die schwarze Schönheit, die überall auffiel. Jetzt kam er zurück mit einer dicklichen, uneleganten Blondine. »'n Abend«, sagte er so unbekümmert wie möglich.

»Guten Abend der Herr«, antwortete der Portier mit einem kurzen Blick auf Michelle. »Guten Abend die Dame.«

»Hier wird's mir gefallen«, flüsterte Michelle, als sie sich bei ihm unterhakte und sie das Foyer betraten. »Als er sagte, das Ritz, habe ich gedacht, er lügt wie üblich. Hier war ich noch nie.«

Davies war nicht überrascht, ließ sich aber nichts anmerken. »Ich dachte, hier sei Ihr üblicher Tummelplatz.«

»Meiner? Nein, ich tummle mich normalerweise woanders.«

Er führte sie in die Bar. Sie kippte zwei doppelte Wodka mit Tonic hintereinander. Während des dritten erzählte er ihr, er sei krank gewesen und wolle sich in seinem Beruf als Steuerinspektor vorzeitig pensionieren lassen; seine Frau sei mit einem Mann aus Ipswich auf und davon.

»Na so was, daß Sie vom Finanzamt sind«, sagte sie und fügte kokett hinzu: »Na warten Sie, ich werde grausame Rache nehmen.« Sie blies kichernd die Backen auf und sah sich mit einem beinahe einnehmenden Gesichtsausdruck um. »Schön ist es hier, gefällt mir«, sagte sie. »Danke, daß Sie mich hergeführt haben, Lol.«

Er hatte ihr gesagt, sein Name sei Laurence Durrell. Da er sich nicht rechtzeitig einen Decknamen ausgedacht hatte, war er bei ihrer Frage in Panik geraten. Laurence Durrell fiel ihm ein, weil am Nachmittag ein Mann mit einem Roman von Durrell in der Hotelhalle gesessen hatte. Im Gespräch mit Davies hatte er gemeint, daß Bournemouth, im großen und ganzen, Ähnlichkeit mit Alexandria habe, und Davies hatte höflich zugestimmt, ja, recht ähnlich, obwohl er die Anspielung nicht verstand. Der Name des Schriftstellers war jedoch in seinem Gedächtnis haftengeblieben und fiel ihm als erstes ein, als er sich Michelle vorstellen mußte. Sie schien ihn nicht zu kennen. Vielleicht war sie auch keine eifrige Leserin.

Dafür war sie eine eifrige Esserin und futterte sich mit wachsender Begeisterung durch die teuersten Gerichte auf der Speisekarte. »Bist du sicher, daß du dich nicht mit unseren Steuergeldern aus dem Staub gemacht hast, Lol?« fragte sie, den Mund voll Rebhuhn. Dazu trank sie reichlich, und der Wein stieg ihr sichtlich zu Kopf.

Der Restaurantchef warf nun ebenfalls mißtrauische Blicke zu ihrem Tisch hin, nachdem der Kellner, der sich vom Samstagabend her erinnerte, seine Aufmerksamkeit auf Davies gelenkt und der Weinkellner seine Erinnerung bestätigt hatte. Offenbar hielten sie Davies für einen Mann, der bei Frauen die Abwechslung liebt. Davies stöhnte innerlich auf. Er tröstete sich damit, daß er großzügig den Wein ausschenkte.

»Der Kerl von letzter Nacht wollte mit mir spielen, wir befänden uns in einem Zelt«, verriet sie ihm in einem Schwall von billigem Parfüm.

»Wirklich? Ich wette, du bekommst allerlei ausgefallene Wünsche zu hören.« Die Zunge wollte ihm nicht mehr so recht gehorchen. Sie kicherte ausgiebig. »Ausgefallenes ist bei mir nicht drin, Lol. Einer war mal da, der hat mich als Ballettänzerin verkleidet. Ausgerechnet mich! Das Zubehör hatte er mitgebracht. Anscheinend schwärmte er für Oper und Ballett und träumte von einer dicken, üppigen Diva, die für ihn allein tanzte. Glaub mir, es war ganz schön anstrengend, ich war hinterher fix und fertig. Aber er hat gut bezahlt und ist ganz beglückt gegangen. Und das ist ja die Hauptsache.« Sie sah ihn mit feuchtschimmernden Augen an. »Ich hab's gern, wenn sie beim Abschied glücklich sind«, hauchte sie. Unterm Tisch legte sie ihm die Hand zwischen die Beine.

Er erschrak und schenkte Wein nach. Seine Hand zitterte. Es war der Rest aus der zweiten Flasche, und schon sah sie sich nach dem Wagen mit den Likören um. Er sah ein, daß er zum Geschäftlichen kommen mußte, ehe es bei ihnen beiden zu spät war. »Was ist Pengelly für ein Mensch?« fragte er.

»Ein Gauner. Für den habe ich nichts übrig«, sagte sie. »Aber ich brauche ihn. In dieser Jahreszeit auf die Straße zu gehen ist kein Vergnügen.«

»Du gehst doch nicht, hm... auf den...?«

»Auf den Strich? Nicht, wenn ich es vermeiden kann. Aber wir haben eine Rezession, und sie hat meine Branche ebenso getroffen wie alle anderen.« Sie lehnte sich über den Tisch und flüsterte vernehmlich: »Ich habe neulich in Southampton eine gesehen, die ich kenne, die stand vor einem Schaufenster. Es war gerade Ausverkauf, und hinter ihr auf der Scheibe klebten die Schilder ›50 % reduziert‹ und ›Halber Preis‹. Da dachte ich, das trifft es genau.« Sie sah ihn düster an. »Die Zinsen gehen rauf und runter, aber wir nicht.«

Im nächsten Moment bemühte sie sich, die trüben Gedanken zu verscheuchen. Sie verkreuzte die Arme über dem großen Busen und umarmte sich sozusagen selbst. »Hier ist es schön«, wiederholte sie. »Ich genieße das richtig.«

Davies wollte Wein nachgießen, aber die Flasche war leer. Der Weinkellner kam herbeigeeilt. »Soll ich einschenken, Sir?«

»Nichts mehr drin«, sagte Davies und sah den Kellner vorwurfsvoll an, als ob er den Wein ausgetrunken hätte.

Der Mann runzelte die Stirn und hob die Flasche prüfend hoch. »Tatsächlich, Sir«, bestätigte er. »Wo ist das nur hin? Möchten Sie noch eine?«

»Nein, nein«, protestierte Michelle, den Mund voll Crème caramel. »Nein, lieber einen kleinen Brandy, nicht wahr, Schätzchen?« Davies sah sich um, um herauszufinden, wen sie als Schätzchen anredete, bis ihm klar wurde, daß er selbst gemeint war. Während er noch zögerte, befahl sie dem Kellner: »Bringen Sie gleich die Flasche her.«

»Eine bestimmte Marke, Madam?« wollte er wissen.

»Egal, nur nichts Griechisches oder Spanisches«, erwiderte sie und schluckte ihren Mundvoll hinunter. Zu Davies sagte sie: »Der macht mich verdammt krank wie eine Ratte, dieser spanische Brandy. Zu viel davon jedenfalls.«

Die Flasche wurde gebracht, worauf Davies Käse und Cracker bestellte. »O gut«, lobte Michelle. »Ein bißchen Stinkekäse kommt jetzt gerade recht.«

Während der ersten zwei Brandys kehrte er zum Thema zurück. Er mußte unbedingt die Frage stellen, ehe es zu spät war. »Was ist mit Pengelly«, fragte er und sah sie durchdringend an. »Du wolltest mir gerade von ihm erzählen.«

Sie prustete einen Schauer von Cracker-Krümeln auf das Tischtuch. »Ich sollte so schlechte Wörter nicht benutzen, Lol... nicht hier«, sagte sie, nachdem sie sich beruhigt hatte. »Aber er ist echt ein Arschloch. Das ist das einzig passende Wort für ihn... Arschloch.«

»Du magst ihn nicht leiden.« Das war wohl eher eine Untertreibung. Sie waren inzwischen die einzigen Gäste im Restaurant. Die Kellner hatten sich am Ende des Speisesaals versammelt und beobachteten sie.

»Er hat da diese Masche, diese sogenannte Agentur, ... also, das ist *krinimell*...« Sie wollte sich verbessern, brachte aber wieder nur... *krinimell*... heraus. Sie suchte nach einer anderen Lösung. »Gemein.«

»In welcher Hinsicht?«

»Der reinste Straßenraub. Prozente für dies und für das. Wir sind bloß seine Sklavinnen.« Zu seiner Bestürzung begann sie zu weinen, Tränen rollten über das geschminkte Gesicht. »Ich bin nichts als eine Sexsklavin«, schluchzte sie. Davies sah sich unruhig nach den Kellern um, sagte: »Weine doch nicht«, und trocknete ihr die Wangen mit seiner Serviette. Sie lächelte ihn tapfer an und sagte: »Du bist so nett, Lol. Ich hab mich echt in dich verknallt.«

Davies versuchte, erfreut auszusehen. Dann kam sie von selbst auf das zu sprechen, was er so ungeschickt einzufädeln versucht hatte. »Außerdem ist er Detektiv, dieser Pengelly«, schniefte sie. »Jedenfalls nennt er sich so.«

»Herrgott, ein Detektiv!« Er schüttelte den Kopf. »Wer hätte das gedacht!«

»Pengelly & Co., obwohl ich nicht weiß, wer sein Kompagnon sein möchte.« Sie prustete feucht in die Gegend. »Hast du gesehen, wie er sich mit dem Kamm über die Glatze fährt, um die drei kümmerlichen Haare zurechtzulegen?«

»Na so was, ein Detektiv!« wiederholte Davies, als könne er es nicht fassen. »Ein Schnüffler.«

»Ja, aber nicht im großen Stil. Manchmal hat er kaum was zu tun. Das Büro ist meistens geschlossen. Das einzige, was er macht, sind Scheidungssachen, du weißt schon, den Leuten nachspionieren.« Sie kicherte zufrieden. »Dabei ist er schon mal vom Baum runtergefallen.«

Der Brandy in der Flasche verschwand genauso schnell wie zuvor der Wein. Davies strengte sich an, seine Sinne beieinander zu halten. Michelle lehnte jetzt voll auf ihm, ihr aufdringliches Parfüm stieg ihm in die Nase, aber ihre Sprache blieb bewundernswert klar.

»Ich hatte früher mal eine Untersuchung hier in der Gegend«, brachte er mühsam hervor. »Im Auftrag der Finanzbehörde. Ein großer Steuerschwindel.«

»Oh«, sagte sie. »Fast hätte ich deinen Beruf vergessen.« Sie wurde unruhig. »Du bist doch nicht hinter mir her, oder?«

»Nein, *so* nicht«, erwiderte er spitzbübisch. Er war ganz stolz auf die Schmeichelei und auf das Lächeln, mit dem sie sie aufnahm. »Nein, ich war vor ein paar Jahren hier, auf der Spur eines Mannes, der anscheinend einiges auf dem Kerbholz hatte. Wie hieß er doch gleich? Es war ein komischer Name... ach ja, Dulciman. Seltsam...«

»Dulciman?« sagte sie wie aus der Pistole geschossen. »Na, den kannte ich.«

»Nein, tatsächlich?«

»Jeder hier in Bournemouth kannte ihn. Er war ein Schwein. Noch so eins. Ist aber spurlos verschwunden.«

»Verschwunden? Spurlos? Das war mir nicht bekannt. Du meinst, er hat sich heimlich davongemacht?«

»Aus dem Leben davongemacht«, korrigierte sie grimmig. »Es wird allgemein angenommen, daß er ins Wasser gegangen ist, wie diese Parlamentsmitglieder. Einfach Schuhe ausgezogen und reinspaziert.«

»Na so was«, sagte er kopfschüttelnd. »Nichts hinterlassen als die Schuhe?«

Jetzt war es an ihr, den Kopf zu schütteln. »Ich habe nie verstanden, warum er sie dagelassen hat. Ausgenommen, er wollte damit sagen ›Schluß, vorbei, Ende‹ – so was wie ein Abschiedsgruß.«

Davies nickte. »Dann geht man also davon aus, daß er sich das Leben genommen hat, oder?«

»Das Leben genommen?« Sie schien daran zu zweifeln. »Ich weiß nicht, Lol. Es kann alles mögliche dahinterstecken. Pengelly weiß vielleicht mehr, als er sagt.«

»War er in den Fall verwickelt, der Pengelly?«

»Ja, bestimmt. Ich habe ihn einmal am Telefon davon sprechen hören.«

Der Oberkellner kam angetrottet. »Hätten Sie gern die Rechnung, Sir? Ich habe sie zufällig hier.«

Davies blinzelte. »Das trifft sich hervorragend. Halten wir Sie etwa auf?« Er nahm die Rechnung, die er lieber gar nicht anschauen wollte, entgegen und reichte seine Visa-Karte hin. Michelle sagte, sie wolle zu den ›Damen‹. Sie war noch nicht zurück, als der Kellner den Zettel zum Unterschreiben brachte. Michelles berauschendes Parfüm hing noch in der Luft. »Der Herr war am Samstag schon mal hier«, sagte der Oberkellner ohne die Miene zu verziehen.

»Richtig«, sagte Davies, als hätte der Mann eine Quizfrage beantwortet. Er zeigte mit dem Kopf auf Michelles leeren Stuhl und das Schlachtfeld, das sie auf dem Tisch hinterlassen hatte. Beim Versuch, sich zu erheben, hatte sie ihren Brandy umgestoßen. »Ich wollte der alten Dame mal was gönnen.« Er nickte wieder vielsagend. »Meiner Mutter.«

»Selbstverständlich, Sir.« Michelle war auf dem Rückweg und tänzelte schwerfällig zwischen den Tischen hindurch. Der Kellner sagte: »Vielen Dank, Mr. Davies.«

Davies riß erschrocken die Augen auf, aber sie hatte es nicht gehört. Er steckte seine Kreditkarte ein. »Durrell«, verbesserte er.

»Ach so. Natürlich. Danke, Mr. Durrell.«

Die schlaftrunkene Garderobenfrau half Davies in den Mantel und stützte ihn, damit er nicht den Boden unter den Füßen verlor. Michelle hatte darauf bestanden, sich ihren billigen Pelz allein anzuziehen, der nun verkehrt herum an ihr hing. Als sie sich dem Ausgang näherten, von wo aus der Portier sie mißtrauisch beäugte, fuhr Davies mit der Hand in seine Manteltasche und stieß auf einen unbekannten Gegenstand, den er heimlich hervorzog. Er war klein und weich und entpuppte sich als die Maus, die er im Treppenhaus von Pengelly & Co. auf der Fensterbank gefunden hatte. Er hielt sie einen Augenblick in der Hand, sah sich verstohlen in der Halle um und ließ sie in eine Messingschale auf einem Ziertisch gleiten.

»Schlaf gut«, sagte er leise. Aber sie schien hier doch irgendwie fehl am Platz, und er stellte sich vor, daß sie im Kehricht landen würde, also nahm er sie wieder an sich und steckte sie zurück in die Tasche.

Im Taxi zeigte er Michelle die Maus. Sie holte aus den Tiefen ihres weiten Pelzmantels eine halbvolle Brandyflasche und aus den Taschen zwei Gläser hervor. »Hab die falsche Sorte Gläser erwischt«, entschuldigte sie sich stammelnd.

»Wo kommt die Buddel denn her?« fragte er und kniff ungläubig die Augen zusammen.

»Na ja, als wir rauswollten, hatte ich sie auf einmal in der Hand. Die werden sie nicht vermissen. Schließlich haben wir genug bezahlt.« Sie kuschelte sich, gepolstert wie sie war, förmlich in ihn hinein. Sie hatte dem Fahrer das Ziel genannt, und nun glitten die erleuchteten, menschenleeren Straßen an den Fenstern vorbei. Davies versuchte, sich mit dem Blick an den Gebäuden festzuhalten, aber es wollte ihm nicht gelingen. »Für einen Steuerschnüffler bist du riesig nett«, flüsterte sie. In ihrem derben Gesicht arbeitete es. »So was, daß sie mit einem Kerl aus Ipswich abgehauen ist.«

»Wer?« murmelte er schläfrig.

»Deine Frau.«

»Ach so, dieses Ipswich meinst du.« Er versuchte, sich an die Einzelheiten der Story zu erinnern. »Das war kein großer Verlust. Ohne sie bin ich besser dran.«

»Besonders jetzt«, schwärmte sie. »Jetzt bist du bei mir.« Sie machte einen übertriebenen Versuch, ihn zu umarmen, wobei sie mit einem leisen Ächzer zu Boden rutschte. Da sie zu schwer war, um sie im Taxi wieder hochzuhieven, mußte sie für den Rest der Fahrt dort unten an den Sitz gelehnt bleiben. Er schenkte großzügig von dem Brandy ein und reichte ihr das Glas hinunter.

Er hatte keine Ahnung, wo sie schließlich ausstiegen, und die Adresse fiel ihm auch später nie mehr ein. In einem Reihenhaus brannte im oberen Stockwerk ein einzelnes Licht hinter dem Vorhang. »Das lasse ich immer an, es leuchtet mir heim«, murmelte sie, als sie zur Haustür stolperten und sie ihre Handtasche nach dem Schlüssel durchwühlte. Der Inhalt der Handtasche ergoß sich auf den Boden und sie krochen eine Zeitlang auf dem Bürgersteig herum, um alles aufzusammeln. Zu allerletzt fand sich ein Lippenstift wieder ein, der in den Rinnstein gerollt war. Ein paar Häuser weiter wurde ein Fenster geöffnet und eine Männerstimme rief, sie sollten Ruhe geben, er müsse früh zur Arbeit.

»Das ist ja verdammt mal was Neues«, schimpfte Michelle lauthals zurück, während sie ihre Habe wieder in die Handtasche stopfte. »Der hat doch seit Jahren keinen Handschlag getan, der Mistkerl.«

Sie schafften es mit Mühe bis ins Haus hinein, aber die Treppe war ihnen zu viel. Sie blieben auf der untersten Stufe sitzen, wo sie dem Brandy ein Ende machten und wo Davies aufwachte, als der erste matte Tagesschimmer sich durch das Oberlicht über der Tür stahl. Michelle war nicht mehr da. Er beschloß, sie so im Gedächtnis zu behalten, wie er sie zuletzt gesehen hatte. Leise stöhnend lockerte er seine Glieder. Mein Gott, war ihm schlecht. Die Weinbrandflasche stand aufrecht auf der Treppe, die beiden Gläser ordentlich daneben. Sein Geld war noch da, und so schob er denn einen Fünfzig-Pfund-Schein unter die Flasche und ließ die Tür hinter sich sachte ins Schloß fallen. Manches im Leben war halt nicht für die Ewigkeit.

Es war schon später Nachmittag, als er sich endlich wieder imstande fühlte auszugehen. Er schlich sich aus dem Hotel und fuhr zur Agentur für Freizeitbegleitung. Pengelly war als beweglicher Schatten hinter der Glastür sichtbar. Davies ging hinein.

»Normalerweise klopft man an«, sagte Pengelly.

»Verzeihung«, gab Davies zurück. »Ich wollte Sie nicht erschrecken.«

Pengelly fragte nach einem Moment des Grübelns: »Hat sie's nicht gebracht? Ihr Geld können Sie nicht zurückkriegen. Reklamationen sind bei uns nicht vorgesehen.«

Davies winkte ab. »Keine Sorge. Ich werde wohl kaum damit zum Ombudsmann laufen, oder?«

»Was wollen Sie dann noch?«

»Eigentlich nur ein kleines Schwätzchen.« Davies zwang sich zum Lächeln, zog den Stuhl heran, indem er die Zeitungen auf den Boden schob, und nahm dem Schreibtisch gegenüber Platz. »Oh«, machte Pengelly, nahm seinen Kamm in die Hand und begann ihn nervös durch die kümmerliche Haarpracht zu ziehen. »Worüber denn?«

»Sie sind, trotz des Namens, nicht aus Cornwall, oder?« stellte Davies fest, als wäre das sein wichtigstes Anliegen. Er lehnte sich vor. »Sie sprechen nicht wie jemand von dort.«

»Der Name ist fürs Geschäft«, gab der Mann trotzig zu. »Ich bin aus London.«

»Na so was«, freute sich Davies. »Ich auch.«

Pengelly fixierte ihn unruhig und steckte ungeschickt den Kamm weg. »Es gibt ein paar Millionen Londoner«, meinte er.

»Aber nur zwei hier im Raum«, erwiderte Davies.

»Was wollen Sie von mir?«

»Nur ein bißchen plauschen.« Er wartete einen Moment und legte dann seinen Dienstausweis auf den Tisch. »Metropolitan Police.«

»Na und?«

»Ich möchte Ihnen ein paar Fragen bezüglich Vernon Dulciman stellen. Sie waren als Privatdetektiv hinter ihm her, nicht wahr? Ich wollte von Ihnen wissen, was Sie herausbekommen haben.«

Pengelly gab sich überrascht. »Dulciman?« fragte er. »Was zum Teufel...?« Er gab sich einen Ruck. »Was hat die Met damit zu tun? Oder soll ich das nicht wissen? Ich kriege es ja doch raus. Ich habe meine Kontakte.«

Davies sank das Herz in die Hose, aber er versicherte: »Davon bin ich überzeugt. Es ist eine private Untersuchung. Im Auftrag von Mrs. Dulciman.«

Pengelly lachte unverhohlen. »Privat? Auf eigene Faust? Donnerwetter, das ist ja großartig! Und da kommen Sie zu mir und fuchteln mit Ihrem Ausweis herum. Vielleicht sollte ich bei meinen Kontakten mal ein Wörtchen fallen lassen. Dann säßen Sie aber in der Tinte.«

»Nicht so tief wie Sie, Pengelly«, sagte Davies mit drohendem Unterton. »Zuhälterei. Sie leben von den Einnahmen...«

»Michelle...!«

»Nix Michelle. Ich habe genug über Sie in der Hand, ohne die arme Frau auszuhorchen. Wenn Sie sich nicht kooperativ verhalten, lasse ich Sie auffliegen. Und sollten Sie versuchen, es an ihr auszulassen, fliegen Sie ebenso auf.«

»Was sagt Ihre Gattin dazu?« probierte Pengelly es aufs Geratewohl.

»Meine Gattin ist mir mit einem Mann aus Ipswich weggelaufen«, sagte Davies sein Sprüchlein auf.

Pengelly seufzte. »Na gut. Dulciman interessiert mich nicht die Bohne.« Er zog eine der Schreibtischschubladen auf und nahm einen Schlüssel heraus. »Die Akte ist unten, im anderen Büro.«

Wieder kämmte er seine spärlichen Haare. Sie gingen zur Tür. Er schloß ab und ging auf der kahlen Treppe voraus. Während er das untere Büro aufschloß, griff Davies spontan in seine Manteltasche. »Die habe ich Ihnen wiedergebracht«, sagte er und legte die tote Maus auf die staubbedeckte Fensterbank.

»Danke. Ich habe mich schon gefragt, wo sie geblieben ist«, schnaubte Pengelly ärgerlich. Er führte Davies in sein Büro, das fast identisch mit dem oberen war, nur daß anstelle des Kalenders mit der nackten Dame und dem Esel einer die Wand zierte, der einen Londoner Bobby beim Regeln des Verkehrs zeigte. Davies betrachtete das Bild. »Da kriegt man Heimweh«, sagte er.

»Dazu hängt er da«, sagte Pengelly. Er setzte sich an den Schreibtisch und zog eine Schublade auf. »Viel ist es nicht«, sagte er, während er eine Mappe herausholte. »Der Mann ist einfach verschwunden. Ende.« Er wollte Davies den Hefter herüberreichen, zog ihn aber plötzlich zurück.

»Sie arbeiten doch gegen Bezahlung«, sagte er. »Sie machen das ja nicht aus purer Herzensgüte.«

»Ob Sie es glauben oder nicht, im Moment ist das so. Ich bekomme das Honorar zum Schluß. Wenn ich ihn aufgefunden habe, oder was auch immer.«

»Geschäftstüchtig, die Alte.«

»War mein Vorschlag«, sagte Davies. »Kein Erfolg, kein Geld.«

Pengelly trat jetzt sicherer auf, er hatte wohl Schlimmeres befürchtet. Er blätterte in der Mappe. »Falls Sie eines Tages bezahlt werden, möchte ich ein bißchen davon abhaben. Ich habe die ganze Arbeit gemacht.«

»Zweihundert Pfund«, sagte Davies, als hätte er nachgedacht.

»Warum nicht dreihundert? Ich kann auch den offiziellen Polizeibericht beschaffen.«

»Also dreihundert«, stimmte Davies zu. »Her damit.«

»Wird von meiner Tante verwahrt.« Davies fühlte, wie seine Augenbrauen in die Höhe gingen. »Hier lasse ich nicht gern was herumliegen.« Pengelly grinste schlau. »Machen Sie fünfhundert draus.«

»Ich kann Sie jetzt schon erpressen«, mahnte Davies. »Stellen Sie meine Geduld nicht zu sehr auf die Probe.«

»Meine Tante hat den Bericht vielleicht schon weggeworfen.« Pengelly kämmte wieder seinen kahlen Schädel. »Sie wirft dauernd etwas weg. Ordentliche Hausfrau.«

»Einhundert mehr«, seufzte Davies.
»Die aber sofort.«
»Erst die Unterlagen.«
»Ich kann sie holen gehen, es ist gleich um die Ecke«, sagte Pengelly, der jetzt erleichtert und wieder selbstsicher wirkte. Er reichte die Mappe über den Tisch. »Ich lasse Ihnen dieses da, solange ich weg bin«, sagte er. »Sie können hier sitzen bleiben und lesen. Hier in diesem Raum gibt es nichts von Belang.« Er stand auf. »Hoffentlich ist die Tante zu Hause«, sagte er. »Müssen Sie noch zur Bank?«
»Ich habe genug bei mir«, sagte Davies.
Pengelly lachte hämisch. »Michelle hat Ihnen also noch was gelassen?«
»Keine Reklamation«, sagte Davies.

Kapitel 9

Nola Cloudsley-Clive pflegte nachmittags ihren Standort zu wechseln. Sie stand hochaufgerichtet am Rand eines künstlich angelegten Teiches und schmetterte den Enten Brotbröckchen hin. Davies hatte im Moonlighters von Phineas erfahren, daß sie im Park zu finden sein könnte. Als er sich ihr näherte, war sie gerade beim Aufschlagen. Er wartete, bis der Brocken weit hinaus ins Wasser geflogen war und die dankbaren Empfänger sich schnatternd darum versammelt hatten.

»Sie spielen viel Tennis?« fragte Davies.

Sie schrak zusammen, lächelte aber ein wenig, als sie ihn erkannte. »Gute Übung für die Sommermonate«, erklärte sie. »Ich komme nicht auf dumme Gedanken, kriege frische Luft, und die Enten und die Möwen freuen sich drauf. Sie sind nicht halb so begeistert, wenn man die Bröckchen einfach ins Wasser streut.« Sie unterzog ihn einer schnellen Musterung. »Hier, versuchen Sie's mal«, sagte sie, indem sie ihm den Tennisschläger reichte. »Ziehen Sie den Mantel lieber aus, sonst schaffen Sie es nicht weit genug.«

Davies schälte sich aus seinem Überzieher heraus. Er nahm den Schläger entgegen und machte eine Schau daraus, das Gewicht abzuschätzen, die Bespannung mit der Handfläche zu testen und probeweise zum Schwung auszuholen. Die Frau reichte ihm ein Stück Brot. Er schleuderte es hoch in den grauen Nachmittag, ließ den Schläger heruntersausen und traf voll daneben, so daß der Brocken ihm vor die Füße fiel. Nola Cloudsley-Clive und die Entenschar hatten mit unverhohlener Verachtung zugeschaut.

»Das Timing ist bei mir ein bißchen eingerostet«, sagte Davies beschämt.

»Total eingerostet«, stellte sie richtig. Sie musterte ihn wie einen hoffnungslosen Fall. »Ihnen fehlt es anscheinend an Koordination. Ich hätte gedacht, die Polizei braucht eine gute Koordination.«

Davies war peinlich berührt. »Das schon. Aber nicht mit dem Tennisschläger.«

Anscheinend tat es ihr leid, so harsch gewesen zu sein. »Hier, versuchen Sie es noch mal«, drängte sie. »Diesmal führen Sie den Schläger mehr im Bogen.« Sie musterte ihn wieder von oben bis unten. »Sie halten sich ja auch falsch.« Sie beugte sich vor und korrigierte seine Haltung, indem sie ihre langen Altershände um seine Knie legte, um die Beine in die richtige Stellung zu bringen, und dann seinen Arm mit dem Tennisschläger herumschwenkte. »Na also, wenigstens gucken Sie jetzt in die richtige Richtung«, sagte sie, indem sie ihn wieder von Kopf bis Fuß ansah. »Jetzt fassen Sie als erstes das Ziel ins Auge und schätzen Sie die Entfernung.«

Davies peilte die Mitte des Teiches an. Die Enten paddelten erwartungsvoll hin und her und sahen ihn ungeduldig schnatternd an. »Schon gut, schon gut«, rief er ihnen zu, »hier kommt es schon.« Er warf das Brot in die Luft, beschrieb mit dem Tennisschläger einen Bogen und erwischte den Brocken mit dem Metallrand, so daß die Bruchstücke ihm auf den Kopf und Nola ins Gesicht flogen.

»Nein, nein«, sagte sie ärgerlich. »Nein, Sie machen es völlig verkehrt.« Und nach einem Blick auf die Papiertüte, die am Boden lag: »Wir haben nicht mehr viel.«

Mit einem Seufzer reichte Davies den Tennisschläger zurück, sie nahm ihn wortlos und angelte ein Brotstück aus der Tüte. Die Enten schöpften sichtbar wieder Hoffnung und drängten sich mit erwartungsvollem Geschrei zusammen. Sie schoß ihr Projektil genau in die Mitte und ließ ihm unverzüglich ein zweites folgen. Die Enten zankten sich und droschen mit den Flügeln auf die aufgewühlte Wasserfläche ein.

»Schluß«, sagte sie streng. »Genug für heute.« Sie hob die Tüte auf, knüllte sie zusammen und drückte sie Davies in die Hand, damit er auch etwas zu tun hatte. Er steckte sie in die Tasche. Sie gingen zusammen weiter. »Sie haben also erfahren, daß ich Polizist bin«, sagte er.

Sie sah ihn verwundert an. Sie war hochgewachsen, größer als er, und blickte auf ihn herunter. »Selbstverständlich. Jeder weiß das. Alle Damen im Lunch-Club.«

»Aha.«

»Letzten Sonntag saßen Sie im Speisesaal, nicht wahr.«

»Richtig. Es ging da vergnügt zu.«

»Witwen sind oft vergnügt«, sagte sie. »Was bleibt ihnen anderes übrig.«

»Sind alle die Ehemänner verstorben?«

»Das scheint eine schlechte Angewohnheit von Ehemännern zu sein«, meinte sie. »Aber Sie, Sie hatten diese farbige Dame mit dem kleinen Jungen bei sich.«

»Richtig«, bekannte Davies standhaft. »Sie ist ... meine ... Freundin.«

»Eine Schönheit«, sagte sie ein wenig traurig. »Wie manche von denen.«

Sie waren beim steinernen Portal des Parks angelangt. »Ich wohne ganz in der Nähe«, sagte sie. »In dem alten Wohnblock da drüben.«

»Oh.« Er zögerte. »Ich würde Ihnen gern ein paar Fragen über Mr. Dulciman stellen. Haben Sie was dagegen?«

»Kein bißchen«, sagte sie entschieden. »Ich hoffe sehr, daß es Ihnen nicht gelingt, ihn zu finden. Der soll lieber verschollen bleiben – oder tot. Kommen Sie mit zu mir, auf eine Tasse Tee?«

Er ging an ihrer Seite an der vierstöckigen Mietskaserne entlang. »Nicht sehr feudal, aber wenigstens mit Aussicht auf die Enten«, sagte sie. »Früher habe ich in Branksome gewohnt.«

Sie stiegen in dem muffigen Treppenhaus ein Stockwerk hoch, und sie schloß ihre Wohnungstür auf. »Ist ja aufregend, Herrenbesuch zum Tee«, sagte sie.

»Auch wenn es jemand ist, der jeden Aufschlag verpatzt?«

Sie lachte, ein Schulmädchenlachen. Sie standen in der kleinen, engen Diele. Die Wände waren bedeckt mit Fotos: Tennisteams, Turniere, Trophäen.

»Sie waren wohl schon immer eine begeisterte Tennisspielerin«, meinte er, indem er die Bilder genauer betrachtete.

Sie nötigte ihn auf ein chintzbezogenes Sofa in dem altmodisch eingerichteten Wohnraum. Vergoldete Spiegel, Wandteppiche, ein Gemälde, das den Hafen von Poole darstellte, Andenken und Überbleibsel aus einem früheren Leben. Sie sagte: »Begeistert, ach ja.« Und leiser: »Die Leute hier glauben allen Ernstes, ich hätte in Wimbledon gespielt. In einem Ort wie Bournemouth laufen viele solche Gerüchte um. Alle diese Leute, die nichts zu tun haben.« Sie legte theatralisch den Finger auf die Lippen. »Und ich habe nie versucht, es richtigzustellen«, sagte sie. »Warum auch? Es gibt mir ein gewisses Prestige.« Sie ging in ihre Mini-Küche. Durch die halboffene Tür sah er, wie sie den Wasserkessel aufsetzte. »Vermutlich haben Sie andauernd mit erfundenen Geschichten zu tun, Mr. Davies«, rief sie.

»Die meisten davon sind wenig glaubhaft«, antwortete er.

Sie kam wieder herein und blickte durch das beschlagene Fenster auf den dämmrigen Park hinunter. »Meine Geschichte hat kein besonders schönes Ende gefunden.«

»Wie war denn Ihre Geschichte?« ermunterte er sie behutsam.

»Oh, es war eigentlich ein bequemes Leben. Netter Mann, hübsches Haus. Mit Blick aufs Meer. Dann starb Trevor, und ich mußte das Haus verkaufen.«

Sie ging in die Küche, weil der Kessel pfiff. Sie brachte den Tee auf einem Tablett aus Schildpatt; Zuckerdose und Milchkännchen waren aus Silber, ein paar Plätzchen waren auf einem Teller arrangiert. Die Kanne steckte unter einem gehäkelten Teewärmer.

»Sie möchten also etwas über Vernon Dulciman erfahren«, sagte sie beim Einschenken.

»Ja, das würde mich interessieren.«

Sie goß Milch zu, reichte ihm die zierliche Tasse und forderte ihn auf, sich mit Zucker zu bedienen.

»Wie ich schon sagte, ich hoffe, daß Sie ihn niemals finden, Mr. Davies. Wenigstens nicht lebend. Er soll bleiben, wo er ist. Hauptsache, anderswo und nicht hier.«

»Mr. Dulciman scheint nicht besonders beliebt gewesen zu sein«, meinte Davies. »Ich habe bisher noch nirgendwo ein gutes Wort über ihn gehört.«

»Aber ich, ich habe ihn geliebt«, sagte sie dramatisch. Ihre blaßblauen Augen wurden feucht. »Innig geliebt.«

»Und wodurch hat sich das geändert?«

Sie gab nicht gleich Antwort. Dann sagte sie entschlossen: »Er pflegte hierher zu kommen, und dann gingen wir miteinander ins Bett, den ganzen Nachmittag lang. Wenn er eingeschlafen war und schnarchte, lag ich wach und horchte auf die Kinder im Park und dachte daran, wie glücklich ich dran war, noch einmal die Liebe zu erleben. Wissen Sie, ich war ihm früher schon begegnet.«

»Und wo war das, in London?«

»Genau. Vor beinahe dreißig Jahren. Als er noch seine echten Zähne hatte. Vor seiner Heirat... Und auch danach noch.«

»Und Sie haben in Bournemouth die Beziehung wieder aufgenommen?«

»Ja«, antwortete sie ein wenig wehmütig. »Ich war gerade bei meiner dummen kleinen Lieblingsbeschäftigung, als mich jemand ansprach. Sozusagen mitten im Aufschlag. Da stand er, beeindruckender denn je. Außer daß seine Zähne mehr vorstanden als früher.«

Sie stellte sich mit der Tasse in der Hand ans Fenster und starrte über den dunkler werdenden Park in die Ferne.

»Zuerst fand ich das alles so wunderbar, aber später habe ich es bitter bereuen müssen. Vernon Dulciman, das war jemand, den ich lieber in meiner Vergangenheit hätte lassen sollen. Ich war und bin eine törichte Frau.«

Davies starrte auf die Teeblätter in seiner Tasse. Auf dem Tablett stand ein Teesieb, aber sie hatte es nicht benutzt. »Was hat er mit Ihnen gemacht?« fragte er so sachte, wie er konnte.

»Mich ausgeraubt«, seufzte sie. »Bis aufs Hemd. Zwölftausend und vierunddreißig Pfund. Bis auf den letzten Heller. Er brachte mich sogar dazu, meine paar Prämienaktien zu verkaufen.«

Davies sah sie mit echtem Mitgefühl an. »Was für eine Geschichte hat er Ihnen vorgeschwindelt?«

»Eine geschäftliche Chance. Etwas, das man sich nicht entgehen lassen dürfe. Ich habe das natürlich geglaubt. Er brachte mich dahin, es zu glauben. Er sagte, wir würden zusammen weggehen...« Sie seufzte. »Ich frage mich, wie oft diese leeren Versprechungen benutzt wurden? Wie oft er sie ausgesprochen hat?« Davies dachte, sie würde in Tränen ausbrechen, und hoffte, daß sie es nicht tun würde. »Acapulco«, flüsterte sie. »Mexiko.«

»Und dann ist er mit Ihrem Geld auf und davon.«

»Auf und davon ist der richtige Ausdruck, Mr. Davies. Er ist buchstäblich damit weggelaufen. Ich habe ihm vom Fenster aus nachgeblickt. Ich sehe ihn noch vor mir, wie er mit großen Schritten die Straße hinunter eilt.«

»Haben Sie ihn danach noch wiedergesehen?«

»O ja. Und ob. Nach einer Weile habe ich mich nach der geschäftlichen Transaktion und nach meinem Geld erkundigt, aber er hatte es anscheinend vollkommen vergessen. Er schob mich einfach von sich. Es war sehr schmerzlich. Demütigend. Natürlich konnte und wollte ich niemandem davon erzählen. Aber dann stellte sich heraus, daß er auch von anderen Geld genommen hatte. Von schwachen Frauen wie ich eine bin. Weiß der Himmel, wieviel Geld insgesamt.«

Sie drehte sich langsam um, die Teetasse in der Hand haltend wie einen kleinen Trostpreis. »Und das ist alles, was ich Ihnen sagen kann«, murmelte sie traurig. »Ausgenommen, daß er verschwunden ist.«

Davies hatte eine ganze Stunde damit zugebracht, sich durch die Akte, die Pengelly ihm ausgehändigt hatte, durchzuarbeiten. Wieder in seinem Hotelzimmer angelangt, studierte er sie von neuem. Nichts von dem, was die Polizei und Pengelly protokolliert hatten, verriet ihm etwas Neues über den Fall. Das Ende von Vernon Dulciman, wenn es denn sein Ende gewesen war, blieb im dunkeln wie zuvor. Voll Pessimismus begann er zu glauben, daß es wohl dabei bleiben werde.

An diesem Tag mußte er abreisen. Er nahm ein nachdenkliches Mittagsmahl im Speisesaal des Hotels ein. Mildred kam zu ihm, während er seinen Kaffee trank. »Wann kommst du wieder?« fragte sie und fügte hinzu: »Du kommst doch wieder, oder?«

»O ja«, versicherte er, »natürlich. Ich muß diese Sache hinkriegen, wenn ich kann. Viele Leute haben mir nicht die Wahrheit gesagt. Oder nicht die ganze Wahrheit.«

»Gehöre ich auch dazu?«

»Das könnte sein.«

»Glaub das bitte nicht«, sagte sie orakelhaft. Sie beugte sich vertraulich vor. »Das nächste Mal, wenn du hier bist, machen wir einen Spaziergang die Küste rauf. Es ist toll dort oben, Dangerous. Meilenweite Aussicht.«

Er lächelte und sagte: »Wir werden einen schönen Tag dafür abwarten.«

»Darauf warte ich ständig.«

Davies trank seinen Kaffee aus. Er hatte zum Essen nur ein einziges leichtes Ale getrunken. Vor der Abreise ging er noch einmal zu Mrs. Dulciman.

»Irgendwelche Anhaltspunkte?« fragte sie. Sie schien heiterer Stimmung. Sie erzählte, daß sie am Abend zuvor das Bridge-Turnier im Club gewonnen habe, wozu er ihr gratulierte. Es gab da etwas, nach dem er sie fragen wollte, aber er wußte nicht, was es war; etwas ganz einfaches, das ihm durch den Sinn gegangen war, ohne deutlich Gestalt anzunehmen. Schließlich schüttelte er der alten Dame die Hand, und sie gab ihm einen zart parfümierten Kuß auf die Wange.

»Ich werde mich freuen, Sie bald wieder zu sehen«, sagte sie.

»Ich komme, sobald ich kann«, versprach er. »Wenn bis dahin irgendwelche Fragen auftauchen, wenn mir irgend etwas einfällt, darf ich Sie dann anrufen?«

»Ja, natürlich«, sagte sie. »Ich hoffe sehr, daß Ihnen recht bald etwas einfällt.«

»Das hoffe ich auch.«

Er war ernsthaft in Sorge, daß der Wagen nicht bis nach Hause durchhalten würde. Auf der Autobahn mußte er ihn zweimal auf den Standstreifen lenken, um ihm eine Ruhepause zu gönnen, und als sie glücklich bis Hammersmith gelangt waren, fing er an zu ächzen und zu stöhnen. Schließlich steuerte er, froh, es geschafft zu haben, das Vehikel auf den Hof an der Rückseite vom ›Bali Hi‹, wo es schnaufend auf dem Kopfsteinpflaster stehen blieb.

Seltsam, wie sehr er sich hier zu Hause fühlte. Er sah sich innerhalb der kahlen Mauern um, die ihn umschlossen; eine Straßenlaterne warf ihr gelbes Licht von draußen herein. »Davies vom Yard ist wieder da!« rief er laut. Davies vom Yard – sein Lieblingsausspruch, wenn er sich über sich selbst lustig machte. Aus dem Innern der Garage meldete sich Kitty mit ohrenbetäubendem Geheul, das von den engen Mauern widerhallte.

»Ja, ja, Kitty, schon gut«, rief er. »Dein Herrchen ist wieder da.«

Als Kitty seine Stimme hörte, verwandelte das Belfern sich in ein drohendes Knurren. Davies zog vorsichtig die Tür auf. Der Hund blieb in seinem Korb liegen, da er offenbar inzwischen beschlossen hatte, auf einen direkten Frontalangriff zu verzichten.

»Dein Herrchen ist wieder da«, wiederholte Davies mit honigsüßer Stimme. Die Antwort war ein dumpfes Grollen. Dennoch schien das Tier, wie Davies überrascht und gerührt feststellte, von seinem Anblick irgendwie erfreut. Es erlaubte Davies, ihm die zerzauste Mähne zu kraulen und ihm zuzulächeln.

»Hat Mod anständig für dich gesorgt?« erkundigte er sich und fuhr noch einmal durch das Zottelhaar. »Wir müssen dich rechtzeitig für Crufts Hundeschau schön machen.«

Draußen traf er Mod, der gerade mit Kittys Futternapf über den Hof gestolpert kam. »Na, Mod, du Guter«, sagte er anerkennend, »hast hoffentlich keinen weiteren Ärger mehr gehabt.«

Mods stets etwas blasses Gesicht erschien im trüben Licht der Straßenlampe noch bleicher. Er legte sein Doppelkinn in ominöse

Falten. »Das weiß ich, ehrlich gesagt, nicht genau, Dangerous«, meinte er unsicher.

»Wieso? Was weißt du nicht?« Davies runzelte die Stirn.

Mod zögerte einen Moment, den Napf immer noch in den Händen. »Er hat etwas angestellt, aber ich weiß nicht genau, was.« Man sah ihm an, daß er es unbedingt loswerden mußte. »Vorgestern abend hatte er einen Damenschlüpfer in seinem Korb«, berichtete er kummervoll. »Gott weiß, wem das Ding gehört.« Die Sorgenfalten wurden noch tiefer. »Vielleicht Mrs. Fulljames. Ich sehe keine Möglichkeit, das festzustellen.«

»Eine schwerwiegende Sache«, murmelte Davies. »Unterschleif von Unterhosen. Hat er das Objekt noch?«

»Nein. Es ist mir gelungen, das Beweisstück an mich zu bringen.« Er schüttelte unglücklich den Kopf. »Es befindet sich jetzt in meinem Zimmer.«

»Vielleicht vermißt sie es gar nicht«, sagte Davies ohne viel Hoffnung. »Das heißt, wenn es wirklich ihr gehört.«

»Könnte auch von deiner Frau sein.«

»Ich habe keine Möglichkeit, das in Erfahrung zu bringen.«

Er wartete, bis Mod Kitty gefüttert hatte, und ging dann mit ihm zum Haus.

»Hast du das große Rätsel gelöst?« fragte Mod.

»Keine Spur«, sagte Davies. Sie gingen hinein.

»Ein neuer Gast ist angekommen«, sagte Mod. »Ein Mr. Leadbetter. Hat etwas mit Gas zu tun.«

Als sie um den Abendbrottisch saßen, stellte Mrs. Fulljames Mr. Leadbetter vor, der dreinsah, als wünschte er, sich an einem anderen Ort zu befinden. »Ich weiß nicht, warum gerade ich hergeschickt worden bin«, grummelte er über seiner braunen Einbrennsuppe. »Auf der Liste standen noch andere vor mir.«

»Oh, es wird Ihnen hier in London gefallen«, säuselte Mrs. Fulljames, als sei man auf einer Dinnerparty in Mayfair. »Es gibt so vieles zu unternehmen und zu besichtigen.«

»Der Februar«, verkündete der Neuankömmling, »ist der Monat für Gartenarbeit. Es standen noch andere vor mir auf der Einsatzliste. Das geht nicht mit rechten Dingen zu.«

Doris, die still ihre Suppe von einer Seite des Tellers zur anderen gelöffelt und die bräunlichen Wellen beobachtet hatte, sagte zu Davies: »Mr. Leadbetter liest den *Country Landowner*.« Sie gab die Bemerkung von sich wie jemand, der darauf hinweisen will, wieviel ein Mann erreichen kann, wenn er sich anstrengt. Mod wendete Davies sein rundes, fragendes Haupt zu, und Minnie Banks zwitscherte voll Bewunderung: »Ach, Landbesitzer zu sein muß wundervoll sein.«

»Wie viele Morgen haben Sie?« fragte Davies, der darüber nachdachte, wieviel die Gaswerke ihren Angestellten zahlen mochten.

Mr. Leadbetter sah sich um, als fühle er sich in die Enge getrieben. »Nur den Vorgarten am Haus und einen winzigen Schrebergarten«, gab er ehrlich zu. »Ich bekomme den *Landowner* von meiner Schwester, die arbeitet bei einem Zahnarzt.« Er blickte sich wieder um. »Sie bringt mir die *Autozeitschrift* und *Unsere Haustiere* mit, und manchmal auch noch die *Lady*, wenn die andere Putzfrau sich das Heft nicht zuerst unter den Nagel reißt.« Er schluckte mühsam, so daß ihm ein Suppenbächlein aus dem Mundwinkel rann. Dann sagte er, wie jemand, der sich zu vollkommener Ehrlichkeit durchgerungen hat: »Mich interessieren nämlich die Kleinanzeigen. Besonders die Rubrik ›Einsame Herzen‹.«

»›Einsame Herzen‹ in *Unsere Haustiere* sind bestimmt lesenswert«, sinnierte Mod. »Besitzer von großem Hund sucht Bekanntschaft einer Dame mit kleiner Pus..., hm, Katze.«

»Ist Mr. Leadbetter alleinstehend?« erkundigte sich Minnie, indem sie die fragliche Person direkt ansah und rund um die Nase errötete. Doris streckte das Kinn vor, wie um die Anfrage zu unterstützen. Mrs. Fulljames hielt mitten im Einsammeln der Teller inne und balancierte sie auf der Hand wie ein ungeschickter Jongleur. Mr. Leadbetter antwortete: »Mr. Leadbetter ist nicht alleinstehend, er wünschte aber, es wäre anders. Mrs. Leadbetter hat nicht genügend Reize für mich.«

Auf dem Weg zum ›Wickelkind‹ sagte Mod: »Ich frage mich, wie Mrs. Leadbetter sein mag?«

Sie tranken jeder zwei Bier und gingen dann zu Jemma. Davies hatte die Polizeiakte und Pengellys Aufzeichnungen zum Fall Vernon Dulciman bei sich. Sie breiteten alles auf Jemmas Küchentisch aus, während diese ihnen ein paar Sandwiches auftischte. Vom Abendessen in ›Bali Hi‹ wurden sie oft nicht satt.

»Das ist er«, sagte Davies und legte Mrs. Dulcimans Foto ihres Ehemanns in die Mitte. »Der Mann, den alle so innig verabscheuen. Vernon Algernon Dulciman, in den Sechzigern, einsfünfundsiebzig groß, aufrechte, fast militärisch zu nennende Haltung, obwohl er sich vielleicht hängen läßt, wenn keiner hinschaut; kleiner Schnurrbart, künstliches Gebiß, helle wache Augen und eine Menge Charme, wenn es ihm gerade zupaß kommt, etwa wenn er Geld benötigt. Hat sich am 14. September 1988 aus dem Leben seiner Frau verabschiedet, um sich nie wieder blicken zu lassen.«

»Wer hat ihr das Gebiß geschickt?« fragte Mod.

Davies sagte: »Also...« Jemma warf ihm einen Blick zu. »Nach übereinstimmender Meinung hat Mrs. Dulciman das Päckchen an sich selbst adressiert.«

Mod war überrascht, verstand aber sofort. »Um dir Beine zu machen«, nickte er. »Schlau.«

»Sie ist eine pfiffige alte Dame«, erwiderte Davies. Er blätterte in den wenigen Seiten des Polizeiberichts. »Mr. Pengelly mußte ich ein bißchen unter Druck setzen.«

»Wie ist er denn?« fragte Jemma, die ihm über die Schulter sah.

»Fungiert angeblich als Privatdetektiv, aber seine Brötchen verdient er sich mit einer keinesfalls stubenreinen Vermittlung von Begleiterinnen.« Er sah Jemma von der Seite an. »Ich mußte mit einer seiner Damen ausgehen.«

Jemma hob ruhig die Augen. »Hat's Spaß gemacht?«

»Kann mich nicht mehr erinnern. Sie hat mich unter den Tisch getrunken. Aber ich bekam genug in die Hand gegen Pengelly, um ihm diese Papiere abzuluchsen... plus die Polizeiakten, die besaß er nämlich auch.« Er blätterte in dem zweiten Ordner. »Der Ärger ist nur, daß hier etwas fehlt. Als Dulcimans Schuhe am Strand, das heißt eigentlich im Wasser treibend, gefunden wurden, lieferte ein Junge sie im Hotel ab, und Bertie brachte sie zur Polizei.«

»Das lief ein bißchen zu glatt ab, oder?« fragte Jemma.

»Vielleicht ja, vielleicht nein. Der Fundort war direkt unterhalb des Hotels, an der Stelle, wo Dulciman vermutlich ins Wasser gegangen war, oder wo er eben dieses vortäuschen wollte. Der Junge, der die Schuhe gefunden hatte, brachte sie ins Hotel und händigte sie Bertie aus. Aber leider hat Bertie den Knaben nicht nach seinem Namen gefragt, also konnte er ihn der Polizei auch nicht angeben, und man hielt es nicht für wichtig genug, dem nachzugehen. Ein bißchen schludrig.«

»Und du meinst, der Junge ist wichtig«, sagte Mod. »Gut, das nächste Mal, wenn wir runterfahren, versuche ich, ihn für dich zu finden. Du weißt ja, ich bin gut zu Fuß.«

»Und sicherst dir gleich den nächsten Urlaub«, stichelte Davies.

Mod zog eine Grimasse. »Ich will nie mehr auf deinen Hund aufpassen müssen«, sagte er bedauernd, aber fest.

»Wann fährst du wieder hin, Dangerous?« fragte Jemma vorsichtshalber.

»Sobald ich mir ein paar Tage freinehmen kann«, sagte Davies. »Aber ich will möglichst nicht krankfeiern.«

Jemma sagte: »Denk an unser Konzert. Diesen Freitag abend. Valentin freut sich schon darauf. Vor allem, weil du mitkommst. Wir singen unser Duett.«

»Ich kann's kaum abwarten«, sagte Davies. »Geht's ihm gut?«

»I'm Moment ja«, seufzte sie. Und zähneknirschend: »Aber manchmal wäre ich wahrhaftig imstande, zur Abwechslung selbst mal ein wenig zu morden.«

Im ›Wickelkind‹ erzählte eine rotbäckige alte Frau, die sich Tante Trudie nannte und nur Cider trank, sie könne sich an Bournemouth in ihrer Jugend erinnern. Mad Maggie sagte, da sei sie auch mal gewesen – oder war es Brighton? Und Scotty, die sich gern mit einem medizinischen Hintergrund brüstete, hatte Erinnerungen an Poole. Sie redeten von weit entfernten Landstrichen.

Der Tod von Julie Willis, dem Mädchen, das im Wäldchen von Wormwood verscharrt gelegen hatte, war noch immer unaufgeklärt, und es war auch noch niemand wegen des gestohlenen Garderobenständers in der Bibliothek belangt worden.

Davies begleitete Jemma bis an ihre Haustür, vor der sie sich im Dunkeln küßten wie zwei Teenager. »Wie war die Freizeit-Begleitung denn nun wirklich?« fragte sie wie nebenbei.

»Wie ich gesagt habe«, antwortete Davies. »Sie konnte eine Menge vertragen. Ich bin auf ihrer Treppe aufgewacht.«

Sie lachte: »Ich glaube dir, Dangerous«, und er spürte, daß es so war. Leider mußte sie bis zum anderen Morgen einen Bericht fertig haben. Sie küßten sich noch einmal, und er versprach, zu dem Musikabend zu kommen und das Duett anzuhören. Dann schlenderte er durch die vertrauten Straßen, die jetzt in Nässe und Dunkelheit dalagen, zu seinem Zuhause im ›Bali Hi‹.

Als er in sein Zimmer wollte, öffnete sich die gegenüberliegende Tür einen kleinen Spalt und Mods rundes, faltiges Gesicht tauchte auf wie eine gedämpfte Leuchte. Eine Hand folgte, die etwas Helles festhielt. »Der Schlüpfer, Dangerous«, flüsterte Mod. »Du hast gesagt, du kümmerst dich darum.«

Davies runzelte die Stirn, nahm aber das zerfetzte Kleidungsstück entgegen. Beide wurden sich bewußt, daß vom oberen Treppengeländer verschwommen ein Gesicht herabsah. »Was für ein Schlüpfer?« fragte Mrs. Fulljames.

Es gab keine Rettung. Davies stand mit dem inkriminierenden Gegenstand in der Hand da, und Mods Versuch, sein Gesicht von der Szene zurückzuziehen, wurde durch Mrs. Fulljames vereitelt, die die Treppe herunterkam und donnerte: »Mr. Lewis.« Davies fühlte im Dunkeln, wie er rot wurde. Er sah den ausgefransten Lappen in seiner Hand an. »Der Schlüpfer«, murmelte er hilflos. »Er ist von mir.«

»Ja, von ihm«, bestätigte Mod treulos.

»Ein Asservat«, stotterte Davies. Die Pensionswirtin stand ihm Angesicht zu Angesicht und kaum einen Schritt entfernt gegenüber. »Ein Beweisstück.«

Sie streckte nur die Hand aus, und er legte den traurigen Rest hinein. »Mein seidener Schlüpfer«, sagte sie dumpf und drohend.

»Mein Hund hat ihn zerkaut«, bekannte Davies schicksalsergeben.

»Nachdem er ihn aus dem Waschkorb gestohlen hat«, zürnte Mrs. Fulljames. »Ich habe Ihnen schon öfter gesagt, Mr. Davies, daß ich den schmutzigen, schlecht erzogenen Köter nicht im Hause haben will. Er bleibt in der Garage, wo er hingehört.« Sie knüllte den Stoffetzen in der Hand zusammen. »Den hatte ich so viele Jahre.« Ihre Stimme zitterte. »Als mein geliebter Gatte noch lebte. Und jetzt – sehen Sie sich das an.«

»Es tut mir leid, Mrs. Fulljames«, murmelte Davies. »Ich werde ihn ersetzen ... ich meine den Schlüpfer.«

Sie blickte ihn wieder wütend an. »Aber mit Sicherheit. Ich kaufe mir einen neuen. Und wenn dieser Hund sich je wieder im ›Bali Hi‹ sehen läßt, kriegt er eins über den Schädel. Mit dem Hakkebeil, das ich mir für die Einbrecher angeschafft habe.«

»Er meint es nicht böse«, sagte Davies.

Endlich hatte sich im Fall Julie Willis ein Anhaltspunkt ergeben. Eine Frau, die mit ihr zusammen in der Edgware Road auf den Strich gegangen war, erinnerte sich, daß Julie an dem Abend, an dem sie sie zuletzt gesehen hatte, eine Anstecknadel in der Form eines Hakenkreuzes getragen hatte. Ein rotes Hakenkreuz, das indische Glückssymbol, nicht das Abzeichen der Nazis. Die Brosche war nicht mehr an der Bekleidung der Leiche und befand sich auch nicht unter dem billigen Tand in der Schachtel, in der sie ihren Schmuck aufbewahrt hatte.

Davies brachte die ersten beiden Tage, die er wieder im Dienst war, damit zu, die Türen abzuklappern, indem er stets dieselben Fragen zu stellen und ein Foto einer ähnlichen Anstecknadel vorzuzeigen hatte. Aber niemand erkannte sie wieder. Manche Leute betrachteten das Foto gewissenhaft, andere warfen kaum einen Blick darauf, sondern schlugen Davies gleich die Tür vor der Nase zu wie einem Hausierer. Er trabte immer langsamer durch das naßkalte Februarwetter und ließ den Kopf immer tiefer hängen. Abends mußte er seine ganze Energie aufwenden, um nach einem Fußbad seinen Hund am nebligen Kanalufer entlang spazierenzuführen; der Park und der Friedhof waren um diese Zeit schon geschlossen.

Tagsüber, auf dem monotonen Weg von Tür zu Tür, versuchte er sich auszudenken, was sich mit Vernon Dulciman in jener Nacht vor fünf Jahren zugetragen haben mochte. Im Geist hakte er immer von neuem die verschiedenen Fakten und Theorien ab. Er wurde das Gefühl nicht los, daß da etwas war, und zwar direkt vor seiner Nase.

Am dritten Tag war er froh, daß er beim Klinkenputzen abgelöst wurde und den Auftrag bekam, sich um eine Serie kleinerer Einbrüche in einer einzigen Straße zu kümmern. Die Diebesbeute bestand aus den üblichen Gegenständen: Fernsehgeräte, Videos, tragbare Radios, Stereoanlagen. Von diesen Dingern wurde so viel gestohlen, daß er sich manchmal fragte, wo das alles hinging.

Das einzige Haus, bei dem nicht eingebrochen worden war, stand in der Reihe zwischen den anderen. Der Eigentümer war ein mißtrauischer Sikh, der die Vordertür ebenso vorsichtig öffnete, wie seine Vorfahren in ihrem heimatlichen Bergland die Briten in einen Hinterhalt gelockt haben mochten.

»Sehen Sie mal«, sagt der Sikh, »ich habe viele Fernseher. In diesem Zimmer zwei, und in allen anderen Räumen je einen. Sogar im Klo steht einer.«

»Klar, man will ja nichts versäumen«, sagte Davies voll Verständnis. Er versuchte, einen sachverständigen Eindruck zu machen, indem er durch das ganze Reihenhaus wanderte und in den

Wildwuchs im Hintergarten spähte, der dicht genug war, um einem Tiger Unterschlupf zu bieten. In einer kleinen Lichtung stand ein Holzschuppen.

»Was ist da drin?« fragte er.

»Das ist die Gartenlaube«, sagte der Sikh. »Für meine Gartengeräte.«

»Ja, klar«, nickte Davies mit einem Blick auf den Urwald. »Hätte ich mir denken können.« Er schnüffelte herum, als ob er ein letztes Mal nach etwas Verdächtigem suchte, dann verabschiedete er sich.

Der Inder schien nicht zufrieden. Er fragte: »Wird jemand verhaftet werden?«

Davies sah in sein grimmiges Gesicht. Die tiefliegenden Augen glühten feurig aus den Runzeln hervor. »Ich kann Ihnen nicht genau sagen, wann«, antwortete er. »Aber die Verhaftungen werden erfolgen. Sobald wir wissen, wen wir verhaften müssen.«

Das schien dem Sikh wenigstens teilweise zu gegnügen. Davies ging auf die Tür zu. »Halten Sie die Türen verschlossen und verriegeln Sie die Fenster«, sagte er, nach einem Blick auf diese offenkundig bereits getroffenen Vorsichtsmaßnahmen. Er legte den Finger an die Nase. »Ich habe da einen Plan«, sagte er.

Das Konzert hatte schon angefangen, als er vor der Kirche ankam. Der Chorgesang stieg aus dem häßlichen Gebäude empor in die regenfeuchte Nacht von Cricklewood. Die Fenster waren hellgelb erleuchtet, und aus dem Windfang am Haupteingang drang ein rötliches Licht.

Davies kam zu spät, weil Detective Superintendent Harvey sich verspätet hatte und alle CID-Beamten warten sollten, bis er ins Revier kam, um strategische Anweisungen für den Mordfall Willis auszugeben. Harvey war nicht gerade gutgelaunt. Statt der Instruktionen gab es ein Donnerwetter und anschließend eine harsche Aufforderung, neue Ideen zu produzieren. Das Hausieren mit dem Hakenkreuz-Foto hatte nichts gebracht. Harvey sah sich unter den ratlosen Gesichtern um und sagte: »Gott sei Dank haben wir den Computer. Auf das Scheißding können wir uns immer rausreden.« Schließlich hatte Davies, als er in Eile weggegangen war, einen Bus nach Cricklewood erwischt, der ihn direkt an der Kirche absetzte.

Der Chor und das Orchester und das gesamte Publikum bestanden aus Schwarzen. Das einzige weiße Gesicht war seines. Seine

Augen suchten gleich nach Jemma, die ein langes graues Kleid trug und vor dem Chor stand, der ganz in Weiß auftrat. Man kannte sie als Sängerin, und es gab zufriedenes Gemurmel, als sie bei den ersten Takten der Musik nach vorne trat. Sie sang *Er weidet seine Herde* aus dem *Messias*.

Dann trat Valentin in einem grauen Anzug schüchtern aus dem Chor heraus und stellte sich neben sie. Sie sangen zusammen *I can feel it all over* und als Zugabe *I just called to say I love you*. Der Junge hatte eine wohlklingende Stimme, und beiden machte das Singen im Duett sichtlich Freude. Die Zuhörer waren entzückt.

Hinterher, auf dem Rückweg nach Willesden in Jemmas Auto, war Valentin die Bescheidenheit selbst. »Das hätte doch jeder gekonnt«, sagte er, während die Erwachsenen im Dunkeln lächeln mußten. »Ich bin halt ausgewählt worden.«

Drei Stunden später wachte Davies an Jemmas Seite auf. »Das ist es!« rief er aus. Er setzte sich schwerfällig im Bett auf. »Dieser Leadbetter hat auch so etwas gesagt.«

»Dangerous«, murmelte Jemma, indem sie sich umdrehte, »es ist drei Uhr morgens.«

»Leadbetter hat es gesagt, und Valentin gestern abend auch: ›Jeder hätte es gekonnt, aber ich bin ausgewählt worden.‹ Leadbetter war sauer, weil die Gaswerke ihn nach London geschickt hatten, obwohl er nicht mal der nächste auf der Liste war. Und Valentin hat gesagt, er wurde einfach ausgesucht, obwohl jeder andere ebensogut hätte singen können.«

Jemma meinte schläfrig: »Ich verstehe immer noch nicht, was du eigentlich willst.«

Davies sah auf die Uhr. »Fünf nach drei«, murmelte er. »So oder so zu früh, um anzurufen.«

Er wartete bis um acht.

»Hallo. Bist du es, Mildred?«

»Dangerous! Du! Wann kommst du?«

»Bald.«

»Ich nehme mir dann einen Tag frei«, freute sich Mildred. »Das Wetter ist wunderschön. Fast wie im Sommer... Wir könnten unseren Ausflug machen.«

»Ach so. Ja, natürlich. Hör zu, Mildred, schau doch mal bitte für mich in den Gelben Seiten von Bournemouth nach, sei ein Schatz. Unter ...«

»Die hat Bertie.« Es klang enttäuscht. »Ich werde... Halt, hier ist er.« Davies hörte, wie sie ihn nach dem Branchenbuch fragte. »Mr. Davies ist am Apparat.« Bertie bestand darauf, die Sache selbst zu erledigen. »Hallo, Sir. Ich habe das Buch hier. Was wollen Sie wissen?«

Davies sagte: »Schauen Sie mal unter den Detektiv-Büros nach, bitte.« Er hörte Bertie vor sich hin murmeln. »Hier steht's: ›Privatdetekteien‹«, sagte er.

»Genau. Wie weit unten auf der Liste steht Pengelly & Co.?« fragte Davies.

»Wie weit unten? Es gibt nicht viele, Sir. Nur fünf. Pengelly & Co. ist die Nummer vier. Danach kommt nur noch Zodiak Observierungen.«

»Vier«, wiederholte Davies. »Schön, vielen Dank, Bertie, das ist alles, was ich wollte.«

»Gut. Immer gern behilflich, Sir. Sehen wir Sie bald wieder hier?«

»Nächste Woche wahrscheinlich.«

»Bestens. Übrigens, diese Zodiak Observierungen, Sir. Es gibt ein Pferd namens Zodiak, das läuft heute nachmittag in Kempton, und noch eins, das heißt Observer. Sieht mir aus wie ein Wink des Schicksals.«

»Na gut«, sagte Davies. »Ich werde dran denken, ein paar tausend Pfund drauf zu setzen.«

»Ich auch, Sir. Goodbye.«

Am Sonntag war das frühlingshafte Wetter in Richtung Nordosten von Bournemouth nach Willesden gewandert. Das trübe Wasser des Kanals bekam einen hellen Schimmer, und sofort tanzten Massen von winzigen Insekten in der Luft; im Park blühten die Schlüsselblumen, und die Grabsteine auf dem Friedhof von Kensal Green sahen frisch gewaschen aus.

Sogar das alte Auto schien den Wetterumschwung zu spüren. Es stand schnurrend wie eine Katze auf dem Kofsteinpflaster im Hof, während Davies Kittys Decke auf dem Rücksitz ausbreitete. Er strahlte vor Zufriedenheit, als er seinen struppigen Hund in dem blassen Sonnenlicht mit einem Gesichtsausdruck, der beinahe ein Lächeln sein konnte, dasitzen sah. Jemma kam und strich dem Hund mit der Hand über den Kopf, worauf Kitty, der immer entzückt war, wenn sie erschien, noch breiter griente.

Davies war auch froh, daß sie wieder da war. Sie hatte an einem zweitägigen Seminar über Probleme von Alleinerziehenden teilgenommen. Sie stieg ein, und Davies kletterte auf den Sitz neben ihr. Sie küßten sich, worauf Kitty auf der Rückbank sich aufrichtete und knurrte. »Ich weiß nicht, ob vor Wohlgefallen oder aus Eifersucht«, sagte Davies.

»Warum hast du mich neulich mitten in der Nacht geweckt?« fragte Jemma, während das Auto aus dem Hof heraus und auf die sonntägliche Straße rollte. »Du hast was gebrabbelt von Valentin und einem Mr. Leadbetter.«

»Die zwei haben gesagt, wenn auch verschieden ausgedrückt, daß andere Menschen etwas ebensogut gekonnt hätten wie sie selbst«, antwortete Davies. »Bei Valentin war es das Singen, bei Mr. Leadbetter ging es um Gasleitungen. Beide waren nicht die einzigen auf der Liste.«

»Und?«

Die Ampel sprang auf grün. Zwei Inderknaben johlten hinter dem Automobil her, worauf Davies ihnen den Mittelfinger zeigte. »Da habe ich über etwas nachgedacht, das in meinem Unterbewußtsein rumort hat, seit ich aus Bournemouth zurück bin. Warum wurde gerade Pengelly beauftragt, herauszufinden, was Mr. Dulciman zugestoßen ist? Ich mußte natürlich Pengelly-&Partner im normalen Telefonbuch nachschlagen. Aber wenn jemand einen x-beliebigen Detektiv finden will, sucht er natürlich in den Gelben Seiten. Und Pengelly war der vorletzte, danach kam nur noch Zodiak Observierungen.«

Er dankte mit einer Handbewegung für die lauten Zurufe von seiten einiger alter Männer, die vor einer Kneipe in der Sonne standen. »Der springende Punkt ist, daß Pengelly nicht zufällig den Auftrag bekommen hat. Mrs. Dulciman muß ihn schon vorher gekannt haben.«

Sie bogen in den Nördlichen Umgehungsring Richtung Welsh Harp ein. »Vielleicht ist Pengelly ihr empfohlen worden«, wandte Jemma ein. »Warum hast du sie nicht danach gefragt? Du hättest sie anrufen können.«

»Ich bin lieber selbst anwesend, wenn ich Fragen stelle.«

Sie fuhren am Ufer des Stausees entlang. Durch die Fensterscheiben hindurch spürten sie die Wärme. Der Flohmarkt fand am üblichen Platz statt. Sie parkten den Wagen, und Jemma nahm Kitty an die Leine. Davies wanderte zu einem Tisch, auf dem billiger Schmuck ausgebreitet war. Er hielt dem Händler das Foto der Hakenkreuznadel unter die Nase. »Nö, so was hab' ich nie gesehen, Dangerous«, wehrte sich der Mann. »Das wüßte ich, wenn's so wäre.«

Davies zeigte das Bild noch zwei anderen Standinhabern, aber beide schüttelten den Kopf. Plötzlich fiel sein Blick auf den Garderobenständer aus der Stadtbibliothek.

Er stand scheinbar herrenlos zwischen den Autos. »Wem gehört der?« fragte er. Der am nächsten Stehende, ein Mann mit einem knallroten Hemd und offener Weste wie ein Cockney-Stierkämpfer, schüttelte den Kopf. »Keine Ahnung, Dangerous. Haben meine Augen noch nie gesehen.«

Hilfsbereit machte er sich zum Ausrufer, laut genug für eine öffentliche Warnung: »Wem gehört hier der Hutständer? Mr. Davies fragt danach.«

Alle Mienen waren plötzlich ausdruckslos, rauhe, abgehärtete Gesichter wurden plötzlich engelsgleich, und einige Gestalten schlichen sich hinter die Autos. »Niemandem«, stellte das rote Hemd fest. »Steht ganz alleine da.«

»Es besteht Grund zu der Annahme, daß es sich um Diebesgut handelt«, sagte Davies freundlich. »Geklaut, und zwar aus der Stadtbücherei.«

Jemma strich mit dem Finger über das lasierte Holz. Der Mann mit der Weste konnte sich von seinem Schock kaum erholen. »Was? Aus einer Bücherei?« sagte er, mit der Hand vor dem Mund. »Wer, frage ich mich, bringt denn so was fertig?«

Kapitel 10

Den Nachmittag verbrachten sie, wie auch sonst zuweilen, zusammen in Jemmas Wohnung. Sie gingen für zwei Stunden ins Bett, liebten sich und redeten miteinander. Der Garderobenständer stand in der Zimmerecke. Der alleinstehende Mann in der Nachbarwohnung guckte Fußball im Fernsehen; ab und zu hörten sie seinen einsamen Jubelruf »Toor!«

Sie blieben liegen, bis die ungewohnte Sonne vom Fenster verschwunden war. Um sechs stand Davies auf. »Ich übernachte heute in einem Gartenschuppen«, sagte er. »Eine Observation.«

»Ich mache dir was zu essen«, sagte Jemma. Sie wunderte sich bei ihm über nichts mehr.

Sie war eine gute Köchin. Er lag in der Badewanne und schnupperte die Düfte, die aus der Küche kamen. »Paß bei dieser Mildred auf«, rief sie ihm durch die halboffene Tür zu. »Das ist ein armes, frustriertes Kind.«

Sie saß bei ihm, während er aß. Sie mußte an dem Abend zu einem Büffet, das für Notleidende gespendet worden war. »Warum mußt du dich in einem Schuppen verstecken?« fragte sie.

»In der Straße sind fast sämtliche Fernseher und Videos gestohlen worden, und Mr. Khan fürchtet, daß demnächst sein Eigentum an der Reihe ist. Er will heute abend zu einer großen Veranstaltung der Sikhs, vielleicht nehmen die Gauner sich dann sein Haus vor. Aber ich werde sie im Gartenhaus erwarten.«

»Und wenn sie dich verprügeln, daß dir Hören und Sehen vergeht?«

»Ich bin nicht allein. Ich kann Verstärkung anfordern.«

Jemma küßte ihn und sagte: »Paß auf dich auf.« Die Nachtluft war kühl. Sie klappte ihm den Mantelkragen hoch.

»Es ist kein großer Unterschied, zwischen einem Bullen und einem Einbrecher, wenn sie zur Arbeit müssen«, bemerkte er.

»Was wird aus dem Hutständer?« fragte sie.

»Ach ja. Den nehme ich mit. Morgen bringe ich ihn im Triumph in die Bücherei.«

Er ging noch einmal in die Wohnung zurück und nahm das sperrige Stück mit der langen polierten Mittelstange und den gedrechselten, wie ein Hirschgeweih gekringelten Haken unter den Arm. Vor der Haustür machte er eine halbe Drehung und stieß Jemma beinahe um. Sie stolperte rückwärts in den Eingang. »Fuchtel nicht damit herum, wenn ein Mensch in der Nähe ist«, riet sie ihm. »Oder ein Schaufenster. Und paß heute nacht auf, Dangerous. Im Schuppen. Bitte.«

»Kein Grund zur Sorge«, versicherte er. »Bis morgen.«

Er drehte sich mit äußerster Vorsicht um, blieb aber trotzdem mit dem Fuß des Ständers am Türpfosten hängen.

»Langsam«, warnte er sich selbst. Er taumelte ein bißchen, dann schwankte er, wie ein ungleichmäßig beladenes Schiff, das endlich seinen Kurs gefunden hat, die Straße hinunter.

Jemma sah ihm mit einem Anflug von Traurigkeit nach. Sie liebte ihn, aber fragte sich oft, wohin das führen sollte. Sie beobachtete, wie er sich entfernte und der Hutständer wie der Arm eines Krans im Rhythmus seiner Schritte mitschwang. Ein bemantelter Arm löste sich von der Gestalt und winkte. Sie winkte zögernd zurück.

»Ach, Dangerous«, flüsterte sie, »was soll ich bloß mit dir machen?«

»Ein schönes Gartenhaus«, sagte Mr. Khan, während er Davies in den dunklen, zugewachsenen Garten führte. Er schwenkte den kleinen Hocker, den er mitgebracht hatte. »Sie werden es hier sehr gemütlich haben.«

Er öffnete die quietschende Tür. Davies spähte hinein. »Machen Sie sich ruhig auf den Weg zu Ihrer Versammlung. Lassen Sie im Haus ein paar Lichter an.«

»Dann denken die Einbrecher, daß wir ausgegangen sind und daß wir so tun, als wäre jemand zu Hause«, nickte Mr. Khan.

Er stellte den Hocker hin und rückte ihn ein Stückchen weiter. »Sehr gemütlich«, wiederholte er.

Davies setzte sich und sah sich in dem finsteren Kabäuschen um. Er zog eine kleine Whiskyflasche aus der Manteltasche. »Da habe ich was, woran ich mich wärmen kann.«

Der Sikh winkte zum Abschied mit seiner breiten Pranke und kehrte in sein Haus zurück. Es war sieben Uhr dreißig. Davies nahm einen Probeschluck von dem Whisky und testete das Walkie-Talkie. Die schleppende Stimme von Police Constable Westerman meldete sich. Alles war bereit. Es konnte nichts schiefgehen.

Kurz bevor die Familie Khan das Haus verließ, bemerkte Mr. Khans Mutter aus dem Küchenfenster, daß die Schuppentür offenstand. Man hatte ihr nichts davon gesagt, daß sich ein Zivilfahnder dort versteckt hielt, und da sie wußte, wie sehr ihr Sohn die Einbrecher fürchtete, stahl sie sich hinaus in den Garten, machte geräuschlos die Tür zu und verriegelte sie von außen. Davies war gerade eingedöst. Der sonnige Tag und die Liebe am Nachmittag hatten ihn müde gemacht; ehe er richtig wußte, wie ihm geschah, war er in dem dunklen, stickigen Loch eingesperrt.

Er hämmerte an die Eisentür, aber niemand kam. Er rief Police Constable Westerman an, erhielt jedoch keine Antwort außer einem gespenstischen Knacken im Apparat. »Typisch Westerman«, murmelte er. »Hoffentlich ist er nicht wieder mal kampfunfähig wegen Nasenbluten.«

Westerman aber hatte indessen einen wahren Blutsturz erlitten, der ihn verwirrt und erschöpft zurückließ. Er wurde vorübergehend abgelöst und, wie es selbst bei der bestorganisierten Polizeitruppe vorkommt, war kein Ersatzmann vorgesehen. Davies' Versuche, Funkkontakt herzustellen, wurden immer hoffnungsloser. Er nahm noch ein paar Schluck von seinem Whisky.

Als die Einbrecher schließlich kamen, war er auf seinem unbequemen Sitz eingeschlafen. Es waren drei unerfahrene junge Burschen, die ziemlich viel Lärm machten, so daß er von ihren Stimmen und ihrem Gepolter aufwachte. Er legte zähneknirschend ein Ohr an die Tür. Er machte noch einen Versuch, Westerman zu erreichen, aber es kam nichts zurück als das Knacken in der Leitung. Fluchend versuchte er die Tür des Schuppens aufzudrücken. Nichts.

In einem plötzlichen Wutausbruch hämmerte er gegen die Tür und brüllte dabei, so laut er konnte: »Polizei! Polizei!« Dann, dramatischer: »Laßt mich hier raus.«

Die Diebe, die mit ihrer Arbeit fast fertig waren, lauschten. »Da ist jemand im Schuppen«, sagte einer.

»Der will raus«, fügte ein zweiter hinzu.

»Polizei«, meinte der dritte. »Da ist ein Bulle drin eingesperrt.«

»Einpacken und abhauen«, sagte er erste. Er schlich auf Zehenspitzen zum Gartenhäuschen, das erkennbar hin und her schwankte, während Davies sich mit Gewalt zu befreien suchte. Der Einbrecher kehrte zu seinen Komplizen zurück. »So leicht kommt der nicht raus«, prophezeite er. »Das ist eine Stahltür.«

Sie räumten das Haus sorgfältig leer und trugen die Beute zu einem Kleinlaster, der draußen parkte. Es war erst halb elf, aber an einem Montagabend gingen alle Leute früh schlafen. Die Straße war menschenleer.

Als die drei sich aus dem Staub machen wollten, startete Davies gerade seinen letzten Sturmangriff auf die Tür. Der Schuppen wankte in den Grundfesten. »Also los«, sagte der Anführer, »wir helfen ihm ein bißchen.«

Die drei rannten auf Zehenspitzen zu der schaukelnden Holzhütte. Auf ein Nicken des Anführers hin hoben sie einmal kurz an. Der Schuppen kippte nach der Türseite hin zur Erde. Dann liefen sie weg.

»Dangerous«, flüsterte Mod, »ich muß dir was sagen.« Er verdrehte die Augen in dem dicklichen, faltigen Gesicht. »Unter vier Augen.«

»Was denn?«

Mod senkte die Stimme noch mehr. »Ich glaube, ich habe das Rätsel gelöst.«

»Was für ein Rätsel?«

»Das Verschwinden des Hutständers. Aus der Bibliothek.« Er beugte sich noch mehr vor. »Es könnte Mrs. Fulljames gewesen sein.«

»Wieso?«

»Er steht in dem vorderen Zimmer, ganz versteckt hinter der Tür.« Er sah sich rasch nach beiden Seiten um. »Ich habe ihn gesehen.«

Davies seufzte. »Den habe ich dort hingestellt. Er ist auf dem Flohmarkt aufgetaucht.«

»Erstaunlich. Hast du jemanden festgenommen?«

»War keiner da zum Festnehmen. Das Ding stand da ganz allein, mit viel Platz drumherum.«

Mod setzte eine entzückte Miene auf. »Ich nehme ihn gleich heute mit in die Bücherei«, sagte er. »Der Büchereileiter wird sich freuen.«

»*Ich* bringe ihn hin«, stellte Davies fest. »Er wird dir vielleicht ein bißchen zu schwer.«

»Du scheinst mir schlechter Laune, Dangerous.«

»Ich habe letzte Nacht zwei Stunden damit verbracht, mich aus einem Gartenschuppen zu befreien.«

Mod taxierte ihn genauer. »Ich sehe eine Verfärbung an deiner Stirn. Krankenhaus?«

»Wollte ich nicht.« Davies ging in das vordere Zimmer und kam mit dem sperrigen Kleiderständer in beiden Händen zurück. »Kommst du mit?«

»O nein, Dangerous. Ich will deinen Triumph nicht schmälern.«

»Na gut«, sagte Davies ungerührt. Er öffnete die Haustür und manövrierte den Hutständer nach draußen. »Ich hoffe, daß sich wenigstens dafür mal jemand bei mir bedankt.«

Als er mit seiner Last auf der Schulter in die Hauptstraße einbog, blieben die Leute stehen. »Verdienst du dir ein bißchen was nebenbei, Dangerous?« rief ein Mann aus einem Auto heraus. Davies drehte sich nach ihm um, wobei er mit der langen Stange ein Gestell voller Zeitungen vor einem Pakistani-Laden mitriß. Er bückte sich, um es aufzuheben, und verpaßte dem Ladeninhaber, der herausgestürzt war, einen Schlag unter die Gürtellinie.

Er hatte die Bibliothek fast erreicht, als hinter ihm ein Auto am Kantstein hielt. »He Sie! Wo wollen Sie damit hin?«

Das war, unverkennbar, eine Polizeistimme. »Zum Buckingham-Palast, verdammt noch mal«, rief er, ohne sich umzudrehen. »Um der Queen eine Freude zu machen.«

Sie sprangen aus dem Wagen, und er drehte sich um, wobei er um ein Haar den Streifenführer umgestoßen hätte. »O Gott, Dangerous, du bist es«, sagte der Kollege.

»Wir hatten einen Anruf, hier liefe jemand auf offener Straße mit gestohlenen Gegenständen herum.«

Davies sagte geduldig: »Das Ding *ist* gestohlen. Aus der Stadtbücherei geklaut. Ich bin dabei, es wieder hinzubringen. Übrigens, letzte Nacht, als ich einen Polizisten gebraucht hätte, da war meilenweit keiner zu sehen.«

»Das sagen alle, Dangerous«, lachte der Wachtmeister und stieg wieder ein. Davies fluchte vor sich hin und stapfte weiter zur Bibliothek. Vor der Tür rückte er den Kleiderständer auf der Schulter zurecht und schritt erhobenen Hauptes hinein. Drinnen waren nur eine Frau beim Ausfegen und die Angestellte hinter der Theke.

»Ist der Bibliothekar da?« erkundigte sich Davies, indem er sich umsah.

»Heute ist Montag«, erwiderte die junge Frau, als sei das eine hinreichende Antwort.

»Oh«, sagte er enttäuscht. »Also, ich bringe Ihnen den Garderobenständer zurück.«

»In Ordnung«, sagte sie. Ihre Augen waren bereits wieder auf etwas auf ihrem Arbeitstisch gerichtet. »Stellen Sie ihn da drüben hin.«

Am Donnerstag nahm er den Frühzug und kam gegen Mittag in Bournemouth an. Hinter dem Empfangspult stand Mildred. Ihr rundes Gesicht hellte sich auf, als sie ihn erblickte. »Dangerous, wir können gleich heute Nachmittag unseren Ausflug machen. Ich kann mir heute frei nehmen.«

Er sah sie schuldbewußt an. »Ich muß mit Mrs. Dulciman reden«, sagte er. Mildred biß sich auf die Lippe. »Geht leider nicht, sie liegt im Krankenhaus.« Davies' Gesicht bewölkte sich. »Ach so... ich wußte nicht...«

»Es geht ihr ganz gut. Nächste Woche wird sie wahrscheinlich entlassen. Sie muß ab und zu mal hin.«

»Ich werde sie besuchen.«

»Heute machen wir unseren Ausflug«, beharrte Mildred. »Du hast es mir versprochen. Ich habe den Nachmittag frei. Mrs. Dulciman kannst du am Abend besuchen.«

Er lächelte. Sie war wie ein Kind, das sich auf eine Belohnung freut. »Na gut, dann machen wir das.«

»Hast du deinen Wagen da?«

»Ähem... nein.« Er schüttelte den Kopf. »Ich dachte, ein zweites Mal übersteht er die Reise nicht.«

»Kein Problem, der Bus hält direkt vor der Tür.« Sie schaute auf das zierliche Ührchen an ihrem kräftigen Handgelenk. »Wir können den um zwei Uhr kriegen. Der Wetterbericht hat Sonnenschein angesagt und nachfolgend Regen.«

Bertie, der Portier, trottete in das Foyer und strebte seinem Glaskasten zu wie ein alter Wachhund seiner Hütte.

»O hallo, Sir«, sagte er, als er Davies erblickte. »Sie sind mal wieder hier.«

»Ist die Bar geöffnet?« fragte Davies, indem er den Hals reckte, um in den Aufenthaltsraum zu gucken.

»Die Bedienung ist krank«, sagte Bertie. »Aber ich schließe für Sie auf. Tut mir leid wegen Zodiak und Observer. Observer ist wenigstens dritter geworden.«

»Wir sollten beide klüger werden«, sagte Davies und legte ihm die Hand auf die Schulter. Im Weggehen sagte er zu Mildred: »Ich bin um zwei Uhr zur Stelle.«

»Man muß ein bißchen klettern«, warnte sie.

»Ich glaube, sie wollte ausdrücken, ich sollte nicht zuviel Bier trinken«, sagte Davies, als Bertie hinter die Bar gegangen war.

»Es ist ein ziemlicher Weg dahin«, nickte Bertie. Davies verlangte einen Scotch. Bertie sagte, er nähme ein Bier, weil er ja nicht bergsteigen müsse. »Ich verstehe nicht, warum sie immer dort raufgeht. Hat was mir ihrem Freund zu tun, glaube ich. Dem kleinen Soldaten.«

»War er so klein?«

»Kleiner als die meisten. Gott weiß, wie er in die Armee gelangt ist. Er war allerdings bei den Sanitätern. Da nehmen sie wahrscheinlich auch die, die ein bißchen mickrig ausgefallen sind.« Er hielt inne und setzte zögernd fort: »Da oben gehört alles dem Verteidigungsministerium, Sir. Offiziell ist es Sperrgebiet. Ein paar von den Dörfern sind seit dem Krieg unbewohnt. Sie werden einfach für Manöver benutzt. Die Kanonen hört man manchmal bis hierher.«

»Mildred hält es anscheinend nicht für gefährlich«, sagte Davies unsicher.

»Na ja, ist es vielleich auch nicht. Sie geht regelmäßig dort hinauf. Komisches Mädchen.«

Davies beugte sich noch mehr über den Schanktisch. »Bertie«, sagte er, »Sie erinnern sich doch, was Sie mir von Mr. Dulcimans Schuhen erzählt haben; daß ein Jugendlicher sie gefunden und Ihnen gezeigt hat.«

»Und ich sie zur Polizei gebracht habe. Ja, Sir.«

»Können Sie sich nicht doch auf den Namen des Jugendlichen besinnen? Oder auf sonst etwas, das ihn betrifft?«

Bertie grübelte. »Rein gar nichts, Sir. Es ist fünf Jahre her. Er war halt bloß ein Junge. Ich kann mich an keine Einzelheit mehr erinnern. Ich habe die Schuhe angenommen, aber nicht nach seinem Namen gefragt. Ich habe einfach nicht daran gedacht. Als mir klar war, daß es Mr. Dulcimans Schuhe waren, habe ich sie zu Mrs. Dulciman gebracht, und die meinte, ich sollte sie zur Polizei bringen. Dort hat man mich nach dem Namen des Jungen gefragt, aber ich habe gesagt, daß ich ihn nicht wüßte.«

Davies bestellte sich ein Sandwich. Er aß es, tief in Gedanken, dann brachte er seine Reisetasche nach oben und kam um fünf vor zwei wieder ins Foyer, wo Mildred schon auf ihn wartete. Sie trug umfangreiche Jeans, einen grünen Rollkragenpullover und einen dunkelbraunen Anorak. Ihr Gesicht war rund und hübsch wie das eines vergnügten Eskimos.

»Gut, daß du deinen Regenmantel an hast«, sagte sie, als sie zur Bushaltestelle gingen. »Er ist ja fast olivgrün. Deshalb trage ich diese Farben. Man ist von weitem nicht so leicht zu sehen.«

»Ich habe das Gefühl, wir starten zu einem Spähtruppunternehmen«, grinste Davies.

Sie lachte und puffte ihn in die Seite. »Schon gut, Dangerous. Es ist keine Gefahr dabei.«

Der Bus kam, und sie stiegen ein und gingen zum Oberdeck rauf. Während der Fahrt spielte sie den Fremdenführer. Die Fahrt ging an der Strandpromenade entlang, dann in die Stadt hinauf und schließlich hinaus aufs Land, in die Dörfer zu den Heideflächen von Dorset und dem Fernblick aufs Meer zwischen sanft gewellten Hügeln. Sie hängte sich bei ihm ein und kuschelte sich an. »Schön ist das«, sagte sie. »Ich habe mich die ganze Woche darauf gefreut.«

»Du hast gern Menschen um dich«, meinte Davies. »Ich verstehe nicht, warum du nicht mehr mit Leuten deines Alters zusammenkommst.«

»Das habe ich dir schon erklärt, es sind alles Studenten oder Arbeitslose, mit denen habe ich nichts gemeinsam. Und die in den Hotels beschäftigt sind, die wechseln dauernd die Stellung und haben so ungewöhnliche Arbeitszeiten. Und seitdem Alfie gestorben ist, bin ich ganz davon abgekommen.«

Nach einer halben Stunde kamen sie in ein kleines Dorf mit ein paar Häusern, einer Kneipe und einem Telefonhäuschen. Sie berührte ihn am Arm. »Hier sind wir.« Sie stapften die Treppe hinunter. Der Bus setzte sie mitten in dem menschenleeren Ort ab und fuhr weiter. Mildred schlug einen Fußweg zwischen der Kneipe und der Telefonzelle ein. »Komm, hier lang.«

Der Weg war so schmal, daß sie nur hintereinander gehen konnten. An seinem Ende stand eine Anschlagtafel, schwarze Buchstaben auf weißem Grund mit einem roten, grinsenden Totenschädel in der Mitte. »Betreten verboten!« hieß es streng. »LEBENSGEFAHR!«

»Ziemlich eindeutig«, murmelte Davies.

»Das hat nichts zu sagen. Weiter oben steht noch ein Schild. Aber ich weiß einen Weg«, sagte sie.

Sie kletterten über einen Zauntritt, der mit Stacheldraht belegt war. Davies sah sich seine Handflächen an. Sie ging dicht vor ihm. »Bleib ganz am Rand von diesem Acker«, rief sie ihm zu, »so nah an der Hecke wie möglich.«

Er schaute stirnrunzelnd über die aufgepflügte Fläche. »Sag bloß, das ist ein Minenfeld.«

»Nein. Die Minenfelder sind drüben, hinter den Bäumen dort. Die können wir umgehen. Guck mal, hier vor uns...« Sie zeigte nach vorn. »Da haben sie mit Granaten geschossen. Da siehst du die Trichter.«

Davies schluckte und hielt sich dicht hinter ihr. Sie kamen zu einer freien Stelle, wo sie sich aus ihrer geduckten Haltung aufrichtete. »Von hier an ist es kein Problem«, lachte sie. Die Sonne glänzte auf ihrem runden Gesicht. Er spürte seinen Schweiß im Nacken. »Da oben ist es«, sagte sie und zeigte mit dem Finger. »Siehst du, da oben auf dem Hügel? Dahin gehen wir.«

Keuchend und stolpernd folgte er ihr zum höchsten Punkt der Anhöhe, bis sie sich fast übereinander in das sonnenwarme Gras fallen ließen. Immer noch japsend rollte sie sich zur Seite und setzte sich auf der Rasenkante auf. Auch er kam wieder zu Atem und setzte sich neben sie. »Da!« rief sie und breitete die Arme aus. »Was für eine Aussicht! Hast du je so etwas Schönes gesehen?«

Vor ihnen fiel das grüne Land ab bis hinunter zu den von Hecken eingefriedeten Weideflächen und weiter über die nächste Bodenwelle hinweg bis zum glitzernden, leicht gekräuselten Meeresspiegel. Unterhalb des Hügelkamms sah man halb verdeckt ein Dörfchen mit ein paar Steinhäusern und einem Kirchturm. Ein sanfter Wind strich über die Landschaft.

»Siehst du das Dorf«, sagte Mildred. »Da lebt seit fünfzig Jahren kein Mensch mehr. Es steht einfach leer, wird nur von der Armee benutzt.« Sie blickte forschend hinunter. »Alfie wußte, wie man in die Häuser hineinkommt. Einmal sind wir in die Kirche gegangen und haben Hochzeit gespielt.« Sie runzelte die Stirn. »In Wirklichkeit war er verheiratet, aber das wußte ich damals nicht.«

»Wann hast du es erfahren?« fragte Davies.

»Als er tot war«, murmelte sie. »Da kam es heraus. Sie hieß Georgina. Ich war so schockiert und verzweifelt, Dangerous. Er hatte nie ein Sterbenswörtchen davon erwähnt, das konnte ich am wenigsten verstehen. Einfach verheiratet. Aber ich bin sicher, mich hat er mehr geliebt.«

Er fürchtete, sie würde in Tränen ausbrechen, und streckte verlegen die Hand aus, um sie zu streicheln. »Wir hatten ein Haus in dem Dorf«, sagte sie, indem sie auf die Dächer zeigte. »Wir haben so getan, als ob es unser Haus wäre. Es war ein Bett drin und alles sonst. Alfie wußte, wann es sicher war, obwohl einmal... Sie kicherte traurig. »Da lagen wir im Bett und auf einmal hörten wir Stimmen und Schüsse. Ich kann dir sagen, Dangerous, wir haben keinen Mucks von uns gegeben.« Sie zeigte mit dem Kopf auf die Siedlung. »Unser Haus steht noch da, genau wie früher. Ich bin mal da gewesen und habe geguckt.«

»Du solltest lieber ein bißchen vorsichtiger damit sein, hier heraufzukommen«, meinte er. »Es könnte mal ein unangekündigtes Manöver geben, und was machst du dann?«

»Schreien, glaube ich«, antwortete sie mit einem kleinlauten Lächeln. »Aber ich bin so gern hier droben. Ich habe das ganze Land für mich allein. Nur ich und der Wind.«

»Wir sollten bald aufbrechen«, meinte er. »Es wird kühl.«

»Ja, und auch dunkel«, stimmte sie zu. »Gut.« Sie drehte sich, um ihm ins Gesicht zu sehen. »Würdest du mich küssen, Dangerous? Nur ein einziges Mal.«

Er wollte etwas einwenden, aber ihr weiches, hübsches Gesicht kam ihm ganz nahe. Der Wind wehte ihr Haar nach vorn über die Stirn. Er neigte sich zu ihr und küßte sie auf die Lippen. »Gut so?« fragte er unglücklich. »Gut genug«, sagte sie. Sie stand auf und strich sich das Haar zurück. »Fürs erste.«

Davies fühlte sich nie ganz glücklich mit einem Blumenstrauß in der Hand; aber daß er in ein Krankenhaus ging, um jemand anderes zu besuchen, war immerhin eine Abwechslung. Er wanderte durch die langen Flure und an den Krankensälen vorbei mit der selbstsicheren Haltung eines Veteranen. Mrs. Dulciman freute sich über seinen Besuch. Sie saß mit einem Jäckchen um die Schultern aufrecht im Bett. »Sie sind ihm immer noch auf der Spur, Mr. Davies?«

»Aber ja doch«, versicherte er. Er sah sich nach einem Platz für die Blumen um. Eine Schwester erschien und befreite ihn davon.

»Erzählen Sie mir alles«, sagte Mrs. Dulciman. »Ich fühle mich schon viel besser. Sobald mache ich mich noch nicht davon. Aber wenn Sie es wünschen, bin ich gern bereit, meinen ursprünglichen Vorschlag wieder aufzugreifen und Ihnen die Hälfte des Honorars schon jetzt zu zahlen.«

Davies hob abwehrend die Hand. »Dafür ist es Zeit, wenn ich ein Ergebnis habe. Ich tue es ja gern.«

»Der Mondscheinjob bekommt ihnen offenbar gut. Es gab mal einen Schlager über Glücklichsein im Mondenschein.«

»Eine nette Abwechslung davon, in London durch die Straßen zu marschieren und überall anzuklopfen und den Leuten Fotos zu zeigen.«

»Wozu das, Dangerous?«

»Ein Mordfall. Wir haben zwar die Leiche, aber soweit ich weiß keine heiße Spur. Die von ganz oben wissen vielleicht mehr, aber davon verraten sie mir nichts. Ich mache bloß die Lauferei.«

Sie faltete die Hände vor der Brust. »Dafür haben Sie unseren Fall ganz für sich.«

»Ich muß Sie etwas fragen«, sagte er. »Warum haben Sie sich gerade Pengelly als Detektiv ausgesucht? Das war kein Zufall, oder?«

»O nein. Er war mit Vernon bekannt.«

Davies starrte sie an. »Bekannt?«

»Ja. Ich weiß zwar nicht, woher. Aber zwei- oder dreimal im Moonlighters Club – ich war nicht oft da, es gefiel mir dort nicht, deshalb ging ich nur bei besonderen Anlässen hin, wenn es sich nicht vermeiden ließ –, also dort habe ich Pengelly kennengelernt. Vernon kannte ihn recht gut, glaube ich, obwohl ich nicht weiß, wieso und woher. Als ich einen Detektiv brauchte, lag es nahe, mich an ihn zu wenden.«

»Dann wußten Sie, als Sie ihn kennenlernten, daß er Privatdetektiv war?«

»Oder etwas Ähnliches«, sagte sie geringschätzig. »Ja, das wußte ich. Wahrscheinlich hatte Vernon es mal erwähnt.«

Davies dachte nach. »Habe ich Ihnen jetzt einen Anhaltspunkt verschafft?« fragte sie eifrig.

Er lächelte. »Weiß ich noch nicht«, sagte er. »Aber ich bin auf die ein oder andere Idee gekommen.«

Kapitel 11

Im Moonlighters Club war es voller als gewöhnlich. Das unverwüstliche Sherry-Pärchen saß noch immer in seiner Ecke. Die beiden begrüßten ihn mit anmutig erhobenen Gläsern. Andere Clubmitglieder sahen sich mit der typischen Neugier von Stammgästen nach dem Neuankömmling um. Phineas lehnte an der Bar und wippte zur Begrüßung mit dem fehlenden Bein.

Sie prosteten sich freundlich zu. »Du gehörst praktisch schon zu den Einheimischen«, bemerkte Phineas. »Dieser Ort hier ist wie eine einsame Insel, wenn man einmal hier gestrandet ist, kommt man schwer wieder weg.«

»Heut' abend ist ja allerlei los«, stellte Davies fest.

Orville, der Barmann, beugte sich vertraulich herüber. »Heute gab's ein Begräbnis. Nach einem Begräbnis wird's immer voll.«

»Mrs. Sowerby«, erläuterte Phineas. »Zweiundneunzig. Sie hat allerdings behauptet, sie sei fünfundsiebzig.« Er sah Davies an. »Sie hat deinen Mr. Dulciman gekannt.«

»Was du nicht sagst.«

»Er hat sich bei ihr angebiedert, erzählt man sich. Hat ihr Geld abgeschwatzt.«

»Er scheint bei den älteren Damen ziemlich vollständig die Runde gemacht zu haben.« Er neigte sich mit Kopf und Bierhumpen Phineas zu. »Hast du ihn hier je mit einem Mann namens Pengelly gesehen? Ein jüngerer Bursche.«

»Aber ja«, gab Phineas zurück. Er wandte sich rückwärts über die Schulter an den Barkeeper. »Den Pengelly kennen wir, oder etwa nicht?«

Orville blies die Backen auf und sagte: »Und ob.«

»Was ist von ihm zu halten?«

Phineas schnaubte verächtlich. Er setzte den leeren Humpen auf den Tresen. Die nächste Runde ging auf Davies' Rechnung. Phineas sagte: »Windiger Bursche, würde ich sagen. Hält sich für einen Detektiv.«

Davies ließ die Augen über die Clubmitglieder schweifen. Einige trugen noch ihre schwarze Trauerkleidung, andere waren schon zu Hause gewesen und hatten sich umgezogen. Die Gespräche waren lebhaft und heiter. Zweiundneunzig war ein gutes Alter zum Leben und zum Sterben. Ein paar kleine Trinksprüche zum Gedächtnis von Mrs. Sowerby waren zu hören, aber sie waren nicht sehr überzeugend.

»Hat Pengelly den Dulciman gut gekannt, was meinst du?« fragte Davies.

Phineas dachte nach. »Sie steckten auf jeden Fall öfter zusammen. Sie trafen sich hier zum Bier und hatten anscheinend viel miteinander zu bereden. Und ich kann mich erinnern, daß ich die beiden einmal auf einer Bank im Park gesehen habe, gegenüber vom ›Royal Bath Hotel‹. Es war Winter, und ich weiß noch, daß ich es komisch fand, daß sie sich draußen aufhielten. Dann haben sie mich gesehen und sind schnell aufgestanden und in verschiedene Richtungen weggegangen. Aber sie waren es. Ich habe zwar nur ein gutes Bein, aber zwei gute Augen.«

»Du hast nie Näheres gehört über die Beziehung, die zwischen ihnen bestand?« bohrte Davies nach.

»Nein. Sicher eine geschäftliche«, sagte Phineas, »aber welcher Art, ist mir nicht bekannt.«

Davies wanderte hinüber zu der Wand mit den Fotos, um sie wieder einmal zu betrachten. Von dem Sherry-Pärchen stand der Mann auf, kam aus seiner Ecke und gesellte sich zu Davies' Überraschung zu ihm. »Alte Zeiten«, sagte er und zeigte auf eins der Bilder. »Das da ist Mrs. Sowerby, die wir heute auf ihrem letzten Gang begleitet haben. Damals war sie noch nicht übergeschnappt.«

»Wer ist das denn?« fragte Davies möglichst beiläufig. Er zeigte auf Dulciman.

»Vernon«, sagte der andere nachdenklich. »Dulciman. Er ist verschwunden, müssen Sie wissen. Angeblich ins Wasser gegangen.«

»Tatsächlich?«

Der Sherrytrinker nickte. Er hatte sein Glas auf dem Tisch stehenlassen. Davies sah, daß die Frau verstohlen daran nippte. Sie fing seinen Blick auf und lächelte ihm in einer Weise zu, die andeutete, daß sie ein Geheimnis miteinander hatten. »Ja«, fuhr der Mann fort. »Ins Wasser gegangen. Ein Wunder, daß er nicht auf dem Wasser gegangen ist, weil er immer glaubte, er könne alles. Frauengeschichten, Charme, Geschäfte. Das ganze Programm. Würde mich nicht wundern, wenn jemand ihn ins Meer rausgeschleppt hätte.«

»Also war er nicht beliebt.«

»Bei mir nicht, das steht fest. Er ist schuld daran, daß meine Frau und ich in einer Mietwohnung leben müssen. Nur ein Schlafzimmer. Wir müssen zusammen schlafen.«

»Wie hat er das gemacht?«

»Geld von ihr geborgt, für eine Investition, hat er behauptet. Und sie, die dumme Kuh, hat es geglaubt. Frauen haben ihm immer geglaubt. Es waren unsere gesamten Ersparnisse, und er hat nichts davon zurückgezahlt. Hat niemals und niemandem was zurückgezahlt. Kein Wunder, das passiert ist, was passiert ist, was immer es sein mag.«

Davies trank noch zwei Runden mit Phineas und ging dann. Es war windig nach dem sonnigen Tag, aber es lag ein milder Hauch in der Luft. Der Mond kam für einen Augenblick zwischen den Wolkenfetzen hervor. Rhythmisches Dröhnen ertönte aus einer Disco. Davies hatte plötzlich Lust, junge Leute um sich zu sehen. Er ging die paar Kellerstufen hinunter und verhandelte mit dem Türsteher. »Wenn Sie bezahlen, können Sie rein«, hieß es. »Es gibt keine Altersgrenze. Aber kriegen Sie keinen Herzanfall beim Herumhopsen.«

»Ich tanze nur bei den langsamen Stücken«, versprach Davies. Er bezahlte vier Pfund und wurde in die düstere Höhle eingelassen. Gestalten bewegten sich und verwoben auf der Tanzfläche miteinander. Es war heiß hier drinnen und roch nach Schweiß. Er strebte auf die beleuchtete Ecke zu, wo er die Bar vermutete. Sein Instinkt hatte ihn nicht getrogen. Drei Jugendliche standen am Tresen. Davies bestellte einen doppelten Scotch. Der Barkeeper sah trotz der fahlen Beleuchtung plötzlich ganz erfreut aus. »Endlich jemand, der sich einen anständigen Drink leisten kann«, sagte er laut. Die Jugendlichen, die sich zu dritt ein Bier teilten, verdrückten sich.

»Die haben kein bißchen Knete, die meisten«, seufzte der Barmann, als er den Scotch herüberreichte. Davies gab ihm einen aus. »Die Kids hängen hier rum«, sagte er, indem er Davies zuprostete, »vom Ende einer Saison bis zum Anfang der nächsten. Leben von Arbeitslosengeld und von dem, was sie sich nebenbei beschaffen können. Und wenn ich sage ›beschaffen‹, dann meine ich genau das.«

Eine junge Frau kam und wühlte in ihrer Handtasche, bis sie genug Kleingeld für eine Cola zusammengeklaubt hatte. »Der Eintritt kostet immerhin vier Pfund«, wendete Davies ein.

»Für Sie vielleicht, Kumpel. Aber von den Leuten hier bezahlt gut die Hälfte gar nichts. Das ist die ›Kannich-und-will-nich-zahlen-Generation‹.« Die Junge blickte ihn wütend an, aber er scherte sich nicht darum. »Denen ist alles in den Schoß gefallen.«

»Außer einem Arbeitsplatz«, kommentierte das Mädchen, als sie sich umdrehte und wegdriftete.

»Arbeit. Die wüßten nicht mal, was das ist, wenn sie welche hätten«, spottete der Barmann.

Davies wendete sich um und erblickte im selben Augenblick Mildred, die in der schwummrigen Menschenmenge fast verschwand, aber gerade noch erkennbar war. Sie bemerkte, daß er sie beobachtete, und kam auf ihn zu. »Suchen Sie mich, Herr Wachtmeister?« fragte sie. Der Barkeeper warf einen merkwürdigen Blick herüber.

»Könnte sein«, war Davies' Antwort. Ihr großer, weicher Körper drängte sich dicht an ihn.

»Ich wußte nicht, daß du in ein Lokal wie dieses gehst.«

»Ich finde, das hält jung«, lächelte er. »Möchtest du etwas trinken?«

Sie sagte, sie nähme eine Cola, dann ließ sie sich Rum geben und goß ihn dazu. »Ich dachte, du gibst dich mit den Jüngeren nicht ab«, sagte er.

Sie machte einen Schmollmund. »Ich habe mich mit niemandem abgegeben. Ich habe allein getanzt. Hast du's nicht gesehen?«

»Ich weiß hier nicht, wer zu wem gehört.«

»Möchtest du tanzen?«

»Ich warte, bis ein Walzer kommt.«

»Ich wollte ohnehin gehen«, sagte sie. »Bist du auch soweit?«

Der Barkeeper schüttelte den Kopf, als sie zusammen weggingen. Dinge gab's heutzutage, da kam er nicht mehr mit.

Draußen schlugen sie den Weg hinunter zum Hotel ein. Es wehte ein unruhiger Wind, und Wolken trieben rasch am Himmel dahin.

»Die haben es anscheinend immer eilig, die Wolken«, bemerkte sie. »Ich frage mich, wo die so schnell hinwollen?«

Davies sah kurz hinauf. »Nach Boscombe, würde ich sagen«, meinte er. Mildred lachte laut auf und drückte seinen Arm. »Ach Dangerous, wenn ich doch ein bißchen älter wäre«, sagte sie.

Am Hotel gingen sie zum Hintereingang. Mildred hatte einen Schlüssel und schloß auf. Sie stiegen leise die Treppen hinauf. Auf dem oberen Flur küßte er sie auf die Wange, und sie küßte ihn auf den Mund. »Ich bin verheiratet«, sagte er beklommen. »Außerdem habe ich eine feste Freundin. Was man früher ›versprochen‹ nannte.« Sie umarmte ihn noch einmal und betrat den Flur, der zu ihrem Zimmer führte.

»Nacht denn«, sagte sie.

Er sagte »Gute Nacht« und stieg die paar Stufen zu seiner eigenen Tür hoch. Sie tat ihm leid. »War schön heute, unser Spaziergang«, rief sie ihm flüsternd nach.

»Hat mir auch Spaß gemacht«, erwiderte er heiser.

Sie verschwand im Halbdunkel, und er ging auf sein Zimmer. Er schloß die Tür mit einem Seufzer. Er entkleidete sich, zog seinen Flanellpyjama an und stieg ins Bett. Er war gerade am Einnicken, als er hörte, wie die Tür aufging. Im Dämmerlicht stand, in einem hell schimmernden Nachthemd, Mildred.

»Dangerous«, flüsterte sie. »Kann ich zu dir ins Bett?«

»Er schaltete die Nachttischlampe an. Er sah, daß sie weinte. »Nur zum Kuscheln«, sagte sie. »Sonst nichts. Ich möchte nur, daß einer mit mir kuschelt.«

Er antwortete nicht, aber er hielt die Bettdecke auf. Sie tappte herbei und schlüpfte in das Doppelbett, wobei sie sich von ihm abwendete, so daß er ihre breite Rückseite im Schoß hatte. Er legte die Arme um sie.

»Ach Dangerous«, schniefte sie, »ich bin so schrecklich einsam.«

»Hallo. Hier Pengelly & Co.«

»Ah, hallo. Ich brauche Ihre Hilfe. Ich hab meine Pussykatze verloren.«

»Wer ist dort?«

»Hier ist Davies.«

»Ach, Sie. Das hätte ich mir denken können. Dieser unverkennbare Humor. Was wollen Sie?«

»Bloß ein bißchen reden.«

»Unser Gespräch haben wir gehabt.«

»Hat mir gefallen. Ich möchte noch eins.«

Er hörte, wie Pengelly tief Atem holte. »Ich kann Ihnen nichts weiter mitteilen.«

»Sie könnten es versuchen«, sagte Davies.

»Ich will Sie nicht hier im Büro haben. In beiden Büros nicht. Meine Tante kommt heute vorbei.«

»Dann würde ich an Ihrer Stelle die tote Maus von der Fensterbank nehmen.«

»Hören Sie. Ich habe nicht viel Zeit...«

»Ich auch nicht«, sagte Davies. »Ich muß meinen Zug kriegen. Am Wochenende ist die Nachfrage nach Begleiterinnen sicher stürmisch, aber ich werde Sie nicht lange aufhalten. Wir können uns in einem Pub treffen. Ich finde, ich sollte einen ausgeben.«

»Ich habe wohl keine Wahl, oder? Meinetwegen. Es gibt den ›Zuckerhut‹ hier in der Straße, wo mein Büro ist. Nur fünfzig Schritte weiter. Wir treffen uns da gegen zwölf.«

»Fein. Bißchen plaudern wird uns guttun. Schankraum oder Hinterzimmer?«

Er glaubte zu hören, wie Pengelly mit den Zähnen knirschte. »Hinterzimmer«, sagte er.

Davies legte auf. Er ging zum Etagenbad. In einem Wandregal lag eine Duschhaube aus Plastik. Er probierte sie auf und grinste sein Spiegelbild an, dann steckte er sie in die Tasche.

Er fuhr mit dem Bus nach Boscombe und ging zu dem bekannten Gemüseladen, wo sich der Eingang zu Pengelly & Co. und zur Agentur für Freizeitbegleitung befand. Von da aus sah man schon das Wirtshausschild mit dem Bild des Zuckerhuts.

Er ging nach hinten durch zur Saloon Bar. Es war gerade erst Mittag und noch niemand da außer einer Frau, die bewegungslos hinter dem Tresen saß. Er grüßte und bestellte zwei doppelte Scotch. Einen stellte er hin und rückte dann mit dem anderen einen Meter zur Seite. Als ob er darauf gelauert hätte, kam Pengelly herein. Er sah abgehetzt aus.

»Ich kann nicht lange bleiben«, sagte er.

»Bekommt die Tante Angst, wenn man sie allein läßt?« fragte Davies. »Ich habe einen Scotch für Sie bestellt.«

»Danke«, sagte Pengelly grantig. Zu Davies' Erleichterung faßte er das Glas an und nahm einen Schluck. »Und was wollen Sie diesmal?«

»Sie hatten eine geschäftliche Beziehung mit Vernon Dulciman, oder?«

Pengelly grinste hämisch. »Und wir haben uns über den Zaster gestritten, und ich habe ihn ins Meer geschubst.«

»War es so?« fragte Davies und sah ihm ins Gesicht.

»Hören Sie«, seufzte Pengelly, »ich hatte überhaupt nichts mit dem zu tun, was Dulciman zugestoßen ist – was immer es war. Er war ein Arschloch, aber ich habe ihn nicht umgebracht, weder aus geschäftlichen noch aus anderen Gründen.«

»Aber Sie hatten gemeinsame geschäftliche Interessen.«

»Was für Interessen? Ich habe ihn gekannt, das war alles. Das haben viele andere Leute auch.«

»Was für ein Typ war er?«

»Ein geiler alter Bock. Er wollte eine Frau von der Agentur. Sie hat ihn aber abgelehnt. Sie hatte anscheinend schon einmal das Vergnügen mit ihm gehabt, das hat ihr gereicht.« Er erwiderte Davies' interessierten Gesichtsausdruck. »Sie verstehen, worauf ich hinaus will?«

»Was waren denn seine Geschäfte?« fragte Davies. »Warum hat er alte Damen betrogen und um ihr Geld gebracht?«

»Manche alten Damen reißen sich drum, ihr Geld loszuwerden.« Er sah Davies höhnisch an. »Sie müssen das ja wissen.«

Davies rückte näher heran. »Sagen Sie das noch mal.«

Man sah Pengelly an, daß er Angst hatte, aber er wiederholte seine Worte. Davies streckte langsam die Hand aus und stoppte sie erst kurz vor Pengellys Kragen. »Ich habe Ihnen gesagt, ich nehme kein Geld, bis ich es geschafft habe«, sagte er mit Nachdruck, »bis ich weiß, was mit Vernon Dulciman passiert ist.«

Die Frau, die sie bedient hatte, kam um die Ecke der Bar und sah, was los war. »Hier wird nicht gerangelt«, sagte sie streng. »Raus mit euch, wenn ihr euch prügeln wollt.«

Pengelly griff nach seinem Glas und leerte es. »Keine Angst, ich gehe schon.« Er sah Davies an. »Ich prügele mich nicht.«

Die Bardame sagte: »Das will ich hoffen. So früh am Tag!« Ohne ein weiteres Wort ging Pengelly weg. Davies beobachtete ihn. Die Frau verschwand wieder um die Ecke.

Er hob Pengellys Whiskyglas auf und wickelte es behutsam in eine Hotelserviette, die er aus der Tasche gezogen hatte, und dann in die Duschhaube, die er im Bad hatte mitgehen lassen. »Bye, bye«, rief er der Bedienung zu.

Sie sah um die Ecke und sagte: »Gut, daß Sie verschwinden!«
Er ging schmunzelnd fort.

»Hallo, bist du das, Fingers?«
»Wer spricht da?«
»Hier Davies, Fingers. In Willesden.«
»Ach so. Dangerous.« Die Stimme wurde freundlicher. »Was hast du auf dem Herzen?«
»Kannst du ein paar Abdrücke für mich nehmen?«
»Natürlich. Schick sie her.«
»Fingers, sie sollen nicht an die große Glocke gehängt werden.«
»Kein Problem. Das mache ich nach Dienstschluß, und es erfährt keiner was.«
Davies bedankte sich und legte auf. Er saß am Schreibtisch. Ein Sandwich, das, nachdem er dreimal abgebissen hatte, geformt war wie ein großes Puzzlestück, lag auf dem Einwickelpapier vor ihm. Der CID-Dienstraum war leer. Er biß von neuem ab, wieder an einer anderen Stelle, wodurch das Brot eine vierte Einbuchtung erhielt. Das Telefon schrillte. Er nahm ab und sagte »Davies« mit vollem Mund.
»Hallo, Mr. Davies. Hier Bertie. In Bournemouth.«
Davies setzte sich aufrecht. »Ja, Bertie?«
»Wissen Sie noch, daß Sie mich nach den Schuhen gefragt haben und nach dem Jungen, der sie gebracht hatte?«
Davies legte das angebissene Sandwich langsam auf den Tisch. »Ja, Bertie. Ist Ihnen noch was eingefallen?«
»Ja. Ich hatte es im Unterbewußtsein. Und letzte Nacht, genau besehen um drei Uhr morgens, war es plötzlich wieder da.«
»Ja?« sagte Davies aufmunternd.
»Da stand gestern abend was im *Echo*, das hat mich wohl darauf gebracht. Es war ein Foto von ein paar Jugendlichen, die sollen diesen Sommer mit einer Art Uniform-Mütze auf dem Kopf die Abfälle aufsammeln und die Badegäste auffordern, den Strand sauber zu halten. Sie bekommen auch Sweatshirts mit einem Slogan drauf zum Anziehen.«
»Ja.«
»Nun, das gab es auch schon früher, ich glaube sogar jedes Jahr, und als ich wach im Bett lag, fiel mir auf einmal ein, daß der Junge mit Mr. Dulcimans Schuhen solch eine Mütze und Sweatshirt hatte. Hilft Ihnen das weiter?«

»Das kann man wohl sagen, Bertie«, lobte Davies. »Es ist eine große Hilfe. Ist Ihnen sonst noch was eingefallen?«

»Nein.« Es klang ein wenig enttäuscht. »Aber ich dachte, es könnte von Nutzen sein.«

Davies bedankte sich noch einmal und legte den Hörer auf. Er lehnte sich nachdenklich zurück und aß sein Sandwich auf. Er war so vertieft, daß er etwas von dem Einwickelpapier mit abbiß und es erst bemerkte, als er es im Mund hatte. Er stand auf und ging auf die Straße hinaus. Es war ein milder, grauer Vormittag. Willesden ging seinen üblichen Alltagsbeschäftigungen nach. Er ging in die Stadtbücherei.

Mod saß an seinem gewohnten Platz, vor sich eine Bücherpyramide. Sein Blick drückte nur mäßige Überraschung aus. »Vielleicht ist dir schon bekannt, Dangerous, daß der heutige Akzent der Australier möglicherweise genauso klingt wie das, was bei uns im 18. Jahrhundert gesprochen wurde.«

»Hab' ich mir nie klargemacht«, flüsterte Davies.

»Sprache wandelt auf geheimnisvollen Pfaden«, sagte Mod. »Wie der liebe Gott.« Davies setzte sich gegenüber auf einen Stuhl.

»Ich möchte, daß du für mich wandelst, Mod.« Mods zottelige Augenbrauen hoben sich erstaunt. »Nicht auf geheimnisvollen Pfaden, sondern mit der Eisenbahn.«

»An die Küste, vermute ich.«

»An die Küste«, nickte Davies. »Nach Bournemouth. Und zwar morgen.«

Mod stülpte die Lippen vor und streichelte seine schwergewichtigen Bücher. »Ich bin mitten drin in *Sprache und Massenkultur*«, protestierte er. »Das dauert womöglich ein paar Wochen.«

»Solange kann ich nicht warten«, sagte Davies. »Wer hat für dich den Garderobenständer wiederbeschafft?«

»Davon hat anscheinend niemand etwas bemerkt«, bedauerte Mod. »Nur, als er gestohlen war. Bibliothekare neigen nicht zu Lobsprüchen, Dangerous.«

»Nach Bournemouth, morgen«, wiederholte Davies. »Du kannst früh hinfahren und am Abend zurücksein. Was du tun sollst, ist die alten Nummern vom lokalen *Echo* von vor fünf Jahren durchzusehen. Ich gebe dir die genauen Daten. Der Portier hat sich an den Jungen erinnert, der Dulcimans Schuhe gefunden hatte. Er hat bei einer Aktion zur Strandsäuberung mitgemacht und eine entsprechende Mütze und ein Sweatshirt getragen. Wenn wir die Namen derjenigen, die vor fünf Jahren an der Aktion beteiligt waren, herausbekommen, sind wir ein gutes Stück weiter. Einer der Jungen wird sich wohl erinnern, wer damals die Schuhe gefunden hat. Wenn du in der Redaktion nicht fündig wirst, geh zur Stadtverwaltung. Zieh aber bitte ein sauberes Hemd an. Die Zeitung bringt möglicherweise jedes Jahr ein Bild der paar Auserwählten. Dein Zug geht um acht Uhr fünfundvierzig ab Waterloo.«

Als Davies am Morgen das Haus verließ, kam Elvis gerade die leicht abfallende Straße hinuntergestapft. Er zog ein paar halbverfaulte Zaunpfähle hinter sich her. »Für mein Feuer«, erklärte er. »Das Brennmaterial ist fast alle.«

»Bald wird es hier herum nichts mehr zum Verbrennen geben«, meinte Davies. »Dann mußt du eine Zweigstelle in Hammersmith aufmachen.«

Das weckte Elvis' Interesse. »Zweige brennen wie sonst was«, sagte er in fachmännischem Ton. »Aber Papier, das bekommt man nicht so leicht. Wissen Sie, Ihr Freund, der Kerl, der immer die Bücher mit sich rumschleppt...«

»Mr. Modest Lewis«, sagte Davies förmlich. »Die Bücher gehören der Bibliothek.«

»Glauben Sie, da gibt's ein paar alte, die nicht mehr gebraucht werden?«

»Bibliothekare neigen dazu, alte Bücher aufzuheben«, erläuterte Davies.

Ein Leuchten zog über Elvis' Gesicht, als wenn der Gedanke allein schon ein Flämmchen entfacht hätte. »Die würden herrlich brennen«, sagte er sehnsüchtig.

Ein zweiter, etwas besser gekleideter Junge kam die Straße herunter mit einem Stoß von Prospekten unter dem Arm, die er gewissenhaft in die Briefkästen verteilte. In einer Schultertasche hatte er noch mehr davon. Elvis sah interessiert hin, und sein Gesicht begann noch mehr zu glühen. »Sieh einer das an«, flüsterte er zu sich selbst, »so eine Papierverschwendung.«

Er drehte sich um und lief dem anderen entgegen. Davies konnte hören, wie er darum bettelte, beim Prospektaustragen helfen zu dürfen. Als Davies das obere Ende der Straße erreichte, stand Elvis da mit einer Handvoll Faltblätter und nur halb beglückter Miene. »Das ist alles, was er mir geben will«, raunzte er. »Nützt mir nicht viel. Und dabei schiebt er es nur unter die Haustüren, und die Leute ärgern sich darüber.«

»Elvis«, sagte Davies, »warum versuchst du nicht, bei der Stadtverwaltung einen Job zu kriegen. Als Altpapiersammler.«

»Nöö«, gab Elvis zurück, »hab' ich schon mal gemacht. Aber sie erlauben mir kein eigenes Feuer. Außerdem arbeite ich lieber selbständig.«

»Aha, du bist Freiberufler.«

Elvis wußte erst nicht, was das bedeutete, dann aber hellte sich sein Gesicht auf. »Ja, richtig, das bin ich, Freiberufler.«

Als Davies weiter ging, am ›Wickelkind‹ vorbei, wo aus der offenen Tür ein nicht unsympathischer Geruch von abgestandenem Bier drang, sagte er vor sich hin: »Freiberufler. Das bin ich auch, ein Freiberufler.«

Eine alte Frau schüttete aus der Kneipentür einen halben Eimer Putzwasser auf die Straße. Es floß über den Bürgersteig und machte Davies' Schuhe naß.

»'tschuldigung, Dangerous«, krächzte sie und kippte die zweite Hälfte hinterher. Dann entschuldigte sie sich nochmals.

»Bitte, bitte«, antwortete er. Wie viele Polizisten wurden so früh am Tag mit einem Eimer Wasser begossen? Er ging weiter in Richtung Wache. Der Italiener von der Pizzeria schrubbte auch gerade sein Stück Gehweg, hielt aber den Eimer in der Schwebe, bis Davies vorbei war. Autos und Busse stauten sich vor der Ampel. Er konnte sich an die Zeit erinnern, als hier noch Oberleitungsbusse fuhren, als die Menschen sich, außer hin und wieder am Samstag abend, gegenseitig respektierten, und die Delikte meist nichts Schlimmeres waren als Flegeleien. Das waren Zeiten!

Auf dem Revier begrüßte ihn der Wachhabende am Tresen mit den Worten: »Wir haben die Schlauberger, die alle die Fernseher geklaut hatten, Dangerous«, sagte er.

Davies drückte seine Erleichterung und Genugtuung aus. Im CID-Dienstraum traf er Burrows an. Er war vor kurzem, gleich nach seinem Seminar, zum Detective Sergeant befördert worden. »Wie man hört, habt ihr die Glotzendiebe gefaßt«, sagte Davies, ehe der andere etwas sagen konnte.

»Du sagst es«, nickte Burrows und grinste zufrieden. »Und weißt du was?«

»Was?«

»Wir haben deinen Freund Mr. Khan gleich mit hochgenommen.«

»Hehlerei. Spezialisiert auf Fernsehapparate«, vermutete Davies finster.

»Getroffen«, sagte Burrows. »Du mußt dich doch gefragt haben, woher er all das Zeug hatte.«

»Ich hatte kurz den Verdacht«, gab Davies zu, »aber man nimmt ja nicht an, daß ein Hehler solche Angst hat, bestohlen zu werden.« Er zuckte die Achseln. »Na ja, nichts zu machen. Du wirst wohl bald Detective Inspector werden, Bunny.«

»Bißchen dauert's noch, Dangerous.«

Davies ließ sich auf seinen Stuhl fallen. Das Telefon auf dem Schreibtisch läutete. Es war Jemma. »Wir sind heute Abend verabredet, mein Herr«, sagte sie. Er lächelte sie durch die Leitung an.

»Im Savoy, nicht wahr?«

»Wenn du willst«, antwortete sie prompt. »Aber ich glaube, mir ist ein indisches Curry lieber.«

Davies wollte gerade seine Stimme dämpfen, aber da stand Detective Sergeant Burrows auf und ging zur Tür, wobei er sich mit einer Handbewegung verabschiedete. Davies sprach weiter. »Ich habe Mod nach Bournemouth geschickt, er soll ein paar Dinge klären.«

»Kommst du voran?«

»Ich denke nein. Aber ich könnte mich irren. Das passiert mir oft.«

»Erzähl«, drängte sie.

»Ich erzähle es dir heute Abend.« Er legte auf. Sofort klingelte das Telefon von neuem.

»Hallo, hier DC Davies.«

»Dangerous, hier ist Marsden. Guten Morgen.«

»Morgen Fingers. Was gefunden?« Davies nahm einen Schreiber zur Hand.

»Dein Mann hat allerlei auf dem Kerbholz. Diebstahl bei einem Buchmacher. Das könnte man ja noch als ausgleichende Gerechtigkeit bezeichnen. Aber außerdem versuchter Betrug.«

»Wie heißt er?«

»Page. William Henry Page. Dreiunddreißig Jahre. Wohnte früher in Marylebone. Willst du die Adresse?«

Davies bejahte und schrieb die Adresse auf.

»Wann war das?« fragte er.

»Moment. Vor einer ganzen Weile. Der Diebstahl war am 22. November 1984, bei Winner & Co., Marylebone High Street. Geldstrafe, dreihundert Pfund.«

»Die Firma gibt's noch«, sagte Davies. »Und das andere?«

»Betrugsabsicht, aber keine Beweise. Das war 1981, am 3. Juli.«

»Danke vielmals, Fingers. Bitte behalte das für dich.«

»Ich schweige wie ein Grab. Möchtest du das Whisky-Glas zurückhaben?«

»Nein danke, kannst du behalten. Wenn wir uns das nächste Mal sehen, fülle ich einen doppelten Scotch ein.«

Von einem Metzgerladen in Kensal Rise kam ein Notruf: bewaffneter Raubüberfall. Davies wurde mit zwei uniformierten Kollegen hingeschickt. Der Schlachter, ein Mensch, der nah am Wasser gebaut hatte, gab den Verlust von sechs Schweinerippchen, einer Lammkeule und zwei Pfund Ia Leber zu Protokoll. »Nichts ist heutzutage mehr sicher«, jammerte er. »Ich weiß nicht, was mein Dad dazu gesagt hätte. Dreiunddreißig Jahre hat er diesen Laden gehabt, und nie ist so was vorgekommen. Es gibt keine Moral mehr, Mr. Davies, keine Moral.«

»Nicht sehr viel«, stimmte Davies zu. Der Räuber, der variantenreich beschrieben wurde – in den dreißigern, vierzigern, fünfzigern, glatzköpfig, halb kahl, rothaarig oder mit schwarzem Haar, das ihm in die Stirn fiel, drohende, wütende oder schielende Augen, mittelgroß, untersetzt, ziemlich groß, kräftig, nein zierlich gebaut –, war hereingestürmt und hatte mit etwas herumgefuchtelt, das von den meisten Augenzeugen als Schußwaffe beschrieben wurde, ein Revolver vielleicht, aber es konnte auch eine Hammelkeule gewesen sein, die er sich beim Reinkommen aus dem Schaufenster geschnappt hatte. In kritischen Situationen konnten die wenigsten Menschen, wie Davies aus Erfahrung wußte, eine zutreffende Personenbeschreibung geben oder den Tathergang schildern.

Routinemäßige Untersuchungen wurden eingeleitet. Einer der Polizisten wollte Davies' Meinung hören, welches Motiv der Mann gehabt habe. Davies antwortete: »Gefräßigkeit.«

Etwas Gutes hatte das Intermezzo insofern, als Davies den Schauplatz mit einer Plastiktüte voll Fleischabfällen verließ, die Kitty später zufrieden grummelnd und heftig mit dem Schwanz wedelnd verzehrte. Davies ging zum Revier zurück und lieferte seinen ersten provisorischen Bericht ab. »Und, noch keine Idee?« fragte Detecitive Sergeant Burrows, der den Fall übernommen hatte. Davies entgegnete förmlich: »Meiner Meinung nach suchen wir nach einem Nicht-Vegetarier im Besitz einer Gefriertruhe.«

Es wurde schon dämmrig, aber er fand, die Zeit reiche noch, um vor Ladenschluß die Firma Winner & Co., Wettannahmen, aufzusuchen. Die Marylebone High Street gehörte nicht zu seinem Bereich, sondern zum benachbarten Revier, also mußte er vorsichtig vorgehen. Er nahm einen Bus die Harrow Road hinunter und einen zweiten entlang Euston Road. Das Wettbüro war einladend erleuchtet, die Schaufenster voller Fotos von Rennpferden und Windhunden, Fußballteams, Tennisspielern und Cricket-Spielern, alle natürlich in Siegerpose.

Als er hineinging, schlug ihm der gewöhnliche spätnachmittägliche Mief entgegen, ähnlich wie der Morgenmuff im Pub, nur wärmer. Er tat so, als studierte er die Namenslisten an der Wand. Der Raum war leer, bis auf einen Mann, der hinter dem Ladentisch an einer Rechenmaschine beschäftigt war. Der Buchmacher blickte auf, und Davies hatte das unbehagliche Gefühl, erkannt zu werden. »Was für Chancen hat Little Dorrit?« fragte er wie beiläufig.

»Gar keine«, erwiderte der Mann. »Ist heute nachmittag beim Zwei-Uhr-dreißig-Rennen gestürzt.« Pause. »Wir kennen uns doch, oder? Sind Sie nicht bei der Polizei?«

»Nein, wie käme ich dazu«, log Davies tapfer. »Nein. Ich arbeite bei Sainsbury. Bin gerade auf dem Heimweg. Also dann.«

»Wiederseh'n«, gab der Mann nicht unfreundlich zurück. »Ich hätte geschworen, Sie sind ein Bulle.«

Davies fluchte leise vor sich hin, während er auf den Bus wartete. Er schlug den Mantelkragen hoch, weil er nicht noch einmal erkannt werden wollte. Die Arbeit in einem fremden Revier wurde von der Metropolitan Police offiziell nicht mehr so streng gerügt wie ehedem, aber die Kollegen vor Ort waren nicht begeistert. Polizisten neigten dazu, ihr eigenes Jagdgebiet eifersüchtig zu hüten. So etwas konnte zu Nachforschungen führen.

Er ging zurück zum ›Bali Hi‹ und führte Kitty auf den abendlich beleuchteten Straßen spazieren. Der Hund rülpste ununterbrochen, aber er benahm sich gut; er wollte es wohl mit Herrchen nicht gerade jetzt verderben, da er ihm so gutes Fleisch zu bieten hatte. Davies schaute auf ein Bier beim ›Wickelkind‹ rein und überlegte sich, was wohl Mod an diesem Tag im fernen Bournemouth erreicht hatte.

Mildred lag ihm schwer auf der Seele. Sie hatten die ganze Nacht nebeneinander geschlafen, die Arme unschuldig umeinander gelegt; erst hatte er sie von hinten in die Arme genommen, dann hatten beide sich wie bei einer einstudierten Übung umgedreht und die Rollen getauscht. Früh am Morgen hatte sie sich leise davongestohlen, während er noch schnarchte. Jetzt hatte er ein Problem: Sollte er Jemma davon erzählen?

Leider traf er, wie so oft, die falsche Entscheidung. Sie saßen gerade im Curryrestaurant in Kilburn, und er hatte schon mehrere Glas Bier intus. Beim Essen hatte er ihr sämtliche Aspekte des Falles geschildert, indem er ihn so sorgfältig zerlegte wie das Hühnchen auf seinem Teller. Sie neigte sich schalkhaft über den Tisch ihm entgegen: »Und wie ging es Mildred«, fragte sie honigsüß.

»Gut, gut«, erwiderte er heiter. »Wir haben einen langen Spaziergang zusammen gemacht.« Er beschloß, den Stier bei den Hörnern zu packen. Es war ja harmlos gewesen. Vollkommen harmlos. »Als ich im Bett lag, ist sie in mein Zimmer gekommen, und hat sich einsam gefühlt und geweint und...«

»Und?«

»Na ja, es war alles ganz unverfänglich, aber ich war schon halb eingeschlafen, und da habe ich sie in mein Bett gelassen.«

Er hatte die falsche Entscheidung getroffen, das merkte er sofort. »Du hast was?« fragte sie mit drohendem Unterton. »Sie in dein Bett...?«

»Wir haben beide geschlafen«, beharrte er. Der Ausdruck ihrer Augen verriet nichts Gutes. »Fest geschlafen, heia-heia gemacht, sonst nichts...«

Sie kochte vor Wut. »Wie bei der Nutte, die du nach Hause gebracht und bei der du angeblich auf der Treppe übernachtet hast«, zischte sie durch die Zähne.

»Also, hör mal, wirklich, Jemma... das war... und was Mildred angeht... die ist ja noch ein Kind und...«

»Und sie war einsam, und sie hat geweint«, äffte Jemma ihn nach. Ihre karibischen Augen schossen Blitze. »Das ist die lausigste Entschuldigung, die ich je...« Die Sprache versagte ihr. Sie sprang auf, nahm ihren Curryteller und knallte ihn ihm auf den Kopf. Es krachte, und Davies stand da mit einem halben Teller in jeder

Hand, während sie aus der Tür stürmte. Das indische Personal und die anderen Gäste hatten mit wachsendem Interesse zugeschaut. Schließlich näherte der Geschäftsführer sich zögernd und fragte: »Ist fertig, Sir?«

Davies versuchte gerade, die Currysoße von seinem Kopf abzukratzen. Sie lief ihm über Stirn und Nase und brannte in den Augen. Er fixierte den Inder durch den Brei hindurch und sagte: »So könnte man annehmen.«

Er stand langsam auf, während er sich noch die Pampe aus den Haaren und den Augen wischte. Der Restaurantchef zeigte eine Mischung aus Ratlosigkeit und Hilfsbereitschaft. »Nicht sehr scharf, unser Curry«, meinte er händeringend und sich unruhig umsehend. »Sehr milde.«

Die anderen Gäste waren von dem Schauspiel völlig in Anspruch genommen. Gabeln wurden in der Luft angehalten, Stücke von Tandoori-Hühnchen fielen auf die Teller herab, der Reis hinterher. Ein Mann mit weit aufgerissenen Augen biß krachend in einen knusprigen indischen Cracker. »Wo ist die Toilette?« fragte Davies grimmig.

Der Geschäftsführer wies mit dem Finger den Weg und sagte: »Ich bringe Handtuch.« Er ließ den Blick durch den Raum schweifen und verkündete: »Zwischenfall ist fertig.« Folgsam widmeten die Gäste sich wieder dem Essen.

In dem engen Waschraum mühte sich Davies, seinen Kopf mit Toilettenpapier vom Curry zu säubern. Der Inder kam, streckte einen Arm durch die Tür wie jemand, der eine Explosion befürchtet, und reichte ein paar Handtücher herein. Polternd und fluchend goß Davies sich Wasser aus dem Waschbecken über den Kopf. »Blöde Kuh«, zeterte er, den Tränen nahe, »Weiber, verfluchte.«

»Ja, Weiber, verfluchte«, echote der Geschäftsführer, als Davies ins Restaurant zurückkam. »Sehr verflucht, manche Weiber.« Die anderen Gäste versuchten, nicht hinzusehen, aber einige verbissen sich mühsam das Lachen. Der Mann, der den Cracker zerknackt hatte, biß noch einmal krachend zu.

»Was bin ich schuldig?« fragte Davies grimmig.

»Soviel«, sagte der Mann und hielt ihm die Rechnung hin. Er blickte auf die zwei Hälften des Tellers, die noch in dem rotbraunen Chaos auf dem Tisch lagen. »Nichts für den Schaden.«

»Danke«, gab Davies zurück. »Das ist das beste, was ich heute abend gehört habe.« Er zahlte und ging zum Ausgang. Ausgerechnet dieses eine Mal, da er von Nutzen gewesen wäre, fiel kein Regen. Als der Bus kam, stieg er aufs Oberdeck und setzte sich so weit entfernt wie möglich von den anderen Fahrgästen. Zwei Westinder standen auf, hielten sich die Nase zu und gingen nach unten. An der Jubliäumsuhr stieg er aus und schlich sich mit eingezogenen Schultern davon. Der Schaffner lehnte sich weit aus dem Bus heraus und rief ihm nach: »Tolles Parfüm!«

Davies hob eine Faust und brummte: »Blödmann.« Als er um die Ecke der High Street bog, kam gerade ein Bus in der Gegenrichtung, und als er hielt, kletterte Mod heraus. Er bemerkte Davies und watschelte auf ihn zu. Davies blieb trotzig stehen, und Mod hielt den Schritt an. »Du riechst etwas exotisch, Dangerous«, bemerkte er. »Ein Hauch vom indischen Subkontinent, wenn ich mich nicht irre.«

»Du irrst dich nicht«, brummte Davies. »Huhn Madras.«

»Man muß es essen, nicht äußerlich anwenden.«

»Diese Jemma hat es mir über den Kopf gegossen.«

»Ah, was für eine heißblütige Geliebte.« Sie spähten beide zum ›Wickelkind‹ hin, aber es war zugesperrt und dunkel, bis auf das Licht über dem Tresen, das einsam vor sich hin glomm. »Laß uns probieren, ob der Hot-Dog-Mann noch da ist«, war Mods Vorschlag. »Wir haben ja Frieden mit ihm geschlossen.«

»Also los«, stimmte Davies zu. »Ich habe noch nie im Leben so viel Essen bekommen und trotzdem so viel Hunger gehabt.« Er sah Mod von der Seite an, als sie sich umdrehten und zur Uhr zurückgingen. »Was hast du erreicht?«

Mod nickte gewichtig, wobei sein Kopf im Rhythmus seiner Schritte wippte wie bei einem Kutschpferd. »Gar nicht so wenig, gemessen an den Umständen.«

»Was ist?« Davies war plötzlich wieder munter. »Hast du den Namen des Jungen herausbekommen?«

»Ich erzähle es dir beim Essen«, beharrte Mod. »Ich habe das Gefühl, heute abend sind bei mir zwei Hamburger fällig und eine Doppelportion Fritten.«

Die Imbißbude kam in Sicht, strahlend erleuchtet wie ein Raumschiff im dunklen Weltall. Der Mann stand in seinem Rechteck von Helligkeit und sah ihnen entgegen. »Sie haben doch hoffentlich nicht wieder diesen Hund dabei?«

»Heute nicht«, entgegnete Davies. »Keine Angst, mein Freund.« Sie traten an die Theke. Bemüht um ein bißchen kontinentales Flair, hatte der Besitzer einen zerkratzten Holztisch und zwei Klappstühlchen unter der Plastikmarkise seines Karrens aufgestellt. »Noch so ein Angriff wäre mein Ende«, sagte er, »und das Ende von meinem Geschäft. Der Hund ist tollwütig.«

»Vier Hamburger und zwei Doppelportionen Pommes«, sagte Davies fest. »Der Hund liegt zu Hause in seinem Korb, schläft den Schlaf des Gerechten.«

»Von wegen!«, sagte der Mann, doch durch die unerwartet große nächtliche Bestellung klang es versöhnlich. Er hob schnüffelnd die Nase. »Irgendwas riecht hier wie am Ganges.«

Davies blickte ihn gereizt an, sagte aber nichts. Er zog sich an den kleinen Tisch zurück, und er und Mod setzten sich, nachdem Mod erst mißtrauisch die Standfestigkeit des Klappstühlchens getestet hatte. »Muß ja schlimm sein, wenn er trotz seinem eigenen Zwiebelgestank noch was riecht«, grummelte Davies. Mod ging zur Theke und holte die Pappteller mit ihrem dampfenden, fettigen Inhalt ab. »Und zweimal Tee, bitte.« Er drehte sich zu Davies um und sagte: »Den Tee zahle ich. Geht auf die Spesenrechnung.«

Sie schlangen das Essen gierig hinunter. Der Imbißmann sah ihnen zu mit der Miene eines Menschen, der mehr weiß als er sagt. »Gut, nicht?« fragte er.

»Hervorragend«, antwortete Davies. »Ich werde Egon Ronay einen Tip geben.« Zu Mod sagte er: »Also nun, wie war's?«

Mod schluckte einen Riesenmundvoll seines Hamburgers runter und biß, ehe er antwortete, erst noch einmal ab. »Ich kam um zehn Uhr fünfundvierzig an«, begann er seinen Bericht. »Das Wetter war schön, wenn man die Jahreszeit...«

»Mensch, erzähl mir nicht den Wetterbericht. Hast du die Namen der Jungen, die damals den Strand gesäubert haben?«

»Nein«, versetzte Mod unbeirrt, »aber ich habe trotzdem etwas erreicht. Ich war bei der Zeitungsredaktion, wie du vorgeschlagen hattest, und da war man sehr entgegenkommend und hilfsbereit...« Davies verdrehte die Augen. Ein Zwiebelstückchen war an Mods Unterlippe hängen geblieben und schwebte dort in riskanter Position, bis es schließlich in seinen Schoß fiel. »...aber der Mann, der für das Archiv zuständig ist, war gerade in Urlaub und hatte den Schlüssel mitgenommen.« Er sah Davies tiefsinnig an. »Zum Urlaub nach Brighton, und wohnt in Bournemouth!«

»Also wirklich«, seufzte Davies. »Und wo bist du dann hin, zur Stadtverwaltung?«

»Ja, aber da war man nicht sehr hilfsbereit. Sie waren sogar ein bißchen mißtrauisch gegenüber einem Mann, der einfach hereinkommt und sich nach kleinen Jungen erkundigt, die den Strand fegen.«

»Du überraschst mich«, sagte Davies und ließ den Blick auf Mod ruhen, der sich über die dampfenden Pommes beugte. »Und was dann?«

»Dann ging ich zum Zeitungsbüro zurück, weil sie gemeint hatten, es müßte noch irgendwo ein Zweitschlüssel existieren, aber er war nicht aufzufinden. Dann habe ich erzählt, daß ich auf der Suche nach einem verschollenen Verwandten sei, und da hatte einer eine Idee. Er erinnerte sich, daß die Jugendlichen, die an dem Abfallsammeln beteiligt waren, von den Jugendclubs kamen, und er gab mir die Adresse eines katholischen Priesters, der jahrelang die Aktion organisiert hat.«

Davies' Miene hellte sich auf. »Aha, und was hat der gesagt?«

»Nicht viel. Er ist tot.«

»Verdammte Scheiße«, sagte Davies.

»So wird er es selbst wohl auch sehen«, sagte Mod tadelnd. »Die Pfarrstelle versieht jetzt ein anderer Priester, aber der ist in Rom, zur Audienz bei Seiner Heiligkeit.«

»Ich fahre nächste Woche wieder hin«, sagte Davies. »Ein kleiner Anhaltspunkt ist es ja.«

»Freut mich, daß ich von Nutzen sein konnte«, sagte Mod und schaute wehmütig auf den kleinen halbmondförmigen Rest seines zweiten Hamburgers. Seine Augen wanderten zu Davies' Pommes, die in der Nacht blaßgolden schimmerten, und Davies schob sie zu ihm rüber. Mod nahm ein paar mit den Fingern. »Warum hat Jemma dir das Curry über den Kopf gegossen?« fragte er sacht. »Wegen dem Dickerchen im Hotel?«

»Du solltest Detektiv werden«, erwiderte Davies säuerlich.

»Hast du mit der jungen Dame rumgemacht?«

»Nicht im geringsten. Sie ist zu mir ins Bett gekrochen, weil sie so allein war. Sie hat geweint und...« Er sah, daß Mod ihm ebenfalls nicht glaubte. »Sonst war nichts. Sie wollte nur ein bißchen Gesellschaft.«

»Zwei sind eine Gesellschaft«, nickte Mod weise.

Davies wechselte das Thema. »Ich habe da noch einen kleinen Auftrag für dich«, sagte er. Der Imbißverkäufer schaute die gähnend leere Straße rauf und runter, gähnte ebenfalls und machte sich dran, den Stand zu schließen. »Morgen«, sagte Davies, »das heißt, heute.«

Mod war nicht begeistert. »Meine Studien leiden darunter«, protestierte er.

»Heute«, beharrte Davies. »Ich möchte, daß du zu einem Buchmacher gehst. Es ist nicht weit, in Marylebone. Ich kann nicht selber gehen. Der Mann kennt mich.«

»Na gut«, seufzte Mod. »Was soll ich tun?«

»Wetten. Auf den Favoriten im Zwei-Uhr-dreißig-Rennen setzen.«

Davies hielt sich so unauffällig wie möglich im Schatten des Wartehäuschens an der Bushaltestelle auf, während Mod zum Wettbüro ging und sich vor dem Eintreten theatralisch in beide Richtungen der Straße umsah. Er hatte immer noch etwas von der walisischen Rechtschaffenheit an sich. Kaum hatte er den Laden betreten, streckte er den dicken Wuschelkopf wieder heraus und unterzog die Straße einer weiteren Prüfung, ehe er mit seinem hochgereckten Daumen ein Zeichen machte. Davies, der so gut wie möglich bemüht war, wenigstens halb verborgen zu bleiben, seufzte.

Aber Mods Signal war nicht daran schuld, daß die Stadtstreicherin ihn bemerkte. Sie kam direkt auf sein Versteck zu, indem sie vor sich hin murmelnd den Rinnstein absuchte und ab und an ihre dicken Plastiktüten zurechtrückte. Davies sah sie kommen und schwankte, ob er sein Versteck verlassen oder beibehalten sollte in der Hoffnung, sie werde ihn übersehen. Tat sie nicht – er hatte es ja geahnt! »Warten Se auf'n Bus oder auf die Königin?« erkundigte sie sich zuckersüß.

»Wird die Königin heute hier vorbeikommen?« fragte er interessiert. Zu seinem Verdruß stellte sie ihre Tüten umständlich auf dem Boden ab, um sie dann, nach einem Blick zum Himmel, in das Wartehäuschen zu schleppen, offensichtlich als Vorbereitung auf eine längere Unterhaltung.

»Die Königin kommt bestimmt eher als der Bus«, kicherte sie. Er lächelte gequält und versuchte, unauffällig die Tür des Wettbüros im Auge zu behalten. Sie amüsierte sich über den Witz, den sie gemacht hatte, und gackerte sabbernd und grimassenschneidend noch lauter. »Verdammt viel eher«, wiederholte sie.

»Glaube ich auch«, sagte Davies finster. Warum traf es immer ihn? Es sollte noch schlimmer kommen.

»Sie sin'n Polyp, sin' Se«, sagte sie und stieß ihn mit ihrem Schmutzfinger an. »Hab' Sie hinten in Willesden gesehen. Mit so 'nem Hund. Is' das 'n Polizeihund?«

Davies sank das Herz in die Hose. Wieso konnte er sich nie so gut verbergen wie seine Kollegen. »Nein, er gehört mir persönlich«, sagte er so gedämpft wie möglich.

Sie sah sich neugierig um. »Warum flüstern Se denn?« wollte sie wissen. Dann, anklagend: »Se woll'n wohl ein' einlochen.«

»Ich bin beschäftigt«, sagte er und blinzelte ihr zu in der Hoffnung, sie würde das Spiel mitspielen. »Sehr beschäftigt.«

»Dann woll'n Se sicher, daß ich abhau', oder?«

»Ja, sein Sie so gut«, bat er.

»Sie bespitzeln den Zockerladen«, kombinierte sie nach einem weiteren prüfenden Rundblick. »Das isses, stimmt's?«

»Hören Sie«, bettelte Davies und grub in seiner Manteltasche, »tun Sie mir einen Gefallen...«

Ihre Hand reckte sich flinker nach dem Geld, als die seinige aus der Tasche heraus war. Sie erwartete gespannt, was er zum Vorschein bringen würde. Er gab ihr eine Ein-Pfund-Münze. »Gehen Sie, und trinken Sie was«, schlug er vor.

»Zu früh«, belehrte sie ihn. »Noch nich' offen.«

»Dann gehen Sie, und kaufen Sie sich was zu essen«, drängte er. Es schien ihm, als ob sich im Eingang des Wettbüros etwas bewegte. »Oder eine neue Tragetüte.«

»Na ja, ich hau' ab, wenn Se's unbedingt woll'n«, sagte sie ungnädig. Sie nahm die Münze, untersuchte sie genau und ließ sie verächtlich in eine ihrer Tüten fallen. »Ich hab' sowieso was anderes vor. Muß noch wohin.«

Sie begann ihr Gepäck einzusammeln. Davies wollte ihr helfen, aber sie schob ihn energisch zur Seite. »Hände weg von mei'm Eigentum«, sagte sie. Ihre Augen waren wie Lakritze. »Der Polente trau ich nich'.«

Sie zog geräuschvoll die Nase hoch und setzte ihren Weg fort, wobei sie hin und wieder stehenblieb, um die Vorübergehenden auf Davies hinzuweisen. »Polyp«, rief sie noch einmal streitsüchtig zurück, »der will eine alte Frau mit Geld bestechen.«

Zutiefst erleichtert sah er Mod aus dem Laden kommen. Gleichzeitig kam ein Bus, und Mod mußte sich beeilen, noch vor ihm über die Straße zu kommen. Sie stiegen ein und gleich nach oben. »Also, was war mit Pengelly?« fragte er zähneknirschend.

Mod hielt dagegen: »Was hast du mit der alten Frau geredet?«

»Ich wollte sie zum Traumurlaub einladen«, stöhnte Davies. »Sag endlich, was mit Pengelly war.«

»Also, glücklicherweise konnte der Mensch im Laden sich von früher an ihn erinnern. Damals hieß er natürlich Bill Page. Das hattest du ja gesagt. Es ist schon eine Weile her, aber es ging seiner Erinnerung nach um Diebstahl oder Unterschlagung. Page wurde erwischt und gefeuert.«

»Und?«

»Nun, viel war ihm nicht erinnerlich. Ich habe ihm erzählt, ich sei von Beruf Schuldeneintreiber; das fand ich ganz schön raffiniert.« Er sah Davies erwartungsvoll an.

Davies sagte: »Genial«, und seufzte tief auf. »Und was war nach der Diebstahlsgeschichte? Was hat Pengelly dann gemacht?«

Über die Antwort hatte Mod bereits im stillen gebrütet; jetzt verfinsterte Ratlosigkeit sein Gesicht. »Er verlegte sich auf Dachse.« Er zuckte die Schultern. »So hat der Mann sich ausgedrückt.«

Davies traute seinen Ohren nicht. »Dachse?« wiederholte er. »Was für Dachse?«

»Weiß der Kuckuck, Dangerous. Ich dachte, vielleicht kannst du was damit anfangen. Alles, was mir dazu einfällt, sind Rasierpinsel.«

Plötzlich war alles klar. Davies grinste übers ganze Gesicht. »Biberpelz«, sagte er. »Nicht Dachs. Biber.«

»Ach ja, stimmt.« Mod war erleichtert. »Ich korrigiere mich. Hab' das Tier verwechselt.«

Der Schaffner kam herauf, um das Fahrgeld zu kassieren. Davies grinste immer noch, während er zahlte. »Biber«, sinnierte er. »Warum bin ich nicht früher darauf gekommen?«

»Was ist mit den Bibern?« erkundigte Mod sich flüsternd, für den Fall, daß der Schaffner auf der Treppe lauschte.

»Bibergeschäft«, sagte Davies. »Hast du noch nie vom Bibergeschäft gehört?«

»Hat es was mit Kanada zu tun?«

»Nein, Mod. Sondern mit Fotografie. Das Wort bezieht sich auf die Schambehaarung, in der Regel die weibliche. Unser Freund Pengelly war im Pornogeschäft tätig. Und ich wette, sein Kumpel Dulciman ebenfalls.«

Kapitel 12

Vor Jahren hatte Davies einmal an einem Lehrgang über Einbrecher und ihre Arbeitsweise teilgenommen. Die optimale Tageszeit zum Einsteigen in Geschäftsräume war, und das wußten auch die Ganoven genau, gegen sechs Uhr abends. Das wollte er jetzt ausprobieren.

Selbst Boscombe hatte seine Rushhour, so früh im Jahr es auch war, und als er die Büros von Pengelly & Co. und der Agentur für Freizeitbegleitung vom schräg gegenüberliegenden Café aus beobachtete, waren die Hauptstraße und die Seitenstraßen rappelvoll. Seiner Erfahrung nach befanden die Cafés sich für eine Überwachungsaufgabe immer gerade am falschen Ort, nämlich nicht direkt gegenüber dem Zielobjekt, sondern fünfzig oder hundert Meter weiter, was die Fahnder auf ihrem Beobachtungsposten zu seltsamen Verrenkungen zwang und schon so manchen steifen Hals zur Folge hatte.

Die beiden Räume, die er beobachtete, waren jetzt nicht erleuchtet. Im unteren der beiden Fenster war zuvor Licht zu sehen gewesen, das aber um fünf Uhr dreißig gelöscht worden war. Niemand war, soweit er hatte sehen können, aus dem Haus gekommen. Trotzdem konnte jemand das Gebäude verlassen haben, denn ein Leichenzug hatte ihm eine Zeitlang die Sicht versperrt, weil nämlich der Sargwagen mit einer Reifenpanne liegengeblieben war.

Um sechs Uhr startete er. Er konnte unmöglich eine vierte Tasse Tee trinken; es hätte Verdacht erregt, und außerdem war der Tee scheußlich. Die Frau mit der Teekanne hatte ohnehin schon Bemerkungen über seinen ungewöhnlichen Durst fallen lassen. »Weil Sie ihn gemacht haben, Süße«, hatte er gesagt. »Solchen hab ich noch nie bekommen.« Sie errötete und erwiderte, sie würde es ihrem Mann erzählen.

Davies überquerte die Straße. Er hatte schon oft darüber nachgedacht, daß ein Polizist in Zivil besonders auffällig und verdächtig wirkte, und so fühlte er sich jetzt auch. Aber Boscombe war geschäftig, niemand blieb stehen und starrte den Heimlichtuer an. Er zwängte sich zwischen den angestauten Autos hindurch (der Leichenzug hatte eine lange Schlange verursacht, die noch nicht aufgelöst war) und betrat gleich darauf den Hauseingang neben dem Gemüseladen.

Das Treppenhaus war unbeleuchtet. Er schlich auf leisen Sohlen hinauf und reckte den Kopf so weit er konnte um die obere Biegung. Der Flur war ebenfalls dunkel. Sein Plan war, sich zuerst die Freizeitagentur vorzunehmen. Bei seinem vorigen Besuch hatte er sich das Türschloß angesehen; damit würde es keine Probleme geben. Er besaß einen Dietrich, den er ein paar Jahre zuvor einem Fassadenkletterer namens Jennings abgenommen und für Gelegenheiten wie diese aufbewahrt hatte. Als Gegenleistung für faire Behandlung und gutes Essen in der Arrestzelle und eine zurückhaltend wohlwollende Aussage vor dem Richter hatte Jennings sich bereitgefunden, Davies im Gebrauch des Instruments zu unterrichten. Seither war es oft von Nutzen gewesen, wenn Davies abends spät ins ›Bali Hi‹ zurückgekehrt war und seinen Hausschlüssel vergessen oder verloren hatte. Das Instrument paßte auf die unterschiedlichsten Schlösser und würde auch mit diesem Fall mühelos fertig werden.

Die Verriegelung gab mit einem kurzen Klick nach. Davies drückte vorsichtig die Türe auf. Im Halbdunkel saß, auf einem Stuhl, einer der größten und kräftigsten Kerle, die ihm je vor Augen gekommen waren.

Davies schluckte. »'n Abend. Ist Mr. Pengelly da?«

»Das ist wohl ein Einbruch«, sagte der Riese. Die Stimme war nicht minder bedrohlich als die äußere Erscheinung. Er erhob sich und kam auf Davies zu.

»Ich bin ein alter Freund«, sagte Davies mit dem Mut der Verzweiflung. »Wir haben uns seit Jahren nicht gesehen und ich dachte, ich könnte ...«

»... das Schloß knacken und nachsehen.«

»Sie sind der Wachmann, nicht wahr?« machte Davies tapfer weiter.

»Stimmt auffallend«, sagte der Mann und versetzte ihm einen Schlag in die Magengrube. Davies knickte in der Mitte ein und setzte sich unsanft auf den Boden. »Hören Sie auf«, sagte er, als habe der Angreifer sich nur einen Spaß mit ihm erlaubt. »Machen Sie doch Schluß.«

Die Aufforderung kostete ihn das letzte Restchen Puste. Der Wachmann ragte über ihm auf wie ein SA-Mann. Davies hielt sich den Magen und beugte sich vor. Rechts und links neben sich hatte er die Stiefel des Wachmanns. Er reckte sich, faßte die Stiefel an den Hacken und zog mit einem Ruck, so daß der Mann rückwärts auf den Schreibtisch taumelte und auf den Stuhl rollte, auf dem er gesessen hatte. Davies rappelte sich mühsam auf und ging, als der Mann wieder auf die Füße kam, mit beiden Fäusten auf ihn los. Das Ergebnis war enttäuschend. Der Mann zuckte nur mit den Augenlidern.

Jetzt ging Davies zum Nahkampf über. Er versuchte sich zu erinnern, was man tun mußte, außer dem Üblichen mit dem Knie. Alle Zweikämpfe, in die er jemals als Polizist verwickelt worden war, waren eher primitive Keilereien gewesen, bei denen man keine Theorie benötigte. Er hob sein Knie und zielte auf die Weichteile des Gegners, aber der Mann, offenbar Linkshänder, vielmehr Linksfüßer, plante dasselbe und ihre Knie prallten zusammen. »Du... du...«, brüllte der Wachmann, als ob er nach einem passenden Wort für einen unfairen Gegner suchte.

»Sie... Sie...«, schrie Davies.

Sie hielten sich gegenseitig fest und wiegten sich in der Umklammerung, zwei dicke, ungelenke Darsteller in einem absurden Ballett. Davies versuchte einen Kinnhaken, doch der landete auf der Brust des Gegners. »Mann...«, schrie der andere, »ich war gerade erst im Krankenhaus.«

»Geht's Ihnen jetzt besser?« fragte Davies und hieb noch mal zu. Der Getroffene stürzte sich mit verdoppelter Wut auf ihn, umarmte ihn wie ein Bär und versuchte ihn zur Tür zu drängen.

Die Wucht des plötzlichen Angriffs trug beide hinaus bis in die Nähe der Treppe. Davies hielt sich an seinem Kontrahenten fest. Das altersschwache Geländer brach mit einem Höllenlärm zusammen. Beide verloren den Halt.

Die Treppe hinunter fielen sie getrennt. Beide heulten auf vor Schreck und Schmerzen und blieben um die Wette stöhnend auf dem Boden liegen, bis Davies soweit war, sich aufzuraffen, über die ausgestreckte Gestalt hinwegzusteigen und auf die Straße hinaus zu stolpern.

»Nun ja«, philosophierte Mod, indem er zum Fenster hinaussah. »Immerhin mal ein anderes Krankenhaus.« Sein breiter Rücken war gebeugt. »Der Ausblick ist hier besser als in Willesden. Man sieht das Meer.«

Davies hielt sich die gequetschten Rippen. »Aber die Beule auf deiner Stirn, die gefällt mir nicht«, fuhr Mod fort und drehte sich schwankend um. »Sieht aus wie eine Aubergine.«

»Ich hab's gesehen«, sagte Davies. »Ich bleibe sowieso nicht lange hier. Diesmal sind zum Glück die Knochen heil geblieben.« Er sah niedergeschlagen aus. »Schade, daß du Jemma nicht erreicht hast.«

»Ich konnte nicht mehr tun, als es ihr ausrichten zu lassen. Hoffst du etwa, du könntest sie versöhnen?«

»Möglich wäre es«, sagte Davies mutlos. »Es wäre mir ja egal, wenn ich Schuld hätte. Aber ich habe doch nichts Böses getan.« Er stieß die Worte so heftig hervor, daß er vor Schmerz zusammenzuckte.

»Außer, daß du Mitleid mit der armen jungen Frau gehabt und sie mit in dein Bett genommen hast«, wies Mod ihn milde zurecht. »Das war wohl ganz in Ordnung.«

»War es ja auch«, rief Davies und zuckte wieder zusammen. »Es ist nichts passiert. Wir sind einfach eingeschlafen.«

Mod hob die großen Hände. »Ich glaube dir ja, Dangerous. Aber ich bin keine Frau.«

Eine Schwester kam hereingestürzt. Sie trug einen Telefonapparat, den sie auf Armeslänge vor sich hielt. »Für Sie«, sagte sie und stöpselte ihn neben Davies' Bett ein. »Regen Sie sich nicht auf. Es wird Ihnen weh tun.«

Er nahm den Hörer in die Hand. »Hier Davies.«

Mod sah ihn gespannt an, dann verklärte sich sein Gesicht. »Nein, ich spreche nicht zuviel. Ja, tut höllisch weh. Das willst du tun? Ja, gut. Danke. Danke vielmals.«

Er hängte ein und grinste Mod an. »Sie kommt mich abholen.«

Das Telefon läutete gleich wieder. »Sie hat sich's anders überlegt«, murmelte Mod. Davies nahm ab.

»Mr. Davies, möchten Sie noch ein Gespräch annehmen? Ein Mr. Pengelly.«

Davies hob die Augenbrauen. »Ja, ein alter Freund von mir.«

»Davies?« fragte die Stimme.

»Am Apparat«, erwiderte Davies reserviert.

»Hier Pengelly. Warum haben Sie gestern versucht, in mein Büro einzubrechen?«

Davies gab sich beleidigt. »Das soll ich getan haben?«

»Ja«, sagte Pengelly entrüstet. »Sie haben das Schloß geknackt.«

»Ich wollte bloß nachsehen, ob Sie da waren, Pengelly«, erklärte Davies zweideutig. »Aber da saß ein Monster. Es hätte mich fast totgeschlagen.«

»Das Monster hat eine zerschmetterte Kniescheibe.« Die Stimme klang, wie Davies jetzt bemerkte, anders als sonst, leiser, unsicherer, auf der Hut. Nach einer Pause sagte Pengelly: »Ich glaube, wir sollten uns unterhalten.«

Mod sah, wie Davies' Gesicht sich belebte. »Wann und wo?« fragte er.

»Je eher, desto besser. Heute Nachmittag. In einer Stunde, würde ich sagen.«

»Mir recht. Auf der Bank im Park gegenüber vom ›Royal Bath Hotel‹ ... Wo Sie sich immer mit Mr. Dulciman getroffen haben.«

»Von mir aus«, seufzte Pengelly säuerlich. »In einer Stunde.«

»Sie werden mich erkennen. Ich bin der Trottel, der seine Rippen festhält.«

Nachdenklich schmunzelnd legte er den Hörer auf. Mod war beunruhigt. »Du willst hier einfach rausspazieren?« fragte er.

»Ich komme ja wieder«, versicherte Davies. »Die werden nicht mal merken, daß ich weg bin.«

Mod nahm er mit. »Ich bin nicht in der Verfassung, mich noch mal zusammenschlagen zu lassen«, sagte er, als sie im Bus saßen. Ein Taxi zu rufen hätte nur Aufsehen erregt. Beim Hinausgehen waren sie von niemandem gesehen worden.

»Setz dich auf eine Bank in der Nähe«, befahl Davies. »Lies deine Zeitung. Wenn er Gewalt anwendet, kannst du ...«

»Wegrennen?« meinte Mod.

Sie stiegen an verschiedenen Haltestellen aus, Davies zuerst. Als er beim Treffpunkt angelangt war, hatte Mod sich schon hinter dem Toilettenhäuschen versteckt. Pengelly erschien pünktlich mit verbissenem Gesicht und ließ sich auf dem anderen Ende der Bank nieder. Mod tauchte auf, nachdem ein Parkwächter ihn angeschnauzt hatte, weil er sich bei den Toiletten herumtrieb. Er schlurfte weiter und setzte sich auf die nächste Bank.

»Ihr Leibwächter ist aufgeflogen«, sagte Pengelly.

Davies sah sich verständnislos um. »Mein Leibwächter?«

»Vergessen Sie's. Ich habe nicht vor, handgreiflich zu werden, trotz Ihrer Rippenprellung. Ich möchte mit Ihnen reden, Davies. Ich möchte Sie mir ein für allemal vom Halse schaffen.« Er rutschte ein Stückchen weiter. »Ich hatte mit Dulcimans Verschwinden oder seinem Tod oder was auch immer nichts zu tun.«

»Sie haben gemeinsam krumme Dinger gedreht, Bill Page. Pornografie.«

»Demnach haben Sie Ihre Hausaufgaben gemacht. Gut, haben wir. Und dann haben wir uns zerstritten, aber kaltgemacht habe ich ihn trotzdem nicht.«

»Wie lange haben Sie beide an Porno-Fotos verdient?«

»Jahrelang. Zuletzt hier, und vorher in London, als das noch eine riskante Sache war. Heute ist ja nichts mehr dabei. Ärger kriegt man nur noch bei Babys und Tieren.« Er grinste hämisch. »›Kinder und Hunde verboten‹. Unsere Models waren alle älter als sechzehn, und alle waren menschliche Wesen.«

»Warum haben Sie es dann heimlich gemacht?« fragte Davies und brachte sein Gesicht ein Stück näher heran.

Pengelly sah ihn an wie jemand, der weiß, daß man ihm nicht glaubt. »Ich wollte nicht, daß meine Tante davon Wind kriegte«, flüsterte er. »Und ich wollte in den Stadtrat gewählt werden.«

»Blödsinn«, sagte Davies. Er blickte aufgeregt um sich, als suche er einen Zeugen.

»Ich wußte, daß Sie das sagen würden. Aber es ist die Wahrheit. Meine Tante war stinkreich, und ich hatte gute Aussichten, was zu erben, wenn sie abnippelte. Na, letzte Woche ist sie tatsächlich abgekratzt.«

»Gestorben«, sagte Davies ruhig. »Und, hat Sie Ihnen was hinterlassen?«

»Ja. Das ist ja der Grund, weshalb ich diese Sache mit Ihnen klären will.«

»Und ich soll glauben, daß Sie für den Stadtrat kandidiert haben?«

Pengelly nickte. »Da gab es ein paar Grundstücke, die ein Bekannter von mir gern in die Hand bekommen hätte, um ein paar schicke Häuser drauf zu bauen. Aber dann kam die Rezession in der Immobilienbranche, damit war die Luft raus, und ich hatte kein Interesse mehr an Lokalpolitik.«

»Erzählen Sie mir was über Dulciman.«

Pengelly legte bereitwillig los: »Er war ein richtiger Scheißkerl. Für alle krummen Sachen zu haben, Diebstahl, Erpressung, Betrug, dem war alles gleich.«

»Aber die Geschäfte gingen gut.«

»Sie wissen doch, wie es im Bibergeschäft zugeht. Na ja, zuging. Die Flaute hat sich da genauso ausgewirkt wie überall sonst. Aber das war mal eine Goldgrube. Wir haben gut verdient. Studiobilder, knallharte Pornos. So hart, wie es ging. Er wollte es auch mit Kindern machen, aber damit wollte ich nichts zu tun haben.«

»Wo haben Sie die Models herbekommen? Doch nicht von Ihrer Agentur?«

Pengelly setzte eine beleidigte Miene auf. »Einige schon.« Seine Augen streiften nervös die Umgebung. »Von den Jüngeren gibt es gutes Material hier in der Gegend. Arbeitslose Teenager, Mädchen vor allem natürlich. Die waren ja überglücklich. Die waren zu allem bereit, wirklich zu allem.«

»Na ja, wahrscheinlich ist es ein Job wie andere auch«, meinte Davies.

»Und gut bezahlt. Sie bekamen von uns fünfzig Pfund pro Termin. Manchmal auch mehr, je nachdem...«

»Jetzt haben Sie nichts mehr damit zu tun?«

»Ich bin ausgestiegen, nachdem Dulciman verschwunden ist.«

»Glauben Sie, daß der Trick, sich in Luft aufzulösen, etwas mit... hm, seinen Geschäften zu tun hatte?«

Pengelly nickte. »Könnte sein. Die Jungs in London hatten uns auf dem Kieker. Sie saßen uns schon im Nacken. Es gab sogar Drohungen. Da hat er sich verdünnisiert.« Er wartete einen Moment. »Das war es, was ich Ihnen mitteilen wollte. Nur damit Sie wissen, daß ich verdammt noch mal kein bißchen damit zu tun habe.«

Er stand auf. Davies blieb tief in Gedanken sitzen. »Machen Sie's gut«, sagte Pengelly im Gehen. »Gute Besserung für die Rippen.«

»Wir haben Sie überall gesucht«, sagte die Stationsschwester aufgebracht. »Sie dürfen doch nicht einfach weggehen.« Sie sah ihn säuerlich an. »Solche Leute können wir hier wirklich nicht gebrauchen. Wenn es nach mir geht, werden Sie hier nie wieder aufgenommen.«

»Hoffentlich behalten Sie recht«, brummte Davies. Die Stationsschwester wandte sich zu Mod um und sah ihn sprachlos vor Wut an. Mod nickte demütig.

»Ich habe gehört, daß Sie von London aus abgeholt werden«, sagte sie, indem sie sich wieder zu Davies umdrehte. Sie sagte es so verächtlich, als sei er ein Mensch, den man wirklich nur abholen lassen konnte.

»Ja, Schwester«, sagte er, indem er ihrem Blick auswich. »Meine Freundin kommt her.«

»Ihre Freundin?« Ihr Ton drückte Zweifel und Geringschätzung aus.

»Da ist sie schon«, warf Mod ein. Sie standen in der Eingangshalle der Klinik. Davies drehte sich halb um und sah Jemma durch die Außentür hereinkommen. Er lächelte froh.

Als die Oberin sich nach ihr umsah, änderte sich ihre Miene. »Oh... ich verstehe«, murmelte sie.

Jemma kam schwarz und schön hereingeschritten, dann rannte sie auf Davies zu und warf die Arme um ihn. »Au, meine Rippen!« rief er. »Meine Rippen!«

»Es sind die Rippen«, erklärte die Schwester überflüssigerweise. »Er hat eine Rippenprellung.«

»Ja, ja«, ging Jemma schnell darauf ein, »natürlich.« Sie sah wieder Davies an.

»Oh, Dangerous, es tut mir so leid. Ich hätte dir nicht das Curry über den Kopf kippen sollen.«

Die Stationsschwester gab es auf. Mit einem ostentativen Seufzer machte sie auf der Hacke kehrt und entfernte sich unter empörtem Knistern ihrer gestärkten Schwesterntracht. »Sie sind in einem Krankenhaus«, warf sie rückwärts über die Schulter. »Wir haben hier Schwerkranke.«

Davies machte mit den Augen ein Zeichen zum Ausgang hin. Er unterschrieb eine Erklärung, daß er die Klinik auf eigenes Risiko verlasse. Zehn Minuten später lag Bournemouth hinter ihnen, und sie fuhren erst östlich, dann nördlich Richtung London.

»Wir haben uns heute Nachmittag mit unserem Freund Pengelly getroffen«, sagte Davies. Er hielt seinen Brustkorb umarmt.

»Habt ihr? Was hat er gesagt?«

»Er sagt, er hat Dulciman weder getötet noch ihn veranlaßt, zu verschwinden, obwohl er sich mit ihm über geschäftliche Dinge zerstritten hatte.«

»Was für geschäftliche Dinge?«

»Pornografie. Harte Pornos.«

Sie hielt die Augen auf die Straße gerichtet. »Also das war es.«

»Um arbeitslosen Jugendlichen den dringend benötigten Job zu verschaffen«, fügte er hinzu.

»Auch Kinder?«

»Das hat er bestritten. Dulciman wollte es zwar, aber Pengelly sagt, er sei dagegen gewesen. Sehr edel. Auch keine Tiere. Keine Mädchen mit Schäferhund. Er hatte Angst, seine Tante könnte es erfahren und ihr Testament ändern. Außerdem kandidierte er damals für den Stadtrat.«

»Und das alles glaubst du ihm?« fragte Jemma.

»Vorläufig ja. Es ist alles, was ich in der Hand habe. Er wollte in den Stadtrat, um ein zwielichtiges Grundstücksprojekt durchzuziehen. Sie haben mit ihren schmutzigen Bildern ein Vermögen verdient. Obwohl er behauptet, die Rezession habe sich verheerend ausgewirkt.«

»Es lebe die Rezession«, murmelte sie. »Und nur deshalb hat er aufgehört ...«

Davies sagte: »Dazu kam Dulcimans Verschwinden und die Tatsache, daß die Londoner Unterwelt ihnen auf den Pelz rückte; möglicherweise hing das eine mit dem anderen zusammen.«

Mod, der hinten saß, ergriff das Wort. »Es ist nicht gut, sich mit der Unterwelt anzulegen.« Er machte eine Pause. »Ich bin dafür, daß wir das vermeiden. Außerdem vernachlässige ich meine Studien. Und ich glaube nicht, Dangerous, daß du dich noch weiteren Angriffen aussetzen solltest. Eines Tages brichst du zusammen wie ein altersschwaches Haus.«

Als sie Willesden erreicht hatten, setzte Jemma Mod beim ›Wikkelkind‹ ab, während sie Davies mit zu sich nahm. Mit dem schmerzenden Brustkorb hätte er weder Doris noch Mrs. Fulljames ausgehalten. Nicht gleich jedenfalls.

Jemma half ihm die Treppe hinauf und ins Schlafzimmer, wo sie ihn auf ihrem Bett ablud. Sie zog ihm die Schuhe aus und pellte ihn aus dem Mantel; dabei ließ sie sein Gesicht nicht aus den Augen. »Diese Beule«, seufzte sie. »Was für eine Farbe.«

»Aubergine«, sagte Davies.

Er machte die Augen zu, dann öffnete er sie wieder und sah, daß ihr Blick immer noch, halb besorgt und halb ratlos, auf ihm ruhte. »Was soll ich nur mit dir machen, Dangerous?« sagte sie.

»Was du willst, ausgenommen Madras-Curry«, seufzte er. Er schloß die Augen. »Was du dachtest, habe ich nicht getan. Ehrlich nicht.«

»Ich weiß.« Sie schluckte an ihren Tränen. »Ich hätte es wissen sollen. Es tut mir leid, das mit dem Curry.«

Er öffnete die Augen halb und sah ein ganz kleines Lächeln auf ihrem nachdenklichen Gesicht. »Es war ja nur ein ganz mildes Curry«, sagte er.

Jemma mußte unter Tränen lachen. Sie beugte sich vor und legte sich auf ihn. Er jaulte auf vor Schmerz.

Kapitel 13

Davies schleppte sich voller Schmerzen über die High Street zur Revierwache. »Wieder mal einen gehoben, Dangerous?« rief der Sergeant am Tresen fröhlich.

»Dem Ruf der Pflicht gehorchend, Francis«, entgegnete Davies. Er steuerte den CID-Raum an. Der Kollege rief ihm nach: »Kennst du einen Mann namens Weary Williams?«

Davies blieb stehen. »Ja, den kenne ich. Was ist mit ihm?«

»Weiß ich nicht. War schon zweimal hier, aber er will nur mit dir sprechen.«

»Das nennt man Beliebtheit«, sagte Davies über die Schulter. »Ich werde mich nach ihm umsehen.«

»Da brauchst du nicht weit zu laufen«, sagte der Sergeant. »Er ist unten im Bunker. Letzte Nacht haben sie ihn gebracht, volltrunken und randalierend.«

Weary Williams war eigentlich nicht groß genug von Gestalt, um Randale zu machen; das heißt, er mußte jedesmal teuer dafür bezahlen. Davies schaute durch das Gitter und sah ihn in der Zelle hocken; er betastete gerade seine aufgeplatzte Lippe. Davies, dem diese Art Verletzung nicht unbekannt war, fühlte Mitleid. Die Tür war nicht verschlossen. Williams blickte auf, als Davies eintrat.

»Hallo, Dangerous«, sagte er, und sein graues Rattengesicht hellte sich auf. Er streckte eifrig die Hand aus. Sie war wie sein Gesicht, schmal und knochig. »Ich kann nicht lachen«, sagte er entschuldigend. »Sonst fängt es gleich wieder an zu bluten.«

»Ich weiß, ich weiß, Weary«, sagte Davies mitfühlend. »Was gibt's, hast du ein Problem?«

»Das Übliche«, seufzte Williams. »Diesmal hab' ich den andern zuerst fertig gemacht. Boing!« Seine Zwergenfaust klatschte in die andere Handfläche. »Wenn ich einen zu Boden schlage, dann bleibt er am Boden.« Davies sog mühsam die Luft ein. Seine Rippen taten weh. »Du siehst aus, als wärst du auch auf dem Kriegspfad gewesen, Dangerous.«

»Nicht so schlimm, Weary. Die Rippcn haben was abgekriegt.«

»Tut gemein weh, weiß ich, Kumpel. Ich wollte eigentlich mit dir sprechen.«

»Hat man mir gesagt.«

Williams wischte sich mit dem Ärmel übers Gesicht, wobei er geschickt die Lippe aussparte. »Haben sie dir Frühstück gebracht?« fragte Davies. »Darauf hast du Anspruch.«

»Als ob ich das nicht wüßte. Ja. Ich kann mich nicht beklagen. In eurem Knast ist das Essen nicht schlecht.« Davies setzte sich auf das andere Bett und Williams beugte sich vor und fragte: »Du erinnerst dich doch, wie du oben am Staubecken auf dem Flohmarkt warst?« Davies nickte. »Also, ich war da auch, aber du hast mich nicht gesehen. Ich hatte da was zu tun... zu verkaufen und zu kaufen. Ich hing da gerade herum, da hab' ich mitgekriegt, wie du den Kerl mit dem Krimskrams, weiß nicht, wie er heißt, etwas gefragt hast. Du hast nach einem Ding mit etwas ähnlichem wie einem deutschen Hakenkreuz gefragt. Eine Brosche oder so was.«

Davies hielt den Atem an und beugte sich vor. Es tat höllisch weh. »Ja, Weary...?«

»Kriegt man eine Belohnung?« fragte Williams.

»Das könnte sein. Es geht um Mord, Weary.«

Das bleiche Gesicht wurde noch bleicher. »O Gott, auch das noch. Also, ich will ja niemanden reinreißen oder so, aber ich habe mir gemerkt, was du gesagt hast, und kurz danach war ich auf dem Trödelmarkt in der Portobello Road. Da steht ein Typ namens Longo, und was sehe ich da auf seinem Stand? Das da.«

Während sich Davies' Augen weiteten, holte er einen braunen Briefumschlag aus der Tasche und nahm eine rote Hakenkreuznadel heraus. Davies streckte schweigend die Hand aus.

Williams legte die Brosche hinein. »Ist sie das?« fragte er mit zitternder Stimme.

Davies ließ Williams in der Zelle zurück und ging zum CID-Raum. Er rief die Polizeiwache Harrow Road an und fragte nach einer Liste der Standinhaber vom Portobello-Markt. Sie hatten zwar keine, gaben ihm aber die Telefonnummer von jemandem, der eine hatte.

»Detective Constable Davies, Kriminalpolizei Willesden«, sagte er zu der Stimme, die sich meldete.

Die Reaktion war nicht frei von Besorgnis. »Ah ja, Mr. Davies. Was kann ich für Sie tun?«

»Sie haben die Namen der Markthändler von der Portobello Road, soviel ich weiß.«

»Ich ziehe die Gebühren ein. Wen suchen Sie denn?«

Davies blickte auf den angeschmutzten Zettel, den Weary ihm gegeben hatte. »Longo Burke«, las er vor. »Kennen Sie ihn?«

Unterdrücktes Kichern. »Longo. Natürlich. Hoffentlich hat er nichts ausgefressen.«

»Ich will von ihm nur eine Information«, sagte Davies.

»Gut. Longo wohnt auf dem Land, in Essex. Hier haben wir es. Pickering's Barn, in Saffron Waldon. Sollte nicht schwer zu finden sein.« Die Stimme nahm an Selbstbewußtsein zu. »Für einen Polizisten.«

»Ich werde mein Bestes tun«, sagte Davies sarkastisch. Er legte den Hörer auf und sah zum Büro des Detective Superintendent hinüber. Harveys Gesicht war hinter der Milchglasscheibe zu sehen. Davies wußte sehr gut, daß er jetzt eigentlich hineingehen, die Brosche abliefern und die ganze Sache berichten sollte. Aber damit wäre sie für ihn zu Ende. Sie würde ihm aus der Hand genommen werden. Es war ja doch möglich, beruhigte er sich, daß Weary sich geirrt oder ihm eine Lüge aufgetischt hatte, was bei den Brüdern schließlich an der Tagesordnung war; oder vielleicht war dies einfach eine andere Anstecknadel mit einem Hakenkreuz. Er mußte noch ein bißchen – ein kleines bißchen – weiter nachforschen.

Er verließ die Wache zusammen mit Williams. Dieser blieb auf den Eingangsstufen stehen und spähte die Straße hinauf und hinunter. »Entschuldige, Dangerous«, sagte er. »Nimm's nicht übel, aber ich muß darauf achten, mit wem ich mich sehen lasse.«

Davies sagte, das verstehe er, und blickte sich selbst nach beiden Seiten um. »Du sollst ja keinen Ärger mit der Mafia bekommen, Weary.«

Sie hatten ein Polizeiauto mit Fahrer. Weary duckte sich auf dem Rücksitz tief nach unten, bis sie sich außerhalb von Willesden und auf der M 25 Richtung Osten befanden. Als sie in die Landstraße nach Saffron Walden einbogen, richtete Weary sich auf und schaute strahlend aus dem Fenster wie ein kleiner Junge auf einem

Ausflug. »Mann, Dangerous, guck mal die Wiesen«, sagte er. »So grün, daß einem die Augen wehtun. Und alle die Kühe.«

»Kühe hast du doch schon mal gesehen, Weary«, dämpfte Davies vom Vordersitz aus die Begeisterung.

»Aber nur in der Glotze«, behauptete Williams.

Sie hatten das alte Marktstädtchen erreicht. Der Fahrer ging in die Polizeiwache hinein und kam unverzüglich wieder heraus. »Die kennen ihn«, berichtete er vielsagend. »Dieses Pickering's Barn liegt direkt an der Landstraße.«

Das Anwesen befand sich zwei Meilen vor der Stadt. Eine langgestreckte, aus Holz erbaute Scheune mit einem steilen Satteldach. Als sie sich näherten, hörten sie Gewehrschüsse. Der Fahrer griff nach seinem Funktelefon. Davies berührte ihn an der Schulter. »Warte noch eine Sekunde. Laß uns erst mal nachsehen.«

Der Fahrer reagierte mit einem Blick, den Williams, der zwischen den Sitzen auf den Boden geglitten war, prompt nachahmte. »Da geh' ich nicht rein, Dangerous«, rief er.

»Ich gehe«, seufzte Davies. »Wahrscheinlich klopft er nur seine Teppiche aus.« Er stieg aus.

»Aber was für Teppiche!« sagte der Fahrer zu Williams gewandt, der immer noch volle Deckung nahm.

»Ich möchte wissen, womit er sie klopft«, sagte er.

Das Auto hatte auf der mit Lehm und Steinen befestigten Scheunenauffahrt gehalten. Davies ging, nach allen Seiten sichernd, weiter, während die beiden anderen ihn beobachteten. Er war noch etwa zehn Meter vom offenstehenden Scheunentor entfernt, als ein weiterer Schuß fiel. Er strauchelte, richtete sich aber sofort wieder auf und rannte zum offenen Tor.

Als er den Kopf um den Türpfosten schob, sah er, daß die Schüsse nicht von drinnen kamen. Auf der gegenüberliegenden Seite des Gebäudes stand ebenfalls eine Tür offen, durch die er die Rauchwölkchen erkennen konnte. Die Scheune war vollgestopft mit Trödel aller Art, Kupfer, Messing, kaputte Möbel, aber in einer Ecke standen ein paar große Gegenstände, ordentlich verpackt und offenbar versandfertig. Er lief stracks hindurch und hinaus. Es gab wieder einen Knall. Er bückte sich und spähte um die Ecke. Ein großer, kräftiger Mann in Jeans, kariertem Hemd, Lederweste und Ohrschützern feuerte mit einer doppelläufigen Schrotflinte auf die hölzernen Stühle, die vor ihm aufgereiht standen. Er hatte die Flinte sinken lassen, aber jetzt hob er sie wieder an seine breite Schulter und schoß den zweiten Lauf leer. Davies wartete ab, bis der Lärm zu Ende und der bläuliche Rauch abgezogen war, ehe er sich zeigte.

»Was machen Sie da?« fragte er.

»Ich mache Antiquitäten«, sagte der Mann und drehte sich gelassen um. Er hatte ein breites Gesicht, dessen untere Partie ein buschiger Schnäuzer und ein zottiger Vollbart zierten. »Machen?« sagte Davies. »Ich dachte immer, die werden von alleine alt.«

»Man hilft ein bißchen nach«, erläuterte der Mann ungerührt. »Man nennt es Patina. Was kann ich für Sie tun?«

Davies nannte seinen Namen und zeigte seinen Dienstausweis vor. »Oho!« lachte der Mann. »Sie haben doch wohl nicht vor, mich deswegen festzunehmen?« Die Stimme klang rauh, aber gutmütig und nicht ungebildet.

»Das war nicht meine Absicht.«

»Sie müßten vieles erst beweisen«, sagte der Mann achselzukkend. »Aber was wollen Sie dann?«

Davies zeigte ihm die Brosche mit dem Hakenkreuz. »Haben Sie die schon mal gesehen?«

Longo Burke legte die Flinte auf eine Kiste und nahm die Anstecknadel zwischen seinen großen Zeigefinger und seinen dicken, öligen Daumen. »O ja. Ist auch nicht lang her. Ich habe sie an jemand verkauft. Auf dem Portobello-Markt.«

»Den Jemand kann ich Ihnen vorstellen«, sagte Davies. Er ging durch die Scheune zur Tür auf der anderen Seite und rief zum Auto hin: »Weary!«

Williams streckte furchtsam den Kopf heraus. »Alles in Ordnung, Dangerous? Wir haben uns schon Sorgen gemacht.«

»Komm mal her, Weary, sei so gut. Es wird nicht mehr geschossen.«

Williams, keineswegs überzeugt, stieg zögernd aus dem Auto und kam auf das Scheunentor zu, hielt aber starr den Blick darauf gerichtet. Er schaute zaghaft hinein. »Wohin?«

»Hinten raus. Longo ist dabei, ein paar Möbel auf alt zu trimmen.«

Williams hielt sich hinter Davies. Als sie auf der anderen Seite ins Freie traten, grinste Longo Burke in seinen Bart und sagte: »Ja, das ist er. Verlangt er etwa sein Geld zurück?«

Williams schüttelte den Kopf. Davies sagte: »Das nicht, aber ich hoffe, Sie erinnern sich, woher Sie das Objekt haben.«

»Sagen Sie bloß nicht, es ist gestohlen«, sagte Burke. »Es ist keine zwei Pfund wert, wenn überhaupt.«

»Und ich mußte einen Fünfer dafür blechen«, sagte Williams.

»Es ist möglicherweise wichtig für uns«, redete Davies Burke zu. »Und zwar in einem Mordfall.«

Der mächtige Backenbart fiel abwärts. »Ach so. Gut, dann sehe ich wohl besser nach.« Er griff nach der Flinte, um sie mit in die Scheune zu nehmen.

»Ich hab was gegen solche Ballermänner«, flüsterte Williams Davies ins Ohr. »Egal, wer.«

»Mr. Burke schießt nur auf Stühle«, sagte Davies.

»Und Tische, Kommoden, Schränke«, stellte Burke richtig, während er ein eselsohriges Geschäftsbuch zur Hand nahm. »Bei mir wird alles schriftlich festgehalten«, sagte er. »Schrot, das macht Löcher wie der Holzwurm. Macht die Sachen antik.«

Er ging mit dem Finger die Spalten herunter und plauderte dabei munter drauflos. »Joghurt ist gut für Kupfer. Und ein Teebeutel macht die schönsten Stockflecken auf Schriftstücke und Drucke.« Er schniefte geräuschvoll. »Hier haben wir's.« Er reichte das schmuddelige Buch herüber. »Zumindest nehme ich es an.«

»Aussortierter Ramsch«, las Davies. »Modeschmuck usw.« Seine Augen wanderten weiter die Zeile entlang. »Russen-Mike«, las er vor. »Ist das derjenige, von dem Sie den Krempel gekauft haben?«

»Wie ich schon sagte, ich nehme es an«, nickte Burke. »Bei solchem Kleinzeug schreibe ich nicht jedes einzelne Stück auf. Aber ich meine mich zu erinnern, daß die Brosche bei dem Zeug war, das ich ihm abgekauft habe.« Er legte das Buch an seinen Platz zurück. »Ich hab ihm einen Fünfer für das Ganze gegeben.«

»Und mir haben Sie einen Fünfer für das eine Ding abgeknöpft«, rief Williams entrüstet aus.

Burke sah ihn von oben herab an. »Ich habe schließlich Betriebskosten«, sagte er.

»Kennen Sie den Mann?« fragte Davies. »Diesen Russen-Mike?«

»Vom Sehen, ja. Ich weiß nicht, wie er richtig heißt. Sie wissen doch, auf dem Portobello gibt's nur Spitznamen.«

»Wissen Sie, wo er zu finden ist?«

Burke schüttelte den Kopf. »Auf der Piste, wenn Sie wissen, was ich meine. Darf ich fragen, wer ermordet worden ist?«

»Das lasse ich Sie dann wissen«, erwiderte Davies kurzangebunden. »Wenn Sie sagen Piste, wo soll das sein? Portobello Road?«

Burke fing an, sich unbehaglich zu fühlen. »Richtig.« Er schaute Davies an. »Das wird ja direkt ernst.«

»Das pflegt bei Mord so zu sein«, sagte Davies.

»Vielleicht hat er das Ding woanders her, oder von jemand anderem«, setzte Burke hastig hinzu. »Solche Sachen gehen ja meistens durch viele Hände.«

»Danach werden wir ihn fragen«, sagte Davies. »Und zwar schleunigst.«

Er war so weit gegangen, wie er sich traute. Er wußte ja: Als Williams ihm die Hakenkreuz-Nadel in der Arrestzelle aushändigte, hätte er sie augenblicklich bei Detective Superintendent Harvey abliefern sollen. Die Entschuldigung, sie müsse zuerst überprüft werden, war nichts als eine lahme Ausrede. Dasselbe galt für die Behauptung, er habe die kostbare Zeit seines Vorgesetzten nicht mit einem unbedeutenden, von einem so zweifelhaften Zeugen wie Williams beigebrachten Beweisstück verschwenden wollen. Sie reichte nicht einmal aus, ihn selbst zu überzeugen. Wie würde sie auf Detective Superintendent Harvey wirken? Davies seufzte tief auf.

Er konnte sich natürlich zusätzlich damit herausreden, er habe die Vorgeschichte der Brosche bei Longo Burke nachprüfen müssen. Anstecknadeln mit der Swastika waren keineswegs Raritäten. Im Orient war das rote Sonnenkreuz ein religiöses Emblem, und in Willesden gab es viele Menschen, die Beziehungen zum Orient hatten. Es wäre nicht gut gewesen, wenn er den Superintendenten auf eine falsche Spur geführt hätte. Wirklich nicht? Davies seufzte von neuem.

Er zog das in Papier eingewickelte Abzeichen aus der Tasche und betrachtete es sinnend. Dann steckte er es wieder ein, stand auf und durchquerte den Raum. Hinter der Milchglasscheibe war Harveys Schatten zu sehen. Davies klopfte an. Ein ärgerliches »Herein« war die Antwort. Harvey blickte vom Schreibtisch auf und starrte ihn an. Er sah mitgenommen und angespannt aus. »Darf ich, ganz kurz?« fragte Davies.

Der Super nickte zu einem Stuhl hin. Davies setzte sich. »Wenn ich bloß mal zu meiner Arbeit käme«, grantelte Harvey. »Meiner eigentlichen Arbeit, nämlich die Gauner vor den Richter zu bringen, ohne meine Zeit an den verdammten Papierkrieg zu verschwenden.« Er wischte mit einer Armbewegung über die Aktenstapel auf der Tischplatte. »Sehen Sie sich das an!« Er hob den Kopf, und dann, als komme ihm erst jetzt zum Bewußtsein, wer da etwas von ihm wollte, wühlte er grimmig in den Papieren. »Scheiße, ich kann Ihre Akte nicht finden. Aber Sie scheinen neuerdings ziemlich häufig krank zu sein, Davies.«

»Ich werde dauernd zusammengeschlagen«, verteidigte Davies sich. »In Ausübung meines Dienstes.«

»Ah ja«, brummte Harvey, als suche er nach einem Schwachpunkt in der Entschuldigung. Er musterte Davies' füllige Gestalt. »Und Sie sind nicht entfernt so fit wie früher.«

»Kein Wunder«, erwiderte Davies gekränkt. »Nachdem ich jedesmal den Buckel voll kriege, wenn kein anderer Lust hat, den seinigen hinzuhalten.«

Harvey lachte, wie um ihn zu beschwichtigen. »Daher der Name, den man Ihnen angehängt hat – Dangerous Davies, stimmt's?«

»Der letzte Detektiv«, vervollständigte Davies. »So nennen sie mich auch heute noch.«

»Vielleicht sollten wir über einen Schreibtisch-Job für Sie nachdenken. Für die letzten paar Jahre vor der Altersgrenze.«

»In dem Fall würde ich aufhören«, murmelte Davies.

Harvey stand auf und klopfte ihm mit geheucheltem Wohlwollen auf die Schulter. »Sie sind ja nicht schlecht beurteilt worden«, sagte er. »Sie haben nur immer alles auf die falsche Weise erreicht.« Er schenkte ihm einen Mitleidsblick. »In der Met gibt es eben eine Art, die Dinge zu tun, und eine andere Art, wie man sie nicht tut. Das wissen Sie doch auch. Nun aber, weshalb wollten Sie mich sprechen?«

»Hier«, sagte Davies, nahm die Anstecknadel aus der Tasche und wickelte sie auf dem Tisch aus ihrem Papier. Er genoß diesen Moment, wie er nur wenige in seinem Leben genossen hatte. Als die Brosche aus der Verpackung auf die Tischplatte glitt und das Emblem aus roter Emaille in der glitzernden, billigen Fassung dalag, erstarrte Harveys Gesicht zur Maske. Er schluckte und schnappte nach Luft. Er rang nach Worten, aber die Stimme versagte ihm. Schließlich ließ er sich wie nach einem schweren Schock auf seinen Stuhl fallen. »Wo zum Teufel haben Sie das her?« brachte er mühsam hervor.

»Weary Williams, kleiner Gauner. Er wußte, daß wir danach suchen. Hat es in der Portobello Road gesehen und mir gebracht. Ein Händler namens Longo Burke, der Antiquitäten herstellt, wollte es verkaufen, und der hatte es von einem Typen namens Russen-Mike...«

Harvey starrte erst die Brosche und dann Davies an. »Wie... wie lange haben Sie das schon?«

»Vierundzwanzig Stunden«, sagte Davies. Er sah in die harten, eiskalten Augen. »Ich dachte mir, ich sollte erst mal die Angaben nachprüfen.«

Davies taumelte förmlich aus Harveys Büro in den CID-Raum und von da in die Eingangshalle. Der Sergeant am Tresen mußte kein Polizist sein, um seinen Zustand zu bemerken. »Was ist, Dangerous, hat dich jemand angefallen?«

»Nur der Superintendent«, brummte Davies. Er war auf dem Weg nach draußen, als plötzlich drei Kripo-Leute in Zivil durch die Haustür hereingestürzt kamen und ihn beinahe umrannten. Harvey tauchte von der anderen Seite her auf und schubste das Trio wieder hinaus auf die Straße. Ohne Davies eines Blickes zu würdigen, brüllte er: »Los, los, wir haben ihn! Los, marsch!«

»*Wir* haben ihn«, wiederholte Davies bitter, während die anderen hinausrannten. »*Wir*! Verdammt, wie ich das finde.«

»Was ist los?« fragte der Sergeant.

Ehe Davies antworten konnte, stolperte ein ärmlich gekleideter Mann völlig verstört von draußen herein. Beim Anblick von Davies legte sich sein aschgraues Stoppelgesicht in Falten. »Ah, Dangerous«, schluchzte er. »Der Typ, den ich suche.«

Davies wollte ihn zornig anfahren, doch die Wut, die auf seinen Schultern lastete, fiel mit einem Mal von ihm ab. Er seufzte: »Hallo, Percy. Was gibts für ein Problem?«

»Die haben schon wieder mein Fahrrad geklaut«, sagte der Graue. In seinem Gesicht zuckte es. »Wieder dieselben Schweine. Tu doch was, Dangerous«, flehte er. »Wenn ich mein Rad nicht habe, kann ich nicht raus zu meinem Garten.«

»Wer hat es geklaut?« Er spürte, daß der Sergeant am Tresen grinste.

»Die Kerle, die sich Angel Brothers nennen. Wohnen bißchen weiter die Straße runter. Ich weiß, daß sie es haben, Dangerous. Hol es mir wieder, Mann.«

Davies brummte, mit einem kurzen Blick zum Sergeant hin: »Wie gut, daß mich wenigstens einer braucht.« Er legte dem Mann eine Hand auf die Schulter. »Schauen wir sie uns mal an.«

»Es ist gleich um die Ecke«, sagte Percy, als sie auf die Straße traten. »Das tun sie nur, um mich zu ärgern. Die denken, ich kriege einen Herzschlag, und sie können das Fahrrad behalten.«

Sie gingen an der niedrigen Häuserreihe entlang. »Das letzte Haus«, sagte Percy mit versiegender Stimme. »Ich hab Schiß, Dangerous«, flüsterte er. »Ich hab Angst vor ihnen.«

»Geh nach Hause«, sagte Davies ruhig. »Ich bringe dir dein Rad in ein paar Minuten.« Er sah dem Mann in das zitternde Gesicht. »Und du bist sicher, daß sie es haben? Du hast es nicht irgendwo stehen lassen?«

»Sie haben es, bestimmt«, beteuerte Percy. »Ich hab gesehen, wie sie es sich geholt haben. Ich war gerade beim Umgraben.«

»Gut, dann schieb ab nach Hause. Ich bin gerade in der richtigen Stimmung für die Angel Brothers.« Und das war er. Er fühlte sich wie ein kochender Dampfkessel. Er ging an die Tür und bollerte heftig dagegen. Es wurde sofort aufgemacht. Die Brüder, Endzwanziger mit einer langen Latte von Vorstrafen, kamen beide an die Türöffnung, die sie zusammen mehr als ausfüllten. »Hau das Ding nicht kurz und klein«, beschwerte der eine sich. Dann sah er, wen er vor sich hatte. »Och, Sie sind das.«

»Ja, das ist er«, bestätigte der andere grimmig. »Was wollen Sie?«

»Percys Fahrrad«, sagte Davies. Er trat einen Schritt vor und stieß mit beiden Händen jedem einen Finger in ein Nasenloch. »Her damit, sofort!«

Die jungen Männer zogen sich, erschrocken aufjaulend, in den engen Hausflur zurück. Davies stellte den Fuß in die Tür. »Her damit«, wiederholte er. Er klopfte sich auf die Mantelbrust. »Ich bin im Dienst und bewaffnet, und ich schieße euch Hundesöhne auf der Stelle über den Haufen, wenn ihr das Rad nicht rausrückt.« Er konnte sehen, daß sie dachten, er sei wahnsinnig geworden. Beide machten noch einen Schritt nach hinten.

»Einer von euch geht, der andere bleibt hier«, kommandierte er, indem er den Nächststehenden am Kragen packte.

Der andere Bruder verschwand im dunklen Hausinnern. Der andere rollte mit den Augen. »Sie können nicht einfach herkommen und Leute erschießen«, japste er. »Das dürfen Sie gar nicht.«

»Ich schon«, sagte Davies. »Ich hab' die Lizenz zum Töten!«

Der erste der Brüder tauchte, das Fahrrad vor sich herschiebend, auf. »Wir haben es gefunden«, sagte er.

»Noch ehe es verloren war«, knurrte Davies. »Na gut, Jungs, ihr schiebt es zu Percys Haus und gebt es ihm zurück, und ihm könnt ihr ja sagen, ihr habt es gefunden.« Er sah jedem streng in die Augen. »Alle beide.«

Sie sahen sich an und nickten. Brav wie Meßknaben schoben sie das Fahrrad zwischen sich auf dem Bürgersteig bis zum anderen Ende der Häuserreihe. »Du klopfst«, sagte Davies und zeigte auf den Bruder, der sich der Tür am nächsten befand. »Aber manierlich.« Der junge Mann zog ein Gesicht, tat aber, wie geheißen. Ein angsterfüllter Percy öffnete.

»Hallo Percy«, sagte Davies heiter. »Diese beiden netten Jungen haben dein Rad gefunden. Sie bringen es dir wieder.«

Ein breites Grinsen füllte das verwitterte Gesicht des Alten von einem Ohr zum anderen aus. »Danke«, sagte er und nahm das Fahrrad entgegen. Er sah Davies anerkennend an. »Danke«, wiederholte er und machte die Tür zu.

»Und ihr zwei lauft nach Hause und guckt die Sesamstraße an«, sagte Davies zu den Brüdern. Er legte jedem von ihnen eine Hand auf die Schulter. »Merkt euch eins, Percy ist ein SPP – ›Specially Protected Person‹ –, im Krieg war er beim MI 5. Wenn ihm was zustößt, gibt's einen Riesenaufstand. Also laßt ihn in Ruhe. Und jetzt verpißt euch.«

»Mein Gott«, sagte Davies verbittert, »er ist buchstäblich an die Decke gegangen – ein Wunder, daß es kein Loch gegeben hat. War völlig ausgerastet. Man konnte denken, ich hätte einen Mörder entkommen lassen, anstatt ihn ihm auf dem Tablett zu servieren.«

Jemma streichelte seine Hand. Sie saßen im ›Wickelkind‹ um den Tisch. Mod nickte tiefsinnig.

»Und irgendein hohes Tier wird dafür einen Orden bekommen«, sagte Jemma.

»Da kannst du Gift drauf nehmen«, sagte Davies. Er seufzte. Er war so aufgebracht, daß Mod die Getränke holen mußte. »Ich habe ihm gesagt, ich wollte es erst überprüfen, um seine wertvolle Zeit nicht zu verschwenden.« Er funkelte beide an. »Außerdem wollte ich es selbst überprüfen«, setzte er trotzig hinzu. »Herrgott, ich war schließlich derjenige, der es herausgefunden hat.«

»Und dafür war er dir kein bißchen dankbar. Also ein Mensch, der sich in seiner Stellung nicht sicher fühlt«, dozierte Mod. »Ich kannte mal einen Bibliothekar, der hatte auch ...«

Jemma brachte ihn mit einem Blick zum Schweigen. »Nein, dankbar ist der Mann nicht«, stimmte Davies zu. »Schreit mich an, ich hätte wertvolle Zeit verstreichen lassen, der Russen-Mike wäre jetzt tausende Meilen weit über alle Berge, irgendwo in Südamerika. Alles Quatsch. Wenn er entwischte, würde ich gefeuert werden! Jesus, die hatten nicht mal einen konkreten Verdacht, und jetzt soll ich mich beschuldigen lassen, ich wäre der Gerechtigkeit in den Rücken gefallen.«

»Aber es war ja nicht Südamerika«, bemerkte Jemma, indem sie noch einen Blick auf den *Evening Standard* warf. Die Schlagzeile lautete: »Mord in Wormwood Scrubs: Mann festgenommen«. Sie überflog den Artikel. »Es war in South Harrow«, sagte sie. »Und Detective Sergeant Harvey gibt ein hübsches, nichtssagendes, aufgemotztes Statement ab und klopft sich selbst auf die Schulter. Ich wette, du wirst nicht mal lobend erwähnt werden.«

»Todsichere Wette«, sagte Davies.

»A propos«, versuchte Mod abzulenken, »das Pferd, auf das du mich neulich in dem Wettbüro hast setzen lassen ...«

»Hat gewonnen«, nickte Davies. »Hab's gesehen. Eins zu eins.«

»Ich mußte zu dem Laden, um meinen Gewinn abzuholen. Fünf Pfund sechzig. Und du weißt ja, was der Bus heutzutage kostet.«

»Aber doch keinen Fünfer von hier bis Marylebone«, protestierte Davies. »Was ist mit dem Rest?«

»Damit habe ich vorhin die Getränke bezahlt«, verteidigte sich Mod.

Davies sagte ingrimmig: »Also gut, sollen sie ihre Lorbeeren behalten und sich dafür feiern lassen, daß der Mörder lebenslänglich in den Knast einfährt. Was mich angeht, ich fahre am Wochenende nach Bournemouth.«

Jemma sah ihn an. »Wenigstens«, sagte er, »habe ich da meinen eigenen Fall. Meinen eigenen Mord.«

Kapitel 14

Inzwischen war es April geworden. »Laue Frühlingslüfte wehten...«, zitierte Mrs. Dulciman. Sie stützte sich auf Davies' Arm, während sie auf der Promenade spazierengingen.

»So ist es«, nickte Davies und hielt die Nase schnuppernd in die Salzluft. Der Sonnenschein gab nicht viel Wärme, trotzdem sah man auf dem Sand an windgeschützten Stellen schon Leute in Liegestühlen. Andere bevölkerten die Bänke, die entlang dem Geländer aufgestellt waren. Mrs. Dulciman schlug vor, sie sollten sich setzen. Sie suchten sich eine leere Bank mit Blick auf das Meer. Ein älteres Paar stand schweigend in der Nähe. »Würden Sie uns bitte allein lassen«, forderte Mrs. Dulciman sie ohne Umschweife auf, »wir haben etwas Persönliches zu besprechen.«

Zu Davies' Erstaunen nickten die derart Angesprochenen verständnisvoll und gingen weiter. »Sehr gefällig, die Leute«, sagte Mrs. Dulciman zufrieden. »Eine Frage der Erziehung.«

Sie saßen eine Zeitlang schweigend da. »So richtig beginnt die Saison eigentlich erst um Pfingsten herum. Dann kommen die Urlauber«, bemerkte Mrs. Dulciman schließlich. Sie drehte sich halb zu Davies um und drückte seinen Arm. »Was haben Sie herausgefunden, Mr. Davies?«

»Einiges«, sagte er. »Wenn ich nicht immer wieder im Spital landete, wäre ich jetzt schon fast am Ziel.«

»Wirklich? Wie tüchtig Sie sind. Wissen Sie nun, was mit ihm geschehen ist?«

»Ich werde es bald wissen«, war seine Antwort. Er sah sie eindringlich an. »Mrs. Dulciman, ich muß Ihnen etwas mitteilen. Vielleicht ist es eine unangenehme Überraschung.«

»Oh«, sagte sie gelassen. »Und das wäre?«

Er sagte unverblümt: »Ich fürchte, Mr. Dulciman hat sein Geld mit Pornografie verdient.«

Sie brach in lautes Gelächter aus. Ein Mann, der mit seinem Hund vorbeiging, drehte sich nach ihr um. »Schon gut«, sagte sie und winkte ihm, weiterzugehen.

»Pornografie«, wiederholte Davies in leiserem Ton. »Sie wissen doch, was ich damit meine?«

»Ob ich weiß, was Sie meinen? Mein Lieber, vor fünfzig Jahren war ich eines der besten Porno-Models der Branche.«

Alles, was Davies herausbrachte, war: »Sie?«

»Ja, ich«, bestätigte sie. »Auf diese Weise habe ich Dulciman kennengelernt. Aber als wir hierherzogen, war mir zunächst nicht klar, daß er wieder damit angefangen hatte. Er hat mir ja nie viel mitgeteilt.«

Sie sah ihm freundlich lächelnd ins Gesicht. »Ich glaube gar, Sie sind schockiert, Mr. Davies.«

Er rieb sich das Kinn. »Na ja, ein bißchen überrascht bin ich schon.«

»Meine Mutter war eine Berühmtheit auf diesem Gebiet«, sprudelte es fast aus ihr hervor. »Das war vor dem Ersten Weltkrieg, und natürlich vor allem während des Krieges. Da hat sie ein Vermögen verdient. Dann gab es einen unglücklichen Zwischenfall. In Paris. Damals arbeitete man noch mit Magnesium-Blitzlicht, das man explodieren ließ, um zu knipsen. Die Haare einer Frau fingen Feuer. Es war furchtbar.«

Davies starrte hinaus aufs Meer. Er hatte eigentlich angenommen, er sei so abgebrüht, daß ihn nichts mehr in Erstaunen versetzen könne. Aus den Augenwinkeln nahm er eine rosa Gestalt wahr, die hinunter zum Wasser marschierte. Es war Nola Cloudsley-Clive mit ihrem Tennisschläger. Die Möwen begannen erwartungsvoll zu kreischen. Sie warf ein Stück Brot in die Luft und holte mit dem Tennisschläger aus.

»Diese Irre«, sagte Mrs. Dulciman mit kaum unterdrücktem Ressentiment. »Wie sie aussieht, aufgetakelt wie ein verrückter Flamingo. Was für eine Art und Weise, sein Leben wegzuwerfen.« Der Doppelsinn schien ihr nicht bewußt. Davies sagte: »Sie hat halt beschlossen, es den Vögeln zuzuwerfen.«

»Dulciman kannte sie natürlich. Das haben Sie wohl auch rausgefunden?« Es war eine Frage, als wolle sie ihn auf die Probe stellen.

»Hm... ja.« Er nickte, während er weiter die Szene am Wasser beobachtete. »Sie hat ihm Geld geliehen, soweit ich weiß.«

»Das hat sie, und Gott weiß wie viele andere ebenso. ›Geliehen‹ ist kaum das richtige Wort dafür. Sie haben es ihm freudig geschenkt. Er war der Typ dafür, hat seinen Charme nicht nur versprüht, sondern ausgeschüttet, eimerweise. Als er seine eigenen Zähne noch hatte, war er unwiderstehlich.« Die Bemerkung erinnerte sie an etwas. »Sind Sie übrigens je zu einem Ergebnis gekommen, wer mir das Päckchen mit dem Gebiß zugeschickt hat?«

»Nicht so recht«, log er. »Wenn ich das wüßte, wäre ich ein ganzes Stück näher dran, den Knoten aufzudröseln.«

»Wenn das so ist«, sagte sie schmunzelnd, »muß ich Ihnen wohl reinen Wein einschenken.«

»Sie wissen es?« fragte er mit geheucheltem Erstaunen.

»Gewiß doch. Ich war das! Ich habe das Gebiß an mich selber geschickt.«

»Und wozu?« fragte er und gab sich den Anschein, als wäre das Ganze zu verwirrend für ihn.

»Natürlich um Sie dahin zu bringen, den Fall zu übernehmen, Sie Dummerchen«, triumphierte sie. »Als eine Art Köder.«

»Also so was. Wer wäre darauf gekommen«, sagte er kopfschüttelnd. »Einfach, um mich anzustacheln. Na ja, es hat ja auch gewirkt. Was sind Sie gerissen, Mrs. Dulciman.«

Sie kicherte vor Vergnügen. »Ich bin ja so froh, das von Ihnen zu hören. Es ist manchmal schwierig, sich neue Fähigkeiten anzueignen, wenn man nicht mehr so jung, beziehungsweise eher alt als jung ist, wie man es nimmt. Gerissenheit ist sicherlich solch eine Fähigkeit.«

»Ja, bestimmt«, sagte er. »Mich haben Sie jedenfalls ganz schön zum Narren gehalten.«

»Dieses Gebiß hat schon fünf Jahre so herumgelegen. Zuerst hatte ich es aufgewahrt für den Fall, daß er noch mal zurückkäme und es bräuchte. Dann kam mir diese gute Idee. Und, wie gesagt, sie hat ja auch gewirkt.«

Davies nickte. »Hier sitze ich und bearbeite den Fall. Toll.« Dann schlug er einen anderen Ton an. »Wieso hat er das Gebiß zurückgelassen, als er das letzte Mal ausging? War das ein Zweitstück?«

»Ja, zur Reserve«, bestätigte sie. »Als er an jenem letzten Abend zum Moonlighters Club ging, trug er seine besten Zähne. Vielleicht hatte er ein Rendezvous.«

»Sein Partner beim Pornogeschäft war übrigens Pengelly.«

Jetzt war es an ihr, überrascht zu sein. »Ist das wahr? Das ist ja interessant. Ich dachte mir schon, daß Pengelly sich irgendwie anders seinen Unterhalt verdiente. Als Detektiv war er nämlich absolut unbrauchbar.«

»Anscheinend kannten die beiden sich schon in London, als Pengelly noch unter einem anderen Namen lebte. Sie hatten sich ein Atelier eingerichtet und die Models angeworben und so weiter. Aber die Sache ging schief, ein paar Typen aus der Londoner Unterwelt wollten bei ihnen absahnen, vermute ich. Wohl deswegen hat Ihr Mann sich entschlossen, wegzuziehen und sich hier niederzulassen.«

Sie nickte in Gedanken. »Ich fand immer, daß wir unsere Zelte ziemlich überstürzt abgebrochen hatten.«

»Später meldete Pengelly sich wieder und machte den Vorschlag, das Geschäft mehr im stillen und weit weg von London wieder aufzuziehen, und so geschah es dann. Die beiden heuerten Jugendliche hier aus der Gegend, meist Arbeitslose, als Models an. Aber auch diesmal lief das Geschäft zu gut. Dulciman hatte sich für den Start von Leuten wie Mrs. Cloudsley-Clive dort draußen ...«, er blinzelte gegen die sinkende Sonne und sah zu der hochgewachsenen, eckigen Gestalt hin, die immer noch den Tennisschläger schwang, »...Geld geliehen, natürlich ohne die Absicht, es zurückzuzahlen. Aber die Konkurrenten in London bekamen auch diesmal Wind von der Sache und setzten ihn von neuem unter Druck.« Er blickte sie mitfühlend an. »Ich fürchte, es besteht die Möglichkeit, daß Mr. Dulcimans Schicksal etwas mit diesen Umständen zu tun hat.«

»Armer Dulciman«, seufzte sie, aber nicht sonderlich ergriffen. »Das war dann wohl nicht sehr angenehm.« Sie erwiderte seinen Blick. »Sie glauben, er liegt vielleicht irgendwo draußen auf der Schnellstraße unter dem Beton?«

»Es wäre eine Möglichkeit.«

»Dann hoffe ich für ihn, daß er nicht lange gelitten hat«, sagte sie.

Davies traf Father Ignatius O'Rourke hinter der katholischen Kirche an, wo er in einem Liegestuhl saß und in dem Magazin *Woman's Own* las.

»Ich habe so viele Frauenprobleme«, sagte er. Sein Gesichtsausdruck änderte sich. »Nicht direkt, wissen Sie. Ich halte meine Gelübde, auch wenn andere es nicht mehr tun. Aber die Frauen kommen zu mir und wollen meinen Rat. Den kann ich nur geben, wenn ich mich bei den Fachleuten schlau mache, den Briefkastentanten, so nennt man das wohl, in Zeitschriften wie dieser. Die haben für alles eine Antwort.« Er war ein schmächtiges Männchen mit roter Knubbelnase. »Ich möchte nicht, daß Sie denken, ich interessiere mich für Strickmuster.«

Davies stellte sich vor. »Ein Privatdetektiv«, wiederholte der Priester die halbe Lüge, die Davies ihm aufgetischt hatte. »Das ist doch mal was. Geht es um Mord?«

»Könnte sein.«

Der Seelenhirt sah aus, als krame er im Gedächtnis nach einem passenden Fall in der jüngeren Vergangenheit. Vergeblich. »Und wer ist das wohl gewesen?« fragte er.

»Im Moment wird lediglich jemand vermißt«, erwiderte Davies.

»Ah ja, verschollen. Diese Menschen tauchen oft erst als Tote wieder auf, nicht wahr?«

»Ja, häufig. Es betrifft einen Mr. Dulciman. Er ist vor ungefähr fünf Jahren verschwunden.«

Father Ignatius sah erstaunt aus. »Diese vermißte Person ist mir unbekannt«, gab er zu. »Aber vor fünf Jahren war ich auch noch nicht hier.« Seine Miene hellte sich auf. »Wissen Sie, ich habe kürzlich an der Audienz beim Heiligen Vater teilgenommen. In der Heiligen Stadt.«

»Das habe ich gehört«, sagte Davies.

»Wer hat Ihnen das gesagt?« fragte der Pfarrer ein wenig beunruhigt.

»Ich habe einige Nachforschungen veranlaßt, aber Sie waren verreist«, erläuterte Davies. »Wie geht es dem Heiligen Vater?«

»Gesundheitlich gut, dem Anblick nach. Er hat nur auf Deutsch zu uns gesprochen, leider Gottes. Ich gehörte zu einer ökumenischen Gruppe aus Salisbury, aber anscheinend gab es eine Verwechslung, so daß man annahm, wir kämen aus Salzburg. Ich habe kein einziges Wort von dem, was er sagte, verstanden. Die anderen ebensowenig.«

»So ist das Leben«, sagte Davies. »Voller Mißverständnisse.«

»Und Probleme«, sagte der Pfarrer. »Was ist nun Ihr spezielles Problem?«

»Es betrifft eigentlich Ihren Vorgänger.«

»Der jetzt, so hoffe und glaube ich fest, die Lösung für alle Probleme kennt.«

»Ja, man hat mir gesagt, daß er verstorben ist.« Davies legte eine geziemende Pause ein. »Aber soviel ich weiß, hat er eine katholische Jugendgruppe geleitet, die sich an der Aktion zur Reinhaltung der Strände beteiligt hat. Dafür wurden einheitliche Mützen und T-Shirts ausgegeben.«

Der Priester schien ein wenig überrascht, sagte dann aber: »Ja, das ist richtig. Man hat mir nahegelegt, das gute Werk weiterzuführen, aber ich habe es abgelehnt. Ich habe zuviel damit zu tun, die Seelen reinzuhalten, um mich auch noch um den Badestrand zu kümmern.«

Davies nickte. »Ich muß unbedingt einen von den Jugendlichen ausfindig machen, ein einziger würde schon reichen, der vor fünf Jahren an der Aktion teilgenommen hat. Einer von ihnen hat damals ein Paar Schuhe gefunden.«

»Aha, Ihr Anhaltspunkt«, sagte der Pfarrer voll Genugtuung. »Ist Ihr Mann denn damals ins Wasser gegangen?«

Davies sah ihn anerkennend an. »Vielleicht. Oder er hat nur versucht, den Anschein zu erwecken. Oder jemand anderes hat versucht, diesen Anschein zu erwecken.«

»Also der Täter«, sagte der Geistliche mit zufriedenem Lächeln. Er erhob sich aus dem Liegestuhl. »Father Fergus hat Aufzeichnungen hinterlassen«, sagte er. Er faltete seine Illustrierte sorgsam zusammen. »Kommen Sie, ich zeige Sie Ihnen. Ordnung in den Akten war seine Stärke. Meine ist es leider nicht.«

Er ging voraus zum Pfarrhaus, rhythmisch mit dem Kopf nikkend wie ein glattgeschorener Esel. »Man stelle sich vor, ein Mord«, sinnierte er. »Und vor so langer Zeit.« An der Haustür drehte er sich mitfühlend um. »Die Spur, wenn das das richtige Wort ist, wird jetzt schon ein bißchen kalt sein.«

Davies nickte. »Ich versuche, ihr wieder Leben einzuhauchen.«

»Andererseits denke ich, nach einer gewissen Zeit, ein paar Jahre reichen schon, erwähnen die Leute manches, was sie einem zu Beginn niemals erzählt hätten. Sie denken wohl, es spielt nun keine Rolle mehr, wenn es herauskommt.«

»Richtig«, sagte Davies. »Das ist einer der Pluspunkte. Nicht, als ob alles korrekt wäre, was die Leute in Erinnerung haben, weit gefehlt, aber man hat Zeit gehabt, sich seine Meinung zu bilden. Es erscheint einem nicht mehr so wichtig, peinliche Dinge zu verschweigen.«

»Die Perspektiven ändern sich«, stimmte der Pfarrer zu.

Er führte Davies in ein halbdunkles, außergewöhnlich unaufgeräumtes Studierzimmer. Bücher stapelten sich auf dem Fußboden, in einem Fall zu dem Zweck, ein fehlendes Stuhlbein zu ersetzen. Massen von Zeitungen und Broschüren und ein halbes Dutzend Plastik-Kaffeebecher lagen herum, ein Haufen gebrauchte Handtücher machte sich auf dem Schreibtisch breit. In einer Ecke stand ein Diaprojektor, der ein Farbbild von einem großen weißen Vogel mit leuchtendgelben Halsfedern auf eine Leinwand warf.

»Na so was. Wieder nicht ausgeschaltet«, sagte Father Ignatius und holte das Vergessene nach. »Mein voriges Pfarrhaus habe ich niedergebrannt. Aber das bleibt unter uns, offiziell ist die Ursache ungeklärt.«

»Sie interessieren sich für Vögel«, sagte Davies und schaute auf die nunmehr leere Leinwand.

»Mehr für die Herkunft unserer Wörter und Redewendungen«, stellte der Pfarrer richtig. »Ich arbeite an einem Bildband für junge Leute, der zeigen soll, woher manche der Ausdrücke unserer Umgangssprache stammen.« Er schaltete den Projektor wieder ein. »Dies ist ein Baßtölpel aus der Familie der Ruderfüßer. Sie wissen ja, daß man mit Tölpel auch einen ungeschickten, schwerfälligen Menschen bezeichnet.« Er schaltete zum nächsten Bild, das einen bärenähnlichen Vierbeiner zeigte. »Und das ist ein Vielfraß. Eigentlich eine skandinavische Marderart.«

Menschen mit privaten, manchmal heimlichen Hobbies oder sogar Leidenschaften hatten Davies von jeher fasziniert. Der Priester schaltete den Projektor wieder ab und pustete gegen das Gerät, als wolle er es abkühlen. »Nun aber«, begann er in geschäftsmäßigem Ton, »die Akten von Father Fergus. Hier hinein bitte.«

Er führte Davies in ein angrenzendes Kämmerchen, das ebenso peinlich aufgeräumt war wie sein eigenes Zimmer chaotisch.

»Meine Haushälterin, die ich von meinem Vorgänger übernommen habe, wischt hier regelmäßig Staub. Einmal habe ich sie sogar dabei ertappt, wie sie die Aktenschränke blankgewienert hat.« Er zwinkerte Davies zu. »Ich glaube, sie denkt, eines Tages kommt er zurück.«

Er schaltete die Lampe an, die einen kräftigen Lichtstrahl auf die Schränke warf. »Das hat er installiert«, sagte Father Ignatius. »Es ist wie das Licht Gottes, nicht wahr?« Er schnüffelte an den Schildchen entlang, die außen an den Schränken angebracht waren, und schüttelte den Kopf. »Sehen Sie sich das an«, sagte er, ohne Davies die Gelegenheit dazu zu geben. »Er führte Listen über alles und jedes. Wer geboren wurde und wer getraut und wer begraben, bis hin zu wer in der Sakristei den Fußboden gescheuert hat. Unglaublich.« Er sah Davies bedeutungsvoll an. »Aber der heutige Tag mag ja dies alles nachträglich rechtfertigen.«

Er schnupperte an den Aktenordnern. »Da haben wir's. Leicht zu finden. Jugendgruppe. Nach Jahrgängen geordnet. Vor fünf Jahren, sagten Sie, Mr. Davies. Hier ist es schon.«

Der schmächtige Mann zerrte heftig an dem Stahlschubfach. Davies beugte sich hilfsbreit vor, aber da gab es schon nach. Der Priester trat mit einer einladenden Geste zur Seite.

»Schauen Sie selbst, ob sie was finden. Dieses Licht bringt mich um. Im Himmel werde ich mich niemals eingewöhnen können.« Er ging zur Tür. »Ich bitte Mrs. Finnister, uns einen Kaffee zu kochen. Nehmen Sie auch eine Tasse?«

Davies bedankte sich und sagte ja, gern. Seine Hand wanderte in den Schrank und hob eine Mappe heraus. Er verglich das Jahr. Neunzehnhundertachtundachtzig, ja, das war's. Er legte sie auf das Tischchen, das den Rest des Raumes fast völlig ausfüllte. Ein Holzstuhl war da, den rückte er sich zurecht, um die Akte in Ruhe durchzusehen. Eins der ersten Dokumente, die er zur Hand nahm, war dasjenige, das er suchte. Es war überschrieben mit »Jugendgruppe – Aktion sauberer Strand« und enthielt eine Liste von zwölf Namen. Ein dankbares Lächeln erschien auf seinem Gesicht, als er darauf hinabschaute.

Er legte die Liste zur Seite und blätterte den Rest der Akte durch. Briefe, Notizzettel und mit »Einsatzplan« überschriebene Namenslisten. Er suchte die Liste vom 16. September heraus, das war das Datum, an dem Dulcimans Schuhe sich angefunden hatten. Ein Dutzend Namen. Er verglich sie mit dem ersten Dokument. Die beiden Listen stimmten überein.

Davies ging zurück ins Studierzimmer. Father Ignatius saß an seinem Schreibtisch, der vorher völlig bedeckt gewesen und jetzt durch Beiseiteschieben der störenden Objekte teilweise freigelegt war. Er hatte auch ein paar Kleidungsstücke von einer Stuhllehne entfernt und lud nun Davies ein, sich zu setzen. Zwei Becher voll Kaffee standen auf dem Schreibtisch bereit. »Pulverkaffee«, sagte er halb entschuldigend. »Für Father Fergus hat Mrs. Finnister immer echten Kaffee gekocht. Das Essen, das er bekam, war ebenfalls besser.« Er lehnte sich vertraulich über den Tisch. »Eine geerbte

Haushälterin ist wie eine Frau, die sich zum zweiten Mal verheiratet hat. Stellt ständig Vergleiche an, meistens ungünstige.« Er blickte auf die beiden Papiere in Davies' Hand. »Sie haben was gefunden. Das ging ja fix.«

»Father Fergus' systematische Ordnung«, sagte Davies.

»Ah, sicher«, ein Achselzucken. »Wahrscheinlich hat Ordnungsliebe auch einen gewissen moralischen Wert. Wie Sauberkeit.«

Davies fing an, die Namen durchzulesen. »Andrews, Arthurson, Ferris, Gannet, Milford, Mulligan, Ling...« Der Priester nickte zu jedem. »Diese Familien wohnen alle noch hier«, sagte er. »Nur bei den Milfords bin ich mir nicht sicher. Sie kommen nicht mehr zur Kirche. Vielleicht sind sie weggezogen.« Er sah Davies eifrig an. »Soll ich Ihnen helfen, sie anzusprechen?«

»Das wäre eine große Hilfe.«

»Ich meine, eine Anfrage von mir wirkt nicht ganz so beunruhigend, als wenn sie von einem Detektiv kommt, oder?«

Das fand Davies auch. Der Priester las die Namen auf der Liste durch. »Natürlich sind inzwischen fünf Jahre vergangen. Die Jungen sind jetzt neunzehn, zwanzig oder noch älter.«

»Es kann an vielem hapern«, räumte Davies ein. »Vielleicht können sie sich nach so langer Zeit einfach nicht mehr entsinnen. Obwohl – ein Paar Schuhe aus dem Wasser zu fischen ist auch wieder nicht ganz alltäglich.«

Father Ignatius rieb seine kleine kirschrote Nase. »War dem Finder denn irgendwann mal bewußt, daß das schwimmende Schuhwerk auf einen Mord hindeuten könne?«

»Sie, Father, hätten sich gut für die Kripo geeignet«, lachte Davies. »Vielleicht war es dem Finder nicht bewußt. Was ihn betraf, so hatte er die Schuhe gefunden und beim Hotel abgeliefert. Ende. Der Hotelportier nahm die Schuhe entgegen, ohne den Jungen nach seinem Namen zu fragen, und ich weiß nicht, ob die Polizei ihn danach noch mal aufspürte oder es auch nur versuchte. Er hat lediglich die Schuhe gefunden.«

»Aber warum hat er sie zum Hotel gebracht?« fragte der Priester.

Davies warf ihm einen anerkennenden Blick zu. »Genau. Warum hat er sie nicht einfach im Wasser gelassen? Was hat man von einem wassertriefenden Paar Schuhe? Vielleicht war er so schlau, zu wissen, daß so ein Fund gemeldet werden sollte, weil eventuell jemand ertrunken sein könnte. Ein Paar Schuhe, nicht bloß einer. Also ging er schnurstracks dahin, wo der die Sache einem Erwachsenen übergeben konnte – zum Hotel.«

Father Ignatius vertiefte sich wieder in die Liste. »Welche Fragen soll ich denn stellen?« Er sah auf. »Wenn ich die jungen Leute überhaupt antreffe«, gab er zu bedenken. »Sie stehen ja jetzt im Beruf oder studieren irgendwo. Natürlich, heutzutage weiß man nie.«

»Hoffen wir einfach auf ein bißchen Glück«, sagte Davies. »Wenn's nicht klappt, versuche ich es später nochmal. Heute abend.«

»Vielleicht haben wir Glück«, wiederholte der Kirchenmann. »Und nun, welche Fragen ...?«

»Richtig«, sagte Davies. »Als erstes fragen Sie bitte, ob die Person sich erinnert, daß damals, am 16. September vor fünf Jahren, ein Paar Schuhe gefunden wurden, und wer sie gefunden hat. Solche Dinge bleiben ja manchmal im Gedächtnis haften.«

Ohne weiter zu fragen grub der Pfarrer das Telefon unter einem Berg schmutziger Handtuchrollen aus. Nicht weit davon fand sich auch das Telefonbuch. Er reichte es zusammen mit der Liste über den Tisch. »Sagen Sie mir die Nummern vor«, bat er. »Das Gedruckte wird für meine Augen von Tag zu Tag kleiner.«

Davies sagte: »Fangen wir mit den weniger häufigen Familiennamen an. Arthurson, versuchen wir's damit.« Er blätterte im Telefonbuch. »Nur zwei dieses Namens.«

»Sicher die Familie in der Holdenhurst Road«, sagte der Pfarrer. »Der Vater ist verstorben.«

Davies nannte die Nummer und sah zu, wie Father Ignatius die Wählscheibe mit übertriebener Sorgfalt drehte. Es nahm sofort jemand ab.

»Hallo, ist da Mrs. Arthurson? Gut. Hier spricht Pfarrer Ignatius von der Kirche ... Nein, nichts Schlimmes.« Er sah zu Davies hin und verdrehte die Augen. »Nein, nein. Ich hätte gern mal mit Ihrem Sohn Brian gesprochen. Ist er zu Hause? Ah, schön ...« Er deckte die Sprechmuschel mit der Hand zu und flüsterte: »Sie denken, ein Priester, das bedeutet schlechte Nachrichten.« Er hielt den Hörer wieder ans Ohr. »Hallo, Brian. Wie geht es dir, was machst du? Nicht viel? Na, ich hoffe, es findet sich bald was. Ich wollte dich etwas fragen. Es klingt ein bißchen seltsam, ist aber ziemlich wichtig. Erinnerst du dich an die Strandaktionen, die Father Fergus zu organisieren pflegte, Abfallaufsammeln und so weiter ...? Richtig, genau. Kannst du mal in Gedanken etwa fünf Jahre zurückgehen, zum 16. September 1988. Damals hat jemand, einer von euch, ein Paar Schuhe im Wasser gefunden. Erinnerst du dich? Nein? Denk noch mal scharf nach ... Aha. Trotzdem vielen Dank, Brian. Ich hoffe, du hast bald bessere Aussichten.«

Er legte achselzuckend den Hörer auf. »Erinnert sich nicht«, sagte er. »Aber wenn man diese chaotische Familie kennt, ist es kein Wunder. Seine Schwester hatte ein Kind bekommen, und es sollte getauft werden. Alles war versammelt, nur – Sie werden es nicht glauben – sie hatten vergessen, das Baby mitzubringen.« Er seufzte. »Wer kommt als nächstes?«

»Ferris«, sagte Davies. »Ferris, Ling, Gannet ...«

»Nein, Garret ... Father Fergus' Handschrift. Aber es sieht wie Gannet aus, das ist auch eine Vogelart. Manchmal ist so was ein gutes Omen. Außerdem weiß ich, wo sie wohnen. Die Familie kommt regelmäßig zur Kirche, und die sind alle nicht auf den Kopf gefallen. Deswegen wird der Junge wohl nicht zu Hause sein, denke ich, sondern bei der Arbeit oder beim Studium.« Davies hatte die Nummer gefunden und sagte ihm die Ziffern an. Er wählte.

»Ist da Andrew Garret?« fragte der Priester. »Ja, hallo. Hier Pfarrer Ignatius ... Nein, nichts Schlimmes. Ich wollte nur mal fragen, ob du dich an eine Sache erinnerst, die eine Weile zurückliegt ...«

Davies sah gespannt in das Gesicht des Geistlichen, während dieser seine Fragen abspulte. Plötzlich hellte seine Miene sich auf. »Das weißt du noch? Wer war es? Ah ja, kenne ich. Familie Howells, richtig, Old Christchurch Road. Ja, mache ich. Vielen Dank, Andrew. Ich hoffe, du bist bald wieder gesund und kannst wieder zur Arbeit gehen.«

Er legte langsam den Hörer nieder und wendete sich mit derselben Bewegung Davies zu. »Sie haben es gehört«, lachte er. Davies suchte bereits fieberhaft nach der Nummer und las sie dem Pfarrer vor. »Was frage ich jetzt?« wollte dieser wissen.

»Fragen Sie, ob er noch weiß, daß er damals die Schuhe gefunden hat.« Er dachte einen Augenblick nach. »Wenn ja, würde ich mich gern mit ihm treffen. Vielleicht könnten sie mitkommen, Father.«

»Wird gemacht«, sagte der Kirchenmann und rieb sich die schmalen Hände. »Mit Vergnügen.«

Mit pedantischer Sorgfalt wählte er die Nummer. »Ja, hallo, Mrs. Howells. Wie geht es Ihnen? Nein, nichts Schlimmes. Ich wollte eigentlich mit Peter... Nein, kein Grund zur Sorge. Ah ja, schön für ihn. Ja natürlich. Vielleicht könnte ich dann vorbeikommen... Gut. Danke sehr. Oh... ja, Gott sei auch mit Ihnen.«

Er legte auf. »Er hat Arbeit gefunden«, teilte er Davies mit einem Anflug von Triumph mit. »Der Junge, meine ich, nicht Gott. Er kommt gegen vier Uhr nach Hause.« Er sah zu der Wanduhr hin und studierte sie eingehend. Die Zeiger waren ziemlich groß, aber die Uhr ging eine Stunde nach.

»Ich kann sie nicht umstellen, ich traue mich nicht, sie anzurühren«, kam er Davies' Bemerkung zuvor. »Father Fergus hat sie aufgehängt. Wie Sie wissen, war er ein sehr gründlicher Mensch, und er hat sie dahingehängt, damit sie dort bleibt. Nur Gott dürfte sie herunternehmen.«

»Aber sie geht doch nur nach«, meinte Davies. »Sie brauchen nur den Zeiger zu drehen.«

Der Priester sah ein wenig verärgert aus, als wünschte er, dieser Gedanke wäre ihm selber gekommen. »Ich warte bis zur Sommerzeit«, entschied er dann. »Ich habe zu wenig Zeit, als daß ich dauernd an Uhren herumspielen könnte.« Er sah auf seine Armbanduhr, die mit einem Lederriemen wie von einem Hundehalsband an seinem Handgelenk befestigt war. »Die hier ist stehengeblieben. Vorige Woche«, sagte er.

»Es ist halb vier«, sagte Davies mit einem Blick auf seine eigene Uhr.

»Wir sollten unseren Kaffee trinken und uns auf den Weg machen«, sagte der Pfarrer. »Wir müssen unsere Ermittlungen fortsetzen.« Sein kleines Gesicht legte sich in Falten.

»Vielleicht können Sie mich inzwischen in die Einzelheiten einweihen. Ich möchte gern genau wissen, was wir eigentlich herausbekommen wollen.«

Mrs. Howells hatte für den Besuch ein neues Kleid angezogen. Das Etikett hing ihr noch im Rücken. Als der Sohn von der Arbeit nach Hause kam, ging er ruhig zur Kommode, nahm eine Schere aus der Schublade und schnitt das Schildchen ab. »Na so was«, rief Mrs. Howells aus, »und ich trage das Kleid schon seit Ewigkeiten so.«

Sie kam mit dem Tee. Peter Howells war ein hochaufgeschossener, rothaariger Jüngling mit einem gequälten Gesichtsausdruck. »Wie schön, daß du Arbeit hast«, sagte Father Ignatius. »So viele Menschen haben keine.«

»Ich habe eine Ausbildung gemacht«, sagte Peter müde. »Und dann Umschulungen. Wie das so ist. Tischler, Klempner, Dekorateur, Dachdecker.«

»Sie sind also vielseitig qualifiziert«, warf Davies ein. Sie hatten dem jungen Mann noch nicht gesagt, weshalb sie gekommen waren, und er hatte nicht danach gefragt.

»Ich hab' einen Job bei Perkins«, sagte er.

»Die Fleischwarenfabrik«, strahlte der Priester, als hätte der junge Mann von der Börse gesprochen. »Und wie ist es da?«

»Normal«, er zuckte die Achseln, »wenn man gern Schweine totmacht.«

Der Pfarrer sah Davies unbehaglich an. »Ja... sicher... man muß... hm.«

»Er hatte geglaubt, es sei ein Posten in der Versandabteilung«, sagte Mrs. Howells, indem sie die Tassen auf den Tisch stellte.

Der Sohn starrte sie düster an. »Abfertigung – ich dachte, das heißt die Fleischpasteten versandfertig machen. Aber es bedeutet die Schweine töten und ausnehmen. Ich halte das nicht mehr aus. Ich mag Schweine eigentlich gern.«

»Mit Ihrer Ausbildung müßten Sie doch eine andere Arbeit finden können«, versuchte Davies ihn aufzumuntern.

»Ich bin überqualifiziert«, murmelte Peter. »Das einzige, was ich sonst kriegen könnte, ist die Hähnchenfabrik. Da muß man nur die Hühner schlachten. Ich kann genausogut zum Militär gehen. Da braucht man nur hin und wieder zu töten.«

Seine Mutter goß mitfühlend den Tee ein. »Sein Vater war, wie Sie sich vielleicht erinnern, Father, Leichenbestatter.«

»Ja, das war er«, sagte Father Ignatius, der es vergessen hatte.

»Die Leute waren wenigstens schon tot«, sagte der Sohn. Plötzlich fiel ihm wieder ein, daß sie gekommen waren, um ihn zu sprechen. »Um was geht's Ihnen eigentlich?« fragte er.

»Um einen Mord«, sagte Father Ignatius taktloserweise.

Davies hielt sich die Hand vor die Augen. »Vielleicht ist es ein Mord«, stellte er richtig.

Der Junge war sichtlich erschrocken. »Wieso ich?« fragte er. »Wozu brauchen Sie mich dabei?«

»Er ist Detektiv«, sagte der Priester.

Davies sprach schnell weiter, ehe Father Ignatius noch mehr Schaden anrichten konnte. »Es geht um die Schuhe, die Sie vor fünf Jahren am Strand gefunden haben.«

Peter stutzte, doch dann hellte seine Miene sich auf. »Ja, richtig«, sagte er fest. »Ich habe sie aus dem Wasser gefischt. Aber das ist ewig lange her.«

»Fünf Jahre«, wiederholte Davies. »Ich bin Privatdetektiv und versuche, das Verschwinden von Mr. Vernon Dulciman aufzuklären. Es waren seine Schuhe.«

Der junge Mann zeigte zum ersten Mal Interesse. »So, waren sie das? Na und, was heißt das? Hat der Mann sich ins Meer gestürzt?«

»Vielleicht ja«, schaltete der Pfarrer sich ein, offensichtlich im Gefühl, übergangen zu werden. »Es kann auch sein, daß ihn jemand umgebracht hat.«

Der junge Mann lachte nervös. Seine Mutter stand da mit der Hand vor dem Mund. »Aber das einzige, was ich gesehen habe, waren die Schuhe«, sagte er. »Ich wußte bis zu diesem Moment nicht mal, wessen Schuhe es waren. Es hat mir auch niemand gesagt. Danach habe ich nie wieder von der Sache gehört.«

Davies blies die Backen auf. »Sie hatten Ihren Namen nicht genannt«, sagte er. »Es schien zu der Zeit nicht so wichtig, ich weiß.«

»Mir jedenfalls schien es nicht wichtig«, sagte Peter. »Und mich hat niemand nach meinem Namen gefragt. Ich habe sie ja nur bei dem Mann vom Hotel abgeliefert.«

»Sie schwammen im flachen Wasser, war das so?« fragte Davies. »Wurden hin- und hergeschwemmt?«

Der junge Mann runzelte die Stirn. »Ja. Jetzt fällt mir ein, ich selbst hatte sie zuerst gar nicht gesehen. Eine Frau war da, die machte mich darauf aufmerksam, und als ich sie herausgeholt hatte, sagte sie, ich solle damit zum Hotel gehen, vielleicht wäre es wichtig. Ich war erst vierzehn und daran gewöhnt, das zu tun, was die Erwachsenen sagten. Also tat ich es.«

Davies starrte ihn an. »Diese Frau ... Was war das für eine?«

»Nicht besonders alt. Man sieht sie öfter in der Disco oder sonstwo in Bournemouth. Nicht alt, aber ziemlich dick. Sie sagte, ich solle einfach zum Hotel gehen.«

»Mildred«, flüsterte Davies vor sich hin.

»Sie ist weg«, sagte Bertie, die Hände ausbreitend.

»Weg? Wohin?« fragte Davies. Der Portier hatte, als Davies ankam, draußen auf den Treppenstufen zum Hotel gestanden. Jetzt spähte er die Straße hinauf und hinunter, als suchte er dort nach der Antwort.

»Weiß der Himmel, Mr. Davies. Ich weiß es nicht. Sie ist einfach auf und davon. Keine Kündigung, kein gar nichts. Es kam für uns alle überraschend. Der Betrieb geht ja jetzt richtig los.«

»Das sieht Mildred gar nicht ähnlich, oder?« sagte Davies. Sie gingen hinein. An der Rezeption saß eine Neue, die ziemlich verwirrt dreinblickte.

»Nein, nicht die Bohne«, sagte Bertie. Er hielt inne. Davies hatte diese plötzliche Starre des Gesichts, einen Ausdruck der Kapitulation, schon einige Male beobachtet, wenn jemand sich entschloß, etwas auszusprechen, was er später vielleicht bedauern würde. Bertie trat einen Schritt näher.

»Ich muß Ihnen etwas sagen, Sir«, flüsterte er. »Unter vier Augen.«

»Wo?« fragte Davies. Bertie deutete mit der Hand, und sie stiegen die Treppe hinunter zu seinem Quartier. Davies spürte, wie die Erregung in ihm hochstieg; endlich tat sich etwas. Bertie schloß sein Zimmer auf, und Davies folgte ihm nach drinnen. Der Portier ließ sich in den Sessel fallen und wies den Besucher mit einer Geste auf die Couch hin. Davies zog es vor, sich auf der Armlehne niederzulassen.

»Was ist, Bertie?« fragte er.

»Ich habe mit mir geknobelt, ob ich es Ihnen sagen soll. Aber wissen Sie, ich habe einen Sinn für Loyalität. Wenn mir jemand einen Gefallen tut, und ich verspreche ihm etwas dafür, dann halte ich es auch, wenn ich kann. Und wenn mir jemand ein Geheimnis anvertraut, dann bemühe ich mich, es nicht weiterzusagen. Aber ich glaube, ich sollte Sie doch einweihen.«

»Was für ein Geheimnis? Sagen Sie schon.«

»Mr. Dulciman.«

»Ja?«

»Ich habe ein paar Sachen von ihm.«

»Was für Sachen?«

»Weiß ich nicht. In einem Koffer.« Er nickte zu der Wand hin, wo wie bei Davies erstem Besuch mehrere Koffer und Kartons aufgereiht waren. »Einer von denen. Der große braune.«

»Er hat Sie gebeten, ihn aufzubewahren?«

»Genau. Er hatte mir mal einen Gefallen getan. Wie ich Ihnen früher schon sagte, ich hatte nichts für ihn übrig, niemand hatte das, er war ein gräßlicher Kerl, aber er hatte mir einmal geholfen, und zum Dank habe ich den Koffer für ihn untergestellt. Ich hatte

Probleme mit den Buchmachern gehabt. Sie kennen mich ja, Mr. Davies, ich bin ein As, wenn's drum geht, auf einen Verlierer zu setzen. Ich war klamm, hatte dreihundert Pfund Schulden. Für mich eine Menge Geld. Das war vor fünf oder sechs Jahren.«

»Und er hat Ihnen geholfen.«

»Hat mir die ganze Summe geschenkt«, sagte Bertie kopfschüttelnd. »Ich konnte es kaum glauben, Sir. Ich muß etwas gesagt haben, halb im Scherz, wie das so meine Art ist, daß es beim Wetten nicht so lief, und am anderen Tag fragte er mich, ob ich Hilfe bräuchte. Ich wollte meinen Ohren nicht trauen. Aber ich gab zu, daß ich in der Klemme war, und nannte den Betrag, und er gab mir das Geld, einfach auf die Hand. Er hat gesagt, es ist ein Darlehen, und ich kann es irgendwann zurückzahlen, wenn ich genug habe, wenn ich mal einen Gewinn einstreiche. Komisch, irgendwie hatte ich das Gefühl, er ... wollte mich verpflichten ... für den Fall, daß er mich einmal bräuchte.«

Bertie schüttelte wieder den Kopf. »Das alles geschah, kurz bevor er verschwand. Ich hatte also gar keine Chance. Aber er hatte mich gebeten, diesen Koffer da in Verwahrung zu nehmen.« Er nickte zu der Wand hin. »Und natürlich war ich dazu bereit. Er hat noch gesagt, es sei streng vertraulich, und ich dürfe mit niemandem darüber sprechen. Und natürlich war meine Antwort, darauf könne er sich verlassen. Und darum habe ich so lange gezögert, es Ihnen zu sagen. Ich mag Sie gern und ich weiß, was Sie für Mrs. Dulciman tun wollen, aber ich habe bisher immer mein Ehrenwort gehalten, und das hatte nun mal Mr. Dulciman.«

»Das kann ich verstehen, Bertie«, sagte Davies und fügte schnell hinzu: »Haben Sie einen Schlüssel?« Er schaute auf den Koffer, auf den der Portier gezeigt hatte. Bertie war schockiert. »Aber nein, ich habe den Koffer nur einfach dort abgestellt, wo er steht, und ihn mehr oder weniger vergessen. Seitdem steht er an derselben Stelle. Wahrscheinlich hatte Mr. Dulciman den Schlüssel.«

»Und er ist Ihres Wissens niemals wieder hergekommen, um ihn zu öffnen?«

»Nein, nie, das müßte ich wissen. Ich schließe meine Tür immer ab.«

Die beiden Männer wandten sich gleichzeitig, wie auf Verabredung, dem Koffer zu. Er war der letzte einer Reihe verstaubter, dem Aussehen nach schon lange nicht mehr geöffneter Gepäckstücke, die in einer Linie standen wie verlassene Eisenbahnwaggons auf dem Rangiergleis. »Werfen wir doch mal einen Blick hinein«, brummte Davies. »Vielleicht enthält er die Antworten auf viele Fragen.«

Bertie wurde angst und bange. »Ja, natürlich, es muß wohl sein«, sagte er leise. »Aber, wie gesagt, Sir, es ist kein Schlüssel da. Er hat ihn mitgenommen.«

Davies war schon in Bewegung. »Vielleicht brauchen wir ein Stemmeisen«, sagte er. Er schaute auf den soliden, großen braunen Reisekoffer hinab, der mit zwei breiten Riemen und drei angelaufenen Metallschließen gesichert war.

»Ein Stemmeisen.« Berties Stimme zitterte vor Beklemmung. »Ja ... gut, ich gehe ein Stemmeisen holen.« Er rührte sich nicht von der Stelle. »Kein Problem. Aber ... ist das nicht fast wie Hausfriedensbruch, Mr. Davies?«

»Ja, so ähnlich«, gab Davies obenhin zurück, ohne den Blick von dem Koffer abzuwenden. Er rüttelte an den Verschlüssen, dann blickte er auf und sah Berties Gesichtsausdruck. »Keine Sorge, Bertie«, sagte er. »Mr. Dulciman wird seine Sachen nicht mehr abholen.« Er lächelte grimmig. »Wer weiß, es könnte sogar sein, daß wir ihn hier drin finden.«

Bertie schauderte. »Sagen Sie nicht so was«, flehte er. »Ich könnte es nicht ...« Er rang sich ein klägliches Lächeln ab. »Aber das hätte ich doch riechen müssen, oder?« Die Vorstellung schien ihm den Entschluß zu erleichtern. »Ich hole das Stemmeisen.«

Während er fort war, versuchte Davies den Koffer zur Seite zu rücken, was ihm nur mit Anstrengung gelang. Etwas Schweres war drin. Er wischte den Staub von den Beschlägen, als würden sie sich dadurch leichter öffnen lassen. Dann entdeckte er an der Rückseite, die der Wand zugekehrt war, die Reste eines Aufklebers. Er zog das Ungetüm weiter nach vorn in den Raum hinein. Das Papierschild war halb abgerissen, aber die Worte »The Rock Hotel, Gibraltar« waren noch erkennbar. Darunter waren Bruchstücke einer großzügigen, schwungvollen Handschrift, die er nicht entziffern konnte.

Bertie kam mit dem Stemmeisen und einem Hammer zurück. »Ich glaube, wir müssen mit Hauruck rangehen, Sir«, sagte er. Er hatte sich inzwischen ein Herz gefaßt.

»Das mache ich«, sagte Davies. »Damit Sie keinen Ärger kriegen, wenn was schief läuft. Sie brauchen nicht mal zu verraten, daß Sie dabei waren.« Er streckte die Hand nach dem Werkzeug aus.

»Ach, es macht mir nichts aus«, sagte Bertie mit seiner neuerwachten Selbstsicherheit. »Schließlich hat das Ding lang genug bei mir herumgestanden. Fünf Jahre lang, und ich habe dreihundert bekommen. Das sind nicht mal dreißig Schilling die Woche, oder?«

»Nicht genug, um aufs falsche Pferd zu setzen«, stimmte Davies zu. »Hier, wir ziehen das mal ein bißchen in die Mitte.« Bertie rückte die Couch nach hinten und Davies zerrte den Koffer an den freien Platz. Zwei weitere Aufkleber kamen zum Vorschein, auf denen in einer verblichenen Handschrift »The Rock Hotel, Gibraltar« und »Mr. and Mrs. Dulciman« standen. »Also los«, sagte er, Stemmeisen in der einen und Hammer in der anderen Hand. »Mr. Dulciman, wir kommen!«

Bertie fiel für einen Moment in die alte Angst zurück und machte einen Schritt rückwärts. »Wir kommen, Mr. Dulciman«, wiederholte er tonlos.

Davies setzte das Eisen am ersten Riegel an und schlug mit dem Hammer zu. Das Metall zitterte. Er wiederholte den Schlag. »Dazumal hat man noch richtige Koffer gemacht«, sagte Bertie in fachmännischem Ton. »Nicht diese Plastikdinger wie heute.«

Noch ein schneller Hammerschlag, und noch einer, und schon gab der Riegel nach, indem er sich aus seiner Befestigung löste. Dann machte Davies sich an die zweite Schließe und verpaßte ihr die gleiche Behandlung. Beim dritten Schlag sprang sie ab.

Nun die mittlere. Er stieß dreimal mit dem Stemmeisen zu, bis das Schloß sich halb öffnete, und schlug triumphierend mit dem Hammer darauf, um ihm den Garaus zu machen, traf aber leider nur seinen Daumen. Er jaulte auf vor Schmerz und steckte den Daumen in den Mund, zog ihn wieder raus und klemmte ihn zwischen die Oberschenkel, und schließlich nahm er ihn in die andere Hand, um ihn zu reiben. »Tut es weh, Sir?« fragte Bertie teilnahmsvoll.

»Ach, nichts«, murmelte Davies mit zusammengebissenen Zähnen. »Hab nur meinen Daumen zermalmt.«

Bertie sagte: »Ich hole den Verbandskasten.« Er drehte sich um, als wollte er sich so schnell wie möglich vom Schauplatz entfernen.

»Vergessen Sie's«, rief Davies ihm nach. »Ist nicht so schlimm. Es schmerzt eben ein bißchen, wenn man sich auf die Finger haut.« Er versetzte dem Schloß einen rachsüchtigen Stoß, so daß es gänzlich vom Koffer absprang. Es flog durch die Luft und prallte gegen die Wand, bevor es zu Boden fiel.

»Das muß wirklich wehgetan haben«, sagte Bertie, als müsse er nach einer Entschuldigung für die Heftigkeit suchen.

Noch hielten die beiden kräftigen Lederriemen den Koffer zusammen. Davies rieb sich den Daumen, und beide Männer standen in den Anblick versunken da. »Vielleicht sind bloß alte Kleider drin«, bemerkte Bertie.

»Dreihundert Pfund ist eine Menge Geld nur für alte Kleider«, brummte Davies. Er ging in die Knie und öffnete die erste Schnalle. Bertie bückte sich nach der anderen, aber Davies wehrte ihn mit der Hand ab. »Dafür muß ich geradestehen«, mahnte er.

Die zweite Schnalle war hartnäckig. Davies zerrte daran, bis der Riemen abriß. Der Koffer klappte auf. »Nichts als Papiere«, sagte Bertie, der von oben zuguckte. »Ich frage mich, was drinsteht.«

»Das werden wir gleich sehen«, sagte Davies und legte, stöhnend vor Anstrengung, den Koffer vorsichtig hin. Mit ein und derselben Bewegung hob er den Deckel. Der Koffer war vollgepackt mit großen braunen Umschlägen, die nur lose verschlossen waren. Er griff einen heraus und öffnete ihn. Er hielt ihn schräg hoch, und heraus fiel ein großes Foto von einem Mädchen, das auf einem Klosett saß. »Nicht gerade das Protokoll der Kirchenvorstandssitzung«, sagte Davies.

»Herrgott«, rief Bertie, »so was hab' ich noch nie gesehen.«

»Das will ich hoffen«, gab Davies zurück und warf einen Blick auf das nächste Foto. Der Umschlag war voll von Bildern immer derselben hübschen jungen Blondine mit gespreizten Beinen über dem Klobecken, aufgenommen von allen Seiten, inklusive von unten.

»Das ist Pornographie«, sagte Bertie entrüstet.

»Ja, so nennt man das«, sagte Davies und sah ihn von der Seite an.

»So was hab' ich noch nie gesehen«, sagte Bertie mit der Stimme eines Mannes, der die Zähne zusammenbeißt. »Machen Sie mal einen von den anderen auf.«

Davies tat es. Er blinzelte. Ein Foto von drei Männern und einem Mädchen. »Ich finde, das sollten Sie sich nicht ansehen«, sagte er und schob es zurück in den Umschlag.

Er griff nach einem anderen. Zwei nackte Mädchen, eins an einen Pfosten gefesselt, das andere mit einem Rohrstock in der Hand. »Das ist Sadismus«, konstatierte Bertie.

Davies hielt ein anderes Bild hoch. »Und das ist Analverkehr«, sagte er. »Und das hier Fellatio ... und dies Cunnilingus.«

»Was für komische Wörter«, sagte Bertie. Er sah Davies an. »Mr. Dulciman hat wohl so was gesammelt.«

»Handel getrieben hat er damit«, stellte Davies richtig. Ein paar dickere, gelbbraune, verschnürte Umschläge steckten an der Seite. Er nahm einen heraus und löste die Schnur. »Magazine«, sagte er und leerte den Inhalt aus. Ein halbes Dutzend grellfarbige Hefte fiel heraus, eins mit dem Titel *Big Fat Girls*. Das Titelbild zeigte eine Frau in einer schamlosen Pose, Beine breit, die gewaltigen Brüste vorgestreckt: Mildred.

»Hallo, ist da Pengelly?«

»Am Apparat. Was wollen Sie, Davies?«

»Sie eliminieren. Aus meinen Nachforschungen.«

»Himmelherrgott. Sonst noch was?«

»Ich bin schon fast bei Ihnen, Pengelly.«

»Ihr Glück, verdammt noch mal. Wissen Sie, daß es fast elf Uhr abends ist?«

»Tut mir leid. Sie sind sicher schon im Bett, mit einer schönen Tasse Kakao und einem Buch von Enid Blyton.«

»Was wollen Sie von mir?«

»Ich habe einen großen Teil von Ihrer und Dulcimans Handelsware gefunden. Ziemlich freizügig.«

»Na und? Lassen Sie mich in Ruhe und machen Sie sich ein paar schöne Stunden.«

»Hören Sie auf, mich auf böse Ideen zu bringen. Nein, ich habe nur eine Frage, Pengelly. Diese Kollektion, so ekelhaft sie ist, scheint mir nicht der Stoff, aus dem Morde gemacht werden.«

»Also, was soll's dann?«

»Warum sind die Londoner Händler Ihnen auf den Pelz gerückt?«

»Ach so, jetzt verstehe ich. Sie denken immer noch, die haben Dulciman auf dem Gewissen?«

»Es wäre eine Möglichkeit. Vielleicht hat er sich tiefer verstrickt, als Sie glauben, oder ist verstrickt worden. Als Sie sich von ihm getrennt hatten, ist er vielleicht noch tiefer in den Sumpf geraten. Aber ich kann mir nicht vorstellen, daß jemand ihn umgelegt hat nur wegen ein paar Nackedeis.«

Pengelly sagte mit ostentativer Geduld: »Es ging ums Geschäft, Davies. Bei der Porno-Herstellung geht es zu wie in jeder anderen Firma. Die Kostenfrage. Hier war der Einkauf relativ billig. Diese Jugendlichen hier glaubten schon bei fünfzig Pfund, sie hätten das große Los gezogen. Und es waren frische Gesichter, nicht die verlebten Typen, die man in London kriegt. Amateure, die wie Profis arbeiteten. Die Miete für das Atelier war niedrig, alles kostete halb so viel wie in London, und man hatte angenehmere Mitarbeiter. Kapiert?«

»Und das soll der Grund sein, weshalb die Londoner Unterwelt sich für Sie beide interessiert und Ihnen die Daumenschrauben angesetzt hat? Und deshalb sind Sie ausgestiegen, weil die mitmischen wollten?«

»Hab ich doch gesagt. So war's.«

»Na gut. Danke.«

»Keine Ursache, Davies. Aber in Zukunft lassen Sie mich in Ruhe.«

»Außer wenn sich herausstellt, daß Sie der Täter sind«, sagte Davies und grinste ins Telefon.

Sie meldete sich um elf Uhr dreißig. Bertie, der gerade beim Aufräumen und Zuschließen war, erkannte die Stimme nicht, weil sie sie verstellte, und legte das Gespräch aufs Zimmer. Davies lag im Bett und betrachtete durchs Fenster den Mond. »Dangerous«, flüsterte sie, »ich muß dich sprechen.«

Er setzte sich hastig im Bett auf. »Ich will auch mit dir sprechen. Wo bist du?«

»Nicht jetzt. Morgen. Ein bißchen Romantik will ich ja wenigstens für mich herausschlagen, solange es noch geht.«

»Wo?«

»Oben auf der Höhe. Du weißt schon, in dem Sperrgebiet, wo wir zusammen gewesen sind.«

»Das zu hören, habe ich befürchtet. Du hast getrunken.«

»Nur Apfelwein, sonst nichts. Ach Dangerous, es war so schön mit uns beiden. Aber dies wird das letzte Mal sein. Ich werde dir erzählen, was war. Ich werde da oben auf dich warten.«

Das Herz war ihm schwer. »Du dummes Kind«, war alles, was er sagen konnte. »Wann?«

»Um neun Uhr. Dann scheint da oben die Sonne. Du kannst den Bus um acht direkt vor dem Hotel nehmen.«

»Also gut, Mildred. Bis dann. Mach jetzt Schluß mit dem Apfelwein.«

»Wir sehen uns dann. Dangerous, Liebster.«

Kapitel 15

In dieser Nacht fand er wenig Schlaf; als er schließlich einschlummerte, wanderte eine ganze Prozession von Menschen durch seine unruhigen Träume: Pengelly striegelte Kittys Mähne, Nola Cloudsley-Clive schwang eine kreischende Möwe im Kreis um ihr hageres blondes Haupt, Bertie tanzte mit einem nackten Mädchen, Mildred weinte, Jemma lachte Tränen, und zwischendurch immer wieder das Gesicht von Vernon Dulciman, wie er mit den falschen Zähnen seine Frau anbleckte, die lediglich mit den Augen zwinkerte. Der einzige, der ihm nicht erschien, war Mod. Während eines seiner halbwachen Momente fragte sich Davies, ob das daran lag, daß Mod fest und tief schlief und deshalb nicht imstande war, andere Leute in ihren Alpträumen heimzusuchen.

Mit verquollenen Augen stieg er um acht Uhr vor dem Hotel in den Bus. Bertie sah ihm durch die Spitzenvorhänge der Hotelhalle nach. Es war ein milder, aber grauer Morgen, die See unbewegt, kein Windhauch zu spüren. Er saß auf dem Oberdeck und ließ die leeren Strände an sich vorbeigleiten, dann die leeren Vororte und schließlich die leere Landschaft. In dem Weiler mit dem Pub und der Telefonzelle stieg er aus und schlug, nachdem er sich vorsorglich umgesehen hatte, den schmalen Pfad ein, auf dem er damals hinter Mildred hergestapft war. Von den Hecken im Frühlingslaub zu beiden Seiten tropfte das Regenwasser der vergangenen Nacht auf ihn herab. Er kam zu der Warntafel mit dem Totenschädel vor dem Zauntritt, über den er vorsichtig hinwegkletterte. Von jenseits konnte er den ganzen Horizont überblicken und entdeckte sie sofort. Sie stand oben auf der Höhe und erwartete ihn. Genau wie sie gesagt hatte. Mit schweren Gliedern und schwerem Herzen begann er die Kletterei. Warum mußte es gerade sie sein?

Mildred stand in erwartungsvoller Pose da, als er das letzte Stück des grasbewachsenen Anhangs anging. »In dieser Jahreszeit ist es mühsamer«, rief sie mit aufgesetzter Munterkeit. »Das Gras ist höher, und es ist feucht.«

»Wem sagst du das«, rief er zurück. »Meine Socken sind klatschnaß.«

Sie brach in übertriebenes Gelächter aus, dann wurde sie plötzlich still und sah zu, wie er sich die letzten Meter hinaufmühte. Sie streckte ihm die Hände hin und zog ihn mit einem Ruck zu sich nach oben.

»Hallo, Dangerous«, rief sie in überkandideltem Ton. »Kommst du, um mich festzunehmen?«

Er rang noch immer nach Atem. »Wieso, was hast du angestellt?« brachte er schließlich mit Mühe heraus. Er sah ihr aufmerksam in das bleiche, verschwiemelte Gesicht mit den dunklen Ringen unter den geröteten Augen. Sie hatte sich das Haar zum Pferdeschwanz zusammengebunden, aber einzelne Strähnen hatten sich gelöst und hingen ihr feucht in die Stirn. Sie trug ihren braunen Anorak und die weiten Jeans. »Mein Gott, bei der Kletterei wird's einem heiß«, sagte Davies.

Er knöpfte seinen Mantel auf und fächelte damit wie mit Flügeln. Sie trat mit gefaßter Miene auf ihn zu und legte die Arme um ihn. Er umarmte sie und küßte sie auf die blasse Wange. »Weshalb bist du weggelaufen?« fragte er.

»Ich wußte, daß jetzt alles herauskommt«, sagte sie. »Du warst dabei, es rauszukriegen.« Sie schniefte die Tränen hoch. »Vor drei Tagen konnte ich es einfach nicht mehr aushalten. Als ich dann hier oben war, habe ich angefangen, nachzudenken und gefunden, ich sollte dir sagen, was gewesen ist.«

Er sah sie erstaunt an. »Du warst die ganze Zeit allein hier oben?«

Sie grinste selbstzufrieden. »Drei Tage lang. Ich habe in dem Haus dort unten gewohnt.« Sie nickte zu dem verlassenen Dorf hin. Ein einsamer Schornstein ragte aus dem Nebel, der um die Dächer waberte. »In dem Haus, in dem Alfie und ich immer so getan haben, als gehörte es uns.« Als sie den Ausdruck von Besorgnis in seinem Gesicht bemerkte, lächelte sie gezwungen und sagte: »Es ist ganz gemütlich. Komm mit runter, dann mache ich dir eine Tasse Kaffee.«

»Einen Kaffee könnte ich jetzt vertragen«, sagte er. Er suchte den Ausblick aufs Meer, doch heute reichte die Sicht nicht so weit. Mildred streckte ihm ihre kräftige weiße Hand hin, und sie machten sich an den Abstieg. »Du solltest nicht hier draußen sein, schon gar nicht hier bleiben«, sagte er. »Es ist gefährlich.«

Sie lachte, leicht und unbeschwert, während sie neben ihm her stapfte. »Ich weiß genau, wann die hier Krieg spielen, die Soldaten«, beteuerte sie außer Atem. »Ich habe mir die Uhrzeiten aufgeschrieben. Sie werden im Lokalblatt bekanntgegeben, damit die Leute sich nicht ängstigen.«

Sie erreichten die Talsohle; der Hügelkamm lag jetzt zwischen ihnen und dem Weg, auf dem sie die Sperrzone betreten hatten. Mildreds Jeans und Davies' Hosen waren bis zum Knie durchnäßt. »Sie machen jetzt nicht mehr so viele Manöver«, sagte sie, während sie wieder seine Hand ergriff und auf das letzte Haus in einer verfallenen Häuserzeile zusteuerte. »Vor allem seit den Sparmaßnahmen. Es ist ganz ungefährlich, wenn man sich auskennt.«

Das Dörfchen lag eng zusammengedrängt da. Ein Haus war gänzlich zerstört, zwei hatten kein Dach. Man konnte sich gut vorstellen, wie es vor fünfzig Jahren hier ausgesehen hatte, als das Dorf bewohnt war. Der Kirchturm stand noch, obwohl das Tageslicht durch ein Loch schimmerte. Von den Feldsteinhäusern tropfte die Nässe, der Boden war aufgewühlt und mit Trümmerschutt übersät. Mildred führte ihn zur Tür des Hauses, auf das sie gezeigt hatte, stieß sie auf, daß sie in den Angeln quietschte, und breitete die Arme aus. »Willkommen, Dangerous Davies«, sagte sie.

Er duckte sich durch den Türrahmen und trat ein. Drinnen sah es aus wie in einem militärischen Unterstand. Die Fenster waren mit undurchsichtigen, teilweise zerfetzten Plastikplanen verhängt, die Decke hing durch, auf dem Fußboden lagen ein paar schimmelige Teppiche. Es gab einen abgenutzten Tisch, einige wacklige Stühle, einen Schrank, dessen Tür nur noch an einem Scharnier hing, und ein Etagenbett an der Wand. Mildred machte eine einladende Armbewegung. »Da. Gar nicht so übel, oder?«

Sie sah seinen Gesichtsausdruck und drehte sich schnell um. »Ich setze mal Wasser auf«, sagte sie leise. In einer Zimmerecke stand ein Küchentisch, darauf sah man einen Laib Brot, einen halbvollen Glaskrug mit Cider, irgend etwas in einer Blechschüssel und einen kleinen Spirituskocher. Sie zündete die Flamme an und hob einen schwarzen Kessel vom Fußboden hoch. »Das Wasser ist in Ordnung«, sagte sie über die Schulter. »Ich hole es aus dem Bach.«

Davies testete vorsichtig einen der Stühle und ließ sich dann darauf nieder. »Mildred«, sagte er, »was treibst du hier draußen?«

»Keine Bange, ich werde es dir erzählen«, antwortete sie und brach in Tränen aus. Sie drehte sich um und er sah, daß ihr die Tränen übers Gesicht liefen. »Kannst du nicht noch einen Augenblick warten, bis der Kaffee fertig ist? Du wirst alles erfahren, Dangerous, keine Angst.« Sie wandte sich von ihm ab und im nächsten Augenblick wieder zurück. »Möchtest du, während das Wasser heiß wird, sehen, wo Mr. Dulciman begraben ist?«

Davies fiel beinahe vom Stuhl. »Begraben?« wiederholte er verständnislos. »Dulciman? Hier draußen?«

»Hier draußen«, wiederholte sie fest. Sie trocknete sich wie eine emsige Hausfrau die Hände an einem zerlumpten Geschirrtuch ab und sagte: »Los, komm, ich zeige es dir.«

Sie wirkte fast heiter, während sie ihn durch die niedrige Tür auf die zugewachsene Dorfstraße hinausführte. »Hier entlang«, sagte sie und zog ihn eifrig am Arm. »Ich habe mir gedacht, daß es dich überrascht.«

Völlig perplex sagte Davies: »Das tut es, ein bißchen.« Er lief hinter ihr her.

»Es schien uns ein guter Platz«, erklärte sie. »Kein Mensch hier draußen, und man mußte den Boden nicht mal aufgraben, da war ja ein Granatloch neben dem anderen. Ein paar Schaufeln Erde drüber, das reichte, und ein paar Tage darauf kamen die Soldaten mit der Planierraupe und deckten ihn schön zu.« Davies konnte immer noch nicht fassen, was er da hörte. Er sah sie im Gehen immer wieder von der Seite an und fuhr sich mit der Zunge über die Lippen. Am Ende der zerstörten Häuserreihe bog sie um die Ecke. Dahinter erstreckte sich ein Acker mit flachen, meist schon von Rasen bedeckten Vertiefungen. »Also, welches Loch war es nun?« fragte Mildred sich selbst. Dann hellte ihre Miene sich auf, und sie ging entschlossen voran, blieb nach zwanzig Schritten stehen und zeigte auf eine tellerförmige Bodenmulde, die mit Gras und Unkraut bewachsen war. »Dort drunten ist Mr. Dulciman«, sagte sie. »Ich bin so gut wie sicher, daß er da liegt.«

Er saß an dem abgestoßenen Tisch, den Kopf halb in den Händen vergraben, obwohl er sie immer noch anstarrte. Sie schenkte den Kaffee ein. »Alfie und ich haben ihn hergebracht«, erzählte sie mit einem Anflug von Stolz. »Wir hatten ihn in Alfies kleines Auto gelegt, ein blauer Metro war das, und waren mitten in der Nacht hier rausgefahren.« Sie trug die Kaffeebecher zum Tisch. Davies konnte kaum die Augen von ihr abwenden. »Es war das aufregendste, was ich je gemacht habe. In meinem ganzen Leben.« Sie versuchte sich zurückzuhalten und ihre laute, aufgeregte Stimme zu dämpfen. »Wir parkten das Auto beim Telefonhäuschen und transportierten ihn in einer Schubkarre hier herauf. Er war schwer wie ein Toter, na ja, er war ja auch tot, aber wir schafften es. Alfie hatte zwar nicht viel auf den Knochen, aber er war ganz schön stark, und ich bin gewöhnt, schwer zu heben. Muß man, wenn man im Hotel arbeitet.«

»Können wir noch mal ein bißchen weiter zurückgehen?«

Davies brachte die Frage absichtlich langsam vor. »Ich möchte gerne erst mal wissen, wie Mr. Dulciman überhaupt zu Tode gekommen ist.«

Sie saß ihm jetzt am Tisch gegenüber. Sie lehnte sich vor und gab ihm wie in einem Spiel einen Klaps aufs Handgelenk. »Alles zu seiner Zeit, Dangerous. Ich möchte es auf meine Weise erzählen.«

Er sah sie über den Kaffeebecher hinweg an. »Dir gefällt diese Situation ganz gut, oder?«

Sie zog die stämmigen Schultern hoch. »Ein bißchen schon, komischerweise. Kommt nicht oft vor, daß mir ein Mann seine ungeteilte Aufmerksamkeit schenkt.« Sie beugte sich vor und begann wieder dicke Tränen zu vergießen. Sie fuchtelte mit dem Becher, als wollte sie sie damit auffangen. »Er, er war ja so ein widerwärtiger Lump. Widerlich... widerlich...«

In diesem Augenblick krachte ein Kanonenschuß, kurz und scharf, und gleich darauf hörte man den Einschlag, offenbar ganz in der Nähe. Erdbrocken polterten auf das Dach des Hauses, Staub und Kalk regneten von der Decke herab, und die Wände wackelten. Sie starrten einander an. »Hast du nicht gesagt...« fing Davies an.

Eine weitere Explosion folgte, diesmal noch näher. Mildred schlug die zitternden Hände vors Gesicht. »O Gott, warum bringe ich immer alles durcheinander!«

Sie sprang auf die Füße und zerrte ihn mit sich auf das untere der Betten. »Es ist nur der Verputz«, sagte sie. Sie rollten sich zu einer Kugel zusammen, hielten die Köpfe dicht beieinander und beschirmten sich gegenseitig mit den Armen. »Die großen Geschütze setzen sie jetzt hier sonst nicht mehr ein... oder fast nie.«

Als Antwort kam der nächste Knall und der nächste Einschlag. »Herr Jesus«, wimmerte sie, »was hab' ich bloß angerichtet.« Das wacklige Haus erzitterte. Die Decke stürzte noch weiter ein, erst mit einem Hagelschauer von Gips und Mörtel und dann in einem zusammenhängenden großen Stück, das auf die Tischplatte fiel und wie ein steifes Tischtuch dort liegenblieb. »Sie zielen niemals auf die Häuser!« rief sie ihm verzweifelt zu.

»Das Haus gegenüber ist schon eingekracht«, brummte er und preßte seinen Kopf gegen ihre Schulter. Das Geschützfeuer hörte auf und der Staub legte sich. Man hörte keinen Laut. »Wir müssen machen, daß wir wegkommen«, drängte er.

»Nein! Nein!« Sie hielt ihn am Arm zurück. »Bleib, wo du bist. Es könnte noch schlimmer werden.«

Davies schloß die Augen. Er schwitzte, und der Staub blieb auf dem Schweiß kleben. Er spürte das Zittern von Mildreds großem Körper. Beide verkrampften sich, als sie in der Ferne eine Serie von Abschüssen vernahmen und es gleich darauf dreimal ohrenbetäubend krachte. Wieder wankte das Haus, und weitere Teile der Decke fielen herab. »Eine Salve«, sagte Mildred sachverständig.

»Wir müssen hier raus«, knirschte Davies. »Das Haus kriegt gleich einen Treffer ab.«

»Also gut«, sagte sie entschlossen, obwohl sie immer noch an allen Gliedern zitterte. »Wir warten, bis sie einen Moment aufhören. Manchmal machen sie Frühstückspause.« Sie begann wieder zu schluchzen. »Ich bin an allem schuld, Dangerous. Ich will nicht, daß du stirbst.«

»Wir werden nicht sterben«, erwiderte er optimistischer, als er sich fühlte. Plötzlich fielen einzelne Dachplatten durch das Loch in der Decke, wo der Verputz weggerissen war. Aber jetzt hörte das Granatfeuer plötzlich auf. »Komm schnell!« Er zog sie am Arm. »Wir rennen los.«

Mildred lief als erste hinaus ins Freie, hüpfend wie ein übergroßes Kind. Er sprintete hinterher und versuchte gleichzeitig, sich zu ducken, wie es die Männer in den Kriegsfilmen machten. Sie schlüpften zwischen den zerschossenen Häusern hindurch. Die Luft war voller Staub und Rauchwolken. Irgendwo war ein Feuer ausgebrochen und prasselte im Dachstuhl. Sie rannten wie verrückt, weg vom Dorf und quer über die Felder am Fuß des Hügels. Vor ihnen lag eine Reihe frischer Krater. »Hier lang«, schrie sie. »Sie werden nicht zweimal auf dieselbe Distanz zielen.«

Ausnahmsweise war er bereit zu glauben, daß sie wußte, wovon sie sprach. Seine Lungen schmerzten, die Knie zitterten ihm, sein Atem ging keuchend, sein Hemd war schweißgetränkt. Trotzdem behielt er den Mantel an, als könne er ihn beschützen. Im Sichtschutz des Hügels hockten sie sich nieder. Sofort wurde wieder geschossen, diesmal zur Linken, so daß die braune Erde aufspritzte und sie das Beben unter ihren Füßen spürten.

»Los, der Endspurt«, japste sie. »Wir sind fast da.« Ohne auf seine Antwort zu warten, stürmte sie über das aufgewühlte Gelände am Fuß des Abhangs. Davies fluchte und rannte hinterher. Die nächste Granate schlug ziemlich in der Nähe ein, und beide rutschten, Füße voran, in einen schlammigen Trichter. Zusammen schlitterten sie hinunter in die braune Flut, die den Boden des Loches bedeckte und sie schmutzig und kalt bis über die Hüfte umgab. »Scheiße«, kreischte Mildred, »guck bloß, was mir passiert ist.«

»Weiß ich, weiß ich!« brüllte Davies. »Ich stecke genauso drin.« Später wußte er nicht, wie sie es geschafft hatten, rauszukommen. Dreimal rutschte er wieder zurück. Dagegen kletterte Mildred mit erstaunlicher Gewandheit heraus und hielt ihm eine nasse Hand hin, um ihn das letzte Stück hochzuhieven. Als beide aus dem Loch heraus waren, machten sie eine letzte Anstrengung bis zu der Baumreihe, die die Grenze des Geländes bildete. Dort kauerten sie sich vor Kälte zitternd in einen Graben, versuchten zu Atem zu kommen und wischten sich den Schlamm aus den Augen. Das Geschützfeuer begann von neuem. Man sah die Explosionen wie plötzlich aufschießende Bäume rings um das Dorf. Zwar zitterte die Erde noch unter ihnen, doch nun wußten sie, daß sie gerettet waren. Dann wurde es still.

Mildred blickte auf sein ramponiertes Äußeres und sagte: »Es tut mir so leid, Dangerous.«

Sie stolperten auf den Fußpfad zu und blieben dicht neben der Hecke, schafften es mit Mühe über den Zauntritt und den Weg entlang bis zur Telefonzelle. Davies, der von Kopf bis Fuß von Matsch bedeckt war, stöhnte: »So können wir nicht weitergehen.«

Mildred zog die Finger durch die braune Lehmschicht auf ihrem Gesicht. »Nein, können wir nicht«, sagte sie kleinlaut.

Prompt, als habe sie gelauscht, kam eine Frau aus einem der kleinen Häuser heraus. Sie trug eine Kittelschürze und einen eimerförmigen Hut. »Wie sehen Sie denn aus, Sie beide«, sagte sie ohne Aufregung. »Kommen Sie rein, bis Sie wieder trocken sind.«

Sie murmelten ein paar Dankesworte und eilten ins Haus. Davies sah auf den ersten Blick, daß es nicht die Wohnung dieser Frau war: pseudo-rustikale Möbel, zwei moderne Gemälde und ein Seelöwe aus Bronze. »Die Besitzer sind nur am Wochenende hier«, sagte die Frau, die anscheinend Gedankenlesen konnte. »Aus London. Ich komme dann immer zum Saubermachen.« Sie musterte ihren Zustand. »Sie waren wohl in der Sperrzone?« meinte sie, wiederum ohne besondere Überraschung. »Ich habe gehört, daß wieder mal geschossen wird.«

Sie deutete auf eine Tür. »Gehen Sie da rein, und ziehen Sie das nasse Zeug aus«, befahl sie. »Dahinter ist auch ein Bad.« Sie sah Mildred zweifelnd an. »Geht das in Ordnung, Sie beide zusammen?«

»Kein Problem«, versicherte Mildred. »Wir heiraten demnächst.«

Davies schloß die Augen, aber er war zu kaputt, um noch etwas zu sagen. Sie betraten das Schlafzimmer, das mit einer Frisierkommode im Landhausstil, einem Schrank und einem großen, weichgepolsterten Bett ausgestattet war. »Wow, ist das schön, Dangerous«, sagte Mildred, erstaunlicherweise schon wieder in ihrer üblichen guten Laune. »Hätte nichts dagegen, es auszuprobieren.«

Die Frau rief ihnen durch die Tür zu: »Neben der Dusche hängen die Bademäntel. Und Sie brauchen ein paar Sachen zum Anziehen. Die Leute besitzen eine Unmenge.«

Davies zuckte die Achseln in dem Gefühl, daß er sich über nichts je wieder wundern werde. Mildred ging ins Bad und kam mit zwei Frotteemänteln, einem in rosa und einem in hellblau, wieder heraus. Sie warf ihm den roasafarbenen zu, dann lachte sie und reichte ihm den blauen.

»Für jemand, der eine Leiche auf einem Schlachtfeld begraben hat, bist du schon wieder bemerkenswert gut drauf«, sagte er streng.

Mildred legte warnend ihre Wurstfinger an die vollen Lippen. »Psst, Dangerous, ich wette, sie horcht an der Tür.«

Resigniert begann Davies sich auszuziehen. »Ich habe immer davon geträumt, so mit dir zusammenzusein«, sagte Mildred und schlüpfte aus ihrem nassen, schmutzigen Anorak.

Mit einem Ruck streifte sie sich den Pullover über den Kopf. Ihr Büstenhalter wölbte sich prall. »Er hat Bilder von mir geknipst«, sagte sie in gedämpftem Ton. »Dulciman.« Davies hielt im Hemdausziehen inne.

»Sie können die Dusche benutzen«, rief die Frau durch die Tür. »Es ist genug heißes Wasser da. Die Leute vergessen immer, den Boiler auszuschalten.«

»Danke vielmals«, rief Davies zurück.

»Ja, danke«, rief Mildred. Ihre traurigen Augen hielten Davies fest. »Er hat eine Menge Süßholz geraspelt, und ich bin drauf reingefallen. Wie üblich. Er hat gesagt, ich hätte eine aufregende Figur. Sagte er wirklich – aufregend. Dann meinte er, ich könne Fotomodell werden und er wolle ein paar Aufnahmen von mir machen, Kunstfotos. Es endete damit, daß ich splitternackt war und Dinge tat, die mir nicht im Traum eingefallen wären.« Sie schwamm schon wieder in Tränen. Sie zog ihn an sich und drückte ihn an ihre Brust. »Ich bin ja so dumm gewesen, Dangerous. Ich wollte so gerne Model werden – ausgerechnet ich! Herrgott, man braucht mich doch nur anzusehen.«

»Und so hat er dich rumgekriegt«, sagte er ruhig. »Zum Posieren.«

»Ja, das hat er.« Sie machte sich schniefend von ihm los. »Ich gehe jetzt unter die Dusche«, sagte sie und wischte ihr Gesicht ab. Sie sah sich um. »Hoffentlich ist das in Ordnung.«

»Ein fremdes Schlafzimmer zu benutzen – nach allem, was wir heute erlebt haben, ist das rein gar nichts.«

Sie drehte sich um, wie um ins Bad zu gehen. »Dann kam das Schlimmste. Er hat meine Bilder für ein Pornomagazin verwendet. Auf der Titelseite, außen drauf! Ich habe mich so sehr geschämt. Und das allerschrecklichste war, die Zeitschrift hieß...« Die Stimme versagte ihr und sie schlug die Hände vors Gesicht. »Sie hieß *Big Fat Girls*. O Gott, Dangerous, kannst du dir vorstellen, was für ein Gefühl das war? Ich hätte ihn auf der Stelle umbringen können, den Dreckskerl. Umlegen, totschlagen, ermorden.« Sie war in Tränen aufgelöst. »Ich habe nur auf den richtigen Moment gewartet.«

Während sie die Tür zum Bad öffnete, klopfte es diskret, und die Putzfrau rief: »Machen Sie nur nicht zu lang. Mein Alter kommt um zwölf nach Hause, der wird Sie hier nicht haben wollen. Mir ist es ja gleich, aber ihm nicht. Ich hole Ihnen was zum Anziehen.«

Mildred duschte und kam rosig in ihrer rosa Verhüllung wieder zum Vorschein. Jetzt schien sie sich zu genieren. »Wir sollten uns beeilen, Dangerous«, sagte sie. Er ging an ihr vorbei ins Bad. Es war gekachelt und mit einer Kollektion von Schwämmen und Kosmetikutensilien auf einem altmodischen Waschtisch ausgestattet. Er benutzte die Toilette und stellte sich schnell unter die Dusche, um sich dankbar dem Gefühl zu überlassen, daß der heiße Strahl den angetrockneten Schmutz wegschwemmte. Das Wasser brannte in den abgeschürften Stellen auf seinen Armen und im Gesicht, und er spürte plötzlich eine schmerzhafte Prellung an der Schulter. Seine Rippen taten beängstigend weh.

»Ich habe ein paar Klamotten zusammengesucht«, rief die Frau durch die Tür. »Kommen Sie raus, wenn Sie fertig sind.«

Sie gingen in den Wohnraum zurück. Die Frau tat so, als sei ihre Hilfe ganz alltäglich und als sei sie an einen nie endenden Strom von Bedürftigen gewöhnt. »Diese Leute besitzen so viel Zeug, daß sie nicht mal wissen, was sie haben«, meinte sie. Sie hatte zwei Häufchen von Kleidungsstücken hingelegt, eins männlich, eins weiblich. »Suchen Sie sich etwas aus. Ich mache Ihnen eine Tasse Tee.«

Mildred hob Pullover, Röcke und lange Hosen in die Höhe. »Gute Qualität«, sagte sie zu Davies, der gerade einen Arran-Pullover und einen Jogginganzug mit einem Gucci-Etikett untersuchte. Er sah sich die Kleider genauer an.

»Sind Sie sicher«, rief er zur Küche hin.

»Suchen Sie sich etwas aus«, beharrte sie. Sie kam mit zwei Tassen Tee herein. »Der wird Ihnen gut stehen«, sagte sie zu Davies und nickte zu dem Pullover hin. »Machen Sie sich keine Sorgen. Die Leute haben Geld wie Heu.«

Sie wählten die Kleidungsstücke aus, zogen sie an und tranken den Tee. »Ich würde Ihnen gern etwas Stärkeres anbieten, aber an den Schnaps geh' ich nicht ran«, sagte ihre Gastgeberin. »Das würden sie merken«. Sie nickte zum Fenster hin. »Scheiße, wenn's einen da drüben erwischt«, meinte sie. »Wenn die Schießerei losgeht. Mein Alter hat das schon zweimal erlebt. Er geht rauf und sorgt dafür, daß die Fasane und Rebhühner nicht überhand nehmen. Inoffiziell natürlich. Aber auch er hat schon die Beine in die Hand nehmen müssen, das können Sie mir glauben.«

Davies sagte, er werde seine eigenen Schuhe wieder anziehen, aber davon wollte die Frau nichts hören. »Hier, das sind Hush Puppies. Schaun Sie mal, ob sie passen. Er trägt sie doch nur im Haus.«

Widerstrebend zog er die Schuhe an. Sie paßten schlecht und recht. Mildred stand stolz da, komplett neu eingekleidet, nur die

Schuhe waren ihr zu eng. »Sie ist eher zierlich«, sagte die Frau. »Was Sie da anhaben, Kindchen, gehört ihrer Mutter. Die ist eine Riesin.«

»Wir müssen die Sachen irgendwie zurückgeben«, überlegte Davies.

Das Gesicht der Frau wurde plötzlich hart wie Stein. »Kommt nicht in Frage«, sagte sie. »Ich muß was dafür haben. Ich tue es ja nicht aus Nächstenliebe.«

»Eh, nein, natürlich nicht... Wieviel...?«

»Wie wär's mit fünfzig Pfund?« sagte sie. »Dafür telefoniere ich auch nach einem Taxi. Sie brauchen doch bestimmt ein Taxi.«

Neu eingekleidet, still und stumm saßen sie auf dem Rücksitz der Taxe, die sie nach Bournemouth bringen sollte. Über das, was vorgefallen war, konnten sie nicht sprechen. Der Fahrer hatte Ohren wie ein Elefant; am Schluß entschuldigte er sich allerdings dafür, daß er sich nicht mit ihnen unterhalten hatte, weil er schwerhörig war.

Vor dem Hotel wurden sie von Bertie begrüßt; er machte ein besorgtes Gesicht, sein schütteres Haar sah im Licht des Aprilnachmittags bleich aus. »Ah, Sir...«, begann er, als Davies aus dem Taxi stieg. Dann erblickte er Mildred und riß die Augen auf.

»Gefällt dir mein neues Outfit, Bertie?« fragte sie mit verzweifelter Fröhlichkeit. Er konnte nicht antworten. Zu vieles spielte sich auf einmal ab. Sie eilte an ihm vorbei ins Haus. Davies, dem weit mehr Fragen an sie auf der Zunge lagen, wollte ihr gerade folgen, als Bertie ihn am Arm festhielt.

»Sir, das Taxi behalten Sie lieber.« Mit der Handbewegung des erfahrenen Portiers stoppte er den Fahrer, der gerade losfahren wollte. »Es ist wegen Mrs. Dulciman, Sir. Sie hat nach Ihnen verlangt.«

»Nach mir verlangt?« wiederholte Davies. Er hatte den Unterton wohl bemerkt. »Doch nicht...«

»Sie ist wieder eingeliefert worden, Sir. Das Krankenhaus hat angerufen, sie meinen, sie geben ihr nur noch ein paar Stunden.« Bertie war den Tränen nahe. »Es steht sehr ernst.«

»Ach, das ist traurig«, sagte Davies und ließ den Kopf sinken. Auch für ihn geschah zu vieles zur gleichen Zeit. »Ich gehe hin. Dasselbe Krankenhaus wie letztes Mal?«

»Ja, ihr übliches, Sir.«

Davies schaute kurz in die Hotelhalle hinein, aber Mildred war nicht da. Bertie hatte den Blick bemerkt und sagte: »Sie ist wohl auf ihr Zimmer gegangen. Ich achte drauf, daß sie nicht wieder verschwindet, bis Sie zurück sind.«

Davies bedankte sich und stieg wieder ins Taxi. Bertie nannte dem Fahrer die Adresse, die er mehrfach laut wiederholen mußte. Die Schwerhörige fand offenbar, daß er zu dem Drama etwas beisteuern sollte. »Mein Onkel ist vorige Woche gegangen.«

»Wohin?« fragte Davies. Ihm schwirrte der Kopf.

»Das weiß Gott allein, Sir«, schrie der Mann zur Antwort. »Entweder rauf oder runter. Am Freitag war die Beerdigung. Das beste, was sich über ihn sagen läßt, ist, daß er nicht einer der schlechtesten war.«

»Oh, gut. Ja. Das ist doch schon was.«

Die junge Frau an der Pforte des Krankenhauses sah ihn kommen, spürte seine Eile und legte den Telefonhörer auf. »Mrs. Dulciman«, sagte er. »Ich möchte zu ihr. Es ist dringend. Mein Name ist Davies.«

»Ja, Mr. Davies«, sagte sie. »Sie werden erwartet. Sie können gleich hinauf.«

Sie begleitete ihn zum Aufzug und sagte: »Dritter Stock. Sie werden erleichtert sein, daß Sie da sind.«

Ein Arzt und eine Schwester erwarteten ihn auf dem Flur. »Sie wird nicht mehr lange unter uns weilen«, sagte der Arzt mit routinierter Trauer. »Sie möchte Sie dringend sprechen.«

Davies fragte: »Gibt es keine Chance ...?«

Die Schwester schüttelte den Kopf, und der Doktor sagte: »Dieses Mal nicht.«

Als Davies das Krankenzimmer betrat, fühlte er sich plötzlich sehr unbehaglich in den fremden neuen Kleidern. Mrs. Dulciman lag ruhig in ihrer Ecke, wo die Nachmittagssonne schräg auf das Bett und auf die Blumen in einer Vase fiel. Bei seinem Anblick erhellte ein Lächeln das stille, wachsbleiche Gesicht. »Dangerous«, hauchte sie. »Sie sind es. Ich wußte, daß Sie kommen würden.«

Sie streckte ihm die schmale Hand hin, und er ergriff sie. »Strengen Sie sich bitte nicht an. Sie sollten lieber nicht so viel sprechen.«

Ihr Lächeln war flüchtig wie ein Schatten. »Lieber Dangerous«, sagte sie. »Dieses eine Mal *muß* ich sprechen. Wir müssen miteinander sprechen.«

Die Lüge kam ihm wie durch Zauberei auf die Lippen: »Ich habe herausgefunden, was aus Mr. Dulciman geworden ist«, berichtete er. »Er ... er ist nach Gibraltar gegangen.«

Ihr Gesicht wurde rot, ihr wohlgeformter Mund öffnete sich vor Staunen. Dann lächelte sie, diesmal von Herzen. »Ich hätte es mir denken sollen«, sagte sie. »Der Ort, wo wir zusammen glücklich waren. Wir haben dort oft die Ferien verbracht.«

»Er hat England verlassen«, sagte Davies behutsam, »und ist zum ›Rock Hotel‹ ...«

»Unser Stammquartier«, sinnierte sie. »Ich erinnere mich gut an die Blütenpracht in dieser Jahreszeit. Da also hat der alte Halunke gesteckt.« Sie schloß die Augen, als versuche sie, sich die Bilder aus der Vergangenheit zurückzurufen. Dann sagte sie plötzlich lauter: »Ist er jetzt noch dort?«

Er schluckte und stürzte sich noch tiefer in die Lüge. »Er ist dort im vorigen Jahr verstorben. Er war aus dem Hotel ausgezogen und hatte sich unter falschem Namen ein Apartment gemietet.«

»Wetten, er hatte eine Frau bei sich?« Es war eine Frage.

»Das weiß ich nicht«, erwiderte er vorsichtig.

»Er konnte nie allein sein. Na gut, ich bin froh.« Sie lächelte ihn wieder an. »Jemand hat mal gesagt, daß nur wenige Dinge von Wichtigkeit sind, und am Ende ist gar nichts mehr wichtig. Ich glaube, ich bin kurz vor dem Punkt, wo nichts mehr wichtig sein wird. Deshalb möchte ich Ihnen erzählen ...« Er hatte bisher gestanden, aber jetzt zog er sich leise einen Stuhl heran und setzte sich vertraulich dicht neben sie. Ihre Augen waren geschlossen, so daß er in plötzlicher Angst versuchte, zu erkennen, ob sie noch atmete. Sie ersparte ihm die Mühe, indem sie die Augen öffnete. »Ich habe geglaubt, ich hätte ihn umgebracht«, flüsterte sie. »Ich bin so erleichtert, daß es nicht so war. Ich bin Ihnen so dankbar, Dangerous. Sehr, sehr dankbar.«

»Sie dachten, Sie hätten ihn getötet?« wiederholte Davies langsam.

Mrs. Dulciman ließ ein dünnes, geisterhaftes Lachen hören. »Ja, sehen Sie, ich habe ihn die Treppe hinuntergestoßen. Die Treppe vor unserer Hotelsuite. Er war ein solches Schwein an dem Abend, schlimmer als gewöhnlich.« Sie streckte wieder die Hand nach ihm aus, und ihr Händedruck wurde krampfhaft. Tränentropfen sammelten sich unter ihren Augenwimpern. »Er war solch ein Schuft, ein so abscheulicher Mensch. Aber eine Mörderin wollte ich nicht sein. Deswegen wollte ich, daß Sie es aufklären. Ich mußte herausfinden, was mit ihm geschehen war. Ich hoffe, Sie vergeben mir, daß ich Sie belogen habe; es gab keinen Sohn – wie hatte ich ihn genannt, Gervais? – aus einer früheren Ehe, und weil es ihn nicht gab, hat er auch nicht Frau und Kinder verlassen, wie ich Ihnen erzählt habe. Das war alles erfunden. Ich hatte Angst, daß Sie das gleich zu Anfang herausbekommen würden.«

Bei sich selbst fand Davies, das hätte er wohl tun sollen. Er sagte: »Also haben Sie mich nur engagiert, um festzustellen, wo er geblieben war?«

»Ja, denn, sehen Sie, er war auf einmal verschwunden.«

»Verschwunden?«

»Nachdem ich ihn geschubst hatte und er die Treppe hinuntergefallen war, bin ich mitten in der Nacht aufgestanden und im Morgenrock zum Fuß der Treppe gegangen, aber da war nichts von ihm zu sehen. In dem Moment dachte ich, er sei vielleicht einfach aufgestanden und weggegangen – das wäre typisch für ihn gewesen, er war immer ein Glückspilz – und hätte unser gemeinsames Leben hinter sich gelassen und sich abgesetzt.« Ausgerechnet nach Gibraltar ins ›Rock Hotel‹. Sie schnalzte mißbilligend mit der Zunge.

»Das letzte Mal, als Sie ihn gesehen haben, lag er also am Fuß der Treppe«, gab Davies ihr das Stichwort.

Sie schüttelte ermattet den Kopf. Er sagte: »Seien Sie nicht traurig. Sie dürfen sich nicht aufregen.« Sie lächelte ihn dankbar an.

»Ich gehe noch nicht weg, Dangerous«, sagte sie. »Ich habe gehört, wie gesagt wurde, noch ein paar Stunden.«

Er streichelte ihre Hand. »Sie schaffen es noch mal.«

»Das glaube ich nicht, diesmal nicht. Also, ich habe ihn nicht gesehen am Fuß der Treppe. Ich hatte ihm einen Stoß versetzt und war so schnell ich konnte ins Zimmer zurückgekehrt. Ich war so wütend. Wie gesagt, ich habe das Zimmer mehrere Stunden lang nicht verlassen. Und danach war er nicht mehr da.«

»Was hat Sie veranlaßt, ihn runterzustoßen?« fragte Davies sachlich. »Gerade an jenem Abend?«

»Es war Wut, schlicht und einfach. Er hatte das Faß zum Überlaufen gebracht. Er kam heim und hatte getrunken, und er war so unverschämt, so flegelhaft, daß es nicht zu beschreiben ist. Daran war ich ja schon gewöhnt, aber an diesem Abend war er ganz besonders ekelhaft.« Sie begann wieder leise zu weinen. Davies streichelte sie. »Ich bin nicht besonders empfindlich, Dangerous...«

Sie senkte ihre Stimme zu einem kaum noch vernehmbaren Flüstern. »...Ich habe, wie ich Ihnen mal erzählt habe, vor Jahren als Model für gewisse Fotografen gearbeitet, daher bin ich nicht übermäßig verletzlich, aber er war so grausam. Er zerrte an dem Armband, das er mir bei Asprey gekauft hatte. Er sagte, er brauche jetzt das Geld. Und als ich mich wehrte, stieß er mich gegen die Wand und... und... sagte, ich sei alt. Es war als Beleidigung gemeint. ›Du bist alt‹, sagte er, ›alt und häßlich. Geh mir aus dem Weg!‹«

Davies schüttelte den Kopf. Sie weinte jetzt ganz offen, und er versuchte, sie zu trösten. »Das *mir* zu sagen, nach all der Zeit. Alt. Was für ein schreckliches Wort.« Sie schniefte und suchte nach ihrem Spitzentaschentuch. Er streckte die Hand aus, um ihr zu helfen. Sie gab ihm das Tüchlein, und er wischte ihr die Tränen ab. Die Nase putzte sie sich selbst. »Er stürzte aus der Tür«, flüsterte sie, »und rief noch einmal zurück ›Du bist alt!‹ Und ich... ich konnte mich nicht mehr beherrschen. Ich lief ihm nach auf den Flur und gab ihm von hinten einen Stoß. So fest ich konnte. Er flog kopfüber die Treppe herunter. Es krachte und polterte, aber er tat keinen Mucks. Da bin ich leise in mein Zimmer gegangen und habe die Tür zugemacht. Ich dachte, ich hätte ihn umgebracht. Aber er muß sich aufgerappelt haben; er ist anscheinend einfach aufgestanden und weggegangen und hat mich all die Jahre im Ungewissen gelassen. Das war tpyisch für ihn.« Sie hielt inne. »Ich habe alle seine Papiere vernichtet, beziehungsweise alles, was ich finden konnte. Seinen Paß habe ich nicht gefunden. Es tut mir leid, daß ich Sie hinters Licht geführt habe, Dangerous. Sie sind ein wunderbarer Mensch. Aber ich mußte Klarheit haben. Jetzt weiß ich alles.«

Sie schloß die Augen, so daß er wieder glaubte, es sei zum letzten Mal. Er war, eilig und auf Zehenspitzen, schon halb an der Tür, um den Arzt zu holen, als sie ihn zurückrief.

»Dangerous... bei meinen Anwälten, Geary & Co. in Poole, liegt ein versiegelter Brief für Sie. Man wird ihn Ihnen demnächst zuschicken. Adieu, Dangerous Davies, und danke für alles.«

»Ist sie tot?« Mildred nahm alles melodramatisch. Sie saß, immer noch in den unrechtmäßig erworbenen Kleidern, in der Eingangszone des Krankenhauses unter den mißtrauischen Augen der Pförtnerin.

»Nein«, gab Davies zurück. »Aber es dauert nicht mehr lange.«

In ihrem Gesicht arbeitete es. Ihr Atem roch nach Whisky. »Arme Mrs. Dulciman«, seufzte sie. »Bald ist sie ihre Sorgen los.« Sie stand auf. »Ich bin dir nachgekommen, aber die da hat mich nicht raufgelassen.« Mildred nickte zur Pförtnerin hin, die ihr einen strengen Blick zurückwarf, ehe sie Davies freundlich zulächelte. »Die steht auf dich, Dangerous«, sagte Mildred.

»Laß uns gehen«, sagte Davies so geduldig, wie es ihm möglich war. Er nahm ihren Arm und führte sie nach draußen.

»Hör endlich auf mit dem Sprit«, sagte er.

»Ich brauchte einen Schluck, nach all der Aufregung heute Morgen«, meinte sie achselzuckend. »Wundert mich, daß du keinen gebraucht hast.«

»Es gab Dinge, um die ich mich kümmern mußte«, sagte er mit Betonung. Sie wanderten durch eine Allee mit großen, alten Bäumen, die zum Meer hinunterführte. Die Wipfel schimmerten hell im Frühjahrslaub. »Mrs. Dulciman«, sagte er in sachlichem Ton, »hat mir mitgeteilt, daß sie ihren Mann die Treppe im Hotel hinuntergestoßen hat.«

»Das stimmt«, sagte Mildred in einem Ton, der unterstellte, daß er das von Anfang an habe wissen können. »Wir haben es gesehen. Alfie und ich.«

Am Ende der Allee stand eine Bank am Rande einer Grünanlage auf dem Steilufer. Eine Plakette vermeldete: »Zum Gedenken an John Wild. Zum Ausruhen und zur Besinnung.« Davies nahm ihren Arm und führte sie dorthin. Sie setzten sich und schauten auf die See, die sich wie schimmernder Satin unter ihnen ausbreitete. »Du hast es gesehen?« wiederholte er ungläubig.

»So war es. Natürlich habe ich mit keinem Menschen darüber gesprochen. Alfie und ich haben uns das geschworen. Wir hatten den Radau gehört, als wir gerade aus meinem Zimmer schleichen wollten, und daraufhin im Flur gewartet. Als ich um die Ecke guckte, kam Mrs. Dulciman aus ihrer Tür und blieb stehen und schubste ihn.« Mildred machte es mit beiden Händen vor. »Er kullerte die Stufen runter.« Sie blies ihre dicken Backen auf. »Das hahe ich nun zweimal erlebt, Dangerous. Ich habe dir doch erzählt, daß ich dabei war, als meine Mutter auf dieselbe Art meinen Alten geschubst hat. Ich habe schon zweimal einen Mord mitangesehen, dabei bin ich erst fünfundzwanzig.«

Er versuchte gar nicht erst, die Logik dieser Bemerkung zu ergründen. »Und was geschah dann?« fragte er.

»Na ja, du weißt ja, ich bin eine verrückte Nudel, und Alfie war zwar kein großer Soldat, aber er war echt ein Kerl. Wir mochten beide Mrs. Dulciman gern, und diesen Mr. Dulciman habe ich gehaßt, gehaßt mit aller Kraft, den Grund habe ich dir ja erzählt. Die Aktfotos, die er von mir gemacht hat, und dieses Heft. *Big Fat Girls*.« Sie spuckte gleichsam den Titel aus. »Dies eklige Schwein.« Sie schaute Davies an; ihre Wangen waren tränenverschmiert wie die eines Kindes. »Natürlich habe ich Alfie nichts von den Fotos erzählt, sonst hätte er Dulciman auf der Stelle umgebracht. Vergiß nicht, Alfie war bei den Sanitätern. Er hätte ihn ohne weiteres vergiften können.«

»Dann habt also ihr beide, du und Alfie, beschlossen, Dulcimans Leiche zu beseitigen?« half Davies nach.

»Richtig. Wir hatten das Gefühl, das sei das mindeste, was wir tun könnten. Wir wollten der alten Dame helfen, und ich kriegte zugleich meine Rache. Er war mausetot, als er am Fuß der Treppe liegenblieb und sie wieder in ihrem Zimmer war. Alfie war sich gleich sicher. Es war niemand in der Nähe, es war ja die Hintertreppe, und es war spät. Wir haben ihn rausgeschleppt und in Alfies Metro gestopft. Es war ein bißchen eng, aber irgendwie haben wir ihn reingequetscht.« Sie kicherte. »Es war fast ein bißchen komisch. Alfie fand es toll. Er war immer für einen Jux zu haben, egal, worum es ging.«

»Ich kann's mir vorstellen«, sagte Davies. »Und ihr habt ihn in das Manövergebiet gebracht und in ein Granatloch geworfen.«

»Ja, das habe ich dir doch gesagt. Es war nicht so leicht, aber Alfie fand in einem Garten eine Schubkarre, vielleicht sogar bei dem Haus, wo wir heute die Klamotten bekommen haben. Weit und breit war kein Mensch, also haben wir ihn den Weg hinaufgeschoben und über den Zauntritt gehievt, das war vielleicht ein Stück Arbeit, und dabei konnten wir uns nicht halten vor Lachen. Und, das habe ich dir auch erzählt, rein mit ihm in die Grube und ein bißchen Erde draugeschaufelt. Gerade soviel, um ihn zuzudekken. Die Soldaten ebnen die Löcher mit der Planierraupe ein, und so haben sie es da auch gemacht.« Sie wurde nachdenklich. »Was ich nicht verstehen konnte, war, warum Mrs. Dulciman dich gebeten hat, herauszufinden, was geschehen war. Schließlich hat sie ihm selbst den Stoß gegeben.«

Davies sagte: »Sie wußte nicht, ob sie ihn getötet hatte. Sie wußte nichts weiter, als daß sie ihn die Treppe hinunterbefördert hatte. Danach war er verschwunden. Ich habe ihr gesagt, er habe es überlebt und sich nach Gibraltar davongemacht, für immer.«

»Wieso Gibraltar?«

»Dort waren sie oft miteinander gewesen.«

»Woher wußtest du das?«

»Ich hatte einmal einen Koffer gesehen, einen uralten, mit einem Namensschild von Mr. und Mrs. Vernon Dulciman, ›Rock Hotel, Gibraltar‹. Ich wußte, daß sie dort gewesen waren, nur nicht, wie häufig. Jedenfalls wird sie sterben in dem Glauben, er sei am Leben geblieben.«

»Toll«, sagte sie. »Wirklich clever. Du bist toll.«

Sie küßte ihn andächtig, ihr Atem noch immer mit einem Hauch von Scotch beladen. »Und wie geht es jetzt weiter?« fragte sie mit unsicherem Lächeln. »Hast du vor, mich zu verhaften, oder der Polizei zu übergeben, oder was?«

»Mildred, du mußt fort von hier«, sagte er streng. »Du mußt dein Leben in Ordnung bringen.«

»Du wirst mich nicht verpfeifen?«

»Nein.«

Sie lachte erleichtert auf. »Ich habe gewußt, daß du es nicht tun wirst«, sagte sie. »Ich gehe den Sommer über nach Griechenland, ich habe mir genug zusammengespart. Vielleicht finde ich dort einen Job. In einer Cantina oder wie man das nennt, einer Taverne. Sonne und Wein und knackige Männer.«

»So ersparst du dir viele Ungelegenheiten«, meinte er, ohne rechte Überzeugung.

Er stand von der Bank auf, und sie hakte sich bei ihm unter, während sie auf dem Klippenweg zurück zur Straße gingen. »Was war mit den Schuhen?« fragte er. »Dulcimans Schuhe, die am Strand gefunden wurden? Ich nehme an, ihr habt sie dort hingeschmuggelt und den Jungen überredet, sie bei Bertie abzuliefern, damit es so aussah, als habe Dulciman sich ertränkt.«

»Du bist ein guter Detektiv, Dangerous.«

»Ich tue mein bestes.«

Er stapfte zum letzten Mal den Hang hinauf, um sich im Moonlighters Club zu verabschieden. Zu seiner Überraschung stand Phineas an den Tresen gelehnt im Gespräch mit Pengelly. Dieser redete mit erhobenem Zeigefinger. Davies sah das Paar neugierig an. »Mrs. Dulciman ist gestorben«, verkündete er.

»Dann ist ja alles nicht mehr wichtig«, sagte Pengelly.

Davies erinnerte sich, daß die alte Dame dasselbe gesagt hatte: Nicht viele Dinge sind wichtig, und zum Schluß gar nichts mehr. Er seufzte. »Jetzt nicht mehr.«

»Ich spendiere Ihnen was zu trinken«, sagte Pengelly. »Sie können wahrscheinlich jetzt einen Schluck gebrauchen.«

Davies sagte, er nähme einen Scotch. Er fragte sich im stillen, was die beiden miteinander zu besprechen hatten. Pengelly verriet es ihm, indem er sein Glas hob. »Prost. Auf Eventide Enterprises.«

»Auf Eventide Enterprises«, stimmte Phineas, nicht ganz so begeistert, mit ein.

»Eventide Enterprises«, wiederholte Davies. Er blickte vom einen zum anderen. »Was immer das sein mag.« Er stellte sein Glas ab. »Was ist es, übrigens?«

»Mein neues Unternehmen«, berichtete Pengelly. »Phineas hier neben mir wird mein leitender Mitarbeiter.« Davies warf Phineas einen Blick zu. Dieser hob die Schultern. »Ich habe darüber nachgedacht«, fuhr Pengelly fort, »wie reich unsere Stadt ist an brachliegenden Talenten, an Ressourcen und Geld, alles in den Händen von Senioren, von Pensionären. Es ist meine Absicht, eine Organisation ins Leben zu rufen, beziehungsweise ein Netzwerk von Organisationen, die diese Ressourcen nutzbar machen.«

»Und das liegt Ihnen ja, das Ausnutzen von Ressourcen«, sagte Davies seelenruhig.

»Geben Sie mir eine Chance«, sagte Pengelly gekränkt. »Ich habe meine Büros umgestellt, wir werden von dort aus operieren. Wir werden Aktien ausgeben...«

»Habe ich mir gedacht.«

»...und das Unternehmen mit Kapital ausstatten.«

»Und auf welchem Gebiet wird die Aktivität...«

»Die Aktivitäten«, korrigierte Pengelly. »Sehr breit gestreut. Marketing, Ausflüge, alles mögliche.«

»Marketing und Ausflüge«, sinnierte Davies.

»Ferienreisen«, sagte Phineas, um auch etwas beizutragen. »Ferien für Senioren.«

»Nicht etwa Busse, mit denen man die Leute durch Europa karrt und aus dem Fenster gucken läßt«, warf Pengelly schnell ein, wie um Phineas zum Schweigen zu bringen. »Alte Menschen können immer noch das Leben genießen. Teilhaben. Sie wollen etwas erreichen – außer ihrem hohen Alter. Ich möchte bei den Leuten über siebzig die Abenteuerlust wecken.«

»Bungeespringen«, schlug Davies vor.

»Sie ziehen alles ins Negative«, brummte Pengelly. »Mein Ziel ist es, das physische, emotionale und finanzielle Potential der Senioren zu mobilisieren und ihnen Alternativen zu bieten, für die sie sich engagieren, auf die sie sich noch freuen können.« Sein Gesicht glättete sich dramatisch. »Außer dem Tod.«

»Wir haben schon einige Leute sondiert«, sagte Phineas. »Zum Beispiel Mrs. Cloudsley-Clive. Was für eine Energie diese Frau mit Möwenfüttern verschwendet!«

»Die Möwen sehen das anders«, sagte Davies.

Wie auf das Stichwort hin erschien Nola Cloudsley-Clive in der Tür. Sie kam herein und begrüßte Davies, bevor sie sich an Pengelly wandte. »Eins unserer ersten Projekte wird es sein, die Damentoilette in diesem Gebäude zu renovieren«, stellte sie fest. »Ich bin zehn Minuten lang eingesperrt gewesen.«

Davies erzählte ihr, daß Mrs. Dulciman am Vormittag gestorben war. Sie verharrte mit unnatürlich gesenktem Kopf genau eine Minute lang in Schweigen. Dann hob sie die Augen, lächelte und atmete erleichtert auf. »Nun denn.« Ihr Blick kehrte zu Davies zurück.

»Mr. Pengelly hat Ihnen sicherlich von unseren Plänen berichtet?« schwärmte sie. »Endlich bekommt mein Leben wieder einen Sinn, außer die Möwen und die Enten zu füttern.«

Davies sah hilflos zu, wie Pengelly ihr ein gewinnendes Lächeln schenkte. Zu Davies gewandt sagte er: »Die Reise-Abteilung der Eventide Enterprises wollen wir Golden Years Holidays nennen.«

»Es sind ja schließlich«, sagte Phineas träumerisch, »die goldenen Jahre.«

Mrs. Cloudsley-Clive warf ihm einen durchdringenden Blick zu. »Scheiß auf die goldenen Jahre«, sagte sie.

Im ›Wickelkind‹ war es voll wie immer zur Mittagszeit. Detective Superintendent Harvey und andere höhere Polizeibedienstete waren aus dem Gerichtssaal hergekommen, wo gegen den sogenannten Russen-Mike wegen Mordes an der sechzehnjährigen Julie Willis verhandelt worden war. Davies sah sie am anderen Ende der Bar ihre Drinks entgegennehmen. Harvey bemerkte ihn und winkte ihn zu sich. »Es dauert nur eine Minute«, sagte Davies zu Mod. »Ich möchte mir nur kurz berichten lassen.«

Harvey legte einen wohlgenährten Arm um Davies. »Der Russen-Mike ist verurteilt«, stellte er fest. »Der Scheißkerl. Das macht er nicht noch mal.«

»Hoffentlich nicht«, sagte Davies, um irgend etwas zu sagen. Harvey bestellte ihm einen Scotch, und er stand schweigend zwischen den anderen, während diese einander und sich selbst zu ihrem Erfolg gratulierten.

Der Detective Superintendent beugte sich kameradschaftlich zu Davies' Ohr herab und flüsterte: »Es ist natürlich ein toller Erfolg für mich, Davies, den Kerl dingfest gemacht zu haben. Aber alle haben sich dabei ein Lob verdient, denke ich.«

»Ich auch«, sagte Davies. Er entschuldigte sich und ging zu Mod zurück. Die Polizisten gingen schließlich mit viel Gelächter und Schulterklopfen auseinander. Er winkte hinüber. »Du warst es, der den entscheidenden Tip gegeben hat«, brummte Mod. »Kriegst eine Menge Lobesworte dafür.«

Davies nahm nachdenklich einen Schluck. »Aber ich habe den Fall gelöst, den ich lösen wollte«, sagte er.

»Wann, glaubst du, bekommst du dein Honorar?« fragte Mod vorsichtig.

»Gestern hatte ich einen Anruf von Mrs. Dulcimans Anwälten. Sie wollten sich wegen der Anschrift vergewissern.«

»Mein Scheck ist heute morgen nicht gekommen«, grummelte Mod.

Minnie Banks sagte: »Meine *Teachter's World* ist heute nicht gekommen.«

Mrs. Fulljames setzte die Suppenterrine auf den Tisch. »Man hat mir versprochen, den Baumschulkatalog mit der Post zu schicken. Fest versprochen. Ich habe mir gedacht, ein paar neue Sträucher würden den Garten verschönern. Aber aus irgendeinem Grund...«

Voll plötzlicher Besorgnis erhob Davies sich langsam vom Tisch. Alle sahen ihm erstaunt nach, als er wie ein Roboter in die Küche stiefelte. Er stellte sich ans Fenster und starrte hinaus. »Hat irgend jemand heute Post bekommen?« fragte er, ohne sich umzudrehen.

»Es gab keine«, sagte Mrs. Fulljames. »Auf der Fußmatte hat nichts gelegen.«

Von seinem Platz am Küchenfenster konntc Davies den schwachen Schein des Gartenfeuers sehen. »Elvis...«, murmelte er. »Dieser Elvis...«

»Was um alles...?« rief Mrs. Fulljames, als er unvermittelt die Küchentür, die in den Garten führte, aufriß.

»Er ist verrückt geworden«, sagte Doris voll Genugtuung. »Ich hab's ja immer prophezeit.«

Davies stürzte in den Garten. Das Feuer war niedergebrannt und schwelte nur noch. Wenig mehr als ein Aschenhaufen. Elvis drückte sich im Abendschatten am Zaun herum. Die übrigen Bewohner vom ›Bali Hi‹ hatten sich an der Küchentür versammelt. »Was um alles auf der Welt geht hier vor?« rief Mrs. Fulljames.

»Sag mal, mein Sohn«, redete Davies den Jungen an, so ruhig er konnte, »womit hast du das Feuer gemacht?«

Diesen Armesünderblick kannte er. »Mit diesem und jenem«, murmelte Elvis. »Man kriegt ja nichts... man muß es sich suchen...«

Davies ging zornig auf ihn los. »Briefe?« fragte er. »Hast du die Post von heute morgend da drauf getan?«

Elvis wich zurück. »Nein... nein... hab' ich nicht.«

Die Gruppe aus dem Haus kam langsam durch den Garten herbei, zusammengeschart, als müßten sie sich gegenseitig beschützen. Davies drehte sich um, ging zum Feuer und stocherte mit dem Schuh in der Asche. »Entschuldigung«, jammerte Elvis vom Zaun her. »Die lagen auf der Fußmatte herum. Die Tür stand offen. Ich habe gedacht, die gehören niemandem.«

Es wurde dunkel. Davies ging, Jemmas Arm um sich gelegt, zum Hof. Kittys Futternapf schlenkerte traurig in seiner Hand. »Ich kann's noch nicht glauben«, murmelte er. »Fünftausend Pfund in Rauch aufgegangen.«

Jemma sagte ohne viel Hoffnung: »Vielleicht ist er irgendwo liegengeblieben. Vielleicht kommt er morgen.«

»Ich habe den Zuständigen zu Hause angerufen«, wiederholte er tapfer. »Er hat gesagt, Mrs. Dulcimans versiegelter Brief sei gestern morgen adressiert und abgeschickt worden. Als Eilbrief.«

»Und sie können nichts daran machen? Ihn irgendwie ersetzen?«

Unglücklich erzählte er es noch mal. »Die Anwälte wußten nicht, was in dem Brief war. Er war versiegelt und mein Name drauf. Sie rücken nicht fünftausend Pfund heraus nur auf mein Wort hin. Diesen Elvis, diesen Idioten, könnte ich umbringen.«

»Und der Abschnitt des Scheckformulars, den der Aussteller zurückbehält, nützt der auch nichts?«

»Der Mann ist extra von seinem Haus noch mal zurück ins Büro gegangen. Er ist im Besitz von Mrs. Dulcimans Scheckbuch. Sie pflegte den Kontrollabschnitt nur selten auszufüllen. Und in diesem Fall hat sie es nicht getan.«

Er wankte auf die Garage zu. Kitty hörte ihn kommen und begann zu jaulen. Jemma drehte Davies zu sich herum, und sie umarmten einander, mit dem Hundenapf zwischen sich; und er hatte nur einen Arm frei. Er hob den Kopf und musterte die kahlen Mauern ringsum, die verfrüht angeschaltete Straßenlaterne, das geborstene Pflaster des Hofes.

»Dangerous Davies vom Yard«, brummte er.

Jemma begann zu lachen, und er sah ihr ins Gesicht und mußte auch lachen. Sie standen da und schütteten sich aus vor Gelächter und hielten einander ganz fest, während Kitty mit Geheul sein Futter verlangte.

Nachwort

Winter muß Willesden tragen – so wie Eugene O'Neills Elektra Trauer. So bringt jedenfalls der Berufsarbeitslose und Dauervolksbibliotheksbenutzer Mod die Tatsache auf den literarischen Punkt, daß der trostlose Industrievorort im Nordwesten Londons im Schmuddelwetter des Winters eine geradezu poetische Trostlosigkeit an den Tag legt. Drei Pubs und ein Schnellimbiß bieten die Lichtblicke inmitten der maroden Kleinunternehmen entlang des Kanals voller Schmutz und Unrat, über den die Blöcke eines Kraftwerks ihre Dampfwolken speien – selbst die Bingo-Halle ist wegen der anhaltenden ökonomischen Depression geschlossen und läßt die Depression im übertragenen Sinn nur noch krasser empfinden.

In der Nähe der Jubiläumsuhr von 1897, die an Königin Victorias sechzigjähriges Regierungsjubiläum erinnert, liegt die Pension, in der seit Beginn seiner Abenteuer Dangerous Davies wohnt (»Dangerous Davies, der letzte Detektiv«, DuMont's Kriminal-Bibliothek Band 1028). Der Spitzname ist ein Spottname, ›gefährlich‹ scheint er nur für sich selbst zu sein, im übrigen gilt er als ›das Letzte‹ und ist der letzte der Wache, der zum Einsatz kommt, und das für die letzten Aufgaben. Auch wenn er seit seinem letzten Abenteuer (»Dangerous Davies... Bis über beide Ohren«, DuMont's Kriminal-Bibliothek Band 1045) die westindische Sozialarbeiterin Jemma Duval zur wunderschönen schwarzen Freundin hat, hat sich an seinem Leben nicht viel geändert. Obwohl seine Ehe seit langem zerrüttet ist, ist er von seiner verbitterten Ehefrau Doris nicht nur immer noch nicht geschieden, sondern sie leben nicht einmal ›getrennt von Tisch und Bett‹: Ihre Betten stehen zwar Wand an Wand in verschiedenen Zimmern, aber allabendlich versammeln sich beide unter den Augen der strengen und sparsamen Mrs. Fulljames zusammen mit den anderen Pensionsgästen zum Essen am selben Tisch. Da auch seine Geliebte in der Karibik noch irgendwo einen Ehemann sitzen hat, ist beider Zukunft recht ungewiß und ihre Gegenwart höchst unbequem: Die Pension ist für Jemma dank Ehefrau und Zimmerwirtin *off limits*, und die Wohnung der Sozialarbeiterin ist meist auch nicht sturmfrei, da sie dazu neigt, sich Arbeit mit nach Hause zu nehmen – in Form schwieriger Fälle.

Außer den seltenen gemeinsamen Stunden sind die einzigen regelmäßigen Lichtblicke in Dangerous Davies' deprimierender Existenz nur die Öffnungszeiten des Stamm-Pubs ›Wickelkind‹, wohin sich Jemma, Mod und Davies regelmäßig begeben – Mod, um sich ebenso regelmäßig von seinem Polizistenfreund aushalten zu lassen, außer an dem Tag, wo es Stütze gibt. Die ebenso regelmäßigen Spaziergänge mit seinem letztlich doch geliebten Hund Kitty sind dagegen eher Lichtblicke mit gelegentlicher Alptraum-Qualität. Kitty, ein yakähnliches Ungetüm, haust in einem Garagenhof hinter der Pension in Davies' altem Auto – Dangerous Davies vom Yard nennt der Detektiv sich gern nach dem Aufbewahrungsort seiner ganzen Habe. Kittys Temperament ist hinreichend durch die Tatsache gekennzeichnet, daß das Männchen einen weiblichen Namen erwischt hat – niemand hat sich damals nahe genug an das Monster herangetraut, um genauer nachzusehen.

Vor das frugale Abendessen in der schäbigen Pension, die Abenteuer mit Kitty und die Abende im Pub bis zur letzten Bestellung haben die Götter jedoch den Dienst auf dem Revier gesetzt. Hier ist Dangerous gar nicht so erfolglos, wie es den Anschein hat und die Vorgesetzten und Kollegen glauben wollen: Seine Methode ist seine tiefe Menschlichkeit, das Gefühl, das er erweckt, ihm sei nichts Menschliches fremd, was alle Ganoven dazu bringt, sich ihm anzuvertrauen. Dies und seine in langen deprimierenden Jahren erworbene Milieukenntnis erlauben ihm nicht nur, eine Reihe von Diebstählen, vom viktorianischen Garderobenständer der Volksbibliothek bis zur Leerräumung eines ganzen Hauses, aufzuklären, sondern auch einen Mörder zu finden, was ihm allerdings weder Dank noch Anerkennung einträgt. Bei einem größeren Raub in einer Metzgerei kann er immerhin den Tätertyp auf Anhieb nennen: ein Nicht-Vegetarier im Besitz einer Tiefkühltruhe. Daß ihm neben seinen Erfolgen auch immer wieder die kuriosesten Unglücksfälle beschieden sind, hat ihn zum ›letzten Detektiv‹ werden lassen: Was kann er dafür, daß er bei der Observierung eines Hauses zunächst versehentlich im Schuppen eingeschlossen wird, daß dann sein Funkpartner krank das Revier verläßt, die Täter ihn nach dem Einbruch entdecken und ihn mitsamt seinem Gehäuse umstürzen?

Daß er im Zuge der Ermittlungen immer wieder krankenhausreif geschlagen wird, gehört ebenfalls zu seinem Dauerpech: Will er verhindern, daß ein Mann seine Frau umbringt, wird er für deren Partner im Ehebruch gehalten und entsprechend behandelt. Und daß er zu den Krankenhausopfern eines ›Abends der europäischen Freundschaft‹ gehört, versteht sich da fast schon von selbst – »So ist das Leben, voller Mißverständnisse«, wie es philosophisch heißt.

Doch gerade dieser Krankenhausaufenthalt ist von größter Bedeutung für ihn, kommt doch dabei der Gedanke auf, den anschließenden Genesungsurlaub im winterlichen Bournemouth an der See zu verbringen. Mußte er sich seine Mordfälle in den vorangegangenen Bänden heimlich aus alten Akten »stehlen«, wie er selbst es nannte, oder das an Land ziehen, was anderen zu unbedeutend schien, so bekommt er nun einen Fall auf dem Silbertablett serviert: Mrs. Dulciman, eine der vielen alleinstehenden Frauen in dem Seebad, hört, daß er Polizeidetektiv ist und will ihn mit einem Fall betrauen. Vor fünf Jahren ist ihr Mann unter mysteriösen Umständen verschwunden; nur ein Paar Schuhe wurden am Wasser gefunden, so als sei er barfuß hinausgelaufen.

Ein Privatdetektiv ist bereits an der Aufgabe gescheitert, als die Spur noch frisch war. Doch Mrs. Dulciman, die vor ihrem Tode Gewißheit haben will und wohl auch finanzielle Interessen dabei hat, erkennt Davies' Fähigkeiten und faßt volles Vertrauen zu ihm: Sie bietet ihm ein großzügiges Honorar mit erfolgsunabhängigem Vorschuß an, wenn er für sie als Privatdetektiv arbeiten wird. Beides lehnt Davies ab, hatte er doch schon in seinem letzten Abenteuer allergrößte Schwierigkeiten bei Ermittlungen außerhalb seines Territoriums gehabt. Ein Nebenjob als Privatdetektiv in Bournemouth kann ihn seinen Job und dazu die Pension kosten. Schließlich läßt er sich doch von Mod und Jemma überreden, zumal als Indiz plötzlich ausgerechnet das Gebiß des Verschwundenen Mrs. Dulciman anonym zugesandt wird. Nur in einem Punkt bleibt Dangerous hart und besteht auf einem reinen Erfolgshonorar. So kommt es denn zu »Dangerous by Moonlight« – so das englische Original von 1993: Zum einen darf Dangerous eine traumhafte Mond- und Liebesnacht mit Jemma verbringen, zum anderen arbeitet er schwarz oder eben ›beim Mondschein‹, wie das englische Idiom lautet.

Neben seinen wirklich sehr guten und einfallsreichen detektivischen Ermittlungen ist es wieder im wesentlichen das Vertrauen, das er einzuflößen versteht, das ihm bei seinen Ermittlungen hilft. Und wenn er sich wundert, daß Fernsehdetektive offensichtlich nichts anderes tun, als pausenlos Clues und Frauen aufzulesen, so geht ihm das nicht viel anders – nicht zufällig sitzt er plötzlich mit einem indischen Currygericht auf dem Kopf da, nachdem seine temperamentvolle Freundin ihm einen Teller auf dem Kopf zerschlagen hat. Daß er auch in Bournemouth im Hospital landet – diesmal mit Meeresblick – und daß er entscheidende Einsichten in den Fall mit einem veritablen Bomben- und Granatenbeschuß durch die reguläre britische Armee bezahlen muß, gehört zu seinem Pech; was jedoch mit seinem Honorar geschieht, das er sich mehr als redlich verdient hat, und wie dessen Schicksal mit einem *running gag* des Buches verknüpft ist, darf hier nicht verraten werden, aber es geht noch weit über das selbst bei Dangerous Übliche hinaus. Doch wie fragt er sich selbst einmal beim Gang durch Willesden: »Wie viele Polizisten wurden so früh am Tag mit einem Eimer Wasser begossen?«

Volker Neuhaus

DUMONT's Kriminal-Bibliothek

»Knarrende Geheimtüren, verwirrende Mordserien, schaurige Familienlegenden und, nicht zu vergessen, beherzte Helden (und bemerkenswert viele Heldinnen) sind die Zutaten, die die Lektüre zu einem Lese- und Schmökervergnügen machen. Der besondere Reiz dieser Krimi-Serie liegt in der Präsentation von hierzulande meist noch unbekannten anglo-amerikanischen Autoren.«

Neue Presse/Hannover

Band 1001	Charlotte MacLeod	**»Schlaf in himmlischer Ruh'«**
Band 1002	John Dickson Carr	**Tod im Hexenwinkel**
Band 1003	Phoebe Atwood Taylor	**Kraft seines Wortes**
Band 1004	Mary Roberts Rinehart	**Die Wendeltreppe**
Band 1005	Hampton Stone	**Tod am Ententeich**
Band 1006	S. S. van Dine	**Der Mordfall Bischof**
Band 1007	Charlotte MacLeod	**»... freu dich des Lebens«**
Band 1008	Ellery Queen	**Der mysteriöse Zylinder**
Band 1011	Mary Roberts Rinehart	**Der große Fehler**
Band 1012	Charlotte MacLeod	**Die Familiengruft**
Band 1013	Josephine Tey	**Der singende Sand**
Band 1016	Anne Perry	**Der Würger von der Cater Street**
Band 1017	Ellery Queen	**Sherlock Holmes und Jack the Ripper**
Band 1018	John Dickson Carr	**Die schottische Selbstmord-Serie**
Band 1019	Charlotte MacLeod	**»Über Stock und Runenstein«**
Band 1020	Mary Roberts Rinehart	**Das Album**
Band 1021	Phoebe Atwood Taylor	**Wie ein Stich durchs Herz**
Band 1022	Charlotte MacLeod	**Der Rauchsalon**
Band 1023	Henry Fitzgerald Heard	**Anlage: Freiumschlag**
Band 1024	C. W. Grafton	**Das Wasser löscht das Feuer nicht**
Band 1025	Anne Perry	**Callander Square**
Band 1026	Josephine Tey	**Die verfolgte Unschuld**
Band 1027	John Dickson Carr	**Die Schädelburg**
Band 1028	Leslie Thomas	**Dangerous Davies, der letzte Detektiv**
Band 1029	S. S. van Dine	**Der Mordfall Greene**
Band 1030	Timothy Holme	**Tod in Verona**

Band 1031	Charlotte MacLeod	**»Der Kater läßt das Mausen nicht«**
Band 1033	Anne Perry	**Nachts am Paragon Walk**
Band 1034	John Dickson Carr	**Fünf tödliche Schachteln**
Band 1035	Charlotte MacLeod	**Madam Wilkins' Palazzo**
Band 1036	Josephine Tey	**Wie ein Hauch im Wind**
Band 1037	Charlotte MacLeod	**Der Spiegel aus Bilbao**
Band 1038	Patricia Moyes	**»… daß Mord nur noch ein Hirngespinst«**
Band 1039	Timothy Holme	**Satan und das Dolce Vita**
Band 1040	Ellery Queen	**Der Sarg des Griechen**
Band 1041	Charlotte MacLeod	**Kabeljau und Kaviar**
Band 1042	John Dickson Carr	**Der verschlossene Raum**
Band 1043	Robert Robinson	**Die toten Professoren**
Band 1044	Anne Perry	**Rutland Place**
Band 1045	Leslie Thomas	**Dangerous Davies … Bis über beide Ohren**
Band 1046	Charlotte MacLeod	**»Stille Teiche gründen tief«**
Band 1047	Stanley Ellin	**Der Mann aus dem Nichts**
Band 1048	Timothy Holme	**Morde in Assisi**
Band 1049	Michael Innes	**Zuviel Licht im Dunkel**
Band 1050	Anne Perry	**Tod in Devil's Acre**
Band 1051	Phoebe Atwood Taylor	**Mit dem linken Bein**
Band 1052	Charlotte MacLeod	**Ein schlichter alter Mann**
Band 1053	Lee Martin	**Ein zu normaler Mord**
Band 1054	Timothy Holme	**Der See des plötzlichen Todes**
Band 1055	Lee Martin	**Das Komplott der Unbekannten**
Band 1056	Henry Fitzgerald Heard	**Das Geheimnis der Haarnadel**
Band 1057	Sarah Caudwell	**Adonis tot in Venedig!**
Band 1058	Phoebe Atwood Taylor	**Die leere Kiste**
Band 1059	Paul Kolhoff	**Winterfische**
Band 1060	**Mord als schöne Kunst betrachtet**	
Band 1061	Lee Martin	**Tod einer Diva**
Band 1062	S. S. van Dine	**Der Mordfall Canary**
Band 1063	Charlotte MacLeod	**Wenn der Wetterhahn kräht**
Band 1064	John Ball	**In der Hitze der Nacht**
Band 1065	Leslie Thomas	**Dangerous Davies … Auf eigene Faust**
Band 1066	Charlotte MacLeod	**Eine Eule kommt selten allein**

Band 1028

Leslie Thomas

Dangerous Davies, der letzte Detektiv

Der Londoner Detective Davies ist ein Einzelgänger, liebt den Alkohol und seinen monströsen Hund Kitty, ist nicht übermäßig intelligent und neigt dazu, seinen Mitmenschen mehr zu glauben, als gut für ihn ist. Seine Kollegen sind daher nicht die einzigen, die den gutmütigen Polizisten ›Dangerous Davies‹ oder den ›letzten Detektiv‹ nennen.

Davies' Traum, einmal richtige Detektivarbeit leisten zu dürfen, scheint sich nicht zu verwirklichen, denn wer wird einem Polizisten, der noch nicht einmal die Polizeitombola verwalten kann, schon einen wichtigen Fall anvertrauen? Aber Dangerous Davies ist geduldig und hartnäckig. So kommt es, daß er sich auf eigene Faust eines Falles annimmt, weil ihm der Tod einer jungen Frau, die 25 Jahre vor seiner Zeit ermordet wurde, keine Ruhe läßt . . .

Band 1045

Leslie Thomas

Dangerous Davies . . . Bis über beide Ohren

In einem Kanal im Londoner Nordwesten wird der tote Stadtstreicher Lofty gefunden. Ob es sich um einen Unfall, Selbstmord oder Mord handelt, möchte die Polizei eigentlich gar nicht so genau wissen. So muß Detective Constable Davies, ›Dangerous Davies‹ genannt, manche Dienstvorschrift umgehen, während er mit der schönen schwarzen Sozialarbeiterin Jemma die Hintergründe von Loftys Tod ergründet. Dabei erfährt er nicht nur Erstaunliches und Erschreckendes über das Leben und Sterben des Stadtstreichers, sondern lernt auch Jemma näher kennen . . .

Band 1021

Phoebe Atwood Taylor

Wie ein Stich durchs Herz

Wenn sich die Mitarbeiterin eines illegalen Buchmachers, ein Gelegenheitsdieb, der Polizist werden möchte, und ein Lehrer für englische Literatur, der nicht nur gerne Shakespeare zitiert, sondern auch dem berühmten Dichter täuschend ähnlich sieht, mitten in der Nacht in einer schlechtbeleumdeten Gegend kennenlernen, darf man sich eigentlich über nichts mehr wundern. So nimmt es Mr. Leonidas Witherall mit Gelassenheit hin, daß man nach einem Treffen in seiner früheren Schule gleich zweimal versucht, ihn zu überfahren. Erstaunter ist er schon, daß einer der Attentäter sein ehemaliger Schüler Bennington Brett ist. Aber erst, als er diesen tot mit einem Tranchiermesser in der Brust entdeckt, fängt er an, sich ernsthaft Gedanken zu machen.

Band 1051

Phoebe Atwood Taylor

Mit dem linken Bein

Leonidas Witherall, Lehrer für englische Literatur und bekannter Shakespeare-Experte, soll eine alte Ausgabe des Dichters prüfen, die sich jedoch schnell als billige Fälschung erweist. Damit nicht genug, wird Leonidas auf der Heimfahrt im Bus auch noch in einen Streit mit einer jungen Frau verwickelt, so daß der verärgerte Busfahrer ihn kurzerhand – ohne Gepäck – auf die Straße setzt. Als ihm die Frau aus dem Bus nachsetzt, macht Leonidas sich völlig entnervt auf die Flucht und stolpert – in einen Mordfall. Neben dem Opfer liegen Leonidas' Gummischlappen aus dem Bus, und dem Leichnam fehlt das linke Bein …

Band 1058

Phoebe Atwood Taylor

Die leere Kiste

Chaos bei Leonidas Witherall: Ein Schulausflug der Quinta unter seiner Leitung endet damit, daß Leonidas als Führer einer terroristischen Vereinigung von Armee, Nationalgarde und Polizei gesucht wird. Als er nach Hause kommt, ist sein Haus völlig verwüstet, und auf seinem Bett liegt eine gefesselte und geknebelte Blondine. Außerdem soll er, so besagen zahllose Telegramme von einer potentiellen Spenderin für die Meredith Akademie, George an einer Straßenecke abholen. So macht sich Leonidas auf den Weg – aber George taucht nicht auf! Dafür jedoch an der nächsten Straßenecke die Leiche des dubiosen Bankdirektors ...

Band 1060

Mord als schöne Kunst betrachtet

Die raffiniertesten Kurzgeschichten der »DUMONT's Kriminal-Bibliothek«-Autoren in einem Band

Anläßlich des 10jährigen Jubiläums der »DUMONT's Kriminal-Bibliothek« stellt dieser Band klassisch-schöne Detektivgeschichten vor, deren Mehrzahl noch nie auf deutsch erhältlich war, ja von denen einige überhaupt erstmals das Licht der öffentlichen Welt erblicken. Begleiten Sie die Detektivinnen und Detektive der bewährten Autoren der »DUMONT's Kriminal-Bibliothek«!
Mit Kurzgeschichten von:
John Dickson Carr, Stanley Ellin, Timothy Holme, Michael Innes, Paul Kolhoff, Charlotte MacLeod, Lee Martin, Anne Perry, Ellery Queen, Mary Roberts Rinehart, Leslie Thomas und Robert Robinson.

Band 1053

Lee Martin

Ein zu normaler Mord

Die Polizistin Deb Ralston soll den grausamen Mord an vier Erwachsenen und einem Kleinkind aufklären. Am Tatort wird Olead festgenommen, der einzige Überlebende der Familie. Er beteuert zwar seine Unschuld, doch sprechen alle Indizien wie seine frühere Gewalttätigkeit und der Verdacht auf Schizophrenie gegen ihn. Auch Deb Ralston glaubt an seine Schuld, doch sie läßt sich von Olead zu genaueren Nachforschungen überreden – und sei es nur, um für den Mordprozeß noch handfeste Beweise ans Tageslicht zu bringen. Ihre Ermittlungen werfen schon bald ein düsteres Licht auf die Ermordeten …

Band 1055

Lee Martin

Das Komplott der Unbekannten

Deb Ralston entdeckt beim Joggen die Leiche einer hochschwangeren Frau in einem Wassergraben. Da sie die erste Detektivin am Ort ist, wird sie mit der Lösung des Falles beauftragt. Sie stellt bald fest, daß es schon seit einiger Zeit in ihrem und den benachbarten Countys und Staaten eine ganze Reihe von Vermißtenmeldungen schwangerer Frauen gibt, die ebenso wie ihre Babys verschollen bleiben. So setzt sich in ihr der Verdacht fest, daß dieser Mord ebenso wie das Verschwinden der Schwangeren etwas mit dem schwunghaften Handel mit illegalen Adoptivkindern zu tun haben könnte. Aber bald nehmen die Mörder auch sie und ihren Sohn aufs Korn…

Band 1061

Lee Martin

Tod einer Diva

Deb Ralston – Polizistin, Adoptivmutter und bereits Großmutter – ist mit 42 Jahren erstmals schwanger. Statt Mordfälle zu lösen, erholt sie sich deshalb bei der Mutter einer Schulfreundin, einst eine gefeierte Leinwand-Diva. Doch die früher von ihr geradezu angehimmelte Schauspielerin erweist sich zuerst als sehr anstrengend, dann als tot. Der Ex-Star hatte sich schnell als psychisch schwer geschädigtes alkoholisiertes Wrack erwiesen, das unter Verfolgungsängsten litt. Motive findet Deb im Laufe ihrer Ermittlungen mehr als genug – aber den Täter zu finden wird durch vergiftete Drinks, geheimnisvolle Stichwunden und zahlreiche (falsche)Testamente nicht leichter.

Band 1057

Sarah Caudwell

Adonis tot in Venedig!

Die leicht verträumte und hilflos wirkende Rechtsanwältin Julia Larwood aus England macht eine Bildungsreise nach Venedig. In Briefen an die Kollegen berichtet sie, daß nichts sie so fasziniere wie der adonisgleiche Ned aus ihrer Reisegruppe, dessen Verführung sie sorgfältig vorbereitet und genau dokumentiert. Unverhofft werden die schlimmsten Befürchtungen der Daheimgebliebenen bestätigt: Ned wird nach einer Liebesnacht mit Julia ermordet – und sie behauptet sogar, ihn gar nicht zu kennen ... Ihre Freunde und Kollegen, allen voran die Juraprofessorin Hillary Tamar, machen sich daher daran, Julia's Unschuld aus dem fernen England zu beweisen.

Band 1059

Paul Kolhoff

Winterfische

Eines Morgens wird der Kleinstadt-Journalist Ben Coogle mit einer ungewöhnlichen Nachricht geweckt: Im Gefängnis hat es zwei Tote gegeben, der Häftling Jeff Willer hat offenbar seinen Zellenkumpan grundlos erstochen und sich dann selbst erhängt. Ben Coogle wittert *die* Story, denn ihm sind die Tatmotive Willers suspekt, schließlich war dieser nur wegen Trunkenheit eingesperrt und Sohn des reichsten Manns am Ort. Zusammen mit der Polizistin Toni macht er sich im Sumpf der Kleinstadt auf die Suche nach der Wahrheit. Jedenfalls scheinen Coogle und Toni auf dem richtigen Weg zu sein, denn sie geraten bald selbst in tödliche Gefahr …

Band 1064

John Ball

In der Hitze der Nacht

Eine Kleinstadt in den Südstaaten der USA: In einer schwülen Sommernacht wird ein Toter auf der Straße gefunden. Die Kleinstadtpolizisten verdächtigen sofort Virgil Tibbs, einen schwarzen Durchreisenden. Verärgert müssen sie jedoch feststellen, daß Tibbs ein Experte der Mordkommission ist. Doch da es weder Zeugen noch Anhaltspunkte noch Motive gibt, ist die örtliche Polizei auf seine Hilfe angewiesen. Schafft es Tibbs gegen die Widerstände der Einheimischen, den brutalen Mord aufzuklären?
Dieser Krimi ist die Vorlage zu dem berühmten Film »In the heat of the night« mit Sidney Poitier in der Hauptrolle.